DONGSUH MYSTERY BOOKS 127

NO ORCHIDS FOR MISS BLANDISH
미스 블랜디시
제임스 해들리 체이스/홍준희 옮김

동서문화사

옮긴이 홍준희(洪俊喜)
서울대학교 문리과대학 영문학과를 거쳐 서울대대학원에서 영문학을 전공. 서울대법대·성균관대·한양대 교수를 지냄. 옮긴책 크리스티《애크로이드 살인사건》등 많이 있다.

DONGSUH MYSTERY BOOKS 127

미스 블랜디시

제임스 해들리 체이스 지음/홍준희 옮김
초판 발행/1977년 12월 1일
중판 발행/2003년 10월 1일
발행인 고정일/발행처 동서문화사
창업 1956. 12. 12. 등록 16-345(윤)
서울강남구신사동540-22 ☎546-0331~6 (FAX) 545-0331
www.epascal.co.kr

*

이 책의 출판권은 동서문화사(동판)가 소유합니다.
의장권 제호권 편집권은 저작권 법에 의해 보호를 받는 출판물이므로
무단전재와 무단복제를 금합니다.

편찬·필름·제작 일체 「동판」 자본으로 이루어짐에 따라
출판권 소유권자 「동판」에서 제조출판판매 세무일체를 전담합니다.
사업자등록번호 211-90-02201
ISBN 89-497-0223-1 04840
ISBN 89-497-0081-6 (세트)

미스 블랜디시
차례

미스 블랜디시 — 제임스 해들리 체이스
　제1장 …… 11
　제2장 …… 56
　제3장 …… 91
　제4장 …… 111
　제5장 …… 178

망가진 사람들 — 마셔 뮬러
　망가진 사람들 …… 252

아스팔트 정글세계를 유리벽 너머로 바라보는 섬뜩함 …… 323

등장인물

존 블랜디시 부호
미스 블랜디시 존 블랜디시의 딸
슬림 ⎫
에디 ⎬ 이름난 갱단원
플린 ⎪
윌리엄스 ⎭
글리슨 노파 슬림의 어머니. 갱단의 우두머리
로코 스프링필드의 악당
베일리 ⎫
라일리 ⎬ 조무래기 갱단원
샘 ⎭
안나 라일리의 정부(情婦)
헤이니 가십 기자의 앞잡이
조니 술주정뱅이
찰스 블레넌 경관
데이비드 페너 신문기자 출신의 사립탐정
폴라 덜렌 페너 탐정사무실의 여직원

제1장

 무더운 여름, 7월 어느 날 아침이었다. 아침해가 벌써 얼굴을 내밀어, 이슬이 축축히 내린 인도에서는 가냘픈 김이 오르고 있었다. 거리의 공기는 그 자리에 박힌 듯 꼼짝도 하지 않는다. 찌는 듯한 더위, 가뭄이 계속되는 푸른 하늘, 뜨뜻미지근한 흙먼지 바람——참으로 7월이란 견디기 어려운 달이다.
 깊이 잠들어 있는 샘 할아범을 차 안에 남겨두고 베일리는 미니네 식당으로 갔다. 베일리는 기분이 좋지 않았다. 지난밤에 술을 많이 마신데다 날씨까지 이렇게 더우니 기분이 좋을 리 없다. 혀가 깔깔하고 눈이 따끔거린다.
 식당에는 아직 이른 탓인지 손님이 하나도 없었다. 여종업원이 막 바닥 청소를 끝낸 참이었다. 쓸어모은 쓰레기를 넘어 지나갈 때 음식과 땀 냄새가 물씬 풍겨 콧등을 조금 찡그렸다.
 카운터에 기대앉아 있던 금발의 여자가 피아노 건반 같은 이를 드러내보이며 미소지었다. 곁으로 다가갈 때까지 그녀는 영화배우 같은 모습으로 기다렸다. 그러다가 열이 식었는지 뻣뻣한 노랑머리의 웨이브를 매만져서 펴며 엷은 드레스를 통해 비쳐보이는 큰 가슴을 베일리 쪽으로 흔들었다.
"날씨가 이렇게 더우니 깊이 잠들지도 못했지요?"
여자가 말했다.
베일리는 여자에게 얼굴을 찌푸려보이며 스카치 위스키를 주문했다. 여자는 카운터 위에 술병을 쾅 놓고 술잔을 밀어보냈다.
"어젯밤에는 무리를 한 모양이군요. 얼굴을 보면 알아요, 이 철부지 도련님아!" 여자는 농담을 걸었다.
베일리는 술병과 술잔을 들고 테이블로 가서 앉았다. 그리고 재미있다는 듯 자기를 보고 있는 금발의 여자를 돌아다보았다.
"당신에게도 할 일이 있겠지. 나에 대해서 참견하지마."
"네, 알았습니다. 클라크 게이블 씨!" 여자는 또다시 야하게 팔을 벌려보였다. "왜 심술이 나셨을까?"
"그 입 좀 다물지 못해!"
이렇게 내뱉고 베일리는 여자에게서 등을 돌렸다.
여자는 어깨를 으쓱하고는 읽다 만 소설책을 펼쳤다. 베일리는 한 모금 들이키자 기분이 많이 나아졌다. 의자에 몸을 기대고 모자를 깊숙이 눌러썼다. 그는 걱정스러웠다. 돈이 거의 떨어졌다고 라일리가 투덜거리고 있었던 것이다. 무슨 좋은 수가 생기지 않는 한 그들은 다시 은행강도라도 하지 않으면 안된다. 요즈음 이 부근에 당국의 감시가 심하다는 말이 있어 은행을 습격하는 일은 별로 내키지 않았다. 베일리들은 늘 사람의 주머니를 노리는 그리 떳떳지 못한 일을 하고 있는 일당인 것이다. 당장에 무언가 수지맞는 일이 굴러들어오지 않는 한 세 사람은 옴짝달싹 못하게 된다. 베일리가 앉아 있는 곳에서는 차 안에서 코를 골며 자고 있는 샘 할아범의 모습이 보였다. 깊이 잠들어 있는 그를 바라보며 베일리는 '흥' 하고 콧방귀를 뀌었다. 저

늙은이는 아무짝에도 쓸모가 없다. 먹는 것과 잠자는 것밖에 생각지 않는 늙은이다. 무언가 좋은 수를 찾아내는 것도 라일리나 그가 해야만 한다. 베일리는 한 잔 더 마시고 담배에 불을 붙였다. 스카치를 마셨더니 시장기가 느껴졌다. 베일리는 금발의 여자를 돌아다보며 소리질렀다.

"어이, 육체파 아주머니, 이리 좀 와보셔!"

여자는 허리에 손을 얹고 넉살좋게 걸어와 바로 옆에 섰다.

"햄 에그는 되겠지?" 하고 말하며 베일리는 손가락으로 여자를 건드리려고 했다.

여자는 재빨리 뒤로 물러섰다.

"건방지게 굴면 못써요, 로미오! 영양분을 많이 섭취해서 어서 어른이 되라구!"

여자는 머리를 번쩍 치켜들었다.

베일리는 제법 그럴 듯한 말을 한다고 생각하면서 엉덩이를 흔들며 난로 쪽으로 돌아가는 여자를 보고 싱긋 웃었다. 여자는 익숙한 솜씨로 프라이팬에 계란을 깨넣고 두껍게 자른 햄을 석쇠에 철썩 얹었다. 햄 에그를 기다리고 있는데 헤이니가 들어왔다. 베일리가 손을 흔들어보이자 그는 살찐 얼굴에 고무인형 같은 미소를 띠며 짧은 다리를 한껏 빨리 움직여 다가오더니 베일리가 권하는 의자에 조심스럽게 앉았다. 그는 더러운 손수건으로 얼굴을 닦고 얼룩진 모자를 의자 밑에 밀어넣었다.

"뭔가 재미있는 이야기 없나?" 베일리가 물었다.

"한 잔 주겠나? 정말 덥군."

헤이니는 작은 눈으로 위스키 병을 보며 말했다.

베일리는 그에게 한 잔 가득 따라주고 나서 그가 마시는 것을 찬찬히 지켜보고 있었다. 헤이니는 분명히 좋은 녀석이다. 남의 비밀을 재빨리 알아낸 다음 모두 다 알려주니까. 상류계급을 협박하는 일을 부업으로 삼고 있는, 적색 신문의 앞잡이 같은 노릇을 하고 있는 사나이다. 사이좋게 지내면 꽤 쓸모있을 친구다.

"경기가 어떤가? 잘되어가나?"

허물없는 말투로 그는 베일리에게 물었다.

"지독해. 점점 더 죄어들어서 옴짝달싹 못하겠네."

베일리가 담배꽁초를 바닥에 버리며 말했다.

헤이니는 설레설레 머리를 내저었다.

"정말 자네 말이 맞아. 그리고 이 더위……이렇게 더우니 좋은 일인들 있겠나."

베일리가 초조한 듯 어깨를 움츠리며 물었다.

"요즈음 자넨 무얼 하고 있나?"

금발의 여자가 햄 에그를 가지고 와서 헤이니의 주문을 기다렸다. 이번에는 넉살을 부리지 않았는데, 헤이니가 여자에게 거칠게 군다는 것을 알고 있었기 때문이다. 이윽고 헤이니가 스테이크를 먹겠다고 했다. 헤이니가 스테이크 굽는 방법이며 곁들일 양파를 어떻게 해야 하는지 등을 강의하는 동안 베일리는 참을성있게 기다렸다. 그리고 금발의 여자가 물러가자 베일리는 이야기를 계속하기 시작했다.

"요즈음은 무엇을 하고 있나? 라일리는 돈씀씀이가 거칠어서 야단 났네. 어디 좋은 일이라도 있으면 가르쳐주게."

헤이니는 고개를 저었다.

"별로 없어. 나도 지난 몇 주 동안 허탕만 치고 있다네. 오늘 밤에야 겨우 싹이 보였어. 블랜디시에 대한 이야기를 들었지. 하지만 별로 돈벌이가 될 만한 이야기는 아닐세"

"블랜디시? 쇠고기왕 말인가?"

"그렇다네."

헤이니는 요리가 빨리 나오지 않아 몹시 기다려지는지 초조하게 금발의 여자 쪽을 자꾸만 돌아다보았다. 양파 굽는 냄새가 그의 식욕을 더욱 자극하는 모양이었다.
 "이런 더위에도 식욕이 왕성하니 이상하지?" 헤이니는 자기의 위가 이상하다는 듯이 말했다. "대부분의 사람들은 축 늘어져 마시기만 하는데 나는 끄떡없거든."
 베일리는 햄 에그를 다 먹은 다음 앉음새를 고쳤다.
 "블랜디시에 대한 뉴스란 무엇인가?"
 "블랜디시가 아니라 그 딸일세. 자네 본 일이 있나? 제기랄, 그 여자는 굉장한 미인이라네!"
 베일리는 별로 흥미가 없었다. 그러나 헤이니는 한 번 지껄이기 시작하면 끝이 없다. 그는 몸을 움직여 좀더 편한 자세로 고쳐앉더니 작고 통통한 손을 테이블에 얹었다.
 "그 딸이 대대로 내려오는 목걸이를 오늘 은행 금고에서 꺼냈다는 얘길세. 오늘 밤에 큰 파티가 열리는데, 5만 달러나 하는 그 목걸이를 딸이 목에 걸고 나온다는 거야."
 "5만 달러?" 하고 베일리는 몸을 앞으로 불쑥 내밀었다.
 "오늘 밤 그녀의 가느다란 목에 5만 달러가 매달린단 말일세." 헤이니는 웃음을 죽이며 말했다. "그런데 이 기사를 쓴 대가로 내가 받는 돈은 고작 10달러라는 푼돈에 지나지 않아."
 금발 여자가 스테이크를 가지고 와서 헤이니 앞에 놓았다. 맛있어 보였으므로 헤이니는 싱글벙글했다. 그는 여자의 팔을 가볍게 두드리더니 고개를 끄덕여보였다. 베일리는 생각에 잠겼다. 스테이크를 덥석 입에 집어넣고 있는 헤이니는 거들떠보지도 않고 열려 있는 문을 통해 한길을 내다보았다. 목걸이 하나가 5만 달러라니 엄청 대단한 물건인 모양이다. 그는 이마에 주름을 모으고 라일리가 이 일에 손을 댈 만한 배짱이 있을까 하고 곰곰이 생각했다. 이윽고 베일리는 요란한 소리를 내며 스테이크를 먹고 있는 헤이니를 흘끗 곁눈질해 보며 불쑥 물었다.

"파티가 끝나면 그녀는 곧장 집으로 돌아갈까?"

헤이니는 입으로 가져가던 포크를 허공에서 멈추며 수상쩍다는 듯이 물었다.

"무슨 꿍꿍이속인가?"

"그저 호기심이 일어났을 뿐일세."

베일리는 시치미를 떼고 헤이니의 얼굴을 쳐다보았다.

헤이니는 지껄이지 않고는 배길 수 없는지 이야기를 시작했다.

"맥그완에게 고용되어 있는 사나이에게서 들었는데……."

베일리가 그의 말을 가로막았다.

"맥그완? 그건 또 누군가? 무슨 관계가 있지?"

"맥그완 말인가? 제리 맥그완이라는 이름을 들은 적이 없나?" 헤이니는 어처구니없다는 표정을 지었다. "만난 적도 없고? 그 사나이는 이를테면 돈많은 바람둥이로 미스 블랜디시에게 홀딱 반해 있단 말일세. 그에게 고용되어 있는 녀석의 말로는, 축하 파티가 끝난 뒤 맥그완은 그녀를 데리고 루이스의 스윙 음악을 듣기 위해 골든 슬리퍼로 간다더군."

"단둘이서?" 베일리가 의미있게 물었다.

헤이니는 조금 걱정스러운 얼굴이 되었다.

"자네 설마 무슨 짓을 하려는 건 아니겠지, 베일리? 그건 보통 일이 아닐세. 자네들로서는 힘에 겨운 일이야."

베일리는 늑대 같은 표정으로 웃었다.

"아무 짓도 하지 않아."

헤이니가 조그만 눈으로 뚫어지게 바라보았으나 베일리는 꼼짝도 하지 않고 시치미를 떼며 마주 노려보았다. 베일리는 고개를 돌려 금발 여자를 손짓하여 불러 계산을 끝낸 다음 일어서며 말했다.
"다시 만나세."
"왜 갑자기 바빠졌지?" 헤이니가 고개를 들고 물었다.
"샘 할아범이 자동차에서 기다리고 있거든. 할아범은 어젯밤 일을 많이 했는데, 이제 가서 깨워야겠어. 제기랄! 어제는 정말 혼났지. 이런 지독한 더위는 난생 처음인걸."
헤이니는 고개를 아래위로 크게 끄덕거렸다. 더위에 대한 이야기나 했더라면 무난했을걸 하고 생각하는 모양이었다.
"참으로 지독한 더위일세. 그런데 오늘은 더 지독할걸."
베일리는 손을 흔들어보이면서 문으로 걸어갔다. 금발 여자의 옆을 지날 때 엉덩이를 두드리려 하자 여자가 도마뱀처럼 살짝 몸을 피했다.
"건방지게 굴지 말아요!"
베일리가 여자의 말투를 흉내내어 똑같이 말했다.
여자가 깔깔 웃자 베일리도 싱긋 웃었다. 그는 곧장 한길로 나왔다. 더위가 마치 주먹으로 때리는 것처럼 얼굴에 확 끼쳐 왔다. 인도의 열기가 되올라와 현기증이 날 지경이었다. 그는 세워놓은 자동차 쪽으로 천천히 다가갔다. 머릿속이 눈부시게 돌아가고 있었다. 그렇다면 블랜디시의 목걸이가 다시 햇빛을 보게 되었단 말인가? 이 소문이 퍼지면 온 캔자스의 조무래기들이 모든 준비를 갖추고 입맛을 다실 것이다. 알고 있는 사실이 무엇이든 누구에게나 지껄이지 않고는 못 견디는 헤이니인 만큼 소문은 무서운 속도로 퍼질 것이다. 헤이니는 낯을 가리지 않고 누구하고나 친해지는 녀석이니까.
베일리가 왔을 때도 샘 할아범은 여전히 코를 골며 자고 있었다. 베일리는 눈살을 찌푸리며 그를 바라보다 근처 약국의 전화부스 안으로 들어갔다. 숫자판을 돌려 라일리를 불렀다. 그는 성급하게 헤이니에게 들은 이야기를 전했다. 라일리는 아직 잠에서 덜 깬 듯했다. 라일리는 안나와 함께 있으므로 그녀를 깨우지 않고 그가 직접 전화를 받은 것이 베일리에게는 신기했다. 라일리는 어쩐지 언짢아보였다.

"빌어먹을, 잠깐만 기다려주게." 불쑥 라일리가 말했다. "저것이 악을 쓰고 있어서 자네 말이 잘 들리지 않아. 잠깐만 기다리게."

히스테리를 부리는 안나의 새된 목소리와 욕을 퍼붓는 라일리의 목소리에 이어서 찰싹 하는 소리가 들려왔다. 베일리는 혼자 빙그레 웃었다. 라일리와 안나는 매일 싸우고, 또 서로 그 싸움을 즐기고 있는 것이다. '저 두 사람은 저러는 편이 더 좋아'하고 베일리는 생각했다. 이윽고 다시 라일리가 전화에 나왔다.

"여보게, 라일리, 전화부스 안이 얼마나 더운지 모르겠나? 빨리 여기서 나갈 수 있도록 귀를 잘 열고 듣게."

라일리는 더운 것은 서로 마찬가지라고 투덜거렸다.

"알았네, 알았어." 베일리는 위압적인 투로 말했다. "그야 거기도 덥겠지만, 여기의 더위는 사람잡네, 암, 사람을 잡고도 남지!…… 아니, 그렇지 않아. 내가 사람을 잡았다는 말이 아닐세. 여기 더위가 사람을 잡는단 말이지……이 전화부스 안의 더위가 그렇다니까. 무슨 부스냐고? 여보게, 그만두게! 아니라니까! 알았네, 더위는 아무래도 좋아. 잠자코 듣게. 그 블랜디시의 목걸이가 다시 금고에서 나왔다는군. 맞아, 그렇다니까……블랜디시의 목걸이……쇠고기왕 블랜디시 말이야! 그렇지. 그래서 하는 말이 아닌가! 물론 오늘 밤이지. 그 굉장한 파티가 끝나면 블랜디시의 딸이 그것을 목에 걸고 제리 맥그완과 함께 골든 슬리퍼로 간다는군. 어떻게 생각하나?"

"지금 곧 이리로 오게." 라일리는 갑자기 기운이 나는 것 같았다.

"천천히 의논해 보세. 빨리 와야 하네!"

"알았네!" 베일리는 수화기에 대고 미소지었다. 라일리는 생각보다 배짱이 크다. "곧 가겠네."

베일리는 수화기를 놓자 담배에 불을 붙이고 한길로 나왔다. 답답한 전화부스에서 나왔으므로 바깥 공기가 서늘하게 느껴졌다. 그는 성큼성큼 걸어서 자동차 있는 곳으로 갔다. 차 안으로 손을 넣어 샘 할아범을 흔들어 깨웠다. 그는 핸들 앞으로 기어들며 말했다.

"일어나시오! 일이 생겼단 말이오."

베일리는 손님이 북적거리는 테이블 사이를 조금 열적은 듯이 누비며 지나갔다. 골든 슬리퍼는 오늘 밤 전에 없이 크게 붐비고 있었다. 종업원들은 기름을 듬뿍 먹은 기계인형처럼 쟁반을 높이 쳐들고 뛰어다녔다. 웃으며 지껄이는 말소리가 요란한 밴드의 음악 소리와 맞서고 있었다. 담배 연기가 자욱하게 끼어 홀 저쪽 끝이 보이지 않을 정도였다. 베일리는 어쩐지 불안하고 초조해졌다. 라일리는 언제나 이런 곳에 비집고 들어가는 일은 그에게 시키는 것이었다. 그는 작은 테이블에 앉자 큰 소리로 종업원을 불렀다. 하이볼을 주문한 다음 날카롭게 홀 안을 둘러보았다. 아직 시간이 일러 미스 블랜디시는 오지 않았다. 어떤 여자인지는 들어서 알고 있지만 그녀가 예약해 놓은 테이블이 어디인지 알아두는 것도 좋으리라고 생각했다. 홀 안은 뿌옇게 흐려서 아무것도 보이지 않았다. 그는 울화가 치밀어 어깨를 으쓱하고는 알아보는 것을 관뒀다. 따분하던 참에 하이볼이 나와서 다행이었다. 잠시 동안 마음을 가라앉히며 담배를 피우기도 하고 술을 마시기도 하다가 샘 할아범과 함께 자동차에서 기다리고 있는 라일리는 무엇을 하고 있을까 생각해 보았다. 갑자기 북소리가 한층 더 요란하게 울리기 시작하더니 밴드마스터가 마이크 앞으로 나왔다.

"여러분, 잠깐 말씀드릴 게 있습니다." 그의 목소리가 홀 안에 퍼졌다. "지금 미스 블랜디시가 제리 맥그완 씨와 함께 오셨습니다. 오늘은 그녀의 생일로 즐거운 생일 한때를 여기서 보내기 위해서 오신 것입니다. 여러분, 그분이 들어오시면 크게 박수를 쳐주시기 바랍니다. 그리고 너무 가까이 가지 않도록 해 주십시오. 얼핏 들은 소문에 의하면, 미스 블랜디시는 오늘 그 유명한 진주목걸이를 걸고 계시답니다. 그러니 숙녀 여러분은 오늘밤 그 목걸이를 마음껏 감상하십시오."

베일리는 재빨리 입구 쪽을 보았다. 홀 안의 모든 손님들이 그쪽으로 고개를 돌리고 있었다. 홀로 들어오는 그녀에게 밝은 스포트라이트가 비쳐졌다. 뒤따라 들어오는 키가 큰 젊은이가 주위의 어두컴컴한 쪽으로 미소를 보냈다. 베일리는 테이블 사이의 좁은 통로로 걸어오는 미스 블랜디시의 모습을 뚫어지게 보았다. 그녀에 대해서는 들어서 알고는 있었지만 실제로 본 일이 없으므로 얼마나 아름다울까 궁금했었는데, 비로소 그 모습을 가까이에서 보자 베일리는 그만 숨이 딱 멎을 것만 같았다. 라이트가 부드러운 빨강머리를 비추어서 하얀 살결에 반사되었다. 눈이 반짝반짝 빛났다. 베일리는 입을 크게 벌린 채 다물지 못했다. 지금까지 그는 수없이 아름다운 여자를 보아왔지만, 미스 블랜디시에게는 완전히 넋을 잃고 말았다.

무엇보다도 그가 감탄한 것은 그녀의 맑디맑은 아름다움이었다. 뭐라고 표현해야 좋을지 모르겠으나, 아무튼 그가 지금까지 만난 여자들과는 전혀 다르다는 것만은 알 수 있었다. 다른 여자들이 지닌 것을 모조리 지니고 있으면서도, 다른 여자들이 지니고 있지 않은 것을 그녀는 하나 더 지니고 있었다. 말을 걸기도 하고 발을 구르기도 하는 사람들에게 명랑하게 손을 흔들어 대답하는 그녀를 베일리는 뚫어지게 지켜보고 있었다. 이윽고 법석이 가라앉고 미스 블랜디시가 맥그완과 함께 자리에 앉자 베일리도 어깨의 짐이 가벼워진 듯한 느낌이 들었다. 그는 그 두 사람을 찬찬히 살펴보며 그녀의 목에 걸려 있는 진주목걸이를 유심히 보았다.

베일리가 앉아 있는 곳에서도 그것은 최고급품임을 알 수 있었으며, 동시에 그는 이번 일이 어마어마하다는 것을 절실하게 느꼈다. 저것을 훔친다면 그리 간단하게 달아날 수 있을 것 같진 않았다. 미스 블랜디시의 아버지가 얼마나 세차게 경찰을 닦아세울 것인지 짐작이 갔다. 소문이 퍼지자마자 그들은 온 캔자스의 경찰에게 쫓기게 될 것이다. 베일리는 자신이 땀을 흘리고 있음을 깨달았다. 이런 어마어마한 일에 손을 댄다는 건 어리석은 짓일지도 모른다. 블랜디시는 수억대의 재산을 가지고 있으면서도 아마 시끄럽게 법석을 떨 것이다. 베일리는 술을 마셔 마음을 가라앉히려고 했다. 지금 나가서 손을 떼겠다고 하면 라일리는 뭐라고 할까? 그는 어깨를 흠칫했다. 무슨 일이 있어도 이 일만은 해야 한다.

밴드가 훈련을 잘 받은 악단답게 갑자기 소리를 낮추자 기분좋게 클라리넷과 드럼 소리만이 울려퍼졌다. 클라리넷은 화려한 트레몰로(떨리는 음)로 속도를 늦추어가며 최고음을 길게 뽑았다. 드럼 치는 사나이는 충혈된 눈으로 미친 듯이 두드렸다. 무도장이 너무 좁아 마치 감자를 씻는 것 같았다. 구두창이 바닥을 스치는 소리가 드럼을 치는 와이어 브러시 소리와 잘 맞아떨어져 듣기 좋았다. 천장의 등불이 어두워지더니 어디서인지 스포트라이트가 춤추는 무리를 빙글빙글 비추기 시작했다. 스포트라이트는 빙글빙글 돌며 춤추는 사람들의 하얀 얼굴을 비췄다. 무도장 한가운데에서 한 여자가 드레스의 어깨끈이 내려오지 않도록 하려고 애쓰고 있었다. 이윽고 그녀는 단념했는지 깔깔 웃으며 브래지어에 감싸인 굉장한 가슴을 드러내고 말았다.

베일리는 맥그완이 꽤 취해 있음을 알았다. 쉬지 않고 마시더니 춤출 때는 다리가 휘청거렸다. 미스 블랜디시가 그에게 뭐라고 말하자 두 사람은 테이블로 돌아왔다. 베일리에게는 좋은 징조였다. 그는 맥그완에게 속삭이고 있는 미스 블랜디시로부터 눈길을 떼지 않았다. 그녀는 아마 그에게 너무 많이 마시지 말라고 말하는 모양이었지만, 이미 흠뻑 취해버린 맥그완의 귀에 들릴 리가 없다. 그녀는 어깨를 움찔하며 토라져버렸다. 그녀의 이러한 태도에 맥그완도 주춤하는 듯했으나 술잔을 마저 비우고는 또 술을 따랐다.

　손님들은 차츰 거칠어지고, 춤을 추며 여자의 몸에 바싹 몸을 갖다 대려는 남자들도 여기저기 눈에 띄었다. 갑자기 한 테이블에서 야단법석이 일어났다. 학생같이 보이는 남자가 함께 온 검은 머리의 여자에게 뭐라고 소리를 질렀던 것이다. 여자는 그의 뺨을 때리려고 테이블 위로 몸을 내밀었다. 그러자 그가 여자의 두 팔을 붙잡고 테이블 위로 잡아당겼으므로 술잔이며 접시들이 와르르 바닥에 쏟아졌다. 구경꾼들이 재미난 구경거리라도 생긴 양 웃으며 그 둘레에 모여들었다. 여자가 비명을 질렀다. 베일리는 미스 블랜디시를 쳐다보았다. 그녀는 이미 화가 난 듯 일어서서 맥그완의 팔을 잡아흔들고 있었다. 맥그완도 비틀거리며 일어나 그녀의 뒤를 따라 통로를 걸어갔다.

　두 사람이 나가는 것을 알아차린 사람은 베일리뿐이었다. 베일리는 얼른 밖으로 나갔다. 그의 넓은 어깨가 테라스에서 달을 바라보고 있던 사람들을 밀어헤쳤다. 술에 취한 한 사내가 시비를 걸려고 그에게 가까이 다가왔으나 베일리의 눈초리를 보자 갑자기 술이 깬 모양이었다. 베일리는 진입로를 가로질러 한길로 나갔다. 자기 자동차가 나무 그늘에서 나왔으므로 그는 부리나케 뒷좌석에 올라탔다. 샘 할아범이 운전하고, 라일리는 그 옆에 앉아 있었다.

　"그들이 곧 나올 걸세. 운전은 여자가 하겠지. 남자는 고주망태가 되었으니까."

　베일리가 말했다.

"저 앞에 있는 밭까지 차를 몰고 가서 세우시오." 라일리가 샘 할아범에게 말했다. "그들이 뒤에서 오거든 방해를 놓다가 길가의 도랑으로 밀어붙이는 거요."

샘 할아범이 가속 페달을 밟자 자동차는 미끄러지듯 달렸다. 베일리는 담배에 불을 붙이고, 어깨의 권총 혁대에서 권총을 빼 옆자리에 놓았다. 굉장히 속력을 낼 수 있는 자동차로, 샘 할아범은 이 차에 익숙해 있다. 다음 모퉁이에 농가가 보였으므로 그는 속도를 줄이고 캄캄한 그늘에 자동차를 갖다댔다.

라일리가 돌아다보며 말했다.

"한길에 나가 그들의 동태를 살펴보게."

베일리는 권총을 집어들고 담배를 버린 다음 한길로 나갔다. 모퉁이에서 한길로 나가기 위해 자갈이 깔린 길을 조금 되돌아오자 저벅저벅 발소리가 났다. 그는 한길에 서서 지켜보았다. 저 멀리 술집의 불빛이 어둠 속에서 반짝반짝 빛났다. 밴드가 연주하는 스윙 음악 소리가 희미하게 들려왔다. 잠시 꼼짝 않고 기다리던 베일리는 갑자기 몸을 돌려 자동차로 달려갔다.

"왔네, 왔어!"

샘 할아범이 차의 시동을 걸었다. 자동차 소리가 가까워지자 가속 페달을 밟았다. 미스 블랜디시의 자동차가 지나간 다음 그들의 자동차가 그 뒤를 따라갔다.

"좀더 떨어져 가다가 그들을 몰아붙이시오!" 라일리가 말했다.

앞의 도로는 울창한 나무숲에 뒤덮인 인기척없는 넓은 길이었다. 그들은 여기까지 오기를 기다리고 있었던 것이다. 전조등이 미스 블랜디시의 자동차 뒷면을 계속 비췄다. 제리 맥그완의 머리가 뒷창문으로 보였다. 맥그완은 몸을 뒤로 젖힌 채 자동차가 흔들릴 때마다 함께 흔들렸다.

"저 녀석은 그다지 말썽을 부리지 않을 거야." 베일리가 말했다.

라일리가 코웃음을 쳤다.

다음 모퉁이부터 자동차는 숲 속으로 접어들게 된다. 길은 캄캄하다.

"거리를 좁혀요." 라일리가 말했다.

속도계의 바늘이 60을 가리켰다. 바늘은 차츰 65에서 67로 옮겨갔다.

자동차는 바람을 헤치며 나무숲이 연기처럼 뿌옇게 뒤로 날아가는 속을 곧장 달렸다. 두 대의 자동차 간격은 조금도 좁혀지지 않았다.

샘 할아범은 페달을 한껏 밟았다. 간격이 몇 야드쯤 좁혀지는가싶더니 다시 벌어졌다. 베일리는 앞좌석의 등받이를 붙잡고 몸을 앞으로 내민 채 들뜬 목소리로 외쳤다.

"샘, 전속력을 내요! 저 여자가 우리를 깔보는군. 앞으로 1마일만 더 가면 놓치고 말거요."

속도계의 바늘이 80을 가리켰다. 샘 할아범은 핸들에 바싹 매달려 있었다. 간격이 좁혀지기 시작했다. 울퉁불퉁한 길에서 두 대의 자동차는 앞을 다투며 좌우로 흔들렸다. 샘 할아범이 갈림길에 접어들기 바로 전에 갑자기 기회를 잡았다. 브레이크를 밟고 핸들을 힘껏 돌렸던 것이다. 자갈을 튀기며 타이어가 찌익 소리를 내자 자동차는 길가의 황무지로 들어섰다. 베일리는 자동차 바닥에 나동그라졌다. 자동차가 옆으로 크게 기울어지며 차바퀴가 공중에 붕 떴다가 쿵하고 다시 땅으로 내려앉았다. 샘 할아범이 브레이크에서 발을 떼고 가속 페달을 힘껏 밟자 자동차는 몸을 떨며 길가의 풀숲을 짓뭉갰다. 미스 블랜디시의 자동차는 도로 위를 달리고 있었다. 샘이 황무지로 들어섰다가 앞질러 나왔기 때문에 미스 블랜디시의 자동차는 그 바깥쪽으로 돌아야만 앞질러 갈 수 있었다.

베일리는 심한 욕을 퍼부으며 일어나 좌석에 앉아서 손으로 더듬어 바닥에 떨어진 권총을 찾아냈다. 샘 할아범은 마침내 미스 블랜디시의 자동차 속도를 늦추게 했다. 도로를 갈지자꼴로 달림으로써 앞지르지 못하게 견제하여 차츰 속도를 떨어뜨렸다. 마침내 두 대의 자동차가 멈춰섰다. 베일리의 자동차는 한길 옆에 멈췄다. 베일리는 차에서 뛰어내려 다른 자동차로 걸어갔다. 그리고 미스 블랜디시에게 권총을 들이댔다.

"내려, 우리는 강도다!"

라일리는 차에서 내리려고 하지도 않았다. 창 밖으로 어깨와 팔을 내밀고 바라보고 있었다. 샘 할아범은 자동차 전조등만 내다보며 입을 우물거리고 있었다. 베일리쪽은 보려고 하지도 않았다. 미스 블랜디시에게는 베일리의 얼굴이 보이지 않았다. 그는 자동차 그늘에 서 있었는데, 전조등 불빛의 반사로 권총이 희미하게 번쩍이는 것이 어렴풋이 보였다. 그녀는 문을 열고 밖으로 나왔다. 자동차 문에 손을 얹은 채 눈을 동그랗게 뜨고 베일리를 뚫어져라 쳐다보며 서 있었다. 맥그완이 자동차 안에서 뭐라고 중얼거리며 그제서야 고개를 들었다. 그는 자동차에서 어슬렁어슬렁 나와 미스 블랜디시의 옆에 섰다. 베일리는 팔에 힘을 주었다. 권총이 갑자기 무시무시하게 보였다. 베일리가 말했다.

"조용히 해, 우리는 강도다."

맥그완은 단번에 술기운이 가시는 모양이었다. 그는 미스 블랜디시에게 가까이 다가서며 쉰 목소리로 말했다.

"상대가 누군 줄 알고 이러느냐!"

"진주를 이리 내놓으시오." 베일리가 맥그완을 무시하고 말했다.

미스 블랜디시는 목으로 손을 가져가며 뒷걸음질쳤다.

"그것을 풀어서 이리 내놓아요, 그렇지 않으면 따끔한 맛을 보여줄 테니까!" 베일리가 말했다.
 그녀가 다시 뒷걸음질쳤으므로 베일리는 앞으로 성큼성큼 세 발자국 다가갔다. 맥그완의 앞을 지나려 할 때 옆얼굴을 한 대 얻어맞았다. 길이 울퉁불퉁한데다 마침 베일리는 다리를 들어올리고 있던 참이었으므로 앞으로 고꾸라지고 말았다. 미스 블랜디시가 가냘프게 비명을 질렀다. 너무나 작은 목소리여서 마치 혼잣말처럼 들렸다. 라일리는 베일리 혼자서도 해치울 수 있으리라고는 생각했지만, 미스 블랜디시를 감시하기 위해 샘 할아범을 자동차에서 내쫓았다. 샘 할아범이 38구경 권총을 그녀의 옆구리에 들이댔으나, 그녀는 거들떠보지도 않았다. 그녀의 눈은 도로에 나동그라져 있는 베일리에게서 떠나지 않았다.
 맥그완은 달려들지도 않고 그대로 서 있었다. 베일리가 가지고 있던 권총은 어디론지 어두운 곳으로 날아가버렸다. 방금 맞은 일격으로 화가 치밀어오른 베일리는 넙죽 엎어진 채 혀를 찼다. 잠깐 동안 그 자세 그대로 쉬고 있던 맥그완은 좋은 기회를 놓쳤음을 깨닫고 얼른 덤벼들었다. 그러나 베일리는 벌떡 일어나 한 손으로 먼저 어깨를 내리치고 또 다른 한 손으론 턱을 올려쳤다. 맥그완은 비틀거리며 뒷걸음질쳤다. 균형을 잡으려고 두 팔을 크게 벌렸다. 베일리는 오른손에 얇은 권투용 장갑을 끼고 있었다. 언제나 소맷부리에 찔러넣고 다니는 것이었다. 맥그완의 왼쪽 옆구리를 한 대 먹이자 얼굴이 불쑥 앞으로 나왔다. 그 기회를 잡아 베일리는 눈과 코 사이를 장갑낀 주먹으로 내리쳤다. 판자가 깨지는 듯한 날카로운 소리를 내며 뼈가 부러지는 것을 미스 블랜디시도 들었다. 맥그완은 그 자리에 풀썩 쓰러지고 말았다. 한길에 큰댓자로 누운 그의 길다란 발이 고통으로 꿈틀거렸다. 두 손은 얼굴을 감싸고 있었다. 베일리가 그 위에 버티고 서서 머리를 걷어찼다. 그는 아직도 낮은 목소리로 욕을 퍼붓고 있었다. 처음에는 언제라도 급히 발을 뺄 수 있도록 조심스럽게 찼으나, 이윽고 무서운 힘으로 마구 걷어찼다. 라일리가 자동차에서 몸을 더 내밀었다.

 미스 블랜디시가 맥그완 쪽으로 가려는 몸짓을 했으나, 옆구리에 들이대어진 총부리만 깊이 파고들었다. 그녀는 비명도 지를 수 없었다. 혀가 입 속에서 굳어버린 듯 소리가 나오지 않았다. 눈을 감을 수조차 없었다. 다만 가만히 서서 보고 있을 뿐이었다. 갑자기 라일리가 깜짝 놀란 듯이 자동차문을 열었다. 베일리는 아직도 계속 걷어차고 있었다. 맥그완의 목, 다리, 구두가 내는 소리는 이미 날카로운 소리가 아니었다. 마치 점토를 걷어차고 있는 듯한 무딘 소리였다. 라일리는 그 옆으로 달려가 베일리를 억세게 밀어냈다. 조금 전까지 숨을 쉬고 있던 몸이 지금은 누더기 나무인형처럼 쓰러져 있는 것이 모두의 눈에 들어왔다.

 라일리는 바짝 긴장했다.

 베일리는 풀에다 구두를 문지르기 시작했다. 샘 할아범은 미스 블랜디시 옆에 서 있었는데, 권총을 들고 있던 손이 옆구리에 축 늘어져버렸다. 미스 블랜디시는 비명을 지르며 두손으로 눈을 가렸다. 그녀는 마치 추워서 견딜 수 없는 듯이 몸을 덜덜 떨고 있었다. 라일리는 한쪽 무릎을 꿇고 맥그완을 자세히 살펴본 다음 일어나서 베일리에게 주먹을 휘두르며 창백한 얼굴로 소리쳤다.

 "이 바보! 잘했다, 잘했어……죽었잖아!……이 미친 자식아!"

 베일리는 자기의 셔츠 깃을 손가락으로 거칠게 잡아당겼다.

 "모두 그 녀석 탓이야! 안 그래?"

 베일리는 샘 할아범을 흘끗 보았으나, 샘 할아범은 그의 얼굴을 보려고 하지 않았다.

 세 사람은 장승처럼 서서 맥그완을 내려다보았다. 그들도 살인은 처음이어서 겁을 먹은 것이다. 라일리가 문득 정신을 차리고 미스 블랜디시 쪽으로 천천히 다가갔다. 그는 그녀 곁으로 가서 얼굴에 대고 있는 두 손을 거칠게 잡아뗐다.

"조용히 해!" 너무도 두려운 나머지 미친 듯이 비명을 지르려는 그녀에게 라일리는 소리질렀다. "시끄럽게 굴면 같은 맛을 보여줄 테다!"

미스 블랜디시는 정말 죽는 게 아닌가 하고 겁을 먹었다.

라일리는 다시 한번 그녀에게 소리쳤다.

"꼼짝하지 마!"

베일리가 다가와서 라일리의 팔을 잡아당기며 목소리를 낮췄다.

"여자도 처치하는 것이 좋겠어. 죄다 보았으니까……까발리겠지."

라일리는 그를 밀어젖혔다.

"입 다물어! 자넨 이제 그만 나서게!"

라일리의 눈길은 줄곧 미스 블랜디시에게서 떠나지 않았다. 그녀의 아름다움에 넋을 잃고 있었던 것이다. 여자의 몸을 아래위로 훑어보며 정말 멋진 여자구나 생각하고 있는 자기 자신에게 화를 내고 있던 것이다. 라일리가 다시 그녀 쪽으로 걸음을 내딛자 그녀는 한 걸음 뒤로 물러섰다. 등 뒤의 밝은 전조등 불빛이 드레스를 통해 긴 다리의 실루엣을 비춰주었다. 라일리의 몸은 떨려왔다.

그녀는 물러서라고 애원하는 듯 손을 흔들었으나 라일리는 멈추지 않았다. 차갑고 축축한 그의 손이 맨살의 팔에 닿자 그녀는 깜짝 놀라 뒤로 물러서며 비명을 지르려고 입을 벌렸다. 그러나 반쯤 오므라뜨린 그의 손이 그녀의 얼굴을 뒤덮었다. 라일리는 무릎에서 힘이 빠져버린 그녀를 곧장 자동차까지 끌고 갔다. 그는 뒷좌석에 그녀를 밀어넣고 다른 두 사람을 돌아보며 말했다.

"시체를 저 차에 집어넣고 숲 속으로 몰고 가서 자동차까지 함께 버리고 오게, 빨리!"

샘 할아범의 도움을 받아 베일리가 맥그완을 자동차에 처넣자 샘 할아범은 자동차를 운전하여 도로에서 보이지 않는 황무지 구석으로 몰고 갔다. 한참 만에 그들은 돌아왔다.

"여자를 어떻게 하지?" 베일리가 자동차에 몸을 기대며 물었다.

"잔소리 말고 빨리 타." 라일리가 말했다.

베일리가 주춤거리면서 다시 한 번 물었다.

"어떻게 할 작정이야, 이 여자를 납치할 건가?"

라일리는 느닷없이 베일리의 옷깃을 움켜쥐고 비틀며 한 마디 한마디 힘주어 말했다.

"알겠나, 이 바보 같은 자식아, 네놈 때문에 일이 커졌단 말이야! 어쨌든 좋아. 이번 일은 별수 없고, 앞으로 자네는 쓸데없는 말을 지껄이지 않도록 조심해. 내가 하라는 대로만 해야 해. 알겠나?"

베일리는 라일리가 손을 놓자 뒤로 물러서서 옷매무새를 고치고 샘 할아범 옆에 탔다. 두 사람은 라일리가 무언가 말하기를 기다렸다. 라일리는 뒷좌석에 앉아 손톱을 깨물며 생각하고 있었다.

'제기랄! 전기의자에 앉지 않으려면 이번 일은 굉장히 조심해야겠는걸.'

라일리는 몸을 앞으로 내밀어 앞좌석에 앉은 두 사람의 어깨에 손을 얹었다.

"결국 사람을 죽여버렸으니 앞으로는 둘도 없는 목숨 이외에 우리가 빼앗길 것은 아무것도 없다는 이야기가 됐네."

그는 어떻게 하면 잘 표현할 수 있을까 생각하며 말했다.

"붙잡히면 그 길로 전기의자에 앉게 될 테니까. 이 여자는 모든 것을 알고 있어. 그런데 지금 이 여자를 처치해 버리면 추적하는 손길이 더 빨라질 뿐이지만, 이 여자를 감추고 몸값을 요구하는 편지를 보내면 돈도 얻을 수 있고 달아날 기회도 잡을 수 있을 걸세. 경찰도 여자가 우리와 함께 있으니 그리 거칠게 굴 수 없겠지. 아버지는 몸값을 듬뿍 내놓을 테고, 이제부터 조니에게로 가세. 거기에 숨어 있으면 어지간히 운이 나쁘지 않는 한 들키지 않을 테니까."

베일리가 뭐라고 말하려다 말고 어깨를 움찔했다. 샘 할아범이 돌아다보며 투덜대자 라일리가 윽박질렀다.

"실패로 돌아간다 해도 본전치기라는 걸 모르오? 머리를 써야 하오! 제기랄, 되든 안되든 한번 해봐야 할게 아니오?"

"하지만 이 여자를 데리고 다니는 것은 너무 위험해."

베일리가 말했다.

"걱정 말고 빨리 가기나 해!" 라일리는 베일리의 말을 무시했다.

자동차는 곧장 한길로 나갔다. 모퉁이를 돌자 속도를 냈다. 몹시 어두운 밤으로, 지나가는 자동차도 거의 없었다. 앞으로 갈수록 길은 나빠졌고, 자동차라고는 한 대도 보이지 않았다.

라일리에게는 미스 블랜디시의 모습이 보이지 않았으나 옆에 있다는 것만은 뚜렷이 느끼고 있었다. 손을 여자의 목에 돌려 목걸이의 고리를 겨우 찾아냈다. 자동차가 흔들려 여자의 부드러운 뺨이 손에 닿는 것을 느낄 수 있었다. 목걸이를 벗기기란 무척 힘든 일이었으나 간신히 그것을 벗기어 윗주머니에 넣었다. 그는 다시 손을 내밀어 여자의 정강이를 만졌다. 비단 드레스를 통해 보드러운 살결을 느낄 수 있었다. 갑자기 그는 자기가 땀을 흘리고 있다는 것을 깨달았다. 그러나 베일리가 그의 거친 숨결을 알아차렸는지 라일리의 얼굴에 번쩍하고 불빛을 비췄다. 베일리가 작은 손전등을 들고 몸을 뒤로 돌렸던 것이다. 손전등을 들이댄 채 베일리가 물었다.

"불빛이 필요하겠지?"

라일리는 손전등에 비쳐지자 확 얼굴을 붉히며 급히 손을 뺐다. 베일리가 들고 있는 불빛이 미스 블랜디시를 비췄다. 베일리가 말했다.
"정말 미인이로군."
미스 블랜디시는 기절할 듯한 모습으로 좌석 구석에 웅크리고 있었다. 검은 비단 솔 밑으로 하얀 드레스가 보였다. 베일리는 목걸이가 없어진 것을 알고 눈을 가늘게 떴다.
"불을 꺼!" 라일리가 어색하게 입술을 움직이며 말했다.
"네네, 분부대로 하겠습니다요!" 베일리는 손전등의 스위치를 껐다. "어두워서 곤란하면 언제든지 말하게."
그 다음부터 베일리는 몸의 위치를 바꾸려고 하지 않았다. 좌석 등받이에 기댄 채 꼼짝 않고 라일리를 지켜보는 것이었다.

두 시간쯤 자동차를 몰고 가다가 샘 할아범이 불쑥 휘발유를 넣어야겠다고 말했다. 약 1마일에 한 집 꼴로 불을 끄고 깊이 잠들어 있는 농가가 있긴 했으나, 길은 자동차 왕래가 많은 도로에서 상당히 떨어져 있었다. 베일리가 손전등을 켜 미스 블랜디시를 비췄다. 조용하게 깊이 잠들어 있는 것 같았다. 라일리가 말했다.
"여자는 괜찮겠지. 어디 적당한 곳에서 휘발유를 넣게."
이윽고 외딴 한 주유소가 나타났다. 거기에서 키가 큰 사나이가 휘청거리며 나오더니 한껏 서두르며 탱크에 휘발유를 넣었다. 졸린 듯 자동차 쪽으로는 한 번도 눈길을 주지 않았다. 그가 탱크의 뚜껑을 닫을 때 불을 끈 세단 한 대가 소리없이 그들의 차 옆으로 다가왔다. 세 사나이는 깜짝 놀라지 않을 수 없었다. 그 자동차가 다가오는 소리를 아무도 듣지 못했기 때문이다. 베일리는 얼른 권총으로 손을 가져갔다. 검은 중절모를 깊숙이 눌러 쓴 키가 크고 체격이 좋은 사나이가 세단에서 내려와 재미있다는 듯이 그들의 자동차를 훑어보았다.

베일리가 움직이는 기색을 알아차리고 그 사나이는 불쑥 자동차 안을 들여다보았다.

"왜 이렇게 겁을 먹고 있지?"

"무슨 볼일이오?" 라일리가 물었다.

"라일리 아닌가?" 키 큰 사나이는 더욱 찬찬히 들여다보았다.

"여, 정말 라일리였군!"

자동차 안의 세 사나이는 바짝 긴장하며 세단 쪽을 보았다. 그 자동차의 창문으로 톰슨식 기관총(경기관총)의 가느다란 총부리가 얼굴을 내밀고 이쪽을 노리고 있었던 것이다.

"이게 누구야, 에디 아닌가!"

라일리가 바싹 마른 입술을 겨우 열었다.

"그래, 바로 그 에디일세." 키 큰 사나이가 말했다. "플린이 대포를 끌어안고 있으니까 나에게 이상한 짓을 하면 좋지 않네. 플린에게 톰슨식 기관총을 안겨주면 성급해져서 금방 불을 뿜어버리거든."

"여보게, 에디, 우리가 시비를 걸지도 않았는데 왜 이러나?"

라일리는 겁을 먹고 있었다.

에디는 담배를 입에 물고 성냥을 그었다. 라일리는 미스 블랜디시를 감추려고 몸을 움직였으나 에디는 놓치지 않고 보았다. 그는 천천히 연기를 뿜으며 말했다.

"굉장한 미인이로군."

"그건 그래." 라일리는 다급하게 대답했다. "그럼, 다시 만나세. 우리는 돌아가는 길이거든. 샘, 빨리 떠납시다."

에디는 여전히 자동차의 발판에 다리를 걸고 있었다.

"굉장한 미인이라고 했잖아!"

"맞아, 굉장한 미인이야. 그것이 어쨌단 말이야?"

라일리가 초조하게 말했다.

"자네들은 언제나 이렇게 넷이서 도색 파티를 즐기나?" 에디는 재미있다는 듯이 물었다. "그런데 이상하게 얌전하군."

"몹시 취해서 그래." 라일리는 식은땀을 흘리며 말했다.

"몹시 취했다고? 정말인가? 그거 참, 유감이로군. 어디 좀 들여다볼까? 내가 여자에게 약하다는 건 자네도 알고 있겠지?"

"그만둬!" 라일리가 가냘프게 말했다.

"그 여자를 잠깐 보고 싶다고 하지 않았나!"

에디의 목소리에 갑자기 귀에 거슬리는 어조가 섞였다. 토미건의 총부리가 조금 움직였다. 에디와 라일리는 얼굴을 마주보았다. 이윽고 라일리가 천천히 자동차에서 내렸다. 그는 에디의 어깨 정도밖에 되지 않았고, 에디가 가로막고 서자 조금 움찔했다. 에디는 주머니에서 손전등을 꺼내어 미스 블랜디시에게 밝은 빛을 들이댔다.

"굉장한데, 정말 굉장한 미인이야!" 에디는 몸을 조금 앞으로 굽혔다. "술에 취해 있다고?"

"그래, 정신을 잃었어."

라일리가 담배를 찾으며 말했다. 그 손이 떨렸다.

"자, 방해는 그만하고 우리를 보내줘."

"알았네, 라일리, 방해해서 미안하군." 에디는 물러섰다.

"이런 미인도 술에 취하니 별수없군, 안 그래? 우리 어머니가 늘 말했지. 여자가 술에 취해 있을 때는 손대지 말라고. 대체 얼마나 마셨길래 저렇게 축 늘어졌담. 이처럼 귀여운 아가씨에게는 술을 술잔으로 조금씩 마시라고 말해 주게. 그러면 이런 꼴은 되지 않을 테니까."

라일리가 자동차에 오르자 샘 할아범은 악마에게 쫓기기라도 하듯 급히 차를 몰았다. 에디는 사라져가는 자동차를 꼼짝 않고 서서 바라보다가 모자를 눈 언저리까지 깊숙이 내리고 뒷머리를 긁었다. 키 큰 주유소 사나이가 얼빠진 얼굴로 그를 바라보고 있었으나 에디는 거들 떠보지도 않고 세단 옆으로 돌아와서 창으로 얼굴을 들이밀었다. 그는 토미건을 분해하고 있는 플린에게 말했다.
"여보게, 어떻게 생각하나? 아무래도 수상한 것 같아."
플린은 어깨를 으쓱했다.
"저 조무래기들이 저런 미인을 대체 어떻게 할 작정일까? 저 여자는 누구일까?" 에디는 생각하고 있는 것을 큰 소리로 말했다.
플린은 캄캄한 도로를 내다보며 별로 흥미없다는 듯한 표정을 지었다. 긴 자동차 여행끝이어서 그는 몹시 졸렸던 것이다.
"라일리 같은 조무래기가 납치를 할 리는 없고, 아무래도 수상해. 슬림에게 귀띔해 두는 편이 좋겠네." 에디가 다시 말했다.
플린은 담배를 입에 물며 호소하듯 말했다.
"어서 가지, 안 간다면 나는 조금 눈을 붙였으면 좋겠네."
에디는 서서 졸고 있는 듯한 키 큰 사나이에게 말했다.
"여보게, 전화가 어디 있지?"
얼빠진 얼굴의 그 사나이는 에디를 주유소 안으로 안내했다. 그는 에디가 다이얼을 돌리는 동안 그 앞에 우뚝 서 있었다. 에디는 신호가 가는 소리에 귀를 기울이며 참을성있게 기다렸는데, 이윽고 슬림의 무뚝뚝한 목소리가 귓가에 들어왔다.
"슬림, 지금 라일리 패들이 굉장한 미인을 태우고 지나갔네. 녀석들에게는 어울리지 않는 여자더군. 그 여자는 굉장한 미인인데다 입고 있는 옷도 고급이었고, 라일리 따위와 놀아날 타입의 여자가 아니었네. 어쩐지 라일리가 그 여자를 납치해 가는 것 같은 느낌이 들어 귀띔해 주려고 이렇게 전화한 걸세."
슬림은 잠깐 말이 없었다. 그는 한참 있다가 말했다.
"기다려주게……어머니와 의논해 보겠네."

조금 뒤 그의 목소리가 다시 전화기를 통해 들려왔다.
"그 여자가 어떤 옷을 입고 있었는지 어머니가 알고 싶다고 하는군."
슬림의 목소리는 반신반의하는 투였다.
"하얀 비단 드레스에 검은 숄을 걸쳤더군. 구두에는 장식용 쇠고리가 반짝이고 호화판 파티에서 막 돌아오는 것 같은 차림이었네. 숱이 많은 빨강머리였는데——그런데 슬림, 그녀가 굉장한 미인이었단 말일세. 나는 공주님을 여러 명 보았지만 그녀는 그 중에서도 최고야. 그 여자를 한 번 보면 죽은 녀석도 춤추며 나올 것 같은 정도였다니까!"
에디는 슬림이 어머니에게 느릿느릿 보고하는 것을 참을성있게 기다렸다.
"여보게, 에디, 어머니가 단정을 내렸는데……그 여자는 블랜디시의 딸이라는군. 쇠고기왕 블랜디시의 딸 말이야. 그렇지, 라일리가 그런 큰일에 손대다니 어이없군."
에디가 무슨 말을 하려고 했으나 슬림이 다시 어머니에게 말하는 소리가 들려왔다. 이윽고 에디는 아까보다 훨씬 또렷한 슬림의 목소리를 들었다.
"이것은 확실한 이야기인 것 같네. 어머니의 말에 의하면, 블랜디시의 딸은 오늘 그 유명한 목걸이를 하고 있었다는군. 파티를 끝마치고 골든 슬리퍼에 갔을 거라네. 라일리 녀석이 그 소문을 듣고 목숨을 걸 만한 모험에 손을 댔는지도 모르겠어. 만일 라일리가 그 목걸이와 여자를 손에 넣었다면 굉장한 수확이지. 그대로 내버려둘 수는 없네. 지금 어디 있나?……알았네, 곧 출발하게. 거기서 두 번째 모퉁이에서 나하고 만나세. 라일리 같은 녀석들이 가는 곳이라면 하나밖에 없지. 조니네일 걸세…… 그럼, 출발하게."

에디는 주유소의 얼빠진 사나이에게 1달러를 던져주고 자동차로 돌아왔다. 그는 자동차에 올라타며 말했다.
"여보게, 슬림이 라일리를 들추어서 알아내야겠다네. 녀석들이 블랜디시의 딸에게 손을 댄 것 같다는군."
플린은 신음했다.
"잠이여, 안녕! 인생은 이다지도 즐거운가?"
두 사람이 탄 자동차는 한밤중의 도로를 요란하게 달려갔다.

산꼭대기에 새벽이 얼굴을 내밀었는데도 샘 할아범이 몰고 가는 자동차는 아직도 도로를 곧장 내달리고 있었다. 샘 할아범은 핸들에 바싹 달라붙어 있었다. 지치고 창백하며 초췌한 얼굴이었다. 나머지 두 사람은 끊임없이 뒷창으로 돌아다보며 누군가 따라오지 않나 살펴보았다. 날이 새기 전에 빨리 숨어야만 한다. 미스 블랜디시도 이젠 잠에서 깨어나, 되도록 라일리로부터 떨어지려고 구석에 몸을 웅크리고 앉아 있었다. 질주하는 자동차 안으로 불어오는 바람 때문에 그녀는 추웠다. 라일리는 싸늘한 눈초리로 그녀를 바라보고 있었다. 그녀가 뭐라고 말하려 하자 라일리는 입을 다물게 했다.
"일이 성가시게 됐어." 그는 중얼거렸다.
"하필이면 에디 같은 녀석과 마주쳤으니 말이야. 그 녀석이 슬림에게 일러바치면 우르르 몰려올 걸세."
앞좌석의 베일리도 똑같은 생각을 하고 있었다.
그는 불쑥 돌아다보며 말했다.
"여자를 처치해 버리면 어떨까?"
"쓸데없는 소리 그만둬!" 라일리가 소리치며 권총을 뽑아 베일리의 눈 앞에서 흔들어 보였다. "다시 한 번 쓸데없는 말을 지껄이면 이것으로 쏘아버리겠어!"

"알았네." 베일리는 어깨를 움츠리며 말했다. "슬림이 우리 뒤를 밟으면 일이 잘되지 않을걸."

"슬림은 쫓아오지 않아. 그럴 이유가 없잖아?"

라일리가 윽박질렀다.

"에디가 슬림에게 일러바치겠지." 베일리가 말했다.

"에디가 일러바쳤다고 해서 무슨 일이 있겠나?"

"글리슨 노파가 계책을 세울 걸세." 베일리가 말했다.

라일리는 누가 그것을 모르느냐고 말했다. 글리슨 여두목에게는 언제나 앞을 내다보는 눈이 있다. 늘 그랬었다. 샘 할아범은 자동차를 좁은 오솔길로 몰아 속도를 떨어뜨렸다. 자동차는 조니의 은신처로 다가갔다. 나무숲에 둘러싸인 2층 목조 건물이었다. 그 집으로 들어가는 오솔길은 덤불로 잘라 헤쳐놓았을 뿐인 울퉁불퉁한 길이었다. 자동차는 오솔길을 춤추듯이 달려가 그 집 앞에 멎었다. 베일리가 내려서 세차게 문을 두드렸다. 조금 기다리자 조니가 나왔다. 조니는 알코올 중독자였다. 술을 위해 살고 있는 듯한 사람으로, 얼굴도 그렇게 보였다. 피신해 오는 사람을 숨겨주는 것이 그의 일이었다. 조니는 생기없는 눈으로 베일리를 쳐다보았다. 술 때문에 건강이 상해 정신병원으로 가기 일보 직전의 사람같이 보였다.

베일리가 교섭을 하기 시작했는데, 조니는 그가 초조해 하고 있음을 알자 엄청나게 비싼 값을 요구했다. 라일리는 두 사람이 옥신각신하는 말을 듣고 있다가 마침내 자동차에서 내려 그 옆으로 갔다.

"내게 맡겨." 그는 베일리에게 말하고 나서 조니에게 입 닥치라고 호통을 쳤다. "돈은 충분히 주겠네. 지금 현금을 가지고 있는 것은 아니지만, 저 여자를 돌려주면 많이 들어오게 되어 있어. 여보게, 조니, 저 여자는 10만 달러의 값어치가 있는 보물이란 말일세. 자네에게는 2만 달러를 주지. 자네는 다만 우리에게 밥을 먹여주고, 숨겨주기만 하면 되네. 위험한 일을 하는 것은 우리들이고 자네는 돈만 받으면 그만이야. 어떤가?"

조니는 6만 달러를 요구했다. 라일리는 울화통을 터뜨리며 조니에게 권총을 들이댔다.

"자넨 주는 대로 순순히 받기만 하면 되는 거야. 빨리 먹을 것이나 만들게!"

조니는 어깨를 움찔하며 집 안으로 들어갔다. 베일리가 그 뒤를 따라 들어갔다.

라일리는 자동차로 돌아가 미스 블랜디시에게 내리라고 말했다.

그녀는 조금 머뭇거렸으나, 마침내 울퉁불퉁한 땅에 내려섰다. 그녀는 라일리를 뚫어지게 쳐다보았다. 공포를 가라앉히고 조금씩 고집을 내세우기 시작한 것이다.

"얌전하게 굴면 아무 일도 없다." 라일리가 말했다.

"우리는 당신을 돈뭉치와 바꾸고 싶을 뿐, 다른 생각은 없으니까. 얌전히 굴기만 하면 곧 아버지에게 돌아갈 수 있을 거야. 다만 쓸데없는 짓을 하면 따끔한 맛을 보게 될 테니 그리 알고 있어."

"그런 짓을 하면 나중에 혼날 거예요." 그녀는 떨리는 목소리로 간신히 말했다. "빨리 집으로 보내줘요."

라일리는 윽박질렀다.

"그런 말 아무리 해봐야 소용없어. 여기서는 백만장자의 귀염둥이 딸이 아니라는 것을 알아야 해. 자, 빨리 안으로 들어가지."

그녀는 라일리를 아래위로 훑어보았다. 큰 눈으로 그의 초라한 옷과 투박한 구두를 보았다. 사람을 업신여기는 듯한 그 눈초리에 라일리는 몸이 오그라들었다. 그녀에게 주먹을 휘두르려는 순간 그녀는 홱 몸을 돌려 집을 향해 울퉁불퉁한 길을 걸어갔다. 베일리가 문 앞에 서서 바라보고 있었는데, 그녀가 머뭇거리지도 않고 곧장 들어가므로 자연히 몸을 옆으로 비키지 않을 수 없었다. 그녀는 넓은 거실로 들어갔다. 더럽고 어수선한 방이었다. 왼쪽에 옥내 발코니 비슷한 것이 있었고, 건들거리는 나무 계단이 그쪽으로 연결되어 있었다. 가구는 조니가 손수 만든 듯, 튼튼해 보이긴 해도 뒷손질을 하지 않은 것들뿐이었다. 방 한구석에 석유난로가 있었다.

"여자가 잠잘 만한 곳이 있나?" 라일리가 조니에게 물었다.

"2층에 있지…… 2층에는 아무도 없어."

라일리는 미스 블랜디시를 보며 손가락으로 계단을 가리켰다. 썩은 발판에 걸려 넘어지며 그녀는 라일리를 따라 좁은 계단을 올라갔다. 라일리가 문을 발길로 차서 열어주자 그녀는 작고 어두운 방으로 들어갔다. 라일리는 천장에서 늘어져 있는 석유 램프에 불을 붙이고 주위를 둘러보았다. 더러운 매트리스가 깔린 침대가 하나 있을 뿐, 그 밖에 침구라곤 아무것도 없었다. 물병이 바닥에 놓여 있었는데, 물 표면에 먼지가 엷은 막을 이루고 있었다. 초라한 탁자 위에 양철 세수대야가 얹혀 있고, 창문은 두꺼운 헝겊으로 못을 박아 가렸으며, 방 안에는 시큼한 냄새가 감돌았다.

"마음에 드나?" 라일리가 그녀의 얼굴을 보며 물었다.

미스 블랜디시는 여전히 멸시하는 듯한 얼굴로 그를 보았다. 라일리는 구린내나는 입김이 얼굴에 닿을 만큼 그녀 옆으로 바싹 다가가 소리쳤다.

"그 거만한 눈초리는 이제 그만 거두시지. 끝내 그러면 가만 있지 않겠어!"

그녀가 얼굴을 돌려버리자 라일리는 그 팔을 붙잡고 끌어당겼다.

"키스쯤 해도 괜찮을 것 같은데…… 어때?"

그러나 그녀는 놀랄 만큼 힘을 쥐어짜 그 손을 뿌리치고 어느새 침대 저쪽으로 달아나 있었다. 비로소 그녀의 눈에 공포의 빛이 떠오른

것을 보고 라일리는 싱긋 웃었다. 그는 조금 머뭇거리며 그녀를 쳐다보았다. 비명을 지르거나 법석을 떨면 베일리가 올라올 것이다. 베일리도 이 여자에 관해서는 꽤 까다롭게 굴 것 같았다…… 그가 여자를 어떻게 했다고 해서 뭐라고 말하지는 않겠지만, 그도 역시 이 여자를 어떻게 해보려 할지 모른다. 베일리가 그런 말을 하면 혼을 내주어야겠다고 생각하며 라일리는 출입문 쪽으로 몸을 돌렸다.

"발 밑을 조심해." 하고 라일리는 미스 블랜디시에게 말하고 방에서 나가 방문을 닫았다.

아래층으로 내려가니 샘 할아범이 식탁에 먹을 것을 차리고 있었다. 요리는 형편없는 것이었으나, 세 사람 모두 몹시 배가 고팠다. 라일리는 샘 할아범에게 약간의 음식과 스카치 위스키 한 잔을 미스 블랜디시에게 갖다주라고 일렀다. 샘 할아범은 기꺼이 음식을 한접시 들고 위층으로 올라갔다. 그는 방문을 열고 미스 블랜디시에게 접시를 내밀면서 주춤주춤 말했다.

"이것을 좀 먹어보지."

미스 블랜디시는 방 한가운데 서 있었는데, 음식을 보자 고개를 가로저었다.

"이런 것이라도 먹어야 해." 샘 할아범은 무뚝뚝하게 말했다.

그녀는 샘 할아범의 교활한 주름투성이 얼굴을 보며 접시를 받았다.

"입에는 맞지 않을 거야. 자동차에서 담요를 갖다주지." 하고 샘은 등을 돌려 내려갔다.

샘 할아범이 담요를 가지고 오는 것을 보고 라일리는 빙긋이 웃었다. 샘 할아범이라면 이제 여자 생각은 없을 터이므로 간호사 역으로는 안성맞춤이다. 베일리는 음식을 깨끗이 먹고 접시를 밀어놓은 다음 담배에 불을 붙이고 나서 기지개를 켰다. 샘 할아범이 내려와 멋적은 듯이 식탁 앞에 앉았다.
 "잘 덮어서 재웠소?" 라일리가 놀리는 듯이 말했다.
 "그렇게 이죽거릴 건 없지 않나?"
 샘 할아범은 입 속에 음식을 가득 물고 우물거리며 말했다.
 "저 여자도 앞으로 딱딱한 맛이 가시면 다루기 쉬워질 거요."
 라일리가 말했다.
 베일리가 한 눈을 꽉 감고 하품을 했다.
 "아, 녹초가 되고 말았군! 밤새도록 차를 타고 드라이브하다니, 내 성미에는 맞지 않는 일이야. 난 한잠 자야겠네."
 샘 할아범은 다 먹고 나자 한구석의 마대더미로 가서 눕더니 어느새 코를 골기 시작했다.
 라일리는 조니의 얼굴을 쳐다보았다.
 "아무도 오지 않겠지?"
 조니가 고개를 옆으로 저었다. 그는 산탄총을 들고, 반찬거리를 잡아와야겠다고 말했다. 이 사나이는 총 솜씨가 보통이 아니었다. 자기의 손이 어느 정도 떨리는가를 파악하면 위쪽과 오른쪽으로 1피트씩 낮게 겨냥함으로써 대개 맞힐 수가 있었다. 조니는 겉보기만큼 바보가 아니었다.
 라일리는 조니가 나가는 것을 지켜보고 있다가 이윽고 전화기 옆으로 갔다. 베일리는 그 모습을 바라보다가 샘 할아범 옆의 마대 위에 벌렁 누워 물고 있던 담배를 다 피웠다. 그는 라일리가 조용히 수화기에다 대고 지껄이는 소리를 가만히 귀기울여 듣고 있었다. '상대는 안 나겠지.'――베일리의 얼굴에 엷은 미소가 떠올랐다. 라일리는 전화를 끊고 뒤돌아서서 고개를 끄덕이더니 곧장 2층으로 올라갔다. 베일리는 그가 미스 블랜디시가 있는 방의 옆방으로 들어가는 것을 확인하고 눈을 감았다.

라일리는 딱딱하고 울퉁불퉁한 침대에 옆으로 누워 맞은편 벽을 바라보고 있었다. 마치 얇은 회벽을 통해 미스 블랜디시가 담요에 싸여 움크리고 있는 모습을 꿰뚫어보기라도 하려는 듯이. 공상이 참을 수 없이 부풀어올라 가만히 누워 있기가 어려웠다. 그는 일어나 앉아 두 손으로 머리를 벅벅 긁었다. 손톱을 곤두세워서 긁었다. 땀이 목덜미를 타고 흘러내리는 것을 느낄 수 있었다. 그는 침대 옆으로 두 다리를 내려놓고 구두를 벗어던졌다. 구두가 바닥에 떨어지는 소리가 울렸다. 앉은 채 숨을 헐떡이며 떨리는 두 손을 내려다보았다. 마침내 그는 일어나서 윗옷을 벗었다. 권총이 거추장스러워 권총 혁대도 끌러 침대 위에 내던졌다. 살금살금 방문쪽으로 가서 조용히 열어보았다. 발코니로 나가 아래층 거실을 내려다보았다. 베일리와 샘 할아범은 죽은 듯이 잠들어 있었다. 미스 블랜디시의 방 앞에 서서 조금 망설였다. 잠들어 있는 두 사람을 한 번 더 내려다본 다음 그는 방문의 손잡이를 살짝 돌리고 안으로 들어갔다. 헝겊으로 가린 창문 틈으로 불빛이 비쳐들었다. 램프는 켜져 있지 않았으나 방 안은 그다지 어둡지 않았다. 침대에 엎드려 있는 미스 블랜디시의 모습이 보였다. 두 팔을 베개삼아 베고 잠든 것 같았다. 라일리가 조용히 방문을 닫자 그녀는 조금 움직여 몸을 펴며 옆으로 누웠다.

라일리는 그 위에 몸을 굽히고 두 손으로 여자의 팔을 붙잡으려고 했는데, 순간 그녀가 잠을 깨어 비명을 지르려고 했으므로 얼른 입을 틀어막았다. 그녀의 눈은 인형을 일으켜 세웠을 때처럼 크게 뜨여졌다. 라일리는 어둠 속에서도 그 눈에 공포가 가득 담겨 있는 것을 보고 이를 드러내며 소리없이 웃었다. 라일리는 얼굴을 가까이 대고 속삭였다.

"얌전히 해. 이제는 달아날 수도 없고 소리를 질러도 소용이 없어, 알았지. 조용히 해! 쓸데없이 떠들면 그 이를 부러뜨려줄 테니까.

두 번 다시 소리지르지 못하도록 실컷 때려주겠단 말이야. 떠든다고 해서 누가 오지도 않을 테고, 도리어 혼만 나게 될걸. 알았지?"

라일리는 팔을 붙잡았던 손을 천천히 놓았다. 미스 블랜디시는 소리도 지르지 못하고 누워 있었다. 두 팔을 벌린 채 담요 위의 손은 위를 향해 뻗쳐 있었다. 벌겋게 달아오른 라일리의 얼굴을 보고 그녀는 소름이 끼치는 듯했다. 고개를 저으며, 무릎을 꼭 붙이고, 몸을 뻣뻣이 하며 오므렸다. 라일리가 와락 덮치며 여자의 팔을 침대에 내리눌렀다. 기름이 번들거리는 얼굴이 입술을 찾았다. 그녀는 재빨리 얼굴을 돌렸다. 이때 방문이 열리며 베일리가 들어왔다. 열린 방문과 문틀 사이로 스며드는 불빛이 침대를 정면으로 비췄다. 베일리는 고양이같이 날렵하게 안으로 들어왔다. 열린 방문과 문틀 사이로 들어오는 빛이 잠깐 그의 윤곽을 드러내보였으나 곧 그 모습은 어둠 속으로 녹아버렸다. 라일리는 움직이지 않았다. 두 손을 빼냈을 뿐이었다. 권총을 가지고 오지 않은 것을 몹시 후회했다. 베일리의 38구경 권총이 번쩍 하는 것을 보고 그 총알이 자기 몸을 꿰뚫기를 기다렸다.

"엉뚱한 생각 하지마, 라일리!" 베일리가 어둠 속에서 소리죽여 말했다. "뒤돌아보지도 말고!"

라일리는 꼼짝도 하지 않고 앉아 있었다. 머리만 반쯤 돌려 베일리를 보았다. 미스 블랜디시는 그의 손에서 빠져나와 침대 끝에 앉아 있었다. 숨이 막힐 정도로 몹시 가슴이 뛰고 있었다.

"그렇게 마음대로 되지는 않을걸, 이 겁쟁이야!" 베일리가 말했다. "자네는 이 여자가 탐이 났지? 우리 모두가 체포당할지도 모르는 위험한 지경에 몰리더라도 이 여자를 손에 넣고 싶었지? 하지만 이 여자는 자네 손에 들어가지 않아……알겠나? 이 여자는 제 아비에게 돌려주어야 해. 나는 이 여자를 돌려주고 돈이나 듬뿍 받아야겠어."

"이 바보!"

라일리는 고함질렀다. 얼굴에 기운이 솟아올랐다.

"그놈을 죽인 건 자네가 아닌가!"

"그랬던가?" 베일리는 여전히 목소리를 죽이고 있었으나 흥분으로 몸을 떨고 있었다. "이 여자는 자네에게 몹쓸짓을 당할 뻔하다가 나 때문에 살아났으니 틀림없이 나에게 감사할 거야. 쫓기는 사람은 바로 자네야. 그리고 이 아가씨는 자기 아버지에게 여러 가지 명령을 내린 것은 자네라고 말할 거야."

라일리는 부르르 몸을 떨었다.

"자네는 지금 어떻게 그런 말을 할 수 있나?"

베일리가 몸을 꼿꼿이 하며 대답했다.

"이런 날이 오기를 나는 오랫동안 기다리고 있었지. 그런데 오늘이야말로……."

조용히 노크 소리가 나더니 조니가 얼굴을 들이밀었다. 쭈글쭈글한 얼굴에 눈이 크게 뜨여져 있었다. 턱이 떨리는 것을 옆에서도 알 수 있었다.

"슬림 일당이 저 아래에 와서 자네들을 보고 싶다네. 자네들은 아직 자고 있다고 했지."

베일리는 손을 내려놓고 조급하게 라일리를 쳐다보았다. 두 사람은 크게 겁을 먹은 채 서로의 얼굴을 마주보았다. 베일리가 재빨리 중얼거렸다.

"제기랄! 내가 뭐라고 했나! 슬림이 올 거라고 하지 않았어!"

"여자와 진주가 있다는 것을 눈치채지 못하게 하면 돼!" 라일리가 침대에서 가만히 내려왔다. "아래층으로 내려가서 그 녀석들을 붙잡아둬. 여자는 이리로 오는 도중 버리고 왔다고 말해. 상대가 몇 명인지 보고……되도록이면 처치해 버릴 기회를 잡아야 해. 나는 권총을 차고 곧 내려갈 테니까."

베일리는 잠깐 머뭇거렸으나 곧 결심한 듯 방에서 나갔다. 라일리는 조니를 잡아끌었다.

"알겠나, 조니? 자네는 여기 있으면서 여자가 떠들지 못하도록 하게." 그는 미스 블랜디시에게 말했다. "이봐, 아래에 있는 녀석들은 그 귀엽고 가는 목을 짓이기고도 끄떡하지 않을 녀석들이야. 슬림은 사람이 아니야…… 목숨이 아깝거든 입을 꼭 다물고 있어."

미스 블랜디시는 방에서 나가는 라일리의 입가에 하얀 공포의 빛이 떠올라 있는 것을 알 수 있었다.

라일리는 발코니에 서서 밑에서 자기를 올려다보고 있는 사나이들을 내려다보았다. 에디는 두 손을 레인코트 주머니에 찌르고 있었다. 검은 중절모를 깊숙이 쓰고, 플린은 그 왼쪽에 있었다. 역시 두 손을 주머니에 찌르고 있었으며, 그 눈은 차갑고 빈틈이 없었다. 로키와 윌리엄스가 슬림 옆에 서 있었다. 두 사람 모두 담배를 피우고 있었다. 라일리를 쳐다보지 않는 것은 슬림뿐이었다. 그런데 라일리가 마음을 놓을 수 없는 사람은 이 슬림이었다. 샘 할아범은 마대 위에 일어나 앉아 졸린 눈으로 난처한 표정을 짓고 있었다. 베일리는 팔짱을 끼고 벽에 기대어 서 있었다.

슬림 글리슨은 반짝거리는 자기의 뾰족한 구두 끝을 내려다보고 있었다. 후리후리하게 키가 큰 사나이로, 표정이 없는 돌 같은 얼굴이었다. 시르죽은 입매며 졸린 듯한 표정으로 보아서는 혈기도 없고 재능도 없는 하찮은 사나이로밖에 여겨지지 않지만, 슬림이라는 사나이는 사람의 가죽을 쓴 냉혹하기 짝이 없는 괴물인 것이다. 말라비틀어진 보잘것 없는 몸뚱이와 얼빠진 얼굴 뒤에 냉혹하고 잔인한 정신이 숨어 있는 것이다.

슬림 글리슨은 진짜 살인청부업자였다. 그는 지금까지 온갖 종류의 사람을 죽였다. 그것도 어떤 이유가 있어서가 아니라, 죽이고 싶어서 죽이는 것이었다. 그는 돈이 필요해서 사람을 죽이는 일을 아주 젊었을 적부터 하고 있었다.

어머니 글리슨 노파가 이 아들을 훌륭한 갱으로 만들기 위해 훈련시켰던 것이다. 독립하여 처음 얼마 동안은 그도 실수를 저질러 짧은 형을 언도받고 교도소를 들락거렸다. 어머니는 아들이 형기를 마치고 자유의 몸이 되어 나오기를 참을성있게 기다렸다가 처음부터 다시 훈련시켰다. 차츰 그는 실수를 하지 않게 되었다. 그는 은행 강도를 전문으로 하는 유력한 갱단에 들어갔다. 갱단 내의 반대세력은 닥치는 대로 죽이는 간단한 방법으로 지위를 쌓아올렸고, 마침내 모든 단원은 그가 하라는 대로 움직이고 그를 지도자로서 떠받들게 되었다. 어머니 글리슨 노파가 그 속에 파고들어와 지휘봉을 휘둘러 갱단은 어느새 이 여자 밑에 놓이게 되었다. 슬림은 위험한 일을 솜씨있게 해치웠고, 그녀는 집 안에 들어앉아 모든 일을 조정했다. 나머지 다른 사람들은 명령대로 돈이 있음직한 곳을 휩쓸고 돌아다니기만 하면 되는 것이었다.

라일리는 플린이 잔뜩 약이 올라 안절부절못하고 있음을 알았다. 잘못 폭발시켰다가는 큰일이다. 라일리는 우뚝 선 채 애써 웃어보였다.

"여, 라일리, 우리가 올 줄 짐작 못했나?" 에디가 말을 걸었다.

라일리는 좁은 계단을 내려갔다. 그는 아래에서 자기를 기다리는 사나이들에게서 잠시도 눈길을 떼지 않고 계단을 발 끝으로 더듬다시피하며 느릿느릿 내려갔다. 그는 태연한 목소리를 내려고 애썼다.

"이거 참, 뜻밖의 손님이로군!"

라일리는 베일리 옆에 섰으나 서로 얼굴을 쳐다보지는 않았다. 에디가 교섭을 맡을 것 같았다. 슬림은 얼굴도 들지 않은 채 여전히 구두 끝만 열심히 내려다보고 있었다.

"아까 데리고 있던 미인은 어디 있지?" 에디가 물었다.

"도중에서 내려놓고 왔어." 라일리가 천천히 대답했다.

에디가 담배꽁초를 버리고 발로 문질렀다.

"내려놓고 왔다고? 그거 참, 유감이로군. 다시 한 번 그 여자를 보고 싶었는데. 라일리, 그 여자는 누군가?"

"그저 시시한 여자야." 라일리는 에디의 턱 언저리를 보며 대답했다. "여보게, 모두들 왜 이러나? 미인을 본 적이 한 번도 없었단 말인가?"

라일리가 애써 허물없는 태도를 취하려고 했으나 에디는 냉정하게 받아들이지 않았다.

"혹시 그 여자를 골든 슬리퍼에서 주워오지 않았나?"

라일리는 단념하지 않았다. 재미있는 연극을 해보였다.

"왜들 이러나? 골든 슬리퍼라고? 우리같이 하찮은 좀도둑이 어떻게 그런 어마어마한 곳에 가겠나? 그 여자는 이티 식당에서 만났어. 술을 마시고 허튼소리를 지껄이고 있기에 조금 데리고 놀려고 꾀었지. 그런데 막상 데리고 오다보니……정말 한심하게도 곤드레가 되어 있지 뭔가. 그래서야 아무짝에도 쓸모 없겠다 싶어 술이나 깨라고 걸어서 돌려보냈다네."

에디는 싱긋 웃으며 혼자 재미있어 했다.

"그렇다면 그 여자는 하찮은 불량소녀에 지나지 않았단 말인가? 그리고 별로 재미도 보지 못할 것 같아 걸어서 가게 했다 그 말이지? 내 눈에는 어느 부잣집 아가씨처럼 보이던데."

"요즈음은 어떤 여자든 모두 부잣집 아가씨같이 하고 다니니까. 영화 덕분이지." 라일리가 대답했다.

슬림이 구두 끝에서 눈길을 떼고 라일리를 뚫어지게 쳐다보았다. 라일리는 땀을 흘리기 시작했다. 슬림은 징그러운 표정을 짓고 있었다.

"조니는 어디 있지?"

슬림의 목소리는 쉬어서 속삭임 이상의 큰 소리는 좀처럼 내지 않았다.

라일리는 벽에 몸을 기대고 발의 위치를 바꾸며 대답했다.

"2층에 있네"

"데려 오게!" 슬림이 에디에게 명령했다.

2층 방문이 열리며 조니가 급히 나오더니 난간에 기대섰다. 아래층 사나이들은 일제히 얼굴을 들었다. 조니는 어느 편도 아니다. 지금까지도 목숨을 소중히 간직해 왔고, 앞으로도 소중히 간직하고 싶었다. 그는 먼저 라일리를 본 다음 슬림에게로 눈을 옮겼다. 라일리는 필사적으로 그를 쏘아보았으나 조니는 이미 그를 거들떠보지도 않았다. 그는 고개를 돌려 등 뒤의 방문을 보았다. 그를 올려다보는 사나이들 사이에는 아무 움직임도 없었다. 이윽고 조니는 난간으로 몸을 불쑥 내밀고 쉰 듯한 목소리로 나직이 말했다.

"아가씨가 밖으로 나가고 싶다는데."

아무도 움직이지 않았다. 라일리는 긴장했고, 베일리는 얼굴이 창백해졌다.

"데리고 내려와!" 슬림이 말했다.

조니가 돌아서서 방문을 열었다. 방 안으로 얼굴을 들이밀고 뭐라고 말한 다음 뒤로 물러섰다. 미스 블랜디시가 발코니로 나왔다. 아래층의 사나이들이 그녀의 모습을 뚫어지게 바라보았다. 그녀는 아래를 내려다보고 사람들이 있는 것을 알고는 깜짝 놀라 뒷걸음질쳤다. 조니가 다시 뭐라고 말하며 계단을 가리켰다. 여자는 고개를 저으며 방으로 돌아가려고 했다. 그러자 조니가 팔을 잡고 끌어당겼다. 여자는 공포와 불쾌감으로 몸을 움츠렸다. 아래층이 물을 끼얹은 듯 조용하다는 것을 그녀는 뚜렷이 느꼈다. 아무도 움직이지 않았다. 모두들의 눈이 그녀에게로 쏠려 있었던 것이다.

조니에게 쫓기다시피하며 그녀는 아래층으로 내려왔다. 두 사람은 방 안을 가로질러 불빛이 비치는 밖으로 나가 자그맣게 내달아 지은 오두막으로 갔다. 라일리와 베일리에게서 눈길을 떼지 않은 것은 플린 한 사람뿐이었다. 나머지 사람들은 한 줄로 늘어선 납인형처럼 꼼짝도 하지 않고 서서 미스 블랜디시가 오두막에서 나와 다시 돌아올 때까지, 그리고 계단을 올라가 자기 방으로 들어갈 때까지 지켜보고 있었다. 조니가 함께 방으로 들어가 방문을 닫았다. 방문이 닫히자 비로소 긴장이 풀렸다. 윌리엄스, 로키, 에디, 플린이 불쑥 권총을 꺼냈다.

"놈들의 권총을 빼앗아!" 슬림이 말했다.

윌리엄스가 베일리 옆으로 다가가 어깨의 권총 혁대에서 권총을 빼냈다. 베일리는 입술을 축이며 꼼짝도 못하고 있었다. 윌리엄스는 라일리에게도 똑같이 했다. 그가 샘 할아범 쪽으로 몸을 돌렸을 때, 할아범이 느닷없이 권총을 뺐다. 놀라우리만큼 재빠른 동작이었다. 위험하다는 생각이 윌리엄스의 머리에 떠오르기도 전에 큰 권총에서 불이 뿜어져나왔다. 플린이 그 기색을 알아차리고 동시에 권총을 쏘았다. 윌리엄스는 용케 바닥에 엎드려 목숨을 건졌으나, 샘 할아범은 정수리가 날아갔다. 그가 앞으로 쓰러지며 쭉 뻗은 손에서 권총이 떨어졌다. 라일리와 베일리는 파랗게 질려 숨도 쉬지 못했다. 두 사람은 꼼짝 않고 기다렸다. 슬림은 그 두 사람을 본 다음 샘 할아범에게로 눈길을 돌렸다. 굶주린 이리 같은 얼굴이었다. 조니가 뛰어나와 아래층을 내려다보더니 다시 방으로 들어갔다.

"저자를 처리해." 슬림이 말했다.

윌리엄스와 로키가 샘 할아범을 들어올려 끌다시피 바깥 빈터로 데려갔다. 두 사람은 곧 돌아왔다. 에디가 불쑥 라일리 옆으로 다가갔다.

"자네들은 독 안에 든 쥐나 다름없으니 순순히 털어놓으시지. 저 여자는 누군가?"

"우리는 정말 누구인지 모른단 말이야!"

라일리의 온 몸이 부들부들 떨리고 있었다.

"그래? 그렇다면 내가 가르쳐주지." 에디가 말했다. "저 여자는 블랜디시의 딸이고, 자네는 그 진주목걸이를 가로챘어. 지금 그것을 몸에 지니고 있겠지, 안 그런가?"

갑자기 에디의 손이 라일리의 셔츠 가슴을 걷어올렸다. 그는 마치 인형을 다루듯 라일리를 앞뒤로 흔들었다.

"내 말엔 틀림이 없다."

에디는 라일리의 안주머니에 손을 넣어 진주목걸이를 꺼냈다. 그가 목걸이를 슬림에게 던져주자 슬림은 받아서 불빛에 비춰보며 말했다.

"최고급품이로군."

뼈가 앙상한 슬림의 손가락에 늘어진 진주를 바라보며 모두 몹시 긴장하고 있었다.

슬림이 진주를 감상하며 말했다.

"블랜디시라면 백만장자지. 그 딸은 아비에게 대단히 귀중한 존재야. 이 목걸이도 2만 달러는 더 나갈 테고……과히 나쁘지 않은 일거리로군."

슬림은 마지막 낱말을 헤벌어진 입술에서 침을 흘리듯이 느릿느릿 내뱉었다. 그는 에디에게 발코니 쪽을 턱으로 가리켰다. 에디는 계단을 올라가 미스 블랜디시와 조니가 앉아 있는 방으로 들어갔다. 조니에게 턱짓해 보이자 그는 밖으로 나갔다. 에디는 미스 블랜디시의 옆으로 다가갔다. 그녀는 마대로 가린 창가에 서 있었다. 가슴이 몹시 물결치고 있었으며 하얀 한쪽 손을 입에 대고 있었다.

에디는 빠른 어조로 조용히 말했다.

"내 말을 명심해서 들어. 이제부터 드라이브를 할 텐데 얌전하게 굴면 아래층에 있는 사람들이 당신에게 심한 짓은 하지 않을 거야. 우리는 당신 아버지와 교섭만 잘되면 돌려보낼 생각이지. 쓸데없는 말을 지껄이면 저 밑에 있는 슬림은 잔인한 사람이니만큼 어떤 짓을 할지 몰라. 하라는 대로 하고, 쓸데없는 말은 하지 말 것……알았지?"

미스 블랜디시가 말했다.

"제발 지금 당장 보내줘요!"

에디는 그녀의 팔을 잡았다. 굉장한 미인이었기에 그는 다정한 미소를 지어보였다.

"얌전히 굴어야 해."

여자는 뒷걸음질쳤다.

"돈이 필요하다면 아버지가 지급할 거예요……나를 저 사람들에게로 데려가지 말아줘요, 저 사람들은……."

갑자기 그녀는 입을 다물고 어디 숨을 곳이 없나 하고 찾는지 방 안을 두리번거렸다.

에디는 그 팔을 가볍게 두드려주었다.

"자, 이리와요. 내가 너무 친절하게 해주면 오히려 좋지 않아. 침착해야 돼. 내가 잘 돌봐 줄 테니까."

"나를 어디로 데려가는 거지요? 어째서 지금 당장 아버지에게 전화를 걸지 않죠? 아버지가 돈을 가지고 오실 거예요……어째서 내가 당신들과 함께 가야 하죠?"

에디는 출입구로 가서 방문을 열었다. 그리고 턱을 치켜올리며 말했다.

"나가. 내가 일러준 말을 잊어서는 안돼."

그의 목소리는 조금 화난 듯 했다. 미스 블랜디시는 문득 지금의 이 어쩔수 없는 상황을 깨닫고 순순히 그 뒤를 따라갔다.

에디가 2층으로 올라갔을 때, 슬림은 플린에게 말했다.

"이 녀석들을 밖으로 끌어내!"

윌리엄스와 플린이 베일리와 라일리를 집 밖으로 내몰았다. 두 사람은 덤불 속으로 끌려 갔다. 슬림이 빠른 걸음으로 그 뒤를 쫓아갔다. 손에 두 개의 밧줄을 들고 있었다. 그의 험악한 눈이 번쩍번쩍 빛났다. 그는 오늘날까지 천천히 사람을 죽인 경험이 없었다. 지금 그는 흥분으로 온몸이 떨려오는 것을 느끼고 있었다. 지금까지의 살인은 모두 재빨리 해치운 경우뿐이었다. 빨리 하고 싶기 때문이 아니라 안전을 위해서 그렇게 했던 것이다. 그런데 지금은……지금은 이야기가 다르다. 라일리가 사태를 파악했는지 마구 떠들어대는 소리가 들렸다. 슬림에게는 이러한 일들이 즐거웠다.

베일리는 말없이 걸어갔다. 얼굴이 창백했으나 눈에는 자포자기의 위험한 기색이 떠올라 있었다. 조그만 덤불 한가운데에 있는 빈터로 나오자 모두들 여기가 적당한 처형장이라 생각하고 걸음을 멈추었다. 슬림은 적당한 나무 두 그루를 손가락으로 가리켰다.

"이 나무에 묶어."

플린이 베일리를 감시하고 있는 동안 윌리엄스는 슬림이 던져준 밧줄로 라일리를 단단히 묶었다. 라일리는 살려고 버둥거리지 않았다. 지나친 공포로 덜덜 떨면서 단념하고 서 있었다. 윌리엄스는 한 걸음 뒤로 물러나 베일리와 마주섰다. 베일리는 자진해서 그 나무 옆으로 가서 기대섰다. 그리고 윌리엄스가 옆으로 오자 뱀이 덤벼드는 듯한 발짓으로 그를 걷어찼다. 편상화(編上靴)를 신은 발로 윌리엄스의 배를 걷어차고 나서 베일리는 재빨리 나무 뒤로 돌아갔다. 플린의 권총과 그 사이에는 가느다란 나무가 한 그루 서 있을 뿐이었다.

슬림은 갑자기 무시무시한 흥분을 드러내기 시작했다. 그는 새된 소리로 외쳤다.

"쏘지 마! 사로잡아야 해!"

윌리엄스는 잡초 위에서 몸을 뒤틀며 숨을 가다듬으려고 애썼다. 플린은 그 나무를 향하여 천천히 걸어갔다. 슬림은 양쪽으로 날이 선 길다란 칼을 손에 들고 서 있었다. 베일리는 달아날 길을 찾으려고 주위를 둘러보았다. 등 뒤에는 풀숲이 우거져 있고 앞에서는 플린이 천천히 다가오고 있었다. 왼쪽에는 칼을 든 슬림이 서 있다. 운을 하늘에 맡기고 달아나려면 오른쪽이다. 그는 몸을 홱 날렸으나 플린은 생각보다 가까이에 있었다. 플린을 겨냥하여 때렸는데 플린은 예기하고 있었는지 베일리의 주먹은 그의 머리 위를 헛치고 말았다. 베일리는 헛치는 순간 앞으로 고꾸라지며 플린과 맞붙었다. 잠시 동안 서로 뒤얽혀 싸우다가 마침내 힘센 베일리가 밀어서 떼어버렸다. 플린의 턱에 오른손으로 펀치를 먹이자 플린은 길게 뻗고 말았다. 베일리는 뒤로 물러섰다.

슬림은 꼼짝도 하지 않았다. 바싹 마른 몸의 힘을 빼고 게슴츠레한 입을 반쯤 벌린 채 긴 칼을 축 늘어뜨리고 서 있었다. 윌리엄스는 아직도 맥을 못 추고 있었다. 베일리는 갑자기 생각을 바꾸었다. 상대는 슬림뿐이다. 그렇다면 라일리를 도와주고 함께 녀석들의 헛점을 찌르면 된다. 그는 험악한 눈을 번뜩이며 기다리고 서 있는 슬림 쪽으로 갔다. 베일리는 갑자기 슬림이 히죽 웃는 것을 알았다. 그의 옆은 미소를 보고 베일리는 깨달았다. 거기 서 있는 것은 바보의 가면을 벗은 살인청부업자였다. 베일리는 그가 자기를 죽일 것이라고 생각했다. 걸음을 멈추려고 했으나 이미 다리가 말을 듣지 않았다. 슬림에게 다가가며 차츰 담이 약해지는 것을 느꼈다. 땀이 눈으로 흘러들어갔다. 슬림으로부터 몇 야드 떨어진 곳에서 그는 걸음을 멈추었다. 눈 깜짝할 사이에 목숨이 끊어진다는 것을 스스로 깨달았다. 무언가가 허공에서 번쩍 했다. 어떤 번쩍이는 것이 이쪽으로 날아오는 도중 햇빛을 받은 것이다. 마침내 그는 슬림의 칼을 목으로 받았던 것이다.

슬림은 서서 베일리가 죽어가는 것을 바라보았다. 언제나 사람을 죽일 때 느끼는 도취감이 마구 핏속을 달렸다. 윌리엄스가 팔꿈치를 세우며 일어섰다. 창백한 얼굴로 투덜투덜 욕을 퍼부었다. 플린은 아직 벌렁 누워 있었다. 턱에 멍이 들었다. 슬림은 라일리 쪽으로 눈길을 돌렸다. 라일리는 눈을 감고 있었다. 슬림은 베일리 옆으로 가서 가느다란 상처 자국에서 칼을 잡아뺐다. 칼을 풀에다 대고 비벼 피를 깨끗이 닦았다. 네 번쯤 그렇게 하자 칼날은 겨우 다시 반짝이기 시작했다. 그는 한쪽 무릎을 꿇고 칼을 닦고 있었다. 윌리엄스는 꼼짝도 하지 않고 그 모습을 지켜보고 있었다. 이윽고 슬림이 일어서더니 라일리 옆으로 다가갔다. 라일리는 갑자기 자기가 무슨 일을 당할 것인지 깨달은 듯 다시 떠들어댔다. 슬림은 그 바로 옆에 가서 히죽 웃었다.

"죽이지 마!" 라일리는 눈알이 튀어나올 만큼 크게 뜨고 외쳤다.
"제발 살려줘!"

슬림은 여전히 흰 이를 드러낸 채 웃고 있었다. 기분이 좋은 것이다. 그는 상대의 겁먹은 모습을 보기 좋아했다. 상대가 벌벌 떨수록 그만큼 자기가 얼마나 강한가를 느낄 수 있기 때문이었다. 슬림은 손을 뻗어 라일리의 셔츠 자락을 바지에서 꺼냈다. 세차게 한 번 비틀자 셔츠 자락이 찢어졌다. 라일리는 배를 드러내고 서 있는 모습이 되었다.

"이것을 거기에 박아주지."

슬림은 부들부들 떨고 있는 배의 살을 칼로 쿡쿡 찔렀다.

"라일리, 네 창자에 깊숙이 찔러넣어주겠단 말이다. 그것도 시간을 듬뿍 들여서 해주지."

"내 말 좀 들어줘. 제발 그런 짓 하지 마!" 라일리는 헐떡이며 말했다. "제발……그만해……나는 아무 짓도 하지 않았어……언제나 말했지? 슬림, 알고 있잖아? 나는 라일리야……나 같은 놈을 그런 ……그만둬, 슬림! 아니야……제발……그만……그만둬……그만둬……슬림!"

슬림은 여전히 히죽히죽 웃으며 칼을 라일리의 배꼽 바로 밑에 대고 칼자루에다 몸의 무게를 걸었다. 칼은 마치 버터 속으로 꽂히듯 천천히 들어갔다. 라일리는 이를 드러냈다. 입을 벌리고 있었다. 그렇게 하고 서 있는 동안 후유 하고 숨이 빠져나가는 길다란 소리가 났다. 슬림은 뒤로 물러섰다. 검은 칼자루가 라일리의 배에 흉측한 모습으로 꽂혀 있었다. 라일리는 나직이 떨리는 소리를 질렀다. 그의 무릎이 푹 꺾였으나 밧줄이 그 몸을 붙들어매고 있었다.

슬림은 2, 3피트 떨어진 풀 위에 앉아 담배를 입에 물었다. 그는 모자를 눈 위로 젖혀올리고 라일리를 물끄러미 바라보며 말했다.

"천천히 죽게나, 형씨!"

제2장

 그들은 미스 블랜디시를 갓이 없는 전등이 눈부신 불빛 한가운데로 밀어냈다. 그녀의 손은 플린의 머플러로 뒤로 묶여 있었다. 눈에는 더러운 솜 같은 것이 셀로판 테이프로 붙여졌다. 그녀를 똑바로 세우기 위해서는 에디가 겨드랑이 밑에 손을 넣어 부축해 주어야만했다. 거칠지만 따뜻한 손의 감촉이 눈이 가리어진 그녀에게는 의지가 되었을 정도였다. 슬림은 벽에 기대서서 사람을 죽인 뒷맛에 흠뻑 젖어 있었다. 배불리 먹은 사람처럼 느긋하고 편안한 기분이었다. 어머니 글리슨은 의자에 앉은 채 미스 블랜디시를 맞이했다. 노파는 몸집이 크고 뚱뚱하고 거친 느낌의 여자였다. 입의 양옆 볼 언저리에 살이 자루처럼 축 늘어져 있었다. 매부리코가 날카로운 갈고랑이처럼 늘어져 있고, 작은 눈이 반짝반짝 빛나며 깜박거리지도 않았다. 출렁이는 커다란 가슴에는 값싼 보석이 번쩍이고 있었다. 크림빛 드레스를 입고 있었는데, 마치 크게 말아놓은 더러운 커튼 뭉치처럼 보였다. 굵은 팔에는 푸른 혈관이 레이스 천을 통해 비쳐보였다. 마치 작은 산 같은 모습으로 웅크리고 앉아 노파는 두 손으로 무릎을 붙잡고 있었다.

 에디가 머플러를 풀고 미스 블랜디시의 눈에서 셀로판 테이프를 잡아뜯었다. 셀로판 테이프가 솜털과 함께 뜯겨나가 따가웠다. 억겁(億劫)을 지낸 독수리 같은 모습으로 앉아 있는 글리슨 노파는 조금 무시무시하게 느껴지기까지 했다. 미스 블랜디시는 뒷걸음질치다가 에디의 발끝을 밟아버렸다. 그는 그녀를 조금 밀며 조용히 하라고 말했다.

 "두목, 미스 블랜디시입니다. 이봐, 아가씨. 이분이 슬림의 어머니셔."

 노파는 미스 블랜디시를 아래위로 훑어보았다. 쏘는 듯한 시선이어서 미스 블랜디시는 에디의 손이 부축해 주지 않았더라면 그 자리에 주저앉고 말았을 것이다.

 노파는 말 많은 사람을 싫어했고 자기 자신도 별로 지껄이기를 좋아하지 않았다. 여느 사람이 열마디 정도 해야 할 경우에 그녀는 겨우 한 마디 하는 것이었다. 그러나 이번 경우는 조금 달랐다. 꽤 말을 길게 했던 것이다.

 "너의 아버지가 올 때까지 너는 여기 있어야 해. 운이 좋으면 그리 오래 걸리지 않겠지. 그것은 너의 아버지에게 달려 있어. 너의 아버지가 이상한 짓을 하면, 너의 몸을 잘게 토막내어 저쪽에서 뉘우칠 때까지 매일 한 토막씩 보내겠다. 그리고 너를 잘게 토막내기 전에 먼저 이 사람들에게 너를 맡기겠어. 그들이 너를 구워먹든 삶아먹든 나는 알 바 아니야. 하지만 네가 얌전히 굴기만 하면 별일 없을 테니 그리 알아라."

 노파는 천천히 의자에서 일어나 미스 블랜디시 앞에 가서 우뚝 섰다. 아들 슬림과 비슷한 키였으며 어깨가 고릴라 같았다. 노파는 에디에게 말했다.

"이 여자를 잘 붙잡아두고 감시해!"

에디가 미스 블랜디시의 등 뒤로 가서 두 팔을 단단히 붙잡았다.

"이상한 생각 하지 말고 시키는 대로만 해." 노파는 한 마디 한 마디 천천히 말했다. "자네는 해서 안될 짓이 무엇인지 알고 있겠지? 이 여자를 2층으로 데리고 가."

에디는 붙잡았던 팔을 놓고 미스 블랜디시를 떠밀며 방에서 나갔다. 미스 블랜디시는 머리속에 붉은 커튼이 내려지기라도 한 듯 얼굴의 신경이 말을 듣지 않았다. 자기가 2층으로 끌려간다는 것은 느끼고 있었으나, 아무런 저항도 할 수가 없었다. 지나친 충격으로 장님처럼 되어버렸던 것이다. 공포에 짓눌린 그녀를 남겨놓은 채 세상이 저 먼 곳으로 가버린 듯한 느낌이었다.

에디가 아래층으로 돌아왔을 때 모두들 그가 내려오기를 애타게 기다리고 있었다. 윌리엄스와 플린은 창에 드리워진 강철 셔터에 기대고 있었다. 슬림은 팔걸이의자에 앉아 거칠게 콧구멍을 후비고 있었다. 글리슨 노파는 방 안을 어슬렁어슬렁 걸어다니고 있었다.

"당신의 설교가 먹혀들어간 것 같습니다."

에디가 의자에 앉으며 말했다.

노파는 걸음을 멈추고 모두에게로 몸을 돌렸다.

"그럼, 모두 잘 들어둬. 아까도 말했지만, 자네들은 여자에게 손을 대서는 안돼. 틀림없이 골치아픈 문제가 생길 테니까. 2층의 저 여자에 대해서는 아무 생각도 하지 말아, 알겠지? 어느 누구도 절대로 안돼. 저 아이가 아무리 미인일지라도 손을 대선 안된단 말이야. 이번 일은 유흥이 아니야. 이미 시간이 많이 지났기 때문에 틀림없이 블랜디시는 벌써 연방경찰에 연락했을 거다. 맥그완의 시체도 발견되었을 테고, 우리는 솜씨좋게 감쪽같이 해야 해……돈을 받고 나면 자취를 감춰야 한단 말이야."

에디는 버번 위스키를 따라 들고 소파에 깊숙이 몸을 파묻었다. 한 모금 가득 마시고 술잔을 쓰러지지 않게 가슴 위에 놓은 다음 담배에 불을 붙이며 말했다.
"두목, 방법을 말씀하십시오."
"자네는 거리에 나가 저 여자의 아버지에게 전화를 걸어라. 연방경찰이나 또는 그 비슷한 패들이 손을 떼도록 하라고 말하는 거야. 저쪽에서 해야 할 일은 내일 일러주겠다고 해. 그리고 저쪽에서 이상한 짓을 하면 이쪽도 만만치 않게 나가겠다고 말해 둬. 만만치 않다고 하면 정말 만만치 않은 것이니까. 저 여자가 어떤 꼴을 당하게 될지 가르쳐주란 말이야. 으름장을 놓는 거야."
에디는 신음 소리를 내며 술잔을 비운 다음 벌떡 일어났다.
"알았습니다, 두목. 실수없이 하겠습니다."
그는 술병 앞에서 조금 머뭇거렸으나 노파에게 독촉을 받자 곧 중절모를 깊이 눌러 쓰고 방에서 나갔다. 자동차문이 쾅 닫히는 소리가 나고, 자갈을 깐 진입로로 차바퀴 굴러가는 소리가 들려왔다.
노파는 플린의 얼굴을 쳐다보았다.
"우리가 손을 댄 것을 알고 있는 사람이 누구누구지?"
플린은 조금 생각하고 나서 대답했다.
"조니가 알고 있습니다. 그 녀석은 죄다 알고 있지만……괜찮을 겁니다. 세 구(具)의 시체를 묻는 일과, 놈들의 자동차를 처리하는 일을 그에게 맡기고 왔지요. 아, 그리고 주유소 사람이 있군요. 살아 있는지 죽어 있는지조차 분간하기 힘든 녀석이지만, 에디를 기억하고 있을지도 모르겠습니다. 그밖에는 없는 것 같습니다."
"조금이라도 위험성이 있는 녀석은 그대로 내버려둘 수 없어."
노파가 말했다.
"자네는 지금 당장 가서 주유소 녀석을 처치하고 오게. 그렇게 해

두면 그쪽은 마음을 놓을 수 있으니까. 지금쯤 연방경찰이 라일리 일당을 찾고 있을 거야. 찾을 수는 없겠지만. 그러나 발자취를 더듬을지도 몰라. 그러면 주유소 녀석이 우리가 손댄 사실을 지껄일 수도 있거든. 어서 갔다오게, 플린. 실수하지 말고."

플린이 나갔다.

"그리고 윌리엄스!" 노파는 이야기를 계속했다.

"자네는 종이를 가져와 블랜디시에게 편지를 쓰게. 10달러짜리와 20달러짜리의 낡은 지폐로 50만 달러를 마련하라고. 그 돈을 연한 빛깔의 가방에 넣어 기다리고 있으라고 하게. 돈이 마련되거든 트리뷴 신문에 페인트를 팔고 싶다는 석 줄짜리 광고를 내라고 해둬. 그러면 다시 연락하겠다고 말이야. 이상한 짓 하면 딸이 재미없는 꼴을 당할 거라고도 써, 알았지?"

윌리엄스는 전에도 이런 편지를 쓰라는 명령을 받은 적이 있었으므로 고개를 끄덕이고는 옆방으로 갔다. 글리슨 노파는 담배에 불을 붙여 물고 아들을 쳐다보았다.

"너는 오늘 이상하게 얌전하구나."

슬림은 멍청한 눈으로 어머니를 보았다. 음침한 눈동자가 흐려졌다.

"나는 이 진주목걸이로 저 여자를 사고 싶습니다."

노파는 매우 침착하게 말했다.

"무슨 소리를 하는 건지 모르겠구나."

"저 여자를 내가 가지고, 어머니에게는 이것을 드리겠다는 말이지요."

슬림은 주머니에 손을 넣어 어머니에게 보이기 위해 진주목걸이를 꺼냈다.

노파는 커다란 손이 새빨갛게 되도록 주먹을 불끈 쥐었다.

"결국 그 진주는 내 손에 들어오게 되어 있으니 너와 거래할 생각은 조금도 없다……이번에는 네가 조금 이상하구나."

슬림은 어머니의 얼굴을 보며 목걸이를 빙글빙글 돌렸다.

"어머니, 어머니는 우리 모두에게 여자 문제에 대해서 너무 엄격합니다." 그는 나직하고 쉰 목소리로 조용히 말했다. "나는 오랫동안 즐거움이라곤 모르고 지내왔지요. 어머니는 우리 모두에게 여자를 가까이 하지 못하도록 했고, 우리는 그 명령에 따랐습니다. 하지만 나는 지금 그것을 깨뜨려야겠습니다. 저 여자는 미인입니다. 저 여자를 나에게 주십시오. 그러면 진주를 드리겠습니다."

노파는 태도를 누그러뜨렸다. 그녀는 아들 슬림을 잘 알고 있었으므로 어떻게 다루어야 한다는 것도 알고 있었다.

"그 목걸이를 이리 다오, 바보 같은 소리는 그만두고."

슬림은 몸을 조금 떨었다. 맥없는 입이 크게 벌어지며 눈이 반짝였다.

"어머니, 나는 그 여자를 갖고 싶습니다……."

노파는 담배를 불기 없는 벽난로에 던져넣었다.

"마음대로 하렴, 나는 말리지 않을 테니까."

슬림은 의자에 앉은 채 몸을 뒤틀었다. 그리고 벌떡 일어나 방문 쪽으로 걸어갔다. 진주목걸이를 어머니에게 건네주는 것도 잊은 채 그대로 손에 들고 있었다. 이윽고 그는 문앞에 멈추어서서 어머니를 돌아다보았다. 그녀는 그런 아들을 싸늘하게 지켜보았다. 아들에게 그럴 만한 용기가 없다는 것을 그녀는 알고 있었다. 아들이 할 수 있는 것은 사람을 죽이는 일뿐임을 그녀는 잘 알고 있었던 것이다. 그녀는 또한 아들이 늘 여자를 겁내고 있다는 것도 알고 있었다. 그는 여자를 원하지만, 솜씨가 거칠고 경험이 없어서 여자들이 업신여기기 때문에 두려워했던 것이다. 아들이 지금 가냘프고 힘없는 미인을 자기 손에 넣었다고 생각한다는 것을 그녀는 알고 있었다. 그녀는 또한 아들이 그녀를 손에 넣었다 해도 그대로 계속 지탱해 나갈 만한 배짱이 없음도 확실히 알고 있었던 것이다.

슬림은 방문의 손잡이를 붙잡은 채 욕정과 불안으로 얼굴을 찡그리고 서 있었다. 그녀는 아들이 용기를 잃고 꼼짝 못하고 서 있는 모습을 뚫어지게 지켜보았다. 이윽고 슬림은 어머니 곁으로 달려가 뼈가 앙상한 손가락으로 어머니의 굵은 팔을 잡고 무릎을 꿇었다.

그는 더듬거리며 말했다.

"함께 2층으로 가주세요, 어머니! 2층에 가서 그 여자가 나를 좋아하도록 만들어주세요. 내 힘으로 못하겠습니다……함께 가서 도와주십시오."

그녀는 아들의 기름이 끈적끈적한 짙은 빛깔의 머리털을 가볍게 치며 언제나처럼 그 뱃속에서 우러나오는 듯한 목소리로 말했다.

"바보 같은 소리는 그만두어라. 그 아이도 차츰 너를 좋아하게 될 거다. 하지만 지금은 안돼. 어서 가서 쉬어라. 너는 한숨도 자지 못했지? 돈이 들어오면 그 아이를 너에게 주마. 그 아이도 너를 좋아하게 될 거다."

그녀는 몸을 조금 굽혀 아들의 손에서 진주목걸이를 빼앗았다.

에디는 거리로 나가자 자동차를 세우고 신문을 샀다. 사건은 사람의 눈길을 끄는 큰 글자로 실려 있었다. 미스 블랜디시 납치사건은 특종 기사로 한 면을 온통 메우고 있었다. 복잡한 그 기사를 읽는 에디를 미스 블랜디시와 맥그완의 사진이 노려보고 있었다. 아무 단서도 잡지 못했고, 경찰의 성명문도 실려 있지 않았다. 그는 모퉁이의 작은 담배가게까지 걸어갔다. 카운터에 있는 뚱뚱한 사나이에게 턱짓을 한 다음 젖빛 유리문을 열고 안으로 들어갔다. 안에는 담배를 피우거나 술을 마시거나 포커를 하는 사람들로 가득 차 있었다. 에디는 혼자 구석에 앉아 있는 로키를 재빨리 찾아내고 그 옆에 가서 앉았다. 로키는 세상의 소문을 알아내기 위해 거리에 나와 있는 사나이들 가운데 하나였다.

에디는 로키가 밀어주는 라이 위스키를 잔에 따르며 물었다.

"소문은?"

"많아." 로키는 소용돌이치며 올라가는 담배연기를 눈으로 좇으며 대답했다. "야단법석을 떨고 있음에는 틀림이 없지만, 경찰이 눈독을 들이는 것은 라일리 일당이야. 그 생쥐 같은 헤이니가 불을 댕긴 모양이지. 베일리가 진주목걸이에 대해서 물어보았다는 사실도 경찰은 알고 있어. 지금 아무리 찾아도 그 베일리를 찾아낼 수 없다고 하는 것으로 보아 틀림이 없네. 연방경찰이 이제 곧 이 거리에 나타나 이 잡듯이 수색할 텐데……권총을 가지고 있다가 들키지 않도록 조심해."

에디는 싱긋이 웃었다.

"어서 블랜디시에게 전화를 걸고 빨리 돌아가야겠군. 자네도 함께 가는 게 좋을걸. 여기는 이제 곧 아주 있기 거북해질 테니까."

로키는 라이 위스키를 천천히 들이마셨다. 가만히 한자리에 앉아 술을 마시는 편이 그로서는 더 좋은 것이다.

"괜찮아, 나는 여기서 자네가 올 때까지 기다리겠네."

에디는 한길로 나가 전화부스를 찾았다. 느릿느릿 걸어가는데, 반대쪽 인도에 서 있는 여자가 눈에 띄었다. 여자가 꼼짝 않고 서 있었으므로 그는 그녀에게 시선을 던지게 되었다. 한번 훑어보고 꽤 미인이라고 생각했다. 사람의 눈길을 끄는 여자였다. 키도 마음에 들었고 스타일도 나무랄 데가 없었다. 할 일이 없을 때라면 좋을 텐데 하고 생각하며 그는 하는 수 없이 걸음을 옮겼다.

그는 약국에서 전화부스를 발견하고, 전화번호부를 뒤적여 알고자

하는 번호를 찾아냈다. 목소리를 위장하기 위해 송화기 앞을 손수건으로 막고 다이얼을 돌렸다. 뱃속에서 우러나오는 듯한 목소리가 금방 대답했다. 블랜디시는 이 전화를 기다리고 있었던 듯했다.

"블랜디시 씨입니까?" 에디가 무시무시한 어조로 말했다. "정신차려 잘 들어두시오. 당신 딸은 우리가 데리고 있는데, 당신이 어떻게 해야 할 것인지는 내일 연락하겠소. 순순히 하라는 대로만 하면 별다른 일은 없을 거요. 경찰에서 나서지 못하도록 하시오……이것이 첫째 조건이오. 이상한 짓을 하지 말고 우리가 하라는 대로만 하면 되는 거요. 당신 딸의 목이 비틀어지는 방법 등 여러 가지 수법이 있다는 것을 명심하시오. 당신 딸은 지금 무사하지만, 만일 그쪽에서 이상한 짓을 하면 가만두지 않겠소……애지중지하는 당신 딸과 한 번 뒹굴어보고 싶어하는 젊은 녀석들이 우글대고 있으니까. 당신이 우리 말을 순순히 듣지 않는다면 그녀는 그 젊은 녀석들의 밥이 될 것이오."

블랜디시가 한 마디도 하기 전에 에디는 수화기를 놓았다. 그는 싱글싱글 웃으며 전화부스에서 나왔다. 그는 아까 그 여자가 한길을 가로질러 바로 옆에 있는 가게의 쇼윈도를 들여다보고 있는 것을 알았다. 그 옆을 지나갈 때 창유리에 비친 여자와 눈이 마주쳤다. 그는 모자 차양에 손가락을 대며 그대로 지나갔다. 여자의 손에서 하얀 종이쪽지가 떨어지더니 그의 발 밑으로 날아왔다. 에디는 히죽 웃으며 사라져가는 여자를 바라보았다. 종이쪽지를 주워서 보았더니 거기에는 서구 팔레스 호텔 243호실이라고 적혀 있었다. 에디는 다시 히죽 웃었다. 저 여자는 틀림없이 나를 봉으로 생각하는 것이다. 그런 종류의 여자로 보이지는 않지만. 에디는 어깨를 움찔하며 종이쪽지를 윗주머니에 넣었다. 틈이 나면 한 번 가볼 만한 가치가 있는 여자이다.

로키를 불러내어 두 사람은 세워둔 세단 쪽으로 걸어갔다. 갑자기 로키가 그의 옆구리를 쿡 찌르며 뒤돌아보았다. 에디가 그쪽으로 얼굴을 돌리니 바로 엎어지면 코 닿을 만한 곳에 굉장히 속력을 낼 수 있을 듯한 길다란 자동차가 멈춰서는 참이었다. 자동차에는 두 사나이가 타고 있었는데, 그들 역시 아주 힘있어 보이는 만만치 않은 얼굴들이었다. 자동차는 몹시 더러웠다. 먼 길을 달려온 모양이다.

"연방경찰(FBI)이야." 로키가 목소리를 죽이고 말했다.

에디가 옆자리에 앉고, 로키가 핸들을 잡았다. 두 사람은 태연한 척하려고 많은 애를 썼다. 권총 혁대에 꽂혀 있는 권총이 굉장히 뜨겁게 느껴졌다.

FBI 요원들은 그들을 잠깐 바라보았으나 별 흥미를 느끼지 않은 모양이었다. 세단은 속도를 내며 거리를 빠져나갔다.

로키는 겨우 마음을 놓은 듯 한숨을 쉬었다.

"위험해, 정말 위험해! 이제부터 이 거리는 경찰들이 몰려와 시끄러워지겠는걸."

"걱정 마." 에디가 얼굴의 식은땀을 닦으며 말했다. "블랜디시가 그들에게 손을 떼도록 할 테니까. 단단히 일러두었거든. 저쪽에서도 선불리 나오지는 않을 거야."

글리슨 노파의 본거지는 그리 후미진 곳이 아니었다. 풀숲과 나무들로 에워싸인 조그만 집터에 있는 그 집은 주위에 여느 집들도 몇 채 있었다. 이런 곳을 찾아내는데 그녀는 상당한 시간을 소비했었다. 현관은 한길에서 전혀 보이지 않았다. 한밤중이건 말건 이 집에 드나드는 사나이들의 자동차에서 내리고 타는 모습이 호기심 많은 사람들의 눈에 띄지 않도록 되어 있었던 것이다.

그녀는 평범한 집을 골라 입이 무거운 기술자를 시켜 강철 같은 성으로 개조했다. 방탄장치는 물론 폭탄을 맞아도 끄떡없다고 확신하자 그녀는 부하들을 이끌고 옮겨왔다. 지금까지 오랜 세월을 살아온 글리슨 노파는 자기에게 적이 있다는 사실을 잘 알고 있었으므로 강철 같은 벽에 둘러싸이자 비로소 마음을 놓을 수 있었던 것이다.

현관 앞에 자동차를 세워 에디를 내려놓고 로키는 그대로 뒤꼍에 있는 차고로 차를 돌렸다. 1분 뒤 플린이 덧지(이탈리아제 자동차)를 몰고 돌아왔다.

글리슨 노파는 애타게 기다리고 있었다. 그녀는 먼저 플린에게 말했다.

"자네 말부터 들어보지."

"탈없이 해치웠습니다. 녀석은 아직 경찰에 끌려가지 않았더군요. 가솔린을 넣어주려고 다가오길래 머리에 한 방 쏘았지요. 한 방으로 머리가 날아가버렸습니다. 나는 문에 꽂힌 총알을 파내고는 부리나케 도망쳐왔습니다."

글리슨 노파는 두 손을 비비며 플린에게 방에 가서 자도 좋다고 말했다.

에디는 술을 따라가지고 그녀 옆에 앉았다.

"블랜디시는 겁을 내고 있습니다. 경찰이 손대지 못하게 일러놓았습니다만……여자를 돌려주면 틀림없이 다시 이잡듯이 수색할 겁니다. 연방경찰이 출동했더군요……방금 그들과 맞닥뜨렸지요."

"여자는 돌려 보내지 않는다."

에디는 조금 생각했다.

"없애버립니까?"

"슬림이 그 여자에게 열을 올리고 있어. 하지만 그 녀석이 감당해 낼 것 같지가 않아."

에디는 그녀의 신임을 받고 있었고, 그녀가 말상대로 삼는 사람은 그뿐이었다. 에디는 날카로운 눈초리로 그녀를 쳐다보았다.

"그 여자는 굉장한 미인입니다……좀 아까운 생각이 드는데요."

그는 라디오의 스위치를 넣었다. 윙윙거리며 잡음이 들려오기 시작했다.

"그게 무슨 뜻이지?"

글리슨 노파가 살피는 듯한 눈초리로 물었다.

"별 뜻은 없습니다."

에디는 다이얼을 돌렸다. 라디오의 잡음이 가시고 말소리가 들렸다.

"모든 차량에 알려드립니다……모든 차량에 알려드립니다……미스 블랜디시 납치사건과 관련하여 프랭크 라일리라는 사나이가 지명수배되었습니다. 그의 특징은 키 5피트 10인치, 몸무게 140파운드, 나이 37살 가량, 검은 머리, 가무잡잡한 살빛, 짙은 갈색 양복에 중절모를 썼습니다. 존 베일리도 역시 미스 블랜디시 납치에 관련되어 지명수배를 받고 있습니다. 특징은 키 6피트, 몸무게 160파운드, 34살, 거무스름한 살빛, 짙은 감색 양복에 검은 모자를 썼다고 합니다. 그리고 샘 맥케이. 5피트 7인치, 60살, 150파운드, 쥐색 머리털에 콧수염이 있습니다. 이상 세 사람은 이 거리 근처에 숨어 있는 것으로 여겨집니다. 이러한 위험인물에 주의하시기 바랍니다. 이상은 매디스턴 방송국에서 말씀드렸습니다."

에디와 노파는 서로 얼굴을 마주보았다.

"잘 되어가고 있군. 연방경찰이 그들을 쫓고 있는 동안은 안전하니까." 노파가 말했다.

에디는 일어나서 술을 한 잔 더 따랐다. 소파로 돌아와서 벌렁 누우며 그는 물었다.

"슬림은요?"

"있지."

"혼자서요?"

글리슨 노파는 엄하게 그를 쏘아보았다.

"물론. 그건 왜 묻나?"

"녀석이 그 여자에게 손을 대지 않았나 하는 생각이 들어서요."

글리슨 노파가 소리내어 웃었다.

"돈만 손에 들어오면 그 녀석이 하고 싶어하는 대로 내버려두겠지만, 그때까지는 안돼. 남자에게는 여자가 중요한 존재이기 때문에 눈이 흐려질 염려가 있거든."

에디는 마음을 놓은 모양이었다. 미스 블랜디시는 그에게 그림의 떡이라는 느낌이 들어, 슬림이 그녀를 안고 싶어한다는 말만 들어도 기분이 울적해졌다. 에디는 기지개를 켜며 하품했다.

"나도 지쳤나? 잠깐 눈을 붙여야겠군."

그는 은도금한 시계를 꺼내보았다. 하얀 종이쪽지가 팔랑거리며 바닥으로 떨어졌다. 글리슨 노파가 흘끗 쳐다보았다. 에디는 씨익 웃고 그것을 건네주면서 설명했다.

"흔히 있는 거리의 여자가 살짝 던져준 것이랍니다. 꽤 예쁜 여자였는데, 내 뒤를 쫓아 오더니……." 그는 종이쪽지를 보다가 갑자기 입을 다물었다. "이것은?"

에디는 종이쪽지를 뒤집었다. 한쪽에 주소가 적혀 있고, 그 뒷면에는 이렇게 씌어 있었다──'라일리를 어떻게 했지?'

거리의 시계가 막 2시를 치고 있을 때 세단이 팔레스 호텔 부근에서 멎었다. 플린이 좌석에 깊숙이 몸을 파묻으며 에디의 얼굴을 보았다.

"다 왔군. 이제부터 어떻게 하지?"

에디는 문을 열고 내렸다.

"내가 들어가볼 테니까 자네는 여기서 기다리고 있다가 무슨 일이 생기면 곧 달아날 수 있도록 준비하고 있게. 슬림은 나와 함께 가겠지. 아무래도 수상하기 때문에 무슨 일인지 알아봐야겠단 말이야."

슬림이 그를 따라 내리자 두 사람은 빠른 걸음으로 호텔을 향해 어두컴컴한 길을 걸어갔다. 그다지 호화스러운 호텔은 아니었으나 꽤 산뜻한 느낌이 들었다. 종업원이 쓰는 탁자 위에 등불이 하나 켜져 있었다. 에디는 안으로 들어가 주위를 둘러보았다. 뚱뚱한 종업원이 저녁 신문을 펼쳐놓은 채 졸고 있었다. 두 사람이 카운터에 기대서자 종업원은 졸린 눈을 껌뻑거리며 두 사람을 쳐다보았다.

에디가 소리를 낮추어 말했다.

"뭣 좀 물어봐야겠소. 243호실에 어떤 손님이 들어 있죠?"

종업원은 눈을 크게 뜨고 얼빠진 듯한 얼굴을 찌푸리며 딱잘라 말했다.

"그런 것을 가르쳐드릴 수는 없습니다. 죄송합니다만, 내일 아침 다시 오셔서 사무실에 문의해 주십시오."

"웃기는군, 정말!" 슬림이 코웃음치며 카운터 위로 권총을 들이댔다. "대답해! 243호실에 있는 사람이 누구지?"

종업원은 권총을 보자 얼굴이 새파랗게 질렸다. 그는 떨리는 손으로 숙박부를 들추었다. 에디가 그것을 낚아채어 재빨리 번호가 씌어 있는 위를 손가락으로 더듬으며 말했다.

"안나 보그라……대체 누구일까?"

에디는 243호실의 옆방이 양쪽 다 비어 있음을 알았다. 슬림은 권총을 고쳐들어 총신쪽을 잡았다. 뱀이 달려들 듯이 그는 살짝 팔을 뻗어 종업원의 두 눈썹 사이를 내리쳤다. 종업원은 카운터 뒤로 쓰러졌다. 에디가 목을 길게 뽑고 넘겨다보았다.

"그렇게 심하게 때리지 않아도 될 텐데. 이 녀석에게도 아내와 자식이 있을지 모르지않나?"

슬림이 심술궂은 얼굴로 말했다.

"올라가서 그 여자를 만나보세."

엘리베이터에는 아무도 없었다. 두 사람은 엘리베이터를 타고 3층으로 올라갔다. 복도의 조명은 어두웠으나 2백 번대의 방이 그 층에 있다는 것을 알 수 있었다.

에디가 말했다.

"여기 있게. 무슨 일이 일어나는 것 같은 소리가 들릴 때까지 아무 짓도 해선 안되네."

슬림은 복도와 계단 위를 지켜볼 수 있는 그늘에 숨었다. 에디는 발소리를 죽이며 243호실을 찾아 걸어갔다. 어쩌면 맨 끝에 있을지도 모른다고 생각했는데, 과연 그랬다. 잠깐 방 밖에 서서 귀를 기울였으나 아무 소리도 들리지 않았다. 가만히 방문의 손잡이를 돌려보았다. 그리고 방문을 살짝 밀어보았다. 방 안은 캄캄했다. 안으로 들어가 방문을 닫았다. 주머니에서 작은 손전등을 꺼내 천천히 비춰보았다. 방 안에는 아무도 없었다. 그는 전등 스위치를 켰다.

권총을 겨눈 채 사람이 숨을 만한 곳을 천천히 찾아보았다. 아무도 없으므로 긴장을 풀었다. 방주인이 급히 옷을 입은 듯 몹시 어수선했다. 침대 위엔 옷이 마구 쌓여 있고, 하얀 비단 속옷 같은 것이 바닥에 벗어던져진 채 널려 있었다. 화장대 위에는 화장품병이 잔뜩 놓여 있고, 커다란 분곽에서 분가루가 떨어져 카펫에 흩어져 있었다. 에디는 서랍을 몇 개 열어 그 안을 들여다보았으나 흥미를 끌 만한 것은 보이지 않았다. 그는 열려 있는 창문으로 가서 밖을 내다보았다. 타고 온 세단이 보이지 않았다. 몸을 내밀고 찾아보았으나 한길에는 사람 그림자 하나 없었다.

희미한 가로등을 내려다보며 에디는 혀를 찼다. 플린 녀석은 대체 어디 갔을까? 그는 불을 끄고 가만히 방에서 나왔다. 슬림이 그늘에서 나오자 에디가 그의 팔을 붙잡았다.
 "플린이 달아났어. 방 안에는 아무도 없는데, 여자는 아마 데이트 하러 나간 모양일세."
 슬림은 고개를 갸우뚱했다. 두 사람이 귀를 기울이자 아래에서 누군가가 이야기하고 있는 소리가 희미하게 들려왔다. 슬림이 계단 위로 가서 아래층 홀을 내려다보았다. 난간으로 몸을 내밀고 내려다보다가 그는 홱 몸을 돌렸다.
 "연방경찰이야!" 슬림이 소리죽여 말했다. "종업원이 발견되었어……그래서 플린이 달아난 거야. 가세……여기서 나가야 해."
 "서두르지 말게!" 에디가 목소리를 낮추어 말했다. "여기서 무언가 이상한 일이 일어나고 있는 것 같으니까."
 "무슨 일?" 슬림이 권총을 꺼내며 물었다.
 "그 보그라는 여자는 대체 누구일까? 라일리와 어떤 관계일까? 그 여자가 나를 불렀는데, 어째서 연방경찰이 왔는지 모르겠군."
 "빨리 가세, 생각은 나중에 하고," 슬림이 대답했다.
 "나는 여기서 상황을 지켜봐야겠네." 하고 말하며 에디가 되돌아갔다.
 슬림도 투덜거리며 뒤따라갔다.
 "그들이 243호실을 조사할지도 모르니까 우리는 옆방에 숨어 있어야 하네."
 두 사람은 빈방으로 들어가 방문을 조금 열어놓고 그 뒤에 숨었다. 어두컴컴한 복도가 보였다. 그들은 거기 서서 기다렸다. 슬림이 바로 뒤에 서 있었으므로 에디는 목덜미에 그의 뜨거운 입김을 느꼈다. 싫증이 나고 긴장이 풀릴 만큼 시간이 지나자 한 사나이가 복도를 조용히 걸어왔다. 어깨가 넓고 억세보이며 햇빛에 그을린 엄격한 표정의 몸집이 큰 사나이였다. 에디는 그 사나이가 시야에서 사라져가는 것을 지켜보고 있었는데, 이윽고 그가 위층으로 올라가는 발소리가 들렸다. 그는 꼼짝도 하지 않았고 소리도 내지 않았다. 슬림도 그도 독 안에 든 쥐와 같아서 치고받고 해봐야 소용없다는 것을 잘 알고 있었다. 상대방 사나이는 FBI 요원이므로 에디도 자진해서 성가신 일을 만들고 싶지는 않았다. 두 사람이 얼마 동안 기다리고 있는데 이윽고 그 사나이가 다시 내려왔다. 슬림의 숨소리가 빨라졌다.

FBI 요원은 두 사람이 있는 방문 옆에 멈추어서더니 뒤돌아보았다. 무언가 생각을 하고 있는지 그 사나이는 멍하니 눈을 크게 뜨고서 있었다. 이윽고 그는 다시 계단을 내려갔다. 두 사람은 가슴이 덜컹 내려앉았다. 에디가 복도로 튀어나가려 하자 슬림이 잡아끌었다. 243호실 맞은편 방문이 조용히 열렸던 것이다. 에디는 그쪽을 볼 수 있을 만큼의 틈만 남겨놓고 얼른 방문을 닫았다. 맞은쪽 방문이 열리고 여자가 얼굴을 내밀었다. 에디에게 그 얼굴은 낯익었다. 그의 발밑에 종이쪽지를 던져준 여자였다. 그는 싱긋 이를 드러내며 웃었다. 여자는 조금 머뭇거리며 복도 양옆을 둘러본 다음 마침내 도마뱀처럼 재빨리 복도를 건너 243호실로 뛰어들어갔다.

"어떻게 생각하나?"

"저것이 종이쪽지를 보낸 여자인가?"

에디가 고개를 끄덕였다.

"이런 데서 무얼 하고 있는 걸까?" 슬림이 물었다.

"내가 알고 싶은 것이 바로 그 점일세." 에디가 조용히 복도로 나가며 말했다.

"경찰이 둘이나 이 근처를 서성거리고 있는데 그런 것을 알아보고 있을 수는 없겠지?"

"여보게, 슬림, 아무래도 저 여자가 수상해. 알아볼 필요가 있어."
에디가 목소리를 낮추어 말했다.
슬림은 어깨를 움츠렸다. 조금 초조해지기 시작했던 것이다.
"나는 저 여자가 지금 나온 방에 들어가보겠네. 만일 별다른 일이 없으면 여자한테 가서 말을 걸어봐야지. 그 동안 경찰이 오는지 감시해 주겠나?"
슬림이 고개를 끄덕이자 에디는 복도를 가로질러갔다. 그는 천천히 방문의 손잡이를 돌려 방 안으로 들어갔다. 전등이 켜져 있었다. 에디는 한눈에 방 안의 상태를 파악했다. 조그만 놀라움이 온 몸을 스치고 달렸다. 그는 겨누고 있던 권총을 천천히 내렸다. 바닥에 남자의 시체가 뒹굴고 있었던 것이다. 죽어 있는 것이 틀림없었다. 그 사나이의 이마 한가운데 뚫려 있는 작고 푸른 구멍이 그가 틀림없이 죽었다는 사실을 말해 주고 있었다.

글리슨 노파는 한참 동안 벽 쪽을 쏘아보고 있었다. 윌리엄스는 불안해지기 시작했다. 그녀가 이렇게 생각에 잠겨 있는 것은 무언가 좋지 않은 일이 일어난다는 징조이기 때문이다. 윌리엄스는 토미건을 만지작거리고 있었다. 둥근 프라이팬 같은 탄창을 달고는 거기에 줄지어 담겨 있는 반짝반짝 빛나는 45구경 총알을 찬찬히 들여다보았다. 이윽고 그것도 싫증이 나자 총을 아래로 내려놓고 담배를 물었다. 윌리엄스는 노파 쪽으로 시선을 돌리지 않으려고 애쓰고 있었다. 그녀는 남이 자기를 찬찬히 보는 것을 싫어하기 때문이었다. 언제까지나 그녀가 꼼짝 않고 있으므로 마침내 윌리엄스는 일어나 방에서 나갔다. 현관문을 열고 정원을 내다보았다. 그것이 훨씬 마음 편했다. 그는 호리호리한 몸을 기둥에 기대고 서 있었다.
글리슨 노파는 그가 나간 것도 모르고 있었다. 그녀는 갑자기 몸을 움직여 의자에서 일어났다. 천천히 테이블로 다가가 서랍에서 적당한 길이로 자른 고무 호스를 꺼냈다.

 윌리엄스는 움직이는 기척을 느끼고 돌아보았다. 열려 있는 문으로 그녀의 모습이 보였다. 그녀의 손에 들려 있는 고무 호스를 보고 그는 조금 놀랐다. 큰 몸집에 어울리지 않는 잰걸음으로 계단을 올라가는 노파를 그는 꼼짝 않고 지켜보았다. 그는 모자를 깊숙이 내려쓰고는 뒷머리를 긁적였다. 참으로 애를 먹이는 노파이다.

 글리슨 노파는 미스 블랜디시의 방으로 들어갔다. 그녀가 불을 켜자 미스 블랜디시는 얼른 침대 위에 일어나 앉았다. 노파는 고무 호스를 손에 든 채 미스 블랜디시의 바로 옆으로 다가가 침대가에 걸터앉았다. 노파는 미스 블랜디시가 고무 호스를 볼 수 있도록 무릎에 놓으며 엄한 목소리로 물었다.

 "이런 것으로 매맞아 본 적이 있나?"

 미스 블랜디시는 말없이 고개를 저었다. 그녀는 방금 악몽으로 시달리고 있었는데, 이것 역시 그 악몽의 계속인 것처럼 느껴졌다.

 "굉장히 아프지."

 노파는 고무 호스로 미스 블랜디시의 무릎을 때렸다. 미스 블랜디시는 움찔하며 몸을 빳빳이 굳혔다. 아픔이 온 몸에 퍼지자 얼굴이 창백해졌다. 졸립고 멍하던 눈이 순식간에 노여움으로 불타올랐다. 이불을 젖히고 후다닥 일어나 조그만 주먹을 불끈 쥐었다.

 "다시 때리면 가만 안 둘 테예요!"

 글리슨 노파는 누런 이를 드러내며 웃었다. 아들과 비슷한 잔인한 표정이었다.

 "큰소리치는군."

 노파는 커다란 한 손으로 미스 블랜디시의 두 손을 움켜쥐었다.

 강한 힘에 붙잡혀 미스 블랜디시의 손은 꼼짝할 수 없었다. 몸을 비틀며 손을 잡아빼려했으나 마음대로 되지 않았다. 글리슨 노파는 고무 호스를 휘두르며 그녀를 위협했다.

아래층에서는 로키가 정원으로 들어오다가 아직 현관에 서 있는 윌리엄스와 마주쳤다.

"에디 돌아왔나?" 로키가 물었다.

윌리엄스는 고개를 저었다. 그는 로키와 함께 거실로 들어갔다. 로키는 술병을 집어들어 불빛에 비춰보더니 병을 도로 내려놓으며 물었다.

"지하실에 뭔가 마실 게 없을까?"

윌리엄스는 장식장으로 가서 손도 대지 않은 병을 꺼냈다. 마개를 뽑고 두 잔 따랐다.

"두목은?" 로키가 한 모금 꿀꺽 마시고 나서 물었다.

윌리엄스는 턱을 위로 치켜들고 말했다.

"위층에 있어. 그 여자에게 설교하는 모양이야."

2층에서는 글리슨 노파가 침대에 걸터앉아 살찐 코에서 거친 콧김을 뿜어내며 검고 작은 눈으로 미스 블랜디시를 노려보고 있었다. 노파가 말했다.

"이야기 좀 할까?"

미스 블랜디시는 한 마디도 하지 않고 듣고 있었다. 노파는 천천히 지껄이기 시작했다. 그녀는 말을 골라서 하는 사람이 아니었다. 미스 블랜디시는 갑자기 싫다고 말했고, 그 다음부터는 계속 싫다고만 되풀이했다. 글리슨 노파는 여전히 말을 계속했다. 미스 블랜디시는 침대 머리맡 쪽으로 뒷걸음질쳤다. 벽을 향해 무릎을 꿇고 앉아 두 손으로 얼굴을 가리고 계속 싫어요 라고만 했다.

마침내 노파는 울화통을 터뜨리고 말았다.

"바보로군. 아무리 싫다고 해봐야 소용없다는 것을 모르는 모양이지. 너는 절대로 집에 돌아갈 수 없어. 벌써 너무 많은 것을 알아버렸으니까……알겠니? 너의 아버지가 돈을 내놓는다 해도 너는 돌아갈 수 없단 말이야. 그것을 모르겠나? 슬림도 언젠가는 아내가 필요할 텐데, 지금 그애는 너를 좋아하고 있어. 네가 내 말을 들으면 여기서 가족의 한 사람으로 살 수 있지. 그렇지 않으면 목이 잘리고 자루에 담겨져서 버림을 받을 뿐이야. 다시 한 번 말하지만 슬림을 행복하게 해줄 생각이 없니? 내가 하는 말의 뜻은 알겠지? 어서 대답해 봐!"
미스 블랜디시는 몸을 돌려 노파의 얼굴을 쳐다보았다.
"싫어요, 무슨 짓을 당해도 나는 싫어요!"
글리슨 노파는 일어섰다.
"정말 고집센 아이로군. 이 말만은 똑똑히 기억해 둬. 슬림은 내가 사랑하는 아들이고, 나는 그애가 바라는 일은 무엇이든지 해준다. 네가 바보가 될 정도로 두들겨 팰 수도 있지만, 그렇게 하지는 않겠어. 그래도 소용이 없을 테니까……어쨌든 언젠가는 기꺼이 내 말을 듣게 될 거야…… 알겠어? 아래층에 아주 좋은 약이 있는데, 그것을 먹으면 딴 사람 같은 기분이 들지. 오늘 밤에 찬찬히 잘 생각해 봐. 그 약을 먹으면 좋은 꿈을 꿀 수 있어. 너 같은 풋내기를 다루는 방법쯤 나는 얼마든지 알고 있거든."
노파는 방문을 향해 걸어가서 문을 열었다.
"다시 오지."

에디는 숨을 깊이 쉬고 모자를 뒤로 젖혀올렸다. 얼른 빠져나가야 한다고 생각했다. 이런 것과 마주서 있는 광경을 아래층 경찰들에게 들키기라도 하면 어이없는 일을 겪을지도 모른다. 시체 쪽으로 한 걸음 나아가 그 머리 근처의 피투성이가 된 카펫에 닿지 않도록 조심하며 무릎을 꿇었다. 시체가 누구인지는 알았다. 신문기자의 앞잡이 노릇을 하던 헤이니였다. 연방경찰에 베일리에 대한 것을 일러바친 사나이. 에디는 이것이 우연일까 하고 생각했다. 그는 민첩하게 시체의 주머니를 뒤져보았으나 흥미를 끌 만한 것은 하나도 없었다. 남자라면 누구나 가지고 다니는 흔해빠진 물건들뿐이었다. 지갑을 열어보고는 재빨리 시체의 호주머니에 도로 넣었다.

에디는 다시 일어나서 방 안을 둘러보았다. 싸운 흔적이 없음을 금방 알 수 있었다. 누군가가 방문을 두드려 헤이니가 얼굴을 내밀자마자 느닷없이 총알을 먹였음에 틀림없다. 이마의 작은 구멍으로 미루어보아 사용한 권총은 장난감같이 작은 것이었으리라고 에디는 생각했다. 이런 짓을 한 것은 여자일지도 모른다. 죽은 사나이의 손을 만져보았다. 아직 따뜻했다. 지금 막 당했음에 틀림없다. 아마도 슬림과 그가 이 3층에 올라와 있는 동안 당했을 것이다.

에디는 복도를 내다보았다. 슬림이 아직 계단 위에서 지키고 서 있었다. 에디는 방에서 나가 방문을 닫았다. 손수건으로 방문 손잡이를 정성껏 닦았다. 지금와서 이처럼 조심해 봐야 소용없지만, 습관이란 무서운 것이다. 243호실로 가서 방문의 손잡이를 돌려 보았으나 잠겨 있었다. 가만히 노크를 해보았다. 슬림이 한 번 돌아보고는 다시 계단 위에서 감시를 계속했다. 에디는 다시 노크했다.

그는 방문에 입을 바짝 갖다대고 소리를 죽여 "열어!"라고 말했다.

여자는 대답하지 않았다.

"이봐, 문을 열어! 그렇지 않으면 문을 부숴버리겠다."

여자는 여전히 대답하지 않았다.

느닷없이 경찰자동차의 사이렌 소리가 아래쪽 한길에서 들려왔다. 에디는 긴장하며 돌아다보았다. 슬림이 계단에서 손짓하고 있었다.

243호실의 여자는 째지는 듯한 비명을 지르기 시작했다.

"저년이 우리를 함정에 빠뜨렸군……어서 달아나세!"

두 사람은 계단을 달려올라가 위층으로 갔다. 방문 열리는 소리와 사람들이 외치는 목소리가 들려왔고, 조금 뒤 경관들이 우르르 올라오는 발소리가 들려왔다.

"옥상으로 가세!" 에디가 숨을 헐떡이며 말했다. "제기랄! 왜 토미건을 가지고 오지 않았는지 모르겠군."

아래층에서 법석을 떨고 있는 소리가 희미하게 들려왔다. 두 사람은 눈 앞에 펼쳐진 복도를 무작정 달려갔다. 끝쪽 가까이의 방문이 불쑥 열리더니 겁먹은 사나이의 얼굴이 나타났다. 슬림이 달려가며 그 사나이를 때리자 그는 욱 하며 나동그라졌다. 방 안에서 여자가 비명을 지르기 시작했다. 복도의 막다른 곳에 지붕으로 올라가는 계단 문이 있었다. 자물쇠가 잠겨 있었다. 슬림은 조금도 주저하지 않고 권총을 두 방 쏘아 자물쇠를 부쉈다. 좁은 곳에서 나는 큰 총소리에 두 사람은 깜짝 놀라지 않을 수 없었다. 숨을 헐떡이며 두 사람은 평평한 옥상으로 뛰어올라갔다. 숨막힐 듯한 좁은 호텔에서 나와 서늘하고 어두운 밤하늘을 올려다보며 두 사람은 크게 숨을 내쉬었다.

옥상 끝까지 달려가 두 사람은 20피트 쯤 낮은 옆 건물로 뛰어내렸다. 그곳은 그늘이어서 어두웠으므로 얼른 그리로 몸을 숨겼다. 두 사람이 지금 막 뛰어내린 난간에 불쑥 두 개의 머리가 나타났다. 슬림이 멈추어서서 신중하게 겨냥하여 두 방 쏘았다. 하나의 머리는 홱 뒤로 물러났으나, 또 하나는 총알에 맞은 듯 앞으로 축 늘어졌다.

"헤어지세! 다행히 빠져나가면 코스모스에서 만나지." 에디가 말했다.

슬림은 흰 이를 드러내며 말했다.

"물론 빠져나갈 수 있네. 경찰 따위가 나를 당해낼 것 같은가?"

굴뚝 그늘에 웅크리고 있는 슬림을 남겨두고 에디는 뛰어갔다. 슬림은 이러한 궁지에 뛰어들기를 좋아하므로, 저 녀석이라면 틀림없이 뚫고나올 것이라고 에디는 생각했다. 아래쪽 한길에 구경꾼들이 몰려 있고, 한길 끝에서 끝까지 통행이 금지되어 있었다. 호텔 앞에는 경찰자동차가 줄지어 늘어섰고, 구경꾼들은 마치 위를 쳐다보는 얼굴의 바다와 같았다. 권총을 꼭 쥔 채 에디는 가까이 있는 난간을 살짝 뛰어넘어 옆 건물 옥상으로 내려서서 가장 어두운 곳에 몸을 숨겼다. 호텔 옥상에서 몇 사람이 조심스럽게 왔다갔다하고 있는 모습이 보였다. 에디는 회심의 미소를 지었다. 저 경찰들은 무모한 모험을 하지 않을 것이다. 느닷없이 슬림의 권총이 불을 뿜는 소리가 들려오더니 경찰 한 사람이 쓰러지는 게 보였다. 슬림은 제법 즐기고 있는 것이다. 경관은 권총의 불을 향해 맹렬히 쏘아댔다. 에디는 귓가로 총알이 지나가는 소리를 들었다. 얼른 자리를 바꾸었다.

지붕에서 한 길로 내려갈 수 있는 방법은 없었다. 한길에 있는 사람들은 모두 눈을 번뜩이고 있었다. 건물 안으로 들어가 법석이 가라앉을 때까지 기다리는 수밖에 없다. 슬림의 권총이 다시 울렸다. 이번의 소리는 아까보다 멀었다. 에디는 그가 경관들을 끌어가고 있음을 알고 기뻐했다. 아무튼 슬림 따위야 어찌되든 알 바 아니다. 에디는 어두운 그늘을 따라 신중하게 옮겨갔다.

이때 느닷없이 경관과 마주쳤다. 굴뚝 그늘에서 튀어나와 눈 깜짝할 사이에 에디를 덮쳤다. 경관도 빨랐지만, 에디쪽이 한 걸음 더 빨랐다. 에디는 가슴으로 달려든 튼튼해 보이는 그 머리를 주먹으로 내리쳤다. 경관은 뒤로 물러서지 않고 앞으로 나왔다. 에디를 향해 몸으로 부딪쳐왔던 것이다. 힘센 녀석이어서 첫공격에 에디는 나동그라질 뻔했다. 두 사람은 한순간 서로 맞붙잡고 비틀거렸으나, 마침내 서로 떨어졌다. 에디는 여기서 권총을 쏘고 싶지 않았다. 지금까지 들키지 않았는데 새삼 주의를 끌고 싶지 않았기 때문이다.
 슬림은 아직도 어딘가 먼 곳에서 계속 쏘아대고 있었다. 그 경관도 권총과 곤봉을 가지고 있었지만, 얼이 빠졌는지 쏘려고 하지 않았다. 다시 달려들어왔을 때는 에디도 태세를 갖추고 있었으므로 막 달려드는 경관을 힘껏 내리치자 풀썩 고꾸라지고 말았다. 에디는 그 위에 올라타고 눈썹 사이를 권총 손잡이로 내리쳤다. 이윽고 에디는 비틀거리며 일어나서 조용히 주위를 둘러보았다.
 이 건물 옥상에는 아무 이상도 없었다. 슬림은 아직도 호텔 옥상에서 쏘아대고 있었다. 에디는 가까이에 천창(天窓)이 있는 것을 발견했다. 그곳으로 달려가 급히 당겨보았다. 볼트가 끼워져 있었으나 약해서 힘껏 잡아당기자 열렸다. 손전등으로 아래의 빈 방을 비춰본 다음 얼른 그곳으로 다리를 늘어뜨리고 뛰어내렸다. 그리고 손을 뻗어 다시 천창을 닫았다.
 그는 방문을 열고 방에서 어두운 복도로 나갔다. 급히 계단 있는 곳으로 가서 발소리를 죽이며 2층까지 뛰어내렸다. 그대로 계속 내려가기 전에 난간에서 몸을 조금 내밀고 내려다 보았는데, 그렇게 하기를 참으로 잘했다. 경관 세 사람이 뛰어올라오고 있는 참이었다. 한순간의 여유도 없었다. 얼굴에서 땀이 줄줄 흘러내렸다.
 발길을 돌려 소리없이 가장 가까운 방으로 들어갔다. 불이 켜져 있었으나 처음에는 아무도 없는 줄 알았다. 그러나 곧 아래 한길의 법석을 보려고 창문으로 몸을 내밀고 있는 여자가 눈에 띄었다. 에디는 조용히 문을 닫고 성큼성큼 두어 걸음 방을 가로질러갔다. 그는 여자의 몸을 거칠게 돌렸다. 여자는 너무나 놀라 소리도 지르지 못했다. 그는 여자의 가슴에 권총을 들이대어 숨도 쉬지 못하게 하고 빠른 어조로 말했다.
 "알겠지, 내 말을 들어. 소리지르면 바로 이거야. 경찰에 쫓기고 있는데, 시간이 없어."

에디는 그제야 비로소 여자의 얼굴을 보고 그녀가 푸른 눈에 금발의 젊은 여자임을 알았다. 잘 어울리는 검은 빛깔의 잠옷을 입고 있었다.

"빨리 침대로 들어가."

겁에 질린 여자는 하라는 대로 이불을 몸에 감았다. 에디는 그 위에 몸을 굽히고 빠른 어조로 말했다.

"나를 숨겨주어야 해. 경찰이 들여다보거든 적당히 얼버무려서 돌려보내. 한 마디라도 쓸데없는 말을 지껄이면 바람구멍이 날 줄 알아. 알겠지?"

에디는 손을 뻗어 전등을 껐다. 그리고 침대 구석의 바닥에 드러누웠다. 두 사람은 어둠 속에 꼼짝도 않고 누운 채 방에서 방으로 돌아다니며 살피고 있는 경관들의 시끄러운 발소리며 짤막하게 지르는 날카로운 비명 등에 귀를 기울이고 있었다.

에디는 침대에 누워 있는 여자가 겨우 보일 만큼 몸을 가만히 일으켰다.

"겁내지 마. 조금도 무서워할 건 없으니까."

여자는 어두컴컴한 속에서 그의 얼굴을 보았다. 에디의 눈에 여자의 얼굴은 희끄무레하니 어렴풋한 덩어리로밖에 보이지 않았다. 여자는 아무 말도 하지 않았다. 에디는 시트 밑으로 손을 집어넣어 여자의 손을 꼭 쥐고 말했다.

"경찰이 돌아갈 때까지 이렇게 하고 있어야겠군. 신경의 발작이라도 일어날 것 같으면 내가 도와주겠어."

여자는 죽은 듯이 가만히 있었다. 에디는 여자가 겁을 먹고 있는 것이라고 생각했다. 느닷없이 문 밖에서 무거운 발소리가 들려왔다. 문으로 머리가 불쑥 들어오더니 밝은 빛이 여자의 얼굴을 비췄다. 여자는 소리를 조금 지르며 손을 올렸다. 에디는 침대 구석의 바닥에 숨어 있었으나, 여자의 한 손을 그대로 꼭 쥐고 있었다.
"누구세요?" 여자가 말했다.
"겁내지 마십시오." 경찰은 찬찬히 들여다보며 말했다. "누가 뛰어들지 않았습니까?"
"무슨 말씀이세요?" 여자가 되물었다.
에디가 하라는 대로 여자는 진짜 배우처럼 연극을 잘 해냈다.
"2인조 갱을 찾고 있는 중인데, 아무 소리도 듣지 못했다면 그대로 주무십시오……실례했습니다."
에디는 코웃음쳤다. 경찰이 흔히 쓰는 인삿말이다.
"빨리 나가주세요." 여자는 화난 듯한 목소리로 말했다.
"네, 알았습니다."
경관의 머리가 사라졌다.
에디는 마음을 놓았으나 경관이 다시 문 틈으로 머리를 내밀었으므로 섬뜩했다.
"좋은 꿈 꾸십시오!"라고 말하고 나서 경관은 웃으며 다시 머리를 감추었다.
"이젠 됐군. 아주 잘했어." 에디는 여자에게 말했다.
여자는 아무 말도 하지 않았으나 에디의 손을 그대로 꽉 붙잡고 있었다. 에디는 바닥에 누운 채 귀를 기울였다. 한길에 있는 구경꾼들의 목소리가 더욱 커졌다. 슬림이 붙잡혔나 하고 걱정이 되었다. 이렇게 어둠 속에 누워 있으면 안전할 것 같은 기분이 들었다.
"정말 잘해주었어!"
에디가 낮은 목소리로 말하자 여자는 붙잡고 있던 손에 힘을 주었다.
그는 천천히 몸을 일으켜 일어섰다. 이제는 건물 안이 조용했다.

"이제 됐군. 감추어주어서 정말 고맙소."
에디는 어둠 속에서 싱긋이 웃으며 말했다.
금발의 여자는 아직도 손을 쥔 채 팔꿈치를 짚고서 몸을 일으키며 나직이 물었다.
"돌아가시는 거예요?"
에디는 눈이 휘둥그레졌다.
"아니, 그럼, 여기는……" 하고 말하며 그는 갑자기 껄껄 웃기 시작했다. "미안하지만 아가씨, 나는 가봐야 할 곳이 있어서……."

이틀 뒤 페인트를 몇 통 팔고 싶다는 광고가 트리뷴 신문에 실렸다. 글리슨 노파는 그 신문을 윌리엄스에게 던져주며 말했다.
"돈이 마련된 모양이로군. 그렇다면 우리는 그것을 받기만 하면 그만이야."
윌리엄스는 광고를 훑어보고 히죽 웃었다.
글리슨 노파가 말했다.
"이자는 딸이 걱정되어 잔뜩 겁을 집어먹고 있는 게 틀림없어. 연방경찰도 모든 준비를 갖추고 있겠지만, 딸을 돌려줄 때까지는 손대지 않겠지. 우리는 받을 것만 받고 그 뒤로는 골탕을 먹이면 돼. 윌리엄스, 자네는 편지를 또 한 통 써서 돈가방을 건네줄 방법을 일러주게나. 자동차를 타고 맥스웰 주유소로 오라고 하란 말이다. 그 1마일 앞쪽에서 등불로 신호하겠다고 말이지. 그 신호를 보거든 곧 가방을 길바닥에 던지고 다음에는 그대로 차를 달려 앞으로 곧장 가라고 해. 그리고 반드시 혼자 와야 한다고 써둬. 만일 이상한 짓을 하면 딸의 신상에 좋지 않은 일이 생길 거라고 해."
노파는 팔걸이의자에 깊숙이 앉아 졸고 있는 플린을 보았다.
"자네는 맥스웰 주유소 옆 고속도로에 손전등을 가지고 서 있다가 블랜디시의 자동차가 오거든 신호를 하게. 별로 성가신 일이 일어날 것 같지는 않지만, 누군가가 뒤따라올지도 모르니까. 하지만 그 길은 몇 마일이나 계속 직선도로이기 때문에 자네에게 들키지 않고 미행할 수는 없을 거야. 만일 누군가가 따라오거든 가방을 길 한복판에 버리고 도망쳐. 돈을 버린 것을 알면 저쪽에서도 손을 떼겠지. 딸이 어떤 꼴을 당할지 저쪽에서도 알 테니까. 쉬운 일이긴 하지만 실수없이 해야 해."
플린이 고개를 끄덕거리며 물었다.
"내일 밤인가요?"
"물론." 글리슨 노파는 커다란 손을 비볐다. "하루밤 동안의 일치고는 퍽 수지맞는 일이지."
플린과 윌리엄스는 노파를 남겨놓고 2층의 에디 방으로 올라갔다. 에디는 침대에 누워 있다가 두 사람이 들어오자 손을 흔들어보였다.
"돈 준비가 되었다네." 플린이 침대 끝에 앉으며 말했다. "내일 밤에 내가 가지러 가게 되었어."
윌리엄스는 안절부절못하며 방 안을 왔다갔다했다.
"에디, 술 있나?"
"물론, 벽장에 한 병 있지."
윌리엄스는 하이볼을 석 잔 만들어 두 사람에게 한 잔씩 주었다. 플린은 한 모금 마시고 나서 술잔을 자기 옆 바닥에 놓았다.
"슬림을 만났나?"
윌리엄스는 싱긋이 웃었다.
"그는 머리를 감싸쥐고 있어. 며칠 전에 혼이 났거든. 슬림은 경찰을 세 사람 죽이고 네 사람 중상을 입혔지. 그 자신은 긁힌 상처 하나 입지 않았지만, 그 일을 겪고 나더니 완전히 기가 꺾인 모양이야."

플린이 고개를 가로저었다. 그는 술잔을 집어들며 말했다.

"천만에, 슬림이 기가 죽을 리가 없어. 그처럼 냉혹한 인간은 본 적이 없으니까."

윌리엄스가 한쪽 눈을 감고 천장 쪽으로 머리를 들어올리며 말했다.

"별로 냉혹하지도 않아. 저 위의 여자에게 열을 올리고 있는 것을 보면."

에디가 날카로운 눈초리로 말했다.

"어떻게 되었나? 일이 너무 복잡해서 여자에 대한 것을 완전히 잊고 있었군."

윌리엄스는 어깨를 으쓱했다.

"두목이 나에게서 압수한 약을 그 여자에게 먹인 모양이야. 별로 나쁘지 않은 생각이지. 약이 효과를 나타내면 일이 잘 될 테니까."

에디는 이불을 걷어차고 침대에서 나와 바지를 움켜쥐고 서둘러 옷을 입기 시작하며 언짢은 얼굴로 말했다.

"잠깐 여자를 들여다보고 와야겠네. 한참 동안 얼굴을 보지 못했지. 그리고 두목이 그녀를 어떻게 다루고 있는지도 보고 싶고."

윌리엄스와 플린은 서로 눈을 마주보았다. 윌리엄스가 안절부절못하며 말했다.

"침착하게. 여자에게 손대지 말라는 명령을 받았잖아."

"무슨 말을 듣건 괜찮아." 에디는 넥타이를 매며 대답했다. "그 여자가 어떻게 하고 있는지 보고 싶을 뿐이니까."

"알았어." 윌리엄스는 어깨를 으쓱했다. "그럼, 계단 위에 앉아 있다가 두목이 올라오거든 가르쳐주지. 플린, 자네는 슬림을 감시하게."

에디는 두 사람에게 히죽 웃어보였다.

"좋아, 별로 시간은 걸리지 않을 테니까."

에디는 살짝 방을 나가 아래층을 내려다본 다음 발소리를 죽이며 성큼성큼 2층으로 올라갔다. 미스 블랜디시의 방에는 문에 빗장이 질러져 있었다. 살짝 빗장을 빼고 안을 들여다보았다. 미스 블랜디시는 이불을 어깨까지 쓰고 침대 위에 일어나 앉아 있었다. 침대 머리맡에 동그마니 웅크리고 앉아 있었던 것이다. 그렇게 웅크리고 있으니까 아주 작아보였다. 얼굴이 발갛게 상기되어 있고 눈이 이상하게 빛났다. 에디는 이처럼 굉장한 여자는 본 일이 없다고 생각했다. 서로의 눈이 마주치자 에디는 빙그레 웃었다.

"해치지 않을 테니 걱정 말아요. 그저 어떻게 하고 있나 보고 싶었고, 물어보고 싶은 말이 두세 가지 있어서 왔을 뿐이오."

"빨리 나가요!" 미스 블랜디시가 말했다.

에디는 꿈쩍도 하지 않았다. 뒤로 물러서지도 않았고 안으로 들어가지도 않은 채 그 자리에 우뚝 서 있었다. 그는 부드러운 목소리로 말했다.

"아가씨, 나는 아가씨 편이야. 당신을 도와주고 싶소. 아무 것도 하지 않을 테니 걱정말아요. 그저 이야기를 하고 싶을 뿐이니까."

그녀는 냉정하게 어깨를 움츠렸다. 에디는 방 안으로 들어가 재빨리 문을 닫았다. 그는 충동적으로 위스키 병을 불쑥 내밀며 말했다.

"자, 한 잔 마시지."

그녀는 그것을 받아들었다. 에디는 그녀가 병을 기울이는 것을 찬찬히 보고 있었다. 그는 강한 술의 자극 때문에 목이 꿈틀꿈틀 움직이는 것과 입가로 술이 흘러내리는 것을 보았다. 그는 깜짝 놀라며 허리를 굽혀 술병을 낚아챘다.

"너무 많이 마시면 안돼. 이것은 독한 술이니까."

그녀는 눈 앞에 걸려 있는 거미줄을 걷어치우는 듯한 손짓을 하며 얼굴을 비볐다. 에디는 침대에 걸터앉아 재미있다는 듯이 그녀를 바라보았다.
"누구에게 어떤 짓을 당했지?"
그녀는 에디 따위는 보이지도 않는 듯 멍한 시선을 던지고 있었다. 그녀의 큰 눈이 자신의 몸을 꿰뚫고 뒤쪽 벽을 보고 있는 듯한 기분이 들었으므로 에디는 어쩐지 불안해지기 시작하여 조용히 말했다.
"말해 봐요, 내가 도와줄 수 있을지도 모르니까."
"키 큰 남자가 자꾸만 와요."
그녀는 느릿느릿 혼잣말처럼 중얼거렸다.
에디는 그 말을 듣기 위해 그녀 쪽으로 몸을 굽혀야만 했다.
"문 앞에 서서 뚫어지게 이쪽을 바라보며 끔찍스럽고 작은 신음 소리를 질러요. 어젯밤에도 내가 잠을 자다 눈을 떠보니 침대 옆에 서 있었어요."
그녀는 갑자기 입을 다물고 불안한 듯이 방 안을 둘러보았다.
에디가 말했다.
"그 녀석이 무슨 짓을 했지?"
그녀는 비로소 에디가 아직 거기에 있다는 것을 깨달은 듯 움찔하며 고개를 돌렸다.
"꿈을 꾸어본 적 있어요? 무서운 꿈, 무서워서 잠을 깨는 꿈. 아직도 꿈꾸고 있는지 잠에서 깨어났는지 알 수 없는 상태 말이에요. 어젯밤에 내가 바로 그랬어요. 나는 악몽에 시달리고 있었어요……어떤 꿈인지는 잊어버렸지만……정말 이상해요……내용은 잊어버렸지만 무서웠다는 것만은 잊을 수가 없어요. 전에 내가 기르고 있던 개가 난로 앞에서 꿈을 꾸며 발을 버둥거리고 신음했었는데……그것을 보면서 나는 가엾다는 생각을 했었지요. 그런데 그 개는 꿈에서 깨어나면 아무렇지도 않은 것 같았어요."

에디는 담배연기를 가슴 깊숙이 빨아들였다. 그녀에게도 기꺼이 불을 붙여주었다. 그녀는 모두 털어놓고, 그렇게 함으로써 그런 기억을 머리에서 털어버리고 싶은 듯했지만, 에디를 믿을 수 없는 모양이었다. 그는 조용히 앉아 콧구멍으로 연기를 뿜어내고 있었다.

"나도 악몽에 시달려본 적이 있지만, 대수로운 것은 아니었소."

"그 꿈은 아주 나쁘지만은 않았어요. 오히려 잠에서 깨어나면 더 무서운 생각이 들어요. 그 사람이 바로 내 옆에 있었어요. 어두워서 잘 보이지 않았지만, 그 사람이 바로 내 귓가에서 신음하고 있는 소리가 들렸어요. 마치 바람 소리같이……비가 내리고 있을 때의 바람 소리를 당신은 들어본 적이 있겠지요? 불이 활활 타오르고 있는 난로 앞에서 그런 소리를 들으면 즐거울 수도 있겠지만…… 그 사람의 신음 소리를 들으면 오직 무서워질 뿐이었어요.

처음엔 집에 돌아왔다고 생각했지요……하지만 그렇지는 않았고, 그 사람이 들어오는 것이 보였어요. 나는 꼼짝 않고 누워서…… 잠들어 있는 척했어요. 차라리 죽은 척할까 하는 생각도 들었어요. 아주 죽어버리면 더 깨끗할 것 같았지요……전에는 죽는 것이 무서웠지만…… 방 안이 싸늘해서 그 사람이 이불을 벗기자 몸이 떨려서 견딜 수가 없었어요. 나는 죽은 척했지요……이 말은 이미 했던가요? 죽어서 싸늘하게 식은 척했어요. 나는 옷을 입고 있지 않았어요……그 노파가 옷을 벗겨가 버려서 속옷뿐이었어요…… 나는 자루 같은 것 속으로 들어가고 싶었어요……머리까지 훌렁 뒤집어 쓸 수 있는 단단히 꿰맨 자루 속으로. 두꺼운 자루 속에 들어가면 기분이 좋을 텐데……."

그녀는 입을 다물고 무릎을 움직였다. 에디는 짤막하게 타버린 담배를 불기 없는 벽난로 속으로 던지고 또 한 대 불을 붙였다.

"나는 그 사람이 뚫어지게 바라보는 것이 싫었어요." 그녀는 불쑥 말했다. "무릎을 꼭 붙이고……마치 죽은 사람처럼. 어째서 사람은 죽으면 굳는지 모르겠어요. 아까 내가 말한 악몽에 시달리던 우리 집 개도 죽어버렸어요. 아침에야 비로소 알았지요. 만져보고 깜짝 놀랐어요……마치 나무토막처럼 딱딱했지요……다리가 빳빳해져서 한참 동안은 꼼짝도 할 수가 없었어요. 그러다가 몸이 풀려서 그 개를 묻을 수 있었어요. 어둠은 무섭지 않았어요. 차라리 어두워서 다행이라고 생각했지요. 어두우면 서로 잘 보이지 않으니까요. 그 사람도 어두워서 다행이라고 생각하는 것 같았어요. 왜냐하면 그 사람은 불을 켜고 싶으면 켤 수 있었을 테니까요……안 그래요?"

에디는 일어섰다. 더 이상 참을 수가 없었다. 그는 다정하게 말했다.

"자, 이제부터는 내가 잘 보살펴주지."

"하지만 그 사람은 아무 짓도 하지 않았어요. 그냥 가버렸지요. 하지만 아마 또 올거예요……그 노파가 그랬어요. 나는 어떻게 하면 좋을까요? 그 사람은 무척 겁쟁이였어요. 그렇게 서 있지 말고 무슨 짓이라도 하면 차라리 덜 무서울 텐데……집으로 돌아갈 수만 있다면 그 사람에게 무슨 짓을 당하든 나는 아무렇지도 않아요. 나는 정말 집에 돌아가고 싶어요."

그녀는 훌쩍훌쩍 울기 시작했다.

"내가 어떻게든 손을 써보겠소."

에디는 문을 열고 복도로 나갔다. 그는 뒤돌아보지 않았다. 계단 위에 있는 윌리엄스와 함께 말없이 아래로 내려갔다. 슬림의 방 옆에 기대서 있던 플린도 두 사람을 따라 에디의 방으로 들어갔다.

에디는 한심하다는 듯이 어깨를 으쓱했다. 그는 화난 어조로 말했다.

"그 미친 녀석이 저 여자까지 미치게 만들었더군. 저 여자는 차라리 죽는 편이 행복하겠어."
플린이 말참견을 했다.
"여보게, 에디, 제발 그 두 사람 일에 대해 쓸데없이 참견하지 말 게……알겠나? 여자란 언제나 말썽을 일으키는 원인이 된단 말이야. 자네가 너무 고집을 부리면 두목이 가만 있지 않을걸."
에디는 생각에 잠겼다. 이윽고 그가 말했다.
"저 여자는 분명히 죽는 편이 행복하겠어."

제3장

팔레스 호텔의 살인, 라일리 일당을 지명수배.
피해자의 신원 판명.
존 블랜디시, 오늘 몸값을 지불.

팔레스 호텔에서 참살당한 사나이의 신원은 프리랜서 가십 기자 알빈 헤이니로 밝혀졌다. 현재 납치당해 있는 미스 블랜디시의 동태에 대해 라일리 일당에게 질문받은 적이 있다고 경찰에 신고한 것은 이 헤이니였다.

몸값 50만 달러를 오늘 지불할 예정이다. 존 블랜디시 씨는 딸의 안전을 위해 주경찰당국의 개입을 사절하고 있다. 한편 연방 법무부는 납치당한 미스 블랜디시의 위험이 사라지는 대로 금세기 최대의 수사망을 펼칠 준비를 갖추고 있다.

경찰 당국은 알빈 헤이니가 라일리 일당에게 살해당한 것으로 확신하고 있다. 호텔 옥상에서 필사적인 총격전을 벌이고 달아난 2인조 갱을 경찰의 기록 사진에 의해 호텔 종업원이 알아낸 것이다.

글리슨 노파는 모두에게 그 기사를 읽어주었다. 그녀가 신문을 놓자 모두들 얼굴을 마주보며 히죽 웃었다. 슬림이 말했다.

"그 라일리라는 조무래기가 이번 일에서 우리에게 꽤 도움을 주었단 말이야. 녀석들이 누명을 뒤집어써 주었으니까."

에디는 짐짓 위엄을 부리며 말했다.

"지금으로서는 잘된 것 같이 보이지. 하지만 헤이니를 죽인 게 누구인지 생각해 본 적 있나? 라일리는 아닐세……그 점만은 확실해. 그리고 우리도 아니고, 마음에 걸리는 것은 보그라는 여자가 무슨 짓을 하고 있느냐 하는 점일세. 그 여자가 헤이니를 처치했다는 것에 나는 내 전재산을 걸어도 좋네. 하지만……까닭이 무엇일까? 그녀는 우리와 라일리의 관계를 얼마간 알고 있어. 나는 바로 그 점이 마음에 걸린단 말이야."

글리슨 노파는 작고 검은 눈으로 에디를 보며 고개를 끄덕였다.

"에디, 자네 말이 맞아. 틀림없이 우리의 발 밑을 위태롭게 하는 뭔가 이상한 일이 도사리고 있어. 돈을 받기 전에 그 보그라는 여자에 대해서 알아보는 게 좋겠군. 자네가 잠깐 거리에 나가 정보를 수집해 오면 어떨까?"

"알겠습니다. 누구든 함께 가지 않겠나?"

에디가 묻는 듯한 표정으로 슬림을 보았으나 그는 고개를 저었다.

"혼자 가는 편이 좋겠어." 노파가 슬림을 보며 말했다. "그리고 조심해야 해. 요전 밤에 사건이 있은 다음부터 경찰이 수상쩍어 보이는 자를 닥치는 대로 검거하는 모양이니까. 호텔 종업원이 자네 얼굴을 잘못 알아본 것은 단순히 운이 좋아서일 뿐이야."

에디는 손톱을 깨물고 있는 슬림의 얼굴을 쳐다보았다. 아마도 미스 블랜디시의 생각으로 머리 속이 가득 차 있는 듯했다. 에디는 노파와 잠깐 눈을 마주치고 턱을 치켜올려보았다. 그녀는 일어나 에디의 뒤를 따라 방에서 나왔다.

"슬림에게 저 여자에 대한 생각을 잊어버리라고 할 수는 없습니까?"

에디가 물었다. 노파는 에디를 쏘아보았다.

"에디, 그 일엔 참견하지 말아. 알았지? 자네는 그저 내가 하라는 대로 하기만 하면 돼……쓸데없는 일에 신경쓰지 말고."

에디는 억지로 미소지으려 하며 말했다.

"하지만 저런 굉장한 미인이 갱의 노리개가 되고 싶어하지는 않을 겁니다. 저 여자 생각도 조금은 해줘야 하지 않겠습니까?"

노파의 얼굴에 갑자기 노여운 빛이 떠올랐다. 그녀는 커다란 입술을 일그러뜨리고 이를 드러내며 호통쳤다.

"말 조심해! 슬림은 마음만 먹으면 저런 여자쯤 얼마든지 제 것으로 만들 수 있어. 슬림이 지금까지 여자 문제에 대해 착실했다는 것은 알고 있겠지? 그런 슬림이 지금 저 여자를 좋아한다고 해서 나쁠 건 없잖아."

에디는 이런 말을 하면 위험하다는 것을 알고 있었으나, 끝까지 말하지 않을 수 없었다. 그는 낮고 빠른 말투로 물었다.

"두목은 저 여자에게 무슨 짓을 하고 있습니까?……아들을 위해 모든 준비를 해주는 겁니까? 슬림은 마약으로 반항하는 힘을 없애지 않으면 여자 하나쯤 정복하지도 못하는 바보인가요?"

"내 아들은 그녀를 아내로 삼고 싶어하고 있단 말이야!"

글리슨 노파가 손바닥으로 에디의 입을 때렸다. 지독한 일격이어서 입술이 터졌다. 에디는 뒤로 비틀거렸으나 그래도 억지로 웃는 얼굴을 지었다. 그는 나가면서 말했다.

"아내로 삼고 싶다고요? 그거 참, 재미있군요. 알았습니다. 두목, 지금 내가 한 말은 잊어주십시오."

노파가 퉁퉁한 얼굴을 노여움으로 벌겋게 물들인 채 장승처럼 서서 노려보고 있다는 것을 에디는 알고 있었다. 앞으로는 조심하지 않으면 위험하다고 생각했다. 세단을 타려다가 덧지를 몰고 가기로 했다. 세단은 위험하다. 일부러 위험을 무릅쓸 필요는 없다.
 코스모스 클럽 옥상의 시계는 그가 자동차를 세웠을 때 1시 12분을 가리키고 있었다. 그는 자동차에서 살짝 내려 클럽 안으로 들어갔다. 청소부들이 청소를 하고 있어서 양동이에 걸려 넘어지지 않도록 조심해서 젖은 바닥을 걸어가야 했다. 하얀 스웨터에 더러운 플란넬 바지를 입은 작고 깡마른 사나이의 지휘를 받으며 여자들이 쇼 연습을 하고 있었다. 피아니스트는 입술에 담배를 늘어뜨린 채 요란스럽게 피아노를 두들겨댔다. 여자들은 에디를 보자 미소지었다. 그는 이 클럽에 얼굴도 알려져 있었고, 인기도 있었다. 그는 잠깐 걸음을 멈추고 입술연지를 바른 여자의 뺨을 쿡 찌르고는 곧 사무실로 들어갔다.
 피트는 책상 위에 다리를 얹어놓고 생각에 잠겨 있었다. 에디를 보자 깜짝 놀라는 것 같았다. 피트는 뚱뚱하고 활발한 사나이였다. 그는 재빨리 에디의 안색을 살피며 통통한 손을 내밀었다. 에디는 책상 끝에 걸터앉으며 말했다.
 "여, 피트, 경기가 어떤가?"
 피트는 검은 여송연을 입에 물면서 불평을 늘어놓았다.
 "장사가 되지 않아. 그 권총 소동 때문에 모두 신경과민이 되어 있거든."
 에디도 책상 위의 상자에서 마음대로 담배를 한 대 꺼내 불을 붙였다. 그는 히죽이 웃으며 말했다.
 "정말이야. 나도 신문에서 읽었지. 라일리 같은 조무래기가 요즈음은 거물이 된 모양이지."
 피트는 눈살을 찌푸렸다.

"하지만 아무래도 이상하네. 라일리는 지금까지 이처럼 큰일에 손 댄 적이 없었거든. 머리가 조금 돈 모양이야. 슬림의 짓이라면 또 모를까……."

피트는 여송연을 뭉개어 꺼버렸다. 에디는 눈을 가늘게 뜨고 피트의 얼굴을 지켜보며 아무렇지도 않은 듯한 어조로 말했다.

"슬림은 지난 1주일 동안 다른 곳에 가 있었지. 나도 그들과 함께 갔어."

"알고 있네."

피트는 멍청히 천장을 바라보며 말했다.

"틀림없이 자네들은 다른 곳에 가 있었을 거야. 얼마 동안 만나지 못했으니까. 그건 그렇고, 만일 내가 이 미스 블랜디시의 납치에 손을 댔다면 좀더 신중히 했을 텐데. 경찰은 몸값을 지불하고 인질을 찾으면 지체없이 덤벼들려고 모든 준비를 갖추고 있거든. 비행기까지 대기시켜 두었다네."

"저런! 그렇다면 라일리도 이제 마지막이로군."

에디가 시치미를 떼고 말했다.

"아암, 그렇고말고……라일리도 그렇게 되면 마지막이지."

"그런데 안나 보그라는 여자를 알고 있나?"

에디는 물끄러미 여송연을 바라보며 아무렇지도 않은 듯이 말했으나 피트는 흘끗 날카로운 시선을 그에게 던졌다.

"안나라면 물론 알고 있지. 그 여자가 어떻게 되었단 말인가?"

에디는 몸을 앞으로 내밀며 말했다.

"그 여자에 대해 알고 싶은 것이 있는데, 대체 그녀는 어떤 여자인가?"

"왜 그러나, 안나는 좋은 여자일세."

에디가 거칠게 다그쳤다.

"내가 묻고 있는 것은 그런 점이 아닐세. 어떻게 생긴 여자라는 것쯤은 나도 알고 있어. 내가 알고 싶은 것은 그 여자가 어떤 인간이며, 무엇을 하고 있는가 하는 점이라네."
피트는 짙은 연기를 뿜어내며 그 너머로 에디를 보았다.
"꼭 알고 싶나?"
"여보게, 피트, 너무 거드름피우지 말게. 이것은 중요한 일이란 말일세." 에디의 말투는 날카로웠다.
"안나는 갱의 정부지." 피트가 천천히 대답했다.
"어느 갱의 정부인가?"
피트는 빙그레 웃으며 에디의 얼굴 옆으로 그 살찐 얼굴을 갖다댔다.
"라일리."
"빌어먹을! 그랬었군." 에디는 흠칫 놀라며 말했다.
"그렇다네. 이 말을 들으면 자네가 깜짝 놀라리라고 생각했었네." 피트의 검은 눈이 반짝거렸다. "그리고 이 이야기를 듣고 깜짝 놀라는 녀석들이 꽤 많은 모양이야. 어째서 안나가 라일리와 함께 달아나지 않았을까 하고 모두들 이상하게 생각하고 있다네. 안 그런가? 라일리는 블랜디시의 딸에게 눈독을 들였기 때문에 안나를 버린 걸세."
"어쩌면 애인을 위해 정세를 살피고 있는 건지도 모르지."
에디는 생각에 잠겨 말했다.
"그건 아무래도 좋아." 피트가 대답했다. "내가 알 바 아니니까. 하지만 안나는 버림받고 가만히 있을 여자가 아닐세. 버림받기 전에 그 여자는 어지간히 법석을 떨걸."
에디는 잠시 생각하다가 물었다.
"그 여자는 어디 있나? 역시 팔레스 호텔인가?"
피트는 의자에서 일어나며 담배꽁초를 문 옆의 타구에다 버렸다.

"대체 왜 그러나? 어째서 안나에 대해 자꾸만 물어보지?"
"노파가 알아오라고 했거든."
피트는 소리는 내지 않았으나 휘파람 부는 시늉을 했다.
"노파가 이 일에 손대고 있나?"
그는 깜짝 놀란 모양이었다. 노파라면 이 부근에서 널리 이름이 알려져 있었으며, 더욱이 그다지 좋은 뜻에서가 아니었다.
"그 여자는 아직 팔레스 호텔에 있네. 경찰이 두 사람이나 문 앞에서 지키고 있지. 그 헤이니라는 녀석이 살해당했을 때 그녀가 호텔에 있었다는 사실을 신문기자들은 모르는 모양이지만 경찰은 알고 있거든."
"어째서 여자를 검거하지 않지?" 에디가 물었다.
"연방 경찰이 빈틈이 없다는 것을 모르나? 그들은 라일리가 호텔로 안나를 만나러 왔다가 헤이니와 맞닥뜨려 배신당한 분풀이를 했다고 생각하고 있단 말일세. 그래서 안나의 뒤를 끝까지 밟으면 언젠가는 라일리를 잡을 수 있으리라고 생각하는 거지."
에디는 조금 생각한 다음 말했다.
"여보게, 피트, 그 여자를 만나 이야기하고 싶은데……나를 좀 도와주게. 연방경찰에 정체를 알리고 싶지 않아서 그러네. 자네가 만날 수 있도록 손을 좀 써주게. 전화를 걸어서 이리로 오라고 해줘. 내가 여기서 기다리고 있다가 그녀와 만나 이야기하면 감쪽같이 경찰을 속일 수 있을 걸세."
피트는 무슨 말을 하려고 했으나 에디가 가로막았다.
"노파가 명령했으니 하라는 대로 하는 게 안전해." 에디는 지폐를 몇 장 호주머니에서 꺼내 책상 위로 던지고 빙그레 웃으며 덧붙였다.
"전화값은 내가 지불해야겠지?"
피트는 조금 머뭇거렸으나 결국 돈을 집어들고 바라보다가 수화기를 끌어당겼다. 그는 팔레스 호텔의 번호를 돌렸다.

"보그 양을 대주시오." 이윽고 그는 말했다. "안나? 코스모스 클럽의 피트인데, 지금 이쪽으로 와줬으면 좋겠어……응……물론 중요한 일이지. 곧 올 수 있겠소? 알았어. 기다리지." 그는 수화기를 놓았다. "10분 안에 오겠다는군."

"좋아, 자네 말이라면 여자들이 모두 잘 듣는단 말이야. 안 그런가, 피트?" 에디는 웃으며 말했다.

"부드럽게 다루어야 하네." 피트가 말했다. "나는 그녀에게 마음이 있거든. 노파의 명령이 아니었다면 나는 이런 짓 하지 않았을 거야."

"염려 말게. 거칠게 다루지는 않을 테니까. 거친 짓은 내 성미에도 맞지 않아. 다만 노파심에서 그녀에게 해줄 말이 있어서 그러는 것뿐일세. 자리를 좀 비켜주겠나……좋겠지? 단둘이서 이야기하고 싶어서 그러네."

피트는 다시 주저했으나 마침내 모자를 집어들고 방에서 나갔다. 에디는 권총을 꺼내 책상 위에 놓았다. 라일리의 정부로서 늘 권총을 가지고 있을 게 틀림없는 여자와 만나는 데 마음을 놓을 수는 없다. 의자에 몸을 깊숙이 묻고 여자가 오기를 기다렸다. 시간이 자꾸 흘러갔다. 그는 책상 위의 전기시계를 물끄러미 바라보고 있었다. 또박또박 하이힐 소리가 들려왔으므로 에디는 권총을 집어들었다. 문이 확 열리며 안나 보그가 들어왔다. 그녀는 방 한가운데로 올 때까지 에디가 있는 것을 알아차리지 못한 모양이었다. 문을 쾅 닫고 잠깐 멈춰서더니 갑자기 안색이 창백해졌다. 움찔하며 머릿속이 공포로 얼어붙은 듯했다. 에디는 그녀가 상당히 미인이라고 생각했다. 라일리는 바보지만 여자를 볼 줄 아는 모양이다. 그녀는 권총을 보았으나 아무 짓도 하려고 하지 않았다.

"안녕하시오, 아가씨!" 에디는 미소지으며 말했다. "겁낼 건 없소……내가 별다른 짓을 하려는 건 아니니까. 핸드백은 책상 위에 놓으시지……권총을 늘 그 속에 넣고 다니겠지? 안 그렇소?"

여자는 책상 위로 핸드백을 집어던지고 의자에 앉았다. 숨결이 빨라진 것 말고는 모든 행동이 아주 침착했다. 에디는 핸드백을 열어 속을 들여다보고 나서 책상 서랍에 집어넣었다. 자기의 권총도 권총집에 넣었다.

"내가 누구인지 알고 있겠지?"

여자는 아무 말도 하지 않았다.

"저번에 나에게 명함을 주지 않았소, 라일리가 어디 있는지 알고 싶다고?"

그녀는 조금 마음을 놓는 듯했으나 그 눈은 빈틈이 없었다. 에디는 담배를 꺼내 책상 위에서 그녀 쪽으로 밀어주었다. 그녀는 조금 머뭇거렸으나 마침내 한 대 꺼냈다. 그는 일어나서 책상을 돌아가 담뱃불을 붙여주었다. 그는 그녀의 바로 옆, 책상 끝에 앉아서 빙그레 웃어 보였다.

"할 이야기가 있소. 지난번에는 하마터면 나를 위험한 지경으로 빠뜨릴 뻔했지…… 하지만 나는 그 일로 화내고 있는 건 아니오. 아무튼 나는 헤이니를 죽이지 않았고, 죽인 것은 당신이니까. 잘 알고 있을 테지?"

여자는 눈 한번 깜빡이지 않고 에디를 쏘아보았다.

"하지만 그런 것은 아무래도 좋소. 경찰에서는 당신의 보이프렌드가 한 짓으로 생각하고 있지만 그는 마침 피신해 있으니까……어쨌든 그런 것은 내가 알 바 아니고, 당신이 나를 만나보고 싶다고 해서 이렇게 나타났는데, 좀더 상냥한 얼굴로 맞이해주는 게 어떻겠소?"

여자의 태도가 누그러지며 겁먹은 표정이 사라지는 것이 에디의 눈에도 뚜렷이 보였다.

"좀 더 마음을 터놓고 이야기했으면 좋겠군."

"라일리는 어디 있지요?" 여자가 쉰 목소리로 불쑥 물었다.

에디는 편안한 자세로 고쳐앉으며 이야기가 바라던 방향으로 가는군 하고 생각했다.

"어째서 내가 그 사람 있는 곳을 알고 있으리라고 생각했소?"

"그 사람이 블랜디시의 딸을 납치하던 날 밤 당신은 라일리를 만났잖아요." 안나는 에디의 표정을 살피며 말했다.

에디는 그녀의 속눈썹 곡선이 마음에 들었다. 안나의 화장 솜씨는 조무래기의 정부같이 천한 데가 없었다. 파운데이션이며 분을 처바른 그런 여자가 아니었다. 조금 세게 긁어보면 금방 좋은 바탕이 나올 것 같은 여자였다.

"아니, 어떻게 그런 것은 알고 있소?" 에디가 물었다.

"좋아요, 빈틈없는 사람이군요. 모두 툭 터놓고 이야기할 테니 당신도 그렇게 해주세요. 라일리는 조니의 집에서 나에게 전화를 걸었어요. 당신을 만났으니 슬림이 손을 댈지도 모른다고 말이에요. 나는 조니의 집에 가서 물어보았는데, 라일리와 그 여자는 하룻밤 있다가 아침에 어디론가 가버렸다는 거예요. 어디로 갔는지는 모르겠다고 하더군요."

에디는 웃음이 터져나오는 것을 억지로 참았다. 역시 모든 일이 잘 되어가고 있는 모양이었다.

"그래서?"

"라일리는 나를 바보처럼 따돌리고 어디론가 가버렸어요. 라일리가 어디 있는지, 어째서 나에게 아무 말도 전해주지 않는지, 그 점을 알고 싶어요."

안나의 두 볼이 벌겋게 물들며 분한 듯 눈이 반짝였다.
에디는 머리를 긁적이며 시치미를 뗐다.
"그가 어디 있는지 알고 싶은 것은 경찰 역시 마찬가지일 거요. 그런 여자에게 손을 대다니, 녀석도 큰일을 저질렀지. 빌어먹을! 그 녀석에게 그만한 배짱이 있는 줄은 몰랐소."
안나는 갑자기 벌떡 일어서며 날카롭게 말했다.
"얼버무리지 말아요. 당신은 무언가 알고 있지요?"
"알았소, 너무 그렇게 화내지 마오." 에디도 일어섰다. "대단한 것은 아니지만, 내가 알고 있는 사실을 말해 주기가 조금 거북하군. 당신이 늘 라일리와 함께 있었다는 것을 나는 알고 있고, 어느 모로 보면 라일리에게 지나치게 좋은 짝이었다는 것도 알고 있소. 그런데……실은 아무래도 그 녀석이 당신을 버린 것 같아서……."
안나는 에디 쪽으로 한 걸음 다가섰다. 화가 났을 때도 꽤 예쁘게 보이는 여자였다. 그녀는 새된 소리를 질렀다.
"거짓말하지 말아요! 어설픈 엉터리 연극을 해보여도 나는 한 마디도 믿지 않아요. 라일리는 진실한 남자예요. 그야 많이 다투기는 했지만, 누구나 싸움쯤 하잖아요? 나를 버리다니, 천만에요! 그런 거짓말이 내게 통할 줄 알아요?"
에디는 어깨를 으쓱했다. 그는 냉정하게 말했다.
"나는 블랜디시의 딸을 보았는데, 라일리 녀석이 그 여자에게 몹시 열을 올리고 있는 것 같았소. 내가 만났을 때 그녀는 자동차 안에서 라일리와 함께 있었지. 그 여자가 얼마나 예쁜지 당신도 보면 놀랄 거요. 그래서 나는 라일리가 그 여자에게 반해서 그 여자와 함께 몸값이 올 때까지 어딘가에 숨어 있을 거라고 생각하오. 아마 당신 일이야 아무래도 좋다고 생각하고 있을 거요. 당신이 얌전하게 녀석이 하는 짓을 보고 있지 않으리라는 것을 라일리도 잘 알고 있기 때문에 슬쩍 어디론가 달아나 버렸겠지. 아주 영원히……."

안나는 에디의 입을 찰싹 때렸다. 그리 심한 일격이 아니었으므로 에디는 싱긋 웃었다. 안나는 날카로운 목소리로 외쳤다.

"닥쳐요! 라일리는 그런 사람이 아니에요!"

에디는 다시 어깨를 으쓱하며 창가로 가서 밤의 경치를 내다보았다. 이것으로 할 말은 다했다고 그는 생각했다. 여자는 지금 한 말을 믿을 것이다. 그녀는 방을 서성거리고 있었다. 에디는 여자가 흥분하는 대로 내버려두었다. 창가에 서서 그는 한길을 내려다보며 회심의 미소를 지었다.

갑자기 여자가 옆에 와서 나란히 섰다. 여자의 몸 속에서 노여움이 불길처럼 타오르고 있는 것을 에디는 느낄 수 있었다. 안나는 내뱉듯이 말했다.

"벌써 며칠 동안 아무 소식이 없어요. 이번에 찾아내면 가만두지 않겠어요." 여자는 주먹을 쥐고 벽을 때리기 시작했다. "나는 어떻게 하면 좋지요? 동전 한 닢 없으니……."

"걱정 마오." 에디는 이 여자를 조금 위로해 줄 수 있을지도 모른다고 생각하며 말했다. "돈이 전부는 아니니까. 무슨 수가 생길 때까지 조금은 빌려줄 수도 있소."

여자는 고양이같이 으르렁거리며 에디를 쏘아보고 심한 어조로 말했다.

"역시 거짓말을 했군!"

에디는 일이 잘되고 있음을 알았다. 그대로 내버려두기만 하면 되는 것이다. 그는 책상 앞으로 가서 여자의 핸드백을 서랍에서 꺼내 그녀가 보지 못하도록 몸으로 가리고 25구경 권총 밑에 지폐를 집어넣었다. 그리고 여자 옆으로 가서 겨드랑이 밑에 핸드백을 끼워주고는 문 앞까지 데리고 갔다. 그는 무뚝뚝하게 말했다.

"모든 것을 잊어버려요. 내가 거짓말하고 있는지도 모르니까. 라일리를 기다리는 것은 자유지만, 언제까지나 기다릴 필요는 없을 거요. 기다리다 지치거든 피트를 통해 나에게 알려주오."

에디는 여자를 밖으로 내보내고 문을 닫았다. 그는 꼬박 1분 동안이나 문에 기대서서 자기가 거둔 성공에 탄복하고 있었다. 언젠가는 저 여자를 다시 만날 수 있으리라고 그는 생각했다.

플린은 시계를 보았다. 세단을 타고 있었으며 옆에는 기관총이, 무릎 위에는 강력한 손전등이 놓여 있었다. 그는 조용히 욕지거리를 내뱉었다. 글리슨 노파가 잘될 거라고 했으니 잘될 것이다. 그로서도 노파의 말을 믿고 있으나, 그래도 어쩐지 불안했다. 세단은 길가의 어두운 나무 그늘에 대어놓았다. 앞의 도로는 곧게 뻗어 있어 1마일 이상이나 꿰뚫어볼 수 있었다. 플린은 그런 곳에서 존 블랜디시가 몸값을 가져오길 기다리고 있는 것이었다. 윌리엄스가 두세 시간 전에 블랜디시에게 전화를 걸었는데 그때도 역시 이상한 짓을 하면 안된다고 다짐해 두었다. 블랜디시는 이미 각오하고 있는 듯했으나, 그래도 플린은 위험한 일을 당하고 싶지는 않았다. 글리슨 노파는 특별히 5백 달러를 그에게 주겠다고 했지만, 그래도 그는 윌리엄스나 슬림이 이 일을 해주면 좋겠다고 생각했다. 교도소에만 가지 않는다면 좋지만, 잡혀들어가게 되면 5백 달러도 별로 쓸모가 없다. 플린은 다시 시계를 보았다. 밤이 이슥해졌다. 무서운 밤이었으며, 플린은 으스스 떨리기까지 했다.

갑자기 저 멀리서 자동차의 전조등 불빛이 보였다. 그는 부리나케 자동차에서 내려 길가에 우뚝 섰다. 토미건을 옆구리에 끼고 있었다. 그는 그 전조등 불빛을 향해 뛰어갔다. 자동차는 전속력으로 달려왔다. 엔진 소리가 들렸다. 플린은 손전등을 켰다. 어둠을 꿰뚫듯 빛이 뻗어나갔다. 다가오던 자동차가 조금 속력을 늦추더니 지나가면서 무언가를 창 밖으로 내던졌다. 그것은 플린의 발 밑 언저리에 떨어졌다. 그는 불빛을 그쪽으로 비춰보고 튼튼한 가죽가방임을 확인했다. 자동차는 멈추지 않고 어둠 속으로 사라졌다. 블랜디시는 이쪽에서 시킨 대로 했던 것이다.

플린은 도로 앞쪽을 살펴보았으나 다른 자동차가 오는 기색은 없었다. 그는 가방을 집어들고 세단으로 달려갔다. 핸들 앞에 기어들어가 거칠게 기어를 넣었다. 그는 자신이 떨고 있다는 것을 느낄 수 있었다. 노파가 말한 대로 아무 사고 없이 모든 일이 잘되고 있다. 전속력으로 자동차를 몰았다. 도로는 몇 마일이나 직선 코스였고, 끊임없이 백미러를 보았으나 뒤쫓아오는 사람은 없었다. 얼마 동안 그렇게 미행하는 자가 없음을 확인한 다음 그는 마음놓고 핸들을 돌려 큰길을 벗어나 울퉁불퉁한 샛길로 들어갔다. 덜컹덜컹 흔들리기도 하고 튀어오르기도 하며 4분의 1마일쯤 달리고 나자 미행하는 사람이 없다는 것이 더욱 확실해졌다.

거기서부터 그는 귀로에 올랐다. 모두들 그가 돌아오기를 목이 빠지게 기다리고 있었다. 플린은 안으로 들어가 가방을 탁자 위에 꽝 내려놓았다. 모두들에게 환영을 받자 그는 기분이 좋았다. 그는 빙그레 웃으며 말했다.

"별로 어렵지 않았어."

글리슨 노파가 천천히 일어나 탁자 옆으로 다가왔다. 튼튼한 가방의 벨트를 풀었다. 다른 사람들도 옆으로 몰려와 지켜보았다. 그녀는 뚜껑을 열고 가지런히 놓여 있는 지폐뭉치를 꺼내기 시작했다. 그녀는 흥분한 기색도 없이 천천히 지폐를 꺼내고 있었으나, 다른 사람들은 제각기 갖가지 반응을 나타냈다. 가방이 비워지자 그녀는 그것을 탁자에서 바닥으로 밀어냈다. 슬림은 지폐더미 위에 몸을 덮치듯하며 입을 크게 벌리고 있었다. 눈 앞의 탁자 위에 쌓인 50만 달러는 볼 만 했다. 노파가 다발의 수를 세고 지폐를 자세히 살펴보았다. 이윽고 그녀는 얼굴을 들며 말했다.

"수고했다. 이제부터 경찰은 터무니없는 사람들을 쫓게 되겠지."

그녀는 유심히 지폐뭉치를 바라보더니 몸을 굽혀서 가방을 주워올리고 돈을 그 속에 도로 집어넣었다. 모두 넣고 나자 노파를 살찐 손으로 가방을 두드리며 말했다.

"이 돈은 위험해. 특히 앞으로 4, 5일 동안 이 돈을 쓰는 것은 자살 행위나 다를 바가 없어. 나도 돈은 갖고 싶다. 그래서 우리 모두가 두고두고 단물을 빨 수 있는 방법을 생각해 보았지. 여기에 50만 달러가 있긴 해도 쓸 수는 없단 말이야. 그러니 이것을 반값으로 팔아넘겨야겠어. 위험성이 없는 진짜 돈 25만 달러와 바꾸겠다는 거지. 자네들은 이 50만 달러를 마음대로 쓸 수 있다고 생각하겠지만, 사실은 그렇지 않다는 것을 알아야 해. 이 돈은 독약과 같은 것이야. 전국 경찰이 모든 준비를 갖추고 이 돈이 나돌기를 기다리고 있으니까. 연방경찰은 라일리를 찾고 있지만, 찾아낼 리가 없지. 우리들에 대한 단서가 전혀 없으니까 온전한 돈과 바꿀 수만 있다면 모든 일은 다 잘 될거야."

에디가 날카로운 눈초리로 그녀를 쏘아보았다.

"누가 이런 위험한 돈을 반값으로 사겠습니까?"

로키가 흥분하여 말참견했다. "그 돈을 전부 내놓을 필요는 없잖습니까? 절반쯤은 그다지 위험할 것도 없을 텐데요."

윌리엄스와 플린도 고개를 끄덕였으나, 슬림은 아무 말도 하지 않았다. 그로서는 지금 돈 따위는 아무래도 좋았다. 위층에 있는 미스 블랜디시를 생각하자, 자기의 맥박치는 핏소리가 귓가에 들려왔다. 어머니는 돈이 들어오면 여자를 주겠다고 말했었다.

"모두 25만 달러를 내놓는 것이 괴로운 모양이로군." 하고 글리슨 노파는 몹시 흥분한 모두의 얼굴을 둘러보았다. 그녀의 작고 검은 눈이 무섭게 빛났다. "그렇지? 하지만 별수 없어. 자네들은 앞으로 어떤 난관에 부딪칠는지 모른다는 것은 생각해 본 일조차 없겠지. 그러나 나는 잘 알고 있어. 어쨌든 위험성이 없는 돈을 써야 해……알겠지? 25만 달러 때문에 모두가 옴쭉달싹할 수 없는 지경에 놓이게 되면 큰일이니까. 거래는 장물아비와 하기로 했어. 이제 곧 올 텐데, 그 사나이라면 위험한 돈도 쓸 길이 있겠지……그러나 우리에게는 그런 길이 없거든."

모두 서로의 얼굴을 마주보았다. 에디가 긴장을 풀며 말했다.

"좋습니다. 무슨 일이든 두목이 하라는 대로 하겠소."

다른 사람들도 에디의 말에 따랐다.

"돈이 들어오면 어떻게 하시겠습니까?" 플린이 물었다.

"그 자리에서 나누어 가져야지." 노파는 누런 이를 드러내보이며 빙그레 웃었다.

"우선 10만 달러는 이번 일에 모두들 애썼으니까 똑같이 나누어갖는다. 나머지는 오래 전부터 생각해 온 장사를 하기 위해 써야겠어. 장사를 시작한단 말이야. 자네들 모두 함께 일을 시작하는 거야. 이번 일이 잠잠해지면 이곳을 정리하여 모두 다른 고장으로 가자. 나는 나이트클럽을 시작하고 싶어. 여자며 술이며 도박장을 모두 갖춘 나이트클럽. 밑천은 있으니까. 나도 이제 조무래기 갱단을 이끄는 일은 싫증났어. 이제부터는 모두 거물급이 되어 보잔 말이야." 그녀는 모두들 어떤 표정을 지을까 하고 둘러보았는데, 짐작이 빗나가지 않았다. "모두 머리를 써야 해. 앞으로는 은행 강도 같은 시시한 일에 손을 대지 말아야 해. 이번이 좋은 기회지. 장물아비가 돈을 가지고 오면 그 자리에서 각자 몫을 나누어주겠다……그 돈을 어떻게 쓰든 그것은 자유야."

 에디는 의자에 깊숙이 앉아 천장에 매달려 있는 등불을 바라보다가 불쑥 물었다.

 "블랜디시의 딸은 어떤 방법으로 돌려보내시겠습니까?"

 방 안은 무거운 침묵에 휩싸였다. 노파가 그를 쏘아보았다. 그 얼굴에 검붉은 피가 솟아올랐다. 에디는 천장의 등불에서 눈길을 떼지 않았다. 슬림이 갑자기 몹시 조용해졌다. 다른 사람들은 걱정스러운 표정을 짓고 있었다. 방 안의 공기는 다이너마이트를 품고 있는 것 같았다.

 "그 문제에 대해서는 참견하지 말라고 했을 텐데?"

 노파가 느릿느릿 말했다.

 "돈이 들어왔으니 여자는 돌려보내는 편이 좋을 겁니다."

 "그런 말을 하는 것이 누구지?"

 노파가 몸을 앞으로 내밀며 정색을 했다.

 에디는 조금 망설였으나 곧 결심한 듯 노파를 똑바로 쳐다보며 말했다

 "왜 그러십니까? 그런 방법으로는 통하지 않습니다, 두목. 그렇게 하면 납치업을 할 수 없게 된다는 걸 모르십니까? 저 여자를 돌려보내지 않으면 법석이 일어날 겁니다. 굉장한 악평이 일겠지요. 이제부터는 아무도 몸값을 내려고 하지 않을 겁니다. 그렇게 되면 납치업은 끝장이지요."

 노파는 천천히 일어섰다. 노여움으로 얼굴이 일그러졌다. 무시무시한 얼굴이었다.

 "저 여자는 너무 많은 일들을 알아버렸어. 지금은 라일리가 죄를 뒤집어쓰고 있기 때문에 우리는 감쪽같이 달아나 새로운 장사를 할 수도 있지만, 저 여자를 내보내면 연방경찰이 대번에 우리를 습격

할 거야. 그러니 쓸데없이 입 놀리지 마!"
에디는 눈길을 돌리고 입을 다물었다. 슬림이 일어섰다. 그는 엄격한 얼굴로 목에 힘을 주며 어머니에게 말했다.
"그 여자에게 손대지 마십시오."
크고 난폭한 목소리였으나 어머니는 그를 흘끗 한 번 쳐다보았을 뿐이었다.
"너도 입 다물어. 그 여자는 해야 할 일이 있으니까……모두 참견하지 말아."
슬림은 윗옷에 손을 집어넣더니 불쑥 권총을 꺼냈다. 그리고 탁자를 발로 걷어찼다. 탁자가 쓰러지며 무거운 가방이 떨어졌다. 방 안은 쥐죽은 듯 조용해졌다. 돌같이 무표정한 슬림의 얼굴이 모두에게 겁을 주었다. 그는 어머니 옆으로 다가가서 코 앞에 권총을 들이대더니 또다시 말했다.
"그 여자에게 손대지 마십시오! 알았습니까? 저 여자는 내 것입니다! 앞으로 그 여자에게 이상한 짓을 하면 내가 상대해 줄 겁니다. 저 여자에게 손가락 하나라도 까딱하면 그 살찐 배에 바람구멍을 내줄 테니 그리 아십시오."
어머니는 아들의 험악한 눈빛을 보고 그 말이 진심임을 알았다. 그녀는 겁을 먹고 뒷걸음질쳤다. 슬림은 쫓아가며 살찐 가슴에 권총을 힘껏 들이댔다. 노파는 다급하게 고개를 끄덕이며 "알았다, 알았어." 하고 대답했다.
슬림은 권총을 집어넣으며 모두를 둘러보았다. 아무도 그를 보려고 하지 않았다.
"자네들도 모두 얌전히 굴어야 해. 그렇지 않으면 내가 상대해 주지."
그는 조금 멈춰섰다가 천천히 방에서 나갔다. 글리슨 노파는 그 모습을 쏘아보았다. 얼굴에서 핏기가 가시고 노여움으로 몸을 떨고 있었으나, 슬림의 위협은 충분히 효과를 나타냈다. 그라면 아무 망설임 없이 어머니도 죽일 수 있음을 그녀는 알고 있었던 것이다. 그녀는 참고참은 노여움을 쏟을 길 없어 바닥에다 침을 뱉었다.

 슬림은 2층으로 올라갔다. 아직도 손에 권총을 들고 있었다. 매끈매끈하고 차가운 권총 손잡이의 촉감이 상쾌했다. 그는 한 계단 한 계단 미스 블랜디시에게로 다가가고 있었다. 구두 속의 발가락으로 구두창을 통해 계단의 카펫을 꼬집기라도 하려는 듯 힘주어 안쪽으로 구부리며 걸어가고 있었다. 걸어가면서도 발소리가 나지 않도록 바닥을 조용히 디디려고 애썼다. 갑자기 그는 자기가 어떤 식으로 계단을 올라가고 있는지 깨달았다. 한 계단 한 계단 올라가는 자기의 발걸음이 얼마나 무거운가를 그는 깨달았다. 계단이 끝나가면서 걸음도 차츰 느려졌고, 한 걸음 한 걸음 재듯이 나아가는 것이었다.

 그는 오랫동안 이 순간을 마음 속에 그려보곤 했었다. 자잘한 점까지 여러 번 그려보았으므로 자기가 어떻게 하면 좋을지 잘 알고 있었다. 지금 그는 그렇게 할 수 있고 아무도 방해할 사람이 없다는 것도 알고 있었다. 지금이야말로 자기가 마음먹은 대로 할 수 있는 것이다. 그는 머리로 피가 솟아올라 아무것도 보이지 않았다. 계단을 다 올라가자 권총을 권총 혁대에 집어넣었다. 두 손으로 계단 난간을 힘껏 붙잡았다. 얼굴은 미스 블랜디시의 방문으로 향했고, 마치 거울을 통해 안을 들여다보듯 그 문을 뚫어지게 바라보았다. 그는 몸을 떨기도 하고 얼굴의 근육을 꿈틀거리기도 하며 거기에 서 있었는데, 차츰 뚫어져라 방문을 노려보는 눈이 피로해졌다. 다리가 그 문을 향해 걸어가자 위의 몸도 그에 따랐다. 천천히 걸어가 마침내 그 문 앞에 섰다. 손잡이에 손을 댔다. 손잡이의 감촉이 차가웠다.

 손잡이를 돌리며 그는 뭐라고 중얼거렸는데, 그것은 마치 신음 소리 같았다. 손잡이는 소리없이 돌아갔으나, 그는 여러 번 그 짓을 되풀이하고 있었다.

 마침내 그는 문을 열었다.

제4장

 데이비드 페너는 책상 위에 다리를 얹고 의자를 뒤로 젖혔다. 그의 사무실은 아담했으며, 비품도 조촐하게 갖추어져 있었다. 책상에는 문구들이 보기좋게 배치되어 있고, 눈같이 새하얀 압지가 그 위에 놓여 있었다. 바닥에는 이 사무실에 잘 어울리는 카펫이 깔려 있고, 창가의 책장에는 법률서적이 가지런히 꽂혀 있었다. 법률서적은 사온지 얼마 안되는 듯했다. 데이비드는 언젠가 친구에게, 이런 사무실에는 으레 법률서적이 있는 법이라고 생각하는 부류의 사람들을 위해 장식용으로 갖다놓았을 뿐이라고 털어 놓았다. 그는 지금까지 법률서적 따위는 펼쳐본 일도 없었다.
 페너는 몸집이 큰 사나이였다. 의자 등받이에서 떡 벌어진 어깨가 비어져나와 있고, 단단한 근육 때문에 의자의 나무 부분이 삐그덕거릴 정도였다. 그는 사무실에서도 모자를 쓰는 버릇이 있었다. 그 모자가 지금 눈 위까지 가리워 마치 졸고 있는 것처럼 보였다.
 접수하는 방은 더욱 컸다. 든든한 나무판자로 그 방을 둘로 칸막아 달갑지 않은 손님을 몰아낼 수 있도록 하였다. 폴라 덜렌이 쓰지도 않은 타자기 앞에 앉아 화려한 대중잡지의 책장을 뒤적이고 있었다. 그녀는 연방 한숨을 쉬며 벽의 시계를 쳐다보았다. 멋진 몸매, 숱이 많고 웨이브진 옥수수빛 머리카락, 그리고 파란 눈이 눈에 띄게 크다. 페너가 그녀를 접수 담당 직원으로 채용한 것은 머리는 그다지 쓸모가 없으나 몸매만으로도 어느 정도 장사에 도움이 되리라고 생각했기 때문이었다.

버저 소리에 백일몽에서 깨어난 그녀는 얼른 일어나서 페너의 방으로 들어갔다.

"그래, 일은 잘되나?" 페너가 물었다.

폴라는 큰 책상을 돌아가 그의 무릎 위에 앉았으나, 페너는 그녀를 살짝 밀어내고 책상에서 다리를 내려놓았다.

"아, 점잖게 굴어야지, 아직 근무 시간인데."

폴라는 흰 이를 드러내보이며 책상가에 걸터앉았다.

"데이브, 나는 이제 이런 데 있기가 진력났어요. 아무 일도 일어나지 않으니 말이에요. 멍청하게 앉아서 무슨 일이 일어나기를 기다리고 있지만, 아무도 오지 않잖아요. 이럴 바에는 굳이 사무실에 나올 필요도 없을 것 같아요."

페너는 기지개를 켜고 하품을 했다.

"그렇지도 않아…… 안 그래? 그런데 요즈음은 어느 곳이건 모두 불경기여서 별수없어. 그래서 범죄라는 것이 모습을 감춘 모양이야."

"이런 장사는 처음부터 시작하지 않았더라면 좋았을 걸 그랬어요." 폴라는 창 밖을 내다보며 말했다. "트리뷴 신문에 근무하고 있을 때는 많은 급료를 받고 있었는데, 사립탐정이란 안정된 장사가 못 되는 모양이에요."

"처음에는 좋다고 생각했겠지?" 페너가 말했다. "월급쟁이라면 1

년을 걸려도 받을까 말까한 돈을 겨우 1주일 동안에 벌었으니까. 무슨 생각을 하고 있지? 앞으로 한 달 정도는 집세낼 돈도 있고……별로 불평하지 않아도 될 텐데?"

"좋아요, 우두머리는 당신이니까요. 하지만 타자기 앞에 앉아 있는 것이 정말 진절머리가 나요. 손톱만 만지작거리고 있어야 하니 말이예요."

폴라는 미소를 지었다. 페너도 빙그레 웃었다.

"그렇다면 언제든지 이 방에 들어와요……함께 놀아줄 테니까. 하지만 폴라, 며칠 안에 무슨 일이 일어나지 않으면 내 편에서 뛰어나가 무엇이든 일거리를 만들어야겠어."

"나는 이제 돌아가도 괜찮을까요?" 폴라가 야한 몸짓을 하며 물었다. "여자에게는 당신같이 훌륭한 사람이 알지 못하는 시시한 잡일들이 아주 많거든요."

"그야 그렇겠지."

페너는 그녀를 바라보며 역시 상당한 미인이라고 생각했다. 그는 긴 팔을 뻗어 그녀를 자기 의자로 끌어당겼다. 그녀에게 유혹하는 방법을 쓸 필요는 없었다. 두 사람은 그대로 잠시 붙어앉아 있었으나, 이윽고 페너는 아직 근무 시간이라는 사실을 상기했다. 그는 그녀의 늘씬한 등을 손으로 슬쩍 내리쓸었다. 그러자 갑자기 그녀가 날카로운 비명을 지르며 발딱 뒤로 물러서서 자기 몸을 매만졌다. 그녀는 발끈하여 소리쳤다.

"무슨 짓이에요! 왜 이러시지요? 마치 가재같이 말이에요."

"알았소, 폴라." 데이비드는 싱긋 웃으며 말했다. "당신이 들어오니까 마음이 들떠서 안되겠어. 돌아가도 좋소, 사무실은 나에게 맡기고. 그런데 오늘 밤에 함께 식사하지 않겠소? 조금 활기를 북돋우기 위해 법석떠는 것도 좋을 것 같은데."

"좋아요, 데리러 오시겠어요?"

"7시면 어떨까⋯⋯좋겠지?"

폴라는 고개를 끄덕이고는 물결처럼 손을 흔들어보이며 방에서 나갔다. 문이 닫히기 전에 페너가 외쳤다.

"무언가 읽을거리가 없을까?"

폴라가 잡지를 가지고 와서 문 앞에 선 채 말했다.

"이런 걸 읽기에는 당신은 조금 젊으신 것 같지만, 그 속에는 생각해 봐야 할 것이 많이 있어요."

페너는 뭐라고 대답해야 좋을지 몰라 하며 천천히 일어섰다.

"나같이 귀여운 여자는 다른 사람이 망상을 품지 않도록 조심해야겠어요⋯⋯특히 혼자 있을 때는⋯⋯."

폴라는 얼른 잡지를 놓고 부리나케 방에서 뛰어나갔다.

페너는 잡지를 집어들며 싱긋 웃었다. 그는 다시 책상 앞에 앉아 잡지의 그림을 들여다 보기 시작했다.

느닷없이 문이 열리더니 폴라가 다시 들어왔다. 그녀는 흥분하여 눈을 반짝이며 연극조의 목소리로 속삭였다.

"자, 준비는 다 되었습니까? 드디어 진짜 일거리가 생겼소이다!"

"폴라, 돌았어?"

페너는 성을 내며 일어서려고 했는데, 그러기 전에 폴라가 그의 눈앞에 있는 압지 위에 하얀 명함을 한 장 떨어뜨렸다. 그는 그것을 집어들어 보더니 휙 하고 작게 휘파람을 불었다. 그는 입을 크게 벌리고 폴라를 바라보았다.

"아니, 이것은⋯⋯."

"저기서 기다리고 계세요."

페너는 벌떡 일어나 잡지를 휴지통에 버렸다.

"블랜디시? 존 블랜디시가 나를 만나러 왔다고? 기가 막히는군!

페너 탐정사무실도 다시 활약을 개시할 때가 온 모양이지. 아무튼 이번 일은 돈이 꽤 들어올 것 같은 기분이 드는군. 폴라, 어서 이리로 안내하고 저 방에서 기다려줘요. 시킬 일이 있을지도 모르니까."

폴라는 한숨을 내쉬었다.

"저녁식사는 취소해야겠군요……그렇지요?"

페너는 빙그레 웃었다.

"걱정 말아요, 나의 예상이 맞는다면 머지않아 멋들어진 저녁식사를 들게 될 테니까."

그는 책상 앞에 앉아 팔짱을 끼었다. 폴라가 다시 문을 열고 멈춰 섰다.

"블랜디시 씨입니다."

존 블랜디시는 느릿느릿 거드름피우는 걸음걸이로 들어왔다. 폴라는 마주보는 두 사람을 남겨놓고 문을 닫았다. 페너는 생각했던 것보다 블랜디시가 몸집이 크지 않다는 사실에 놀랐다. 쇠고기왕이니 만큼 키가 크고 어깨도 떡 벌어졌으며, 쇠고기같이 불그레한 얼굴을 가진 인물이라고 생각했던 것이다. 블랜디시는 그와는 정반대였다. 키는 보통보다 조금 컸고 갸름한 얼굴에 깨끗이 면도를 했으며, 턱만이 꽤 컸다. 그 얼굴에서 힘과 개성을 나타내 보여주는 것은 눈뿐이었다. 움푹 들어간 거무스름한 눈은 엄격하고 빈틈이 없었으며 예리하게 반짝이고 있었다. 이 눈이 수많은 재산을 쌓아올린 모양이라고 페너는 생각했다. 블랜디시는 그를 머리 꼭대기에서 발 끝까지 찬찬히 훑어보았다. 그 자리에 우뚝 선 채 호의도 없고 감정도 없는 차가운 눈으로 천천히 바라보는 것이었다. 페너는 이번 협상은 단순한 수법으로는 이루어지지 않을 것 같다고 생각했다. 그는 블랜디시에게 의자를 권하며 조용히 말했다.

"앉으십시오, 블랜디시 씨, 잘 오셨습니다. 나에게 하실 이야기가 있으신 모양이로군요."

블랜디시는 노인답게 천천히 앉았다. 날카로운 눈 이외에 그의 태도는 몹시 지쳐버린 듯 해 보였다. 그는 불쑥 말했다.

"당신이 페너 씨요?"

데이비드 페너도 앉으며 대답했다.

"그렇습니다."

"소문으로 듣자하니 당신은 철저한 사람으로서 수완도 좋다고 하더군요."

페너는 어깨를 으쓱했다. 이러한 겉치레 인사말은 그에게는 별 뜻이 없다.

"당신에게 일을 한 가지 부탁하러 왔소." 블랜디시는 이야기를 꺼냈다. "맡아주겠는지 아닌지 간단히 그것만 대답해 주시오. 일이 급하고 나는 바쁘니까."

"어떤 일인데요?" 페너는 페이퍼 나이프를 만지작거리며 말했다.

블랜디시는 돼지가죽으로 만든 담배 케이스에서 여송연을 한 대 꺼내 금으로 된 펜 나이프로 끝을 깨끗이 자른 다음 불을 붙였다. 페너에게 여송연을 권하려고 하지도 않았다. 여송연에 불을 붙이고 나자 그는 날카로운 눈초리로 다시 페너를 바라보았는데, 페너는 모른 척 여전히 페이퍼 나이프를 만지작거리고 있었다.

"석 달 전의 일이었소." 블랜디시는 말을 꺼냈다. 그는 목소리를 평온하게 가라앉히기 위해 몹시 애쓰고 있는 것 같았다.

"내 딸이 납치당했는데, 당신도 아마 신문으로 읽어서 알고 계시겠지요?"

페너는 고개를 끄덕였다.

"딸은 아직 돌아오지 않았고, 범인도 찾지 못했소." 블랜디시는 담담하게 이야기를 계속했다.
"이 사건을 해결해 주었으면 좋겠는데, 자신이 없으면 처음부터 손을 대지 말고 해낼 자신이 있거든 맡아주시오. 조건은 당신이 원하는 대로 하겠소. 나는 온 재산을 이 일에 쏟을 작정이오. 돈 같은 건 아무래도 좋으니까."
그는 입을 다물고 페너를 보았으나 페너는 아무 말도 하지 않았고 눈도 들지 않았다.
"연방경찰도 아직 이 사건의 수사를 계속하고 있소. 해결할 때까지 수사는 계속되겠지만, 그들이 판에 박은 듯한 수사를 계속하고 있는 동안 멍청하게 기다리고 있을 수는 없소. 나는 내 손으로 수사를 하고 싶고, 그들을 앞지르고 싶단 말이오. 잘될지 어떨지는 모르겠으나 아무튼 해볼 작정이오. 당국에서 알고 있는 사실은 나도 들어서 알고 있고, 저쪽에서도 많이 협력해 주고 있소. 당신은 이런 일에 매우 익숙하며, 경찰에서 알아낼 수 없는 여러 가지 일을 알아낼 수 있다는 이야기를 들었소. 신문기자를 지냈기 때문에 그런 패들을 많이 알고 있다더군요. 그리고 당신이 일단 손을 대면 끝까지 해내고 만다는 이야기도 들었소. 당신이야말로 바로 내가 찾고 있던 사람이 아닌가 하는 생각이 들어서 이렇게 찾아온 것이오."
블랜디시는 다시 입을 다물었으나, 페너는 여전히 아무 말도 하지 않았다.
"착수금으로 5천 달러를 내놓겠소. 그리고 경비는 모두 내가 부담하겠소. 일이 잘되지 않으면 그 이상은 내놓지 않겠지만, 만일 일이 잘되면 50만 달러를 드리겠소."
페너는 천천히 고개를 들었다. 그의 얼굴에는 아무 표정이 없었다. 기자 대기실에서 솜씨가 대단한 자들과 포커를 해온 그이니만치 이 정도의 일로 시치미떼는 일은 누워서 떡먹기였다. 그는 담담하게 말했다.

"대단한 액수로군요."

블랜디시도 고개를 끄덕이며 무뚝뚝하게 말했다.

"알고 있소. 하지만 그 돈을 손에 넣는 건 그리 쉬운 일이 아니라고 생각하오. 거금을 받은 만큼 충분히 움직여주어야 하오. 이 사무실에 들어앉아 이러쿵저러쿵 궁리만 할 게 아니라, 지금 당장 밖으로 나가 이리저리 뛰어다녀주었으면 하오."

페너는 일어서서 창가로 가 아래에서 자동차들이 오가고 있는 광경을 내려다보았다. 그의 예감은 빗나가지 않았다. 50만 달러라면 이의를 제기할 필요가 없다. 그는 갑자기 돌아다보며 말했다.

"맡겠습니다. 다른 일은 모두 중지하고 지금 곧 착수하겠습니다. 그전에 먼저 당신이 다시 한 번 이 사건에 대해 설명해 주셨으면 합니다. 기록해 두어야겠으므로 속기사를 부르겠습니다."

블랜디시가 손을 들었다.

"부르기 전에 다짐받아 둘 일이 있소. 이제부터 당신은 나에게 전속되는 것이오. 다른 일을 해서는 안되오. 어떤 정보를 입수하면 곧 나에게 보고해야 하오. 만일 당신의 수사가 내가 보기에 빗나가고 있다는 생각이 들면 당신은 곧 그 방향을 바꾸어야 하오. 그리고 이 일이 끝날 때까지 그 누구의 방해도 받지 않도록 해야 하오."

페너는 코 위까지 모자를 깊숙이 내려썼다. 이렇게 되면 그 돈이 올가미가 되는 것이 아닌가 하고 그는 생각했다. 그는 거칠게 말했다.

"그렇다면 이 이야기는 없었던 것으로 해둡시다! 다른 곳으로 찾아가보시지요."

블랜디시는 날카롭게 그를 쏘아보았다.

"방금 맡겠다고 하지 않았소!"

"네, 분명히 그렇게 말했습니다." 페너의 말투는 또렷했다. "하지만 그런 조건이라면 거절하겠습니다. 당신이 필요한 것은 나 같은 사람이 아니라 살기에 급급한 뼈대없는 사립탐정입니다. 나는 일단 사건에 손을 대면 내 방식대로 하지 그 이외의 방식은 거절합니다. 문득 마음이 일면 중국으로 가는 배라도 탈 만한 자유가 필요한 거지요. 낱낱이 높은 사람에게 보고하며 '이렇게 하면 어떻겠습니까?' 하는 따위의 말을 해야 한다면 거절하겠습니다. 트리뷴 신문사를 나온 이유도 편집장이 지나치게 간섭했기 때문입니다. 아무튼 나는, 나의 왕국을 지배하는 영주로서 그 누구의 명령도 받지 않습니다. 비록 50만 달러라 하더라도 사절하겠습니다. 그러므로 이 이야기는 없었던 것으로 합시다. 일부러 찾아오신 것은 고맙습니다만."

그제서야 블랜디시는 마음 속을 털어놓았다.

"당신이 그런 사람이라는 것은 소문으로 들어서 알고는 있었소만, 지금 내 눈으로 확인한 셈이로군요. 좋소, 결정지읍시다. 당신은 당신이 하고 싶은대로 하시오. 돈을 지급하겠소."

페너는 빙그레 웃었다. 터져나오는 웃음을 참을 수가 없었던 것이다. 그러나 그만한 돈을 과연 손에 넣을 수 있을까 하고 생각하자 조금 불안해졌다. 그가 버저를 누르자 폴라가 지나치게 빨리 들어왔다. 노트와 연필을 가지고 그녀는 책상 앞에 앉았다. 페너가 눈을 흘기자 그녀는 얼른 스커트 자락을 내렸다.

"그럼, 블랜디시 씨, 사건의 전말을 말씀해 주십시오." 페너가 담배에 불을 붙이고 의자에 앉으며 말했다. "따님이 납치당한 것은 아마도 6월 14일쯤이었지요?"

블랜디시는 고개를 끄덕였다.

"그렇소. 여러 친구들과 파티를 끝내고 돌아오던 길에 오래 전부터 가까이 지내고 있던 어떤 젊은이와 나이트클럽에 춤을 추러 갔었지요. 딸은 진주목걸이를 하고 있었소. 다음날 아침 경찰은 딸과 함께 있던 맥그완이라는 젊은이가 시체가 되어 있는 것을 발견했소. 딸의 모습은 그날부터 그림자도 찾아볼 수 없게 되었소. 경찰은 아직 딸이 살아 있다고 생각하고 있소. 헤이니라는 사나이가 범행이 이루어진 다음날 아침 갱들이 진주목걸이에 눈독을 들이고 있었다고 경찰에 신고했답니다. 경찰의 이야기에 의하면 그 갱들은 조그만 거리에서 은행 강도 등 시시한 일이나 하던 조무래기들로 짧은 형을 언도받고 교도소를 들락거린 적은 있어도 큰일에는 손댄 적이 없다더군요. 경찰은 그들이 살인, 납치, 노상강도 같은 일에 손을 댔다는 데 대해 놀라고 있는 모양이오."

"그 헤이니라는 자는 살해당했지요?" 페너가 말했다. "라일리의 정부가 묵고 있던 호텔에서 말입니다."

블랜디시는 날카로운 눈초리로 페너를 보았다.

"이 사건에 대해 꽤 자세히 알고 있는 모양이군요."

페너는 흘끗 폴라를 보며 말했다.

"블랜디시 사건 기록을 가져와요, 폴라."

폴라는 일어나서 사건 서류 케이스에서 하나의 기록을 빼냈다. 그녀는 그것을 페너 앞 책상 위에 놓았다. 페너는 블랜디시를 보며 손가락으로 그것을 툭툭 쳤다.

"언제나 눈을 번뜩이고 있어야 하는 것이 나의 직업이지요. 이런 것이 언제 쓸모가 있을지 몰라 그 소동이 벌어졌을 때 차근차근 조사해 두었습니다." 그는 서류철을 펼쳐 타자기로 친 글씨를 들여다보며 말했다. "여기에는 도움이 될 만한 사실이 기록되어 있습니다. 예를 들면 헤이니를 죽인 불량배를 팔레스 호텔의 종업원은 라일리라고 말했습니다. 아마 라일리는 안나 보그를 만나러 갔다가 헤이니와 맞닥뜨려 그를 죽인 모양이라고 합니다만, 이 점은 좀 이상합니다. 나는 라일리를 알고 있는데, 그는 살인청부업자가 아니거든요. 시시한 나쁜 짓은 하지만 살인은 하지 않습니다. 이 사건을 풀어보면 깜짝 놀랄 만한 일이 도사리고 있을 겁니다. 가장 이해할 수 없는 것은 라일리가 어째서 갑자기 대단한 갱이 되었느냐 하는 점입니다……단 하룻밤 사이에 말입니다."

페녀는 다시 몇 페이지를 들추더니 고개를 들었다.

"따님이 유괴당한 다음날 아침 주유소에서 한 사람 살해당했습니다. 골든 슬리퍼에서 1백 40마일쯤 떨어진 주유소 주인입니다. 연방경찰에서는 그 점을 어떻게 보고 있습니까?"

블랜디시는 고개를 저었다.

"그 점에 대해서는 들은 적이 없소."

"라일리 일당이 기름을 넣어야 했기 때문에 그 주유소에 들렀는데, 그때 따님이 비명이라도 질렀다면……그 주유소 사나이가 보았을 테니까 그를 죽이지 않을 수 없었겠지요. 다른 동기는 없습니다. 도난당한 것도 없고……잘못 짚은 것인지는 모르지만, 아무튼 그 이면에 무언가가 있는 것 같습니다."

페녀는 서랍에서 지도를 꺼내 책상 위에 펼쳐놓았다.

"주유소는 여기입니다. 연방경찰은 이 부근을 수색해 보았습니까?"

블랜디시는 허리를 굽히고 들여다보았다.

"수색했지요. 그 부근을 이잡듯이 뒤져보았으나 아무것도 나오지 않았소. 이상한 것은 그 이후 갱들도 진주목걸이도 행방을 알 수 없게 되었다는 점이오. 세 명의 갱과 나의 딸이 허공으로 사라졌단 말이오."

페너는 블랜디시의 얼굴을 보며 몸을 앞으로 내밀고 물었다.

"당신 생각은 어떻습니까?"

"딸은 죽은 것 같소." 블랜디시의 목소리는 조용했다.

그는 갑자기 일어나 창가로 갔다. 페너는 폴라와 얼굴을 마주보았다. 두 사람은 블랜디시의 주위에 감도는 절박한 비극의 분위기를 느낄 수 있었던 것이다.

블랜디시는 지친 듯한 목소리로 말했다.

"그놈들을 꼭 잡아주시오. 이대로 내버려두고 싶지 않소. 아니, 그놈들이 잡히는 것보다 살해당하는 편이 더 후련할 것 같소. 그런 악당들은 법망을 빠져나가는 방법을 여러 가지 알고 있을 테니까. 모두 당신에게 맡기겠소." 그는 몸을 돌려 페너 옆으로 갔다. "당신을 찾아오길 잘했다고 생각하오. 당신이라면 반드시 해낼 것 같소. 일의 진전은 알려주겠지요? 수표는 오늘 밤에 보내드리겠소."

페너는 일어서서 큰 손을 블랜디시의 어깨에 얹고 그 얼굴을 들여다보며 조용히 말했다.

"'그놈들'을 꼭 붙잡겠습니다, 무슨 일이 있어도."

폴라가 문 앞에서 살짝 들여다보았다.

블랜디시가 돌아간 지 벌써 30분이나 지났다. 시계가 5시를 치고 있었다. 페너는 작은 방 안을 왔다갔다하며 연거푸 담배를 피워댔다. 그녀는 조용히 들어와 책상 끝에 걸터앉으며 중얼거렸다.

"명탐정 셜록 홈즈도 이 사건은 만만치 않은 모양이지요?"

페너는 얼굴을 들었다. 이마에 주름이 잡혀 있고 눈에 날카로운 빛이 떠올라 있었다.

"그 돈을 받기는 쉬운 일이 아닐 거라던 블랜디시의 말이 맞는 것 같군. 확실히 어려운 문제야. 이제부터 고생깨나 해야 할 것 같은

데."
"처음에 무엇부터 손을 대지요?"
폴라는 비단 양말에 감싸인 다리를 흔들며 물었다.
"내가 보기에 우선 단서는 하나밖에 없는 것 같아. 그것은 보그라는 여자이지. 이 사건에서 그 여자는 종기처럼 불룩 튀어나와 있단 말이야. 연방경찰도 손을 대보았으나 아무것도 알아내지 못했어. 그러나 단서는 오직 그 여자뿐이므로 거기에 손을 대지 않을 수 없지. 따라서 맨 먼저 해야 할 일은 그녀를 만나는 거야."
페너는 수화기를 들고 급히 다이얼을 돌렸다.
"우선 그곳 경찰이 얼마만큼 쓸모있는지 알아봐야겠군. 그들이라면 틀림없이……여보세요, 로즈 씨를 부탁합니다. 나는 페너……로즈 씨입니까? 페너인데, 그 납치사건 때문에 지금 막 존 블랜디시 씨와 만났지요. 틀림없이 올 거라고 당신에게 이야기한 적이 있지요? 좋소. 이제는 내 입장을 알았을 거요. 나는 그 보그라는 여자를 조사해 보고 싶은데……블레넌이 담당이라고요? 그렇다면…… 아, 알았소……틀림없이 당신들에게도 도움이 될 겁니다. 그렇지요. 공동전선을 폅시다. 네, 그럼 다시 연락하겠소."
페너는 수화기를 놓으며 폴라에게 윙크했다.
"경찰도 이 사건에 골치를 앓고 있는 모양이지. 나더러 입수하는 대로 정보를 알려달라는군. 놀랐는걸! 내 평판이 그리 나쁘지는 않은 모양이야."
"너무 우쭐하지 마세요." 폴라가 말했다. "아직 갈 길이 멀어요. 연방경찰 사람들이 아무리 애써도 아무것도 알아내지 못했다는 그 보그라는 여자에게서 당신이 무슨 수로, 무엇을 알아내겠다는 건지 나로서는 도무지 모르겠군요."
페너는 입구 쪽으로 걸어가며 말했다.

"나에게는 경찰이 할 수 없는 수법이 있지. 이제부터 블레넌을 만나러 가는데, 사무실을 닫고 돌아가도 좋소……당분간 사무실은 휴업이야. 일이 끝나거든 곧 아파트로 전화하겠소."
폴라는 책상에서 내려와 그의 옆으로 가며 투덜거렸다.
"나더러 집에 틀어박혀 멍하니 앉아 있으라는 말인가요? 당신은 혼자서 멋대로 재미있는 일을 하고 다니면서 나는 집 안에 틀어박혀 당신의 거짓말이나 얌전히 듣고 있어야 한단 말이지요?"
"집에 돌아가 있어요. 너무 시끄럽게 굴지 말고."
"나는 당신 집 현관에서 캠프라도 치고 있어야겠어요."
"알았소. 내가 그녀를 집으로 끌어들이리라고 생각하는 모양인데……"
"아니에요!" 폴라는 페너에게 몸을 가까이 대며 말했다. "나는 당신을 잘 알고 있어요. 저쪽에서 원해도 여자에게는 손도 대지 못하는 순진한 아이 같은 사람이니까요, 그렇지요? 죄수복이라도 입혀놓으면 당신을 신용할 수 있겠지만."
페너는 빙그레 웃었다.
"요즈음은 차츰 나도 당신이 하는 말을 진정으로 듣게 된단 말이야. 어디까지가 거짓말이고 어디까지가 진짜인지 모르겠지만."
페너는 그녀의 어깨를 가볍게 두드려주고 뽀로통해 있는 그녀를 남겨놓은 채 나갔다.
찰스 블레넌은 그를 기다리고 있었다. 블레넌은 이미 로즈에게서 이야기를 들어 협력할 준비를 갖추고 있었다.
"데이비드 페너 씨, 당신이 이 일에 가담한다니 정말 기쁩니다. 이 사건을 위해 주당국에서는 비용도 많이 썼답니다. 외부의 탐정으로 당신이 활약하게 되면 많은 성과를 거둘 수 있을 테고, 비용은 블랜디시 씨가 부담하겠다고 한다니 우리들도 온 힘을 기울여 당신이 원하는 대로 협력하겠습니다."

페너는 고개를 끄덕이면서 물었다.

"그 보그라는 여자는 어떤 사람입니까? 지금 어디 있지요?"

"약 한달 전에 다른 곳으로 갔습니다. 지금은 또 다른 애인을 사귀고 있는데, 그것이 다름 아니라 바로 우리에게도 낯이 익은 에디 슐트입니다. 아시지요?……글리슨 갱단의 한 사람으로 몸집이 크고 늘 얼쩡거리는 녀석 말입니다. 그 여자는 라일리를 기다리다 지친 끝에 먹고 살기 위해서 다음 남자를 택한 셈이지요. 글리슨 갱단도 역시 다른 곳으로 가버렸습니다. 그들은 스프링필드로 옮겨갔지요. 늙은 늑대가 돈을 잡은 모양인데, 어디서 생겼는지는 모릅니다. 부하를 시켜 그 노파를 조사해 보았으나 후원자가 생겼다는 말만 할 뿐 누구인지는 가르쳐주지 않는답니다. 따로 들먹거릴 만한 죄목이 없으므로 우리로서는 가만히 있을 수밖에 없지요. 그들은 그곳에서 나이트클럽을 차렸습니다."

페너는 모자를 집어들며 머리를 긁적거렸다.

"보그를 미행시키고 있겠지요?"

블레넌은 어깨를 으쓱했다.

"네, 도일리가 미행하고 있지만 아무래도 시간만 낭비하고 있는 것 같습니다. 라일리와는 손을 끊고 슐트 녀석이 그 뒷자리에 들어앉은 모양인데, 라일리는 그 뒤 한 번도 모습을 나타내지 않았답니다. 우리가 보그를 감시하고 있다는 것은 다 아는 사실이니만큼 라일리도 여자 때문에 위험한 짓을 하고 싶지는 않겠지요. 도일리를 시켜 조금 더 감시해 보겠지만, 머지않아 다른 일 쪽으로 돌려야겠습니다."

페너는 잠시 생각한 다음 물었다.

"이 사건을 어떻게 생각하시는지 솔직하게 말해 주지 않겠소? 내가 신문기자 출신이라는 사실은 잊어버리고 사실대로 말해 주었으면 좋겠소."

블레넌은 별수없다는 듯이 어깨를 으쓱했다.

"이렇게 골치아픈 사건은 처음입니다. 라일리 일당은 감쪽같이 사라졌고, 여자의 행방도 묘연하며, 그 돈도 나돌지 않고, 진주목걸이도 아직 나타나지 않으니 손을 댈 수가 없군요. 빌어먹을! 이 사건 때문에 얼마나 많은 돈을 썼는지 모릅니다. 비행기까지 출동시켰고, 한 집 한 집 이잡듯이 뒤졌지요. 사방에 경계망을 펴서 수상하다고 여겨지는 녀석은 닥치는 대로 연행해 보았지만 아무 단서도 잡을 수 없었습니다."

페너는 일어섰다. 미안하다는 표정을 짓고 있었다.

"그런 말을 들으니 마음이 든든하군요. 하지만 어쨌든 끝까지 해보는 것이 좋겠지요. 이 악당들을 붙잡으면 받게 될 돈을 생각하면 힘이 솟아 오르거든요."

페너는 블레넌과 악수하고 문으로 가다가 언뜻 무언가 생각난 듯 큰 소리로 외쳤다.

"아참, 그 보그라는 여자가 이 고장에 있을 때 어디서 일했지요?"

"코스모스 클럽에서 보드빌에 출연한 적이 있는 것 같습니다." 하고 블레넌이 대답했다. "하지만 라일리와 만나고 나서는 일할 필요가 없게 된 모양이더군요."

"코스모스 클럽? 아, 거기라면 알고 있소. 어떤 멕시코 사람이 경영하고 있는 곳이지요? 잠깐 들러서 이야기해 봐야겠군."

"우리도 부딪쳐보았지만 무척 조심성있는 사람이라 아무것도 알아낼 수 없었습니다."

"경찰보다 나 같은 사립탐정에게는 터놓고 이야기 할 수 있을 겁니다."

밖으로 나오자 페너는 잠깐 멈추어서서 생각했다. 7시쯤이었다. 피트는 아직 클럽에 나와 있지 않을 것이다. 일과 놀이를 함께 해도 그다지 나쁘지 않겠지 하고 그는 생각했다. 전화부스로 들어가 폴라에게 전화를 걸었다. 폴라는 곧 전화를 받았다.

"역시 저녁을 사기로 하겠어."

"어머나, 당신은 미키지요?" 폴라는 시치미를 떼고 말했다.

페너는 수화기를 향해 빙그레 웃었다.

"내가 누구인지 잘 알면서 그러는군."

"놀랐어요, 당신은 보그라는 여자와 데이트하고 있는 줄 알고 있었는데요."

"그럴 작정이었는데 저쪽에서 줄행랑을 쳤으니 별수없이 당신을 부를 수밖에."

"하지만 내가 시간이 있을지 어떨지 모르겠군요. 지금 약속 메모장을 보아야겠으니 기다리세요."

"지금 곧 데리러 가겠어." 하고 말하고 페너는 전화를 끊어버렸다.

자동차를 길가에 대었을 때, 폴라는 벌써 준비를 하고 문 앞에 나와 기다리고 있었다. 페너는 그녀를 보자 스타일이 멋지다는 생각이 들어 그렇게 말해 주었다.

"대체 어떻게 된 거예요? 어째서 갑자기 예정을 바꾸었지요?" 자동차가 달리기 시작하자 폴라가 물었다.

"블레넌을 만났는데 피트가 무언가 조금 알고 있을지도 모른다고 말하기에 지금부터 코스모스 클럽에 가기로 했지. 저녁을 먹으면서 그 멕시코 녀석과 이야기해 보면 무언가 알아낼 수 있을지도 몰라."

폴라는 마음을 놓은 듯이 좌석에 고쳐앉았다.

"그럴 줄 알았어요. 당신이 무대 뒤에서 거친 일을 하고 있는 동안

나는 혼자 음식이나 먹고 있어야겠군요."

페너가 그녀의 무릎을 두드리며 말했다.

"너무 앙탈부리지 마오……어쨌든 저녁식사를 한턱 내는 것이니까."

두 사람이 도착했을 때 코스모스 클럽은 크게 북적이고 있어 자리를 잡는 데 애를 먹었다. 식사를 주문하고 나자 페너는 종업원에게 피트가 있느냐고 물었다.

종업원은 고개를 끄덕였다.

"사무실에 계십니다."

페너가 미안하다는 듯 미소지으며 폴라를 보았다.

"시간을 허비할 수가 없어서 그래. 혼자 먹고 있어요, 곧 돌아올 테니까."

폴라는 한숨을 쉬었다.

"이럴 줄 알았다고 아까 말했지요?"

페너는 홀을 가로질러 직업 댄서들이 앉아 있는 앞의 칸막이를 빠져나갔다. 금발의 댄서가 자기 쪽으로 오라는 듯 미소지으며 "여보세요, 미남자!" 하고 말을 걸었다.

"여, 잘 있었소?" 페너도 맞장구치며 웃는 얼굴로 대답했다.

그러나 그는 걸음을 멈추지 않고 피트의 사무실로 들어갔다. 피트는 윗옷을 벗고 앉아서 여송연을 피우고 있었다. 페너는 그를 쏘아보며 문을 닫았다. 피트는 조금 당황하는 듯했다.

"여, 피트, 잘 있었소? 나를 기억하고 있겠지?"

피트는 불안한 듯이 대답했다.

"틀림없이 기억하고 있지요. 하지만 이렇게 느닷없이 들이닥치다니, 무슨 일이지요?"

페너가 책상 옆으로 다가가 그 위에 털썩 앉았다.

"할 말이 있어서 왔는데, 별로 시간 걸리지 않을 거요."
 페너의 주먹이 날쌔게 날아가 피트의 얼굴을 때리자 그는 의자 위에 나동그라졌다. 두 다리가 책상 밑에서 걸렸다. 페너는 몸을 날려 피트 옆으로 가서 멱살을 움켜쥐고 끌어올렸다. 눈이 휘둥그레진 상대를 벽으로 밀어붙이고 그 머리를 벽에 쾅쾅 부딪쳤다. 갑자기 사무실 문이 열리더니 종업원 두 사람이 주춤거리며 들여다보았다. 페너는 그들쪽을 쏘아보며 소리쳤다.
 "저리 가! 대장도 나도 지금 몹시 바쁘니까!"
 종업원들은 조금 주춤거렸으나 자기들을 쏘아보고 있는 날카로운 눈초리에 겁을 먹고 결국 뒷걸음질로 나가 사무실 문을 닫았다.
 피트는 비참한 꼴이 되어 있었다. 턱과 코에서 피가 흘렀다. 페너는 그를 의자 위에 내던지듯 앉히며 무시무시한 표정으로 말했다.
 "자, 이제부터 이야기를 합시다."
 피트는 완전히 겁을 먹어 덮어놓고 고개를 끄덕였다.
 "네, 이야기하고말고요."
 "안나 보그를 알고 있지?"
 "알고 있지요."
 "그 여자와 라일리는 어떤 관계지?"
 "라일리의 정부로서, 그의 총을 맡아 가지고 있었소……다시 말해서 라일리가 일하고 있을 때 가까이에 있다가 형사가 라일리를 검거하더라도 권총을 찾아낼 수 없게 하는 역할을 하고 있었지요. 그리고 권총을 쓰고 싶을 때에는 언제나 여자가 옆에 있다가 몰래 그 녀석에게 주지요."
 "그들은 서로 사랑하고 있었나?"
 "틀림없이 그렇소. 그야말로 원앙새 같았지요. 매일 싸움을 했지만 밤에는 반드시 화해했으니까요."

피트는 손수건을 꺼내 가만히 콧등을 두드리기 시작했다.

"하지만 블랜디시의 딸에게 손을 댄 다음부터 라일리는 그 여자를 버리지 않았나?"

"네, 그것은 너무했지요."

"그녀는 어떻게 에디 슐트와 알게 되었지?"

피트가 대답을 꺼리자 페너가 귀 언저리를 찰싹 때렸다.

"이야기를 계속해. 그렇지 않으면 가만두지 않을 테니."

"에디와는 여기서 만났소. 에디가 나에게 그녀를 불러달라고 했는데, 글리슨 노파가 그녀를 만나고 오라고 했다더군요. 나는 그들을 남겨놓고 밖에 나갔기 때문에 무슨 말을 했는지는 모르오."

페너는 글리슨 노파가 보그라는 여자에게 무슨 볼일이 있었을까 하고 이상하게 생각했다.

"그 다음을 계속해."

"그 이상은 아무것도 모릅니다." 피트는 신음했다. "그 다음부터 에디는 이따금 여기 와서 그녀를 만났는데, 그들이 스프링필드에서 클럽을 차리자 그녀도 그리로 가서 슐트와 함께 살게 되었지요. 내가 알고 있는 사실은 이것뿐입니다……정말 그밖에는 아무것도 모릅니다."

페너는 그를 노려보며 그의 말에 거짓이 없음을 인정해야겠다고 생각했다. 그는 피트에게서 조금 떨어져 담배에 불을 붙였다. 피가 끓어올랐다. 새로운 사실을 발견했기 때문이다. 글리슨 노파가 안나 보그에게 관심을 가지고 있었다고 했는데, 어째서일까? 시간을 헛되이 보낼 필요는 없다. 그 여자를 만나봐야겠다.

"좋아, 피트, 지금으로서는 당신을 이 이상 더 다그칠 필요가 없겠군. 마음을 놓아요. 하지만 쓸데없는 짓을 하면 가만두지 않겠소!"

페너는 문을 향해 걸어갔다. 문득 그는 피트의 눈에 언뜻 잔인한 빛이 떠오르는 것을 보았다. 만족스러운 복수의 엷은 미소가 얼굴 가득 퍼져 있었던 것이다. 페너는 걸음을 멈추고 회심의 미소를 지으며 의자를 조용히 집어들더니 문을 확 열고 의자를 밖으로 내밀었다. 몸집은 작으나 힘세보이는 사나이가 불쑥 뛰어나오며 납덩어리를 박은 스틱으로 내리쳤다. 사나이는 일순 동작을 멈추려고 했으나 스틱은 기세좋게 의자에 부딪치고 말았다. 페너는 피스톤처럼 의자를 휘둘러 그를 때려눕혔다.

그 녀석이 고통의 신음 소리를 지르며 정신을 잃자 페너는 그 위로 몸을 굽혀 팔과 다리를 한 쪽씩 움켜쥐고 어안이 벙벙해서 입을 벌리고 서 있는 피트의 얼굴을 향해 집어던졌다. 그는 두 사나이가 우지끈 부딪치며 뒤로 나자빠지는 것을 보고 큰소리로 웃으며 객석으로 나갔다. 칸막이 앞에 있던 금발의 여자가 목을 길게 뽑고 들여다보았다. 여자는 무조건 감탄했다는 표정을 지으며 조용히 말했다.

"정말 굉장하시군요."

"물론!" 페너는 걸음을 멈추지 않은 채 대답했다. "하지만 당신 같은 미인에게는 특별히 상냥하게 대할 수도 있어."

보아하니 폴라는 혼자서 느긋하게 요리를 즐기고 있었다. 비싼 술을 주문해 마셨고, 식사도 거의 끝나가고 있었다. 페너는 그녀의 팔 밑에 손을 집어넣고 의자에서 일으켜 세웠다. 폴라가 기쁜 듯이 말했다.

"당신 설마 춤추자는 건 아니겠지요?"

"맞아. 춤은 추지 않아. 코트를 들어요, 돌아가야 하니까. 그렇지 않으면 우리는 이제 곧 큰 봉변을 당할 거야. 빨리 빠져나가야해."

페너는 사무실 쪽을 돌아다보았다. 그는 어리둥절해 서 있는 종업원에게 얼마쯤 돈을 쥐어주고는 폴라의 팔을 붙잡고 클럽에서 재빨리 나왔다.

"그래도 오늘은 즐거웠어요. 설마 당신이 집까지 바래다줄 줄은 몰랐어요." 폴라가 말했다.

페너는 싱긋 웃었다.

"내가 무슨 말을 하려는지 알고 있겠지? 집으로 돌아가서 당장 짐을 싸요. 오늘 밤 안으로 우리는 함께 스프링필드로 가야 해."

파라다이스 클럽 입구는 큰길에서 조금 들어간 골목에 있었다. 골목은 캄캄해서, 클럽 이름이 씌어진 네온사인만 반짝이고 있었다.

클럽 현관에는 두께 3인치쯤 되는 강철문이 달려 있고, 손님의 얼굴을 잘 볼 수 있도록 방탄 유리로 된 작은 창문이 달려 있었다. 문 옆에 초인종이 있는데, 길게 누르다 짧게 누르는 신호가 클럽 회원의 흥을 돋구었다. 이 암호대로 누르지 않으면 어느 누가 와도 문이 열리지 않는 것이었다. 회원은 그리 많지 않았으나, 회원이 친구를 데려오기도 하고 택시 운전사가 여자를 원하는 손님을 데려오기도 하므로 클럽은 매우 번창하였다.

클럽은 땅보다 한 층 높게 지은 2층집으로 넓은 계단을 올라가면 벽이 가로막혀 있고, 거기에 작은 문이 달려 있었다. 이 벽도 강철로 지어졌으며, 작은 구멍이 뚫려 있어 몰래 내다볼 수 있게 되어 있었다. 그 강철문을 열고 들어가면 접수실이 있는데, 그곳에는 뛰어난 미인이 앉아 있어 언제나 이 앞에서 옥신각신이 벌어지곤 했다. 여자는 빨간색의 짧은 윗옷을 입고 몸에 꼭 맞는 하얀 비단 바지를 입고 있었다.

이 접수실에는 무게있는 카펫이 깔리고, 온통 흰빛과 금빛으로 도금하여 칠해져 있었다. 거기서 또 하나의 강철문을 열고 들어가면 레스토랑이자 댄스홀이었다. 또한 거기서 안쪽으로 더욱 들어가면 이 클럽을 지배하는 글리슨 노파의 사무실이 있었다. 2층에 대해서는 아무도 몰랐다.

글리슨 갱단은 이곳에서 완전히 자리를 잡고 있었다. 장사도 잘되었고, 돈도 많이 벌었다. 스프링필드는 그들을 따뜻하게 맞이해 주지는 않았으나 밤에 잠도 자지 못할 만큼 조심할 필요까지는 없었다. 냉혹한 그들은 별로 걱정하지 않았다. 그러나 지금까지 이 거리에서 판을 치고 있던 조무래기 갱들에게는 그들이 비집고 들어온 사실이 심각한 문제였다. 로코도 대뜸 자기의 영역이 침범당했음을 알아차렸다.

로코는 색다른 타입의 불량배였다. 예를 들면 그는 짝패나 부하 따위는 만들지 않았다. 그 때문인지는 모르나, 그에게는 두뇌가 있었다. 혼자가 안전했고, 빼앗은 것을 나누어 가질 필요도 없었다. 그는 자릿세를 긁어내는, 별로 많지 않은 세력권을 몇 군데 가지고 있었는데, 그것은 그리 크지는 않았으나 위험성이 없었다. 경찰이 달려들 만큼 대단한 것도 아니어서 안전했으며, 거창한 일은 벌이지 않기로 하고 있었다.

로코는 택시를 세 대 가지고 있었다. 겉으로 보기에는 아무 죄도 없는 영업이었으나, 그 택시가 수상쩍은 나이트클럽과 결탁하여 웃돈을 듬뿍 떼어먹을 수 있었던 것이다. 그의 주요한 수입은 숫자 도박에서 자릿세로 내놓는 돈이었다. 이 비합법적인 숫자 도박이라는 것이 성행하자 그는 곧 그 돈을 수금하는 일을 맡았다. 이것이라면 비교적 안전했고 확실한 벌이였기 때문이다. 운을 시험해 보고 싶어하는 사람들을 찾아내어서 그런 자들이 맞출 듯한 번호와 거는 돈의 금액, 그리고 이름의 머리글자를 서명한 장부를 정본(正本)과 사본 두 권을 가지고 다니며 만나면 되는 것이었다.

그러면 노름판의 주인이 받는 몫에서 6할을 받을 수 있었고, 이긴 사람에게서는 팁을 듬뿍 받을 수 있었다. 숫자 도박 외에도 자릿세를 받는 지역이 조금 있었다. 그곳은 아주 작은 가게들이 모여 있는 곳으로, 그들은 로코의 비위를 맞추기 위해 매주 10달러씩 기꺼이 내놓았다. 로코는 이러한 돈을 거두어들여 재미를 보고 있었는데, 그것은 글리슨 일당이 오기 전까지 일이었다.

일이 안되기 시작한다는 것을 처음 알게 된 것은 그의 작은 사무실로 택시 운전사 하나가 뛰어들어왔을 때였다. 그 운전사는 불같이 화가 나서 마구 고함을 지르며 들어왔다. 로코는 깜짝 놀라 얼굴을 들었다.

"나는 이제 그만두겠습니다. 이 이상 더 참을 수가 없습니다!" 하고 운전사는 외쳤다.

"왜 이렇게 떠드나?" 로코가 일어서며 물었다.

"새로운 택시가 여섯 대나 이 거리에 나돌고 있단 말입니다. 그것이 모두 강철로 되어 있는데, 하루 종일 그 자동차와 부딪칠 뻔해서 길가로 비켜야만 되는 겁니다. 이 이상 더 그런 위험한 일은 하고 싶지 않습니다……오늘부로 그만두겠습니다!"

로코는 어안이 벙벙하지 않을 수 없었다.

"새로운 자동차라니, 나는 본 일이 없는데……."

"그럴 테지요, 하지만 사실입니다. 그들은 당신의 택시를 이 거리에서 내쫓으려는 작전을 펴고 있소. 하루 종일 누군가가 속력을 내며 자동차를 몰고 와 부딪치려해서 차를 길 옆으로 비켜세워야 하는 신세가 되어보십시오. 지금까지는 그럭저럭 사고없이 지낼 수 있었지만……앞으로는 그런 위험한 꼴을 당하고 싶지 않습니다."

"알았네, 내가 담판을 지어야겠군."

로코는 나직하게 신음을 내뱉었다.

이 말이 미처 끝나기도 전에 와지끈 하는 소리와 함께 고함 소리가 들려왔으므로 두 사람은 엉겁결에 창가로 달려갔다. 창문으로 내려다 보니 그의 자동차 중 한 대가 옆으로 쓰러져서 차바퀴가 허공에서 천천히 돌아가고 있었다. 로코가 보고 있는 앞에서 운전사가 부서진 자동차에서 끌려나오고 있었다. 야한 빛깔의 택시가 그 옆에 서 있었다. 로코와 나란히 서서 보고 있던 운전사는 그의 팔을 붙잡으며 말했다.

"저놈들입니다! 저놈도 그 한패요……아셨지요? 일부러 저런단 말입니다. 내일까지 당신의 자동차는 한 대도 남아나지 않을 겁니다. 나는 그만두겠습니다……돈을 주십시오."

로코는 지갑을 꺼내 그 사나이에게 급료를 지급했다. 아무 말도 하지 않았으나, 깊이 생각해야 할 문제였다. 안달해서는 안된다고 본능적으로 깨달으며 다음날 아침 그는 기차를 타고 캔자스로 갔다. 저쪽에서 마음만 먹으면 자기 따위는 벽에 앉아 있는 파리처럼 단 한 대로 말살할 정도의 무서운 상대라는 것을 그는 금방 알아차렸다. 불과 몇 시간 동안에 거리에서 살인청부업자 슬림의 소문을 귀가 따갑도록 들었으므로 그는 겁이 덜컥 났다.

그는 별수없다고 생각하고 택시를 거두어 들였다. 그 때문에 수입이 줄어 자릿세를 올렸다. 그러나 그것도 일주일 이상 계속되지 못했고, 다음 주에는 그것마저 흔들리게 되었다. 일주일에 한 번씩 하는 정기적인 수금을 하려고 돌아다녔더니, 자기 구역의 어느 집에서나 똑같은 인사를 들어야만 했다.

"죄송합니다만, 글리슨 일당이 자릿세를 내라고 해서 말입니다……당신이 뭐라고 하시면 그들이 결말을 짓겠다고 하더군요."

이때만큼은 로코도 화가 치밀어올랐다. 마침내 담판을 지어야겠다고 결심했다. 그는 파라다이스 클럽으로 가서 이름을 대고 면회를 신청했다.

제4장　135

글리슨 노파는 사무실에서 그를 맞이했다. 슬림과 에디가 옆에서 노려보고 있었다. 로코는 노파의 책상 앞에 서서 단정하게 중산모를 옆에 낀 채 시치미를 떼고 노파의 얼굴을 쳐다보았다. 그녀도 눈에 차지 않는다는 듯이 그를 노려보았다.

"나는 택시를 세 대 가지고 있으므로, 당신들이 내 택시를 이용하여 장사를 할 수 있지 않을까 하는 생각이 들어서 왔습니다. 우리 운전사가 손님을 이 나이트클럽으로 모셔다 드린다는 조건으로 말입니다." 로코는 부드러운 어조로 말했다.

"우리에게는 자동차가 충분히 있소……더 필요하게 되면 그만큼 늘리면 되지, 남의 차는 필요없소. 그런 경쟁자가 있다면 몰아낼 뿐이오." 글리슨 노파가 말했다.

로코는 변명하듯이 어깨를 으쓱했다.

"내 자동차는 성능도 좋고,"

글리슨 노파가 서둘러 결론을 내렸다.

"지금 말한 대로 우리가 이 거리를 점령한 이상 여기는 모두 우리 구역이 되었으니 그리 아시오."

로코는 모자를 고쳐들었다. 무표정한 얼굴로 서 있을 뿐 아무 말도 할 수가 없었다.

"무언가 도와드릴 게 있을까 해서 왔는데, 아무것도 없는 모양이지요?"

"없소." 노파가 잘라 말했다.

면회는 그것으로 끝이었다.

로코는 숫자 도박의 수금을 하며 근근히 살아갔다. 그러나 마음 속으로는 기회만 있으면 이 원한을 풀어야겠다고 맹세하고 있었다.

노파와 첫 회견을 하고 일주일 지난 뒤 그는 그 클럽의 어떤 회원과 함께 거기에 가보았다. 클럽의 진짜 장사는 극장이 끝나고 난 뒤부터였으므로, 그때까지는 주사위로 도박을 하는 작은 무리가 한 패 놀고 있을 뿐이었다. 로코는 거기 들어갔는데, 그도 잘 알고 있는 뚱뚱한 금발 머리 여자가 옆에 와서 앉았다.

도박을 하지 않는 에디는 새로 맞춘 야회복을 입고 테이블 주위를 서성거리다가 접수실로 나갔다.

"안나는 아직 오지 않았나?"

접수실의 여자는 소설을 읽고 있다가 쌀쌀맞게 얼굴을 들고 고개를 저었다. 바로 그때 슬림이 계단을 올라왔다. 험악한 눈초리였으나 피곤한 듯 반쯤 감겨 있었다.

"왜 그러나, 슬림? 안나를 못 보았나?" 에디가 말을 걸었다.

슬림은 벽에 기대서며 따분하다는 듯이 말했다.

"아니, 못 보았네. 이제 곧 오겠지."

"손님이 조금 있어. 주사위놀이를 하고들 있지." 에디가 말했다.

슬림이 어깨를 으쓱했다.

"로코도 와 있네. 마음에 드는 여자를 하나 찾아낸 모양이야."

슬림이 불쑥 얼굴을 쳐들었다.

"로코? 무엇하러 왔을까?"

"그 녀석은 괜찮아……아무 짓도 못해. 우리를 무서워하고 있으니까."

슬림은 얼굴을 찌푸렸다.

"그 로코란 녀석은 낯가죽이 두꺼운 조무래기 악당이란 말이야. 그 녀석이 와 있다니, 마음에 들지 않는군."

에디는 어깨를 으쓱했다.

"여기서 돈을 뿌리고 있으니 나쁠 것은 없지 않나?"

슬림은 에디의 옆을 지나 레스토랑 쪽으로 가버렸다. 테이블을 둘러싸고 있는 사람들 옆을 어슬렁거리며 지나갔다. 로코는 즐겁게 놀고 있었다. 몸집이 큰 금발의 여자가 그에게 몸을 바짝 대며 원숭이처럼 깩깩 소리지르고 있었다. 슬림이 코를 찡그리고 웃자 금발 여인이 얼굴을 들고 나무랐다.

"이봐요, 미남자, 어디 아파요?"

슬림은 기분나쁘리만큼 조용히 서 있었다. 그는 로코에게 말했다.

"이봐, 저 여자의 입을 닥치게 해!"

로코는 웃음을 거두며 얼굴을 긴장시켰다.

"다시 한번 말해봐."

슬림이 싸늘하게 말했다.

"그 여자의 입을 닥치게 하라고 했다."

로코는 느릿느릿 일어섰다. 키는 슬림의 절반 정도밖에 되지 않았으나, 불같이 화가 나 있었다. 슬림의 험악한 눈초리도 그는 두려워하지 않았다. 구석의 사무실 문이 벌컥 열리더니 글리슨 노파가 뛰어나왔다. 그녀는 엽총을 손에 들고 무시무시한 표정을 짓고 있었다. 그녀는 소리질렀다.

"그만들 해! 로코, 당신은 그 금발 여자를 데리고 돌아가. 슬림, 너는 2층으로 올라가거라. 무슨 짓들을 하려는 거냐. 우리 가게에서 싸움을 하다니, 가만두지 않겠다!"

긴장이 풀렸다. 로코마저 미소를 띠고 있었다.

"알았습니다, 가지요."

로코는 금발 여자를 데리고 돌아갔고, 다른 패들도 흩어졌다. 현관의 초인종이 울리기 시작했다. 글리슨 노파는 총을 놓고 오늘 밤의 장사를 지휘하기 위해 주방으로 갔다. 낮은 무대에 세 명의 악사가 올라가 경쾌한 스윙을 연주하기 시작했다. 종업원들도 나와서 자기의 담당 위치에 섰다. 무대는 밤일을 하기 위한 준비가 모두 갖추어졌다.

슬림은 기분이 언짢아서 다시 2층으로 올라가 복도 끝에 있는 방으로 들어갔다. 미스 블랜디시는 거울 앞에서 손톱을 갈고 있었다. 방 안은 돈을 많이 들이긴 했으나 악취미로 꾸며져 있어 마치 미치광이 영화의 세트 같았다. 미스 블랜디시는 비단 가운을 입고 늘씬한 다리를 포개고 앉아 있었다. 가운은 무릎 부근에서부터 벌어져 있었으나 슬림이 들어오는 기색을 알고도 무릎을 감추려 하지 않았다. 아니, 얼굴도 들지 않고 모른 척 줄로 손톱을 갈고 있을 뿐이었다.

슬림은 그녀를 바라보며 침대에 걸터앉았다. 그는 피곤함을 느꼈다. 오늘은 술을 구입하는 날이어서 하루 종일 바빴다. 글리슨 일당은 밀주업자로부터 날짜를 정하여 밀주를 사들이는 계약을 맺고 있었다. 그것을 클럽으로 들여오는 것은 위험한 일이었으므로 슬림이 그 일을 맡고 있었다. 술을 클럽으로 옮기기만 하면 그 다음은 별 문제가 없었다. 진짜 스탬프며 라벨이 붙어 있는 빈 병은 얼마든지 있으므로 밀주를 그 병에 담아 여느 값과 똑같이 받고 팔면 되는 것이었다. 그렇게 함으로써 세금의 몫만큼 수입이 느는 것이다.

슬림은 침대 위에 드러누웠다. 미스 블랜디시가 손톱을 갈고 있는 모습을 지켜보는 것만으로도 만족했다. 물결치는 빨강머리를 바라보고, 온몸을 바라보았다. 슬림이 물었다. "오늘도 어머니가 올라왔었나?" 미스 블랜디시는 무릎 위에 손을 얹고 거울에 비친 슬림의 얼굴을 보았다. 슬림은 그녀 뒤의 그림자 부분에 몸을 일으키고 있었다. 조그만 테이블 램프의 불빛이 거울 속 그녀의 모습을 비췄으므로 슬림은 똑똑히 볼 수 있었다. 그녀의 동공이 작아지고 있음을 슬림은 알았다. 이 여자에게 마약을 먹이고 있는 어머니는 확실히 재치있는 사람이라고 그는 생각했다. 마약 덕분에 이 여자에게서 딱딱한 맛이 깡그리 사라졌다.

"왔었어요." 그녀는 멍청하게 대답했다.

"이리 좀 오오." 슬림이 말했다.

미스 블랜디시는 금새 일어나 옆으로 다가갔다. 두 손을 양옆에 축 늘어뜨리고 그의 눈 앞에 섰다. 슬림은 그녀를 침대 위의 자기 옆으로 끌어당겼다. 그녀는 백치 같은 표정으로 그의 얼굴을 멍하니 바라보고 있었다. 한순간 눈에 불꽃이 떠오르며 공포로 얼굴을 찌푸렸으나, 금방 다시 멍청한 얼굴이 되어버렸다. 그녀는 그 이상의 노력을 할 수가 없었던 것이다.

슬림은 그녀를 인형이라도 바라보듯 감상했다. 여자가 아무 저항도 없이 자기가 원하는 대로 해주었으므로 슬림으로서는 다행이었다. 그는 비로소 자기를 비웃지 않고 자기가 손을 대도 몸부림치며 달아나지 않는, 자기 마음대로 할 수 있는 여자를 손에 넣었던 것이다. 그러나 그것은 자기 자신을 속이고 있는 것에 지나지 않는다는 사실도 그는 알고 있었다. 때로는 잔인하게 그녀를 다루어 그녀의 저항을 불러일으키려고 해보았으나 어머니의 마약은 충분히 효력을 나타내고 있었다.

"아래층으로 내려가야겠는데, 무언가 필요한 것은 없나?"

슬림이 말했다.

그녀는 고개를 끄덕였으나 아무 말도 하지 않았다. 말하는 것조차도 귀찮았으며, 그녀는 다만 누워서 꿈을 꾸고 싶을 따름이었다.

"그럼, 자. 나도 피곤하니까. 오늘 밤에는 오지 않겠어."

슬림은 거칠게 그녀의 가운을 벗기고 시트를 덮어주었다. 그녀는 누워서 멍청하게 뜬 눈으로 물끄러미 슬림을 바라보았다. 슬림은 그만 눈길을 돌리지 않을 수 없었다. 이 눈을 보고 있으면 그는 초조해지는 것이었다. 마치 시체를 가지고 놀고 있는 듯한 기분이 들었던 것이다.

슬림은 다시 아래로 내려갔다. 손님이 잇달아 들어오고 있었다. 그는 몹시 거드름을 피우며 들어오는 손님들을 접수실에서 서성거리며 보고 있었다. 에디가 레스토랑 쪽에서 나왔다. 근심스러운 듯한 표정이었다. 그는 슬림에게 물었다.

"안나를 못 보았나?"

칸막이에 손을 짚고 있던 접수실 여자가 "지금 막 오고 있네요." 하고 새된 소리로 말했다.

안나 보그는 계단을 급히 뛰어오고 있었다. 예쁘게 화장한 얼굴을 할딱이고 있는 그녀를 에디는 험악한 눈초리로 맞았다.

"여태까지 무얼 하고 있었어? 한 시간이나 사람을 기다리게 하다니."

안나는 걸음을 멈추며 온 홀에 들릴 만큼 큰 소리로 대답했다.

"어머나, 그러면 어때요? 나도 여자인데, 옷 갈아입느라고 시간이 좀 걸렸다 해서 그렇게 화낼 건 없잖아요? 내가 가출이라도 한 줄 알았나요?"

에디는 멋적은 듯이 주위를 둘러보았다.

"큰 소리로 말하지 마! 그저 늦은 것을 나무랐을 뿐이야."

안나는 어깨를 으쓱하며 코트를 벗어 접수실에 맡겼다. 접수실 여자는 쌀쌀맞게 코트를 받아들었다.

"조금 늦으면 어때요, 이런 데서 야단까지 칠 건 없잖아요?"

"알았어. 이리 와서 한잔하지."

"시간이 없어요. 출연할 준비를 해야 하니까 혼자서 마시세요."

안나는 야한 걸음거리로 에디 옆을 떠났다. 에디는 조금 분한 듯이 쓴웃음을 지었다. 다루기 힘든 말괄량이라고 그는 혼자 중얼거렸다.

옆에서 보고 있던 슬림이 참견했다.

"저런 말괄량이는 한 방 쏴주면 그만일 텐데 그래. 너무 버릇이 없군."

에디는 슬림을 보며 흥 하고 코웃음쳤다.
"그럴지도 모르지. 하지만 나는 마약을 써서까지 말을 듣게 하고 싶지는 않아."

슬림은 움찔했다. 그의 가장 아픈 곳을 찌르는 말이어서 이런 말을 들으면 질색이었다. 에디는 부리나케 그 자리를 떠나 술을 마시고 있는 레스토랑 패들 속으로 끼어들어갔다. 슬림은 누군가가 자기를 뚫어지게 보고 있는 듯한 느낌이 들어 찡그린 얼굴을 재빨리 그쪽으로 돌렸다. 키가 크고 우람한 몸집의 사나이가 마침 계단을 올라오고 있었다. 그 사나이는 모자를 접수실에 맡기며 말을 걸었다. 엄격한 얼굴을 여자에게 농담을 걸기에 알맞을 정도로 누그러뜨리고 있었다. 10달러 지폐를 팁으로 받자 여자의 얼굴에 금방 미소가 떠올랐다. 그 사나이는 다시 한 번 슬림을 보고 레스토랑으로 들어갔다.

"누구지?" 슬림이 재빨리 여자 옆으로 가서 물었다.

"플라하티라는 사람으로, 이틀 전에 등록한 새 회원이에요. 메이슨 씨가 소개했지요." 접수실 여자가 말했다.

"형사 같군. 어머니는 사무실에 계신가?"

여자가 고개를 끄덕였다.

"내가 보기에 저 사람은 괜찮을 것 같아요."

"아무리 어설프게 변장하고 들어와도 돈만 주면 당신은 괜찮다고 생각하겠지."

슬림은 여자를 윽박질렀다. 그는 부리나케 사무실로 들어갔다. 노파는 여송연을 피우며 장부를 정리하고 있었다. 그녀는 고개도 들지 않고 말했다.

"지금은 바쁘니까 나가 있거라."

"저 플라하티란 어떤 녀석이지요?"

노파가 화를 내며 얼굴을 들었다.

"내가 바쁘다는데 들리지 않니!"

"플라하티란 어떤 녀석이지요?" 슬림은 더 큰 소리로 물었다.

"내가 그걸 어떻게 알겠니? 메이슨의 친구라더라."

"어머니, 그놈은 아무래도 형사같습니다."

노파는 펜을 놓았다. 눈을 가늘게 뜨고 생각에 잠기며 고개를 끄덕였다.

"그럴지도 모르지. 아무래도 그는 조금 수상해. 눈을 떼지 말고 감시하도록 해."

"알았습니다, 눈을 떼지 않겠습니다."

슬림은 재빨리 다시 레스토랑으로 돌아가 주위를 두리번거렸다. 플라하티가 악단에서 가까운 구석진 작은 테이블에 앉아 있는 것이 눈에 띄었다. 직업 댄서 한 사람과 이야기하고 있었다.

슬림은 윌리엄스에게 손을 들어 신호했다. 윌리엄스가 왔다.

"지금 들어온 저 녀석 말인데, 내 생각으로는 형사인 것 같아."

윌리엄스는 놀라며 그쪽을 보았다.

"어떻게 들어왔을까?"

"메이슨이 끌어들였어. 메이슨은 괜찮지만, 저 녀석은 살펴봐야겠어." 슬림이 빠른 어조로 말했다.

이윽고 두 사람은 접수실로 갔다.

"메이슨은 왔나?"

"오늘 밤엔 아직 안 왔어요. 그 사람은 가끔 오거든요."

접수실 여자가 대답했다.

슬림은 어깨를 으쓱했다.

"여보게, 윌리엄스, 저 녀석에게서 눈을 떼지 말게. 모두에게도 그렇게 일러둬. 저놈을 2층에 올라가지 못하게 해야 해. 무슨 일이 있어도 절대로……알겠지?"

윌리엄스는 고개를 끄덕였다.

"모두에게 일러두지."

윌리엄스는 레스토랑으로 돌아갔다. 악단의 연주가 그치고 지휘자가 거드름을 피우며 마이크 앞으로 나아가자 웅성거리던 이야기 소리가 순식간에 조용해졌다.

"여러분, 이제부터 멋진 쇼를 보여드리겠습니다. 어떤 쇼인지는 여러분께서 이미 알고 계실 겁니다. 오늘 밤은 안나 보그 양이 정열의 춤을 추어 보여드리겠습니다. 얼마나 멋있게 춤을 출까요? 어떤 미인이 나타날까요? 그러한 질문은 이 드럼에게……드럼 소리가 대답해 드릴 겁니다. 그럼, 여러분, 큰 박수로 환영해 주십시오!……안나……보그……양!"

불이 꺼지고 드럼이 울려퍼지자 좌석에서 터질 듯한 박수 소리가 일었다. 안나가 무대에 나타났다. 조명 담당이 그녀에게 스포트라이트를 비췄다. 그녀는 하얀 긴 레이스 드레스를 걸치고 있었는데, 그 속에 실오라기 하나 감지 않았다. 악단이 정열적인 곡을 연주하기 시작하자 그녀는 노래를 불렀다. 작은 목소리였으나 성량이 풍부했고 높은 소리도 무난히 낼 수 있었다. 노래부르며 그녀는 홀 안을 걸어다녔다. 에디가 바로 옆에서 얼쩡거리고 있어 아무도 장난을 치지 못했다. 노래가 끝나자 우레 같은 박수가 일었다. 술에 취한 몇 사람이 일어서서 환성을 질렀다.

홀 안은 다시 불이 꺼지며 캄캄해졌다. 담배연기만 뿌옇게 감돌았다. 그녀는 푸른 불빛을 받으며 무도장 한가운데에 섰다. 모두의 시선이 그녀에게 못박혔다. 그녀는 음악에 맞추어 몸을 흔들다가 마침내 느릿느릿 드레스의 지퍼를 내리기 시작했다. 스포트라이트의 작은 동그라미가 그녀의 얼굴만 비춰 몸의 다른 부분은 희끄무레하니 그림자로 떠오를 뿐이었다. 드레스를 어깨에서 벗어내리며 미끄러지듯이 홀 안을 걸어다녔다. 스포트라이트에 비쳤다가는 다시 그 동그라미에서 벗어났다. 믿을 수 없으리만큼 날렵하게 움직이는 것이었다. 뜻하지 않는 곳에서 스포트라이트가 그녀의 모습을 포착하면 홀 안이 온통 들끓었다. 이윽고 전등이 환히 켜졌을 때 그녀는 어느새 옷을 입고 있었다. 손님들은 환성을 질렀다. 그녀는 쇼의 급소를 잘 알고 언제나 멋들어지게 해치우는 것이었다. 이윽고 그녀는 한 단 높은 무대로 가볍게 뛰어올라가 사방에 키스를 던지고 손님에게는 손을 흔들며 커튼 뒤로 사라져버렸다.

슬림은 흥미없는 듯한 눈초리로 그녀를 바라보고 있었다. 확실히 몸매는 멋있으나 저 여자에게는 품위가 없다고 그는 생각했다. 흔해빠진 시골 거리의 여자에 지나지 않는다. 플라하티의 테이블을 언뜻 보고 슬림은 깜짝 놀랐다. 플라하티를 놓치고 만 것이다. 그가 앉아 있던 작은 테이블에는 아무도 없었다.

페너는 스프링필드에 새벽 일찍 도착했다. 옆좌석에 앉아 있는 폴라는 긴 자동차 여행에 지쳐 졸린 눈을 하고 있었다.

"핀커튼 탐정 사무실을 만든 핀커튼은 밤에도 잠을 자지 않았다지요?" 폴라가 졸린 듯이 중얼거렸다.

"당신이 옆에 있으면 위험하단 말이야." 하고 페너는 지지 않고 되받아넘겼다.

"지난 두 달 동안 아무 일도 하지 않고 놀았는데, 그동안 대체 무엇을 하고 있었지?"

두 사람은 두 구획쯤 말없이 자동차를 달렸다.

"당신도 언젠가는 잠을 자겠지요?" 이윽고 폴라가 물었다.

"물론. 하지만 그리 오래 잘 수는 없어."

"우리가 결혼했고, 이것이 신혼여행이라면 어떨까요?"

페너는 빙그레 웃었다.

"안되지. 이 일에는 50만 달러가 걸려 있으니까. 당신에게 그만한 값어치는 없거든."

폴라는 한숨을 쉬었다.

"그만한 값어치가 있다고 인정해 주실 줄 알았는데요."

조용하고 아담한 호텔 앞에 자동차를 세웠을 때 거리의 시계가 7시 반을 가리키고 있었다. 페너는 팔꿈치로 폴라를 쿡 찔렀다.

"다 왔어. 들어가 방을 두 개 잡아주지 않겠소? 나도 두 시간쯤 잠을 자야겠으니까."

자동차를 차고에 맡기고 돌아와보니 폴라는 접수실의 책상에 엎드려 졸고 있었다. 지배인이 재미있다는 듯이 그녀를 바라보고 있었다. 페너는 지배인에게 말했다.

"괜찮소, 이 아가씨는 자는 병에 걸려 있답니다."

페너는 폴라의 팔을 붙잡아일으켜 엘리베이터까지 데리고 갔다. 종업원이 가방을 들고 싱글싱글 웃으며 뒤쫓아왔다. 그들의 방은 나란히 있었다. 그는 폴라를 그중 하나에 들여보냈다.

"그럼, 어서 들어가 자요. 일이 생기면 전화할 테니까. 충분히 자고 나면 아래로 전화걸어 책이든 무엇이든 주문해 보고. 하지만 내가 전화할 때까지 밖에 나가면 안돼."

"알았어요. 여기서도 나는 방해물이군요." 폴라는 맥없이 방으로 들어가며 투덜거렸다. 페너는 빙그레 웃으며 문을 닫아 주었다. 그는 자기 방으로 들어가자 윗옷을 벗고 넥타이를 끄른 다음 구두를 벗어 던지고 침대에 뛰어들었다.

10시까지 푹 자고 일어났지만 기분이 좋지 않았다. 성급하게 벨을 누르고 찬물을 머리에 끼얹었다. 종업원이 하이볼을 가져왔을 때쯤 그는 조금 기운을 되찾았다. 그는 계단을 뛰어내려 급히 차고로 갔다.
 블레넌이 가르쳐 준 주소를 찾아내는 데 10분이나 걸렸다. 가보니 도일리가 많이 기다리고 있었다. 그는 2층 자기 방으로 페너를 안내하고 진심으로 그를 환영했다.
 "여기서는 플라하티라는 이름으로 통하고 있으니 그 점을 잊지 말아주십시오."
 "알았소." 페너는 소파에 앉으며 대답했다. "블레넌 씨의 말에 의하면 보그라는 여자를 감시하고 있다고 하던데, 나에게 협력하라는 말을 듣지 못했소?"
 플라하티는 스카치 위스키 병을 꺼내어 짙은 하이볼을 만들었다.
 "참으로 사립탐정이란 아니꼽단 말이야……" 도일리는 기분이 매우 좋았다. "그들은 돈을 위해 일하지만 우리는 성적을 위해 일하니까요."
 페너는 술을 입 속에 부어넣고 다시 잔을 내밀었다. 플라하티가 또 한 잔 따랐다.
 "돈을 받을 수 있을지 어떨지는 아직 알 수 없소." 페너는 씁쓰레한 얼굴로 말했다. "골치아픈 사건이니까요. 상황은 어떻소? 무언가 단서를 잡았소?"
 플라하티는 머리를 긁적였다.
 "파라다이스 클럽에 무언가 수상한 점이 있긴 합니다. 글리슨 일당이 경영하는 나이트클럽이지요. 어젯밤에도 가보았는데, 하마터면 큰일날 뻔했습니다. 그 보그라는 여자가 매일 밤 거기서 스트립을 추기 때문에 나도 억지로 클럽 회원이 되어 비집고 들어가 보았답니다. 그리고 그녀가 하찮은 스트립 쇼를 하고 있는 동안 어둠을 이용하여 조금 탐색해봐야겠다싶어 불이 꺼지자마자 홀에서 빠져나와 화장실로 갔지요. 거기서 접수실이 잘 보이거든요. 그 여자는 계단 옆에 앉아 있는데, 나는 그 계단 위로 살짝 올라가보고 싶어서 그녀가 열심히 대중소설을 읽고 있는 틈을 타서 슬쩍 2층으로 올라갔지요. 아주 재빠르게 행동했기 때문에 탈없이 2층으로 올라갈 수 있었습니다…… 거기까지는 일이 잘되었답니다. 발소리를 죽여가며 2층의 방을 몇 개 들여다보았는데, 별로 깜짝 놀랄 만한 것은 보이지 않더군요. 다만 그 집은 불시에 수색당했을 때 발뺌할 수 있는 길을 빈틈없이 마련해 두었다는 걸 짐작할 수 있었습니다. 복도 끝에 문에 빗장이 질러져 있는 방이 있더군요. 그 방을 살피려는데 아래층에서 손님들이 환성을 지르는 소리가 들려와서 스트립 쇼가 끝났다는 것을 알았습니다. 등불이 환히 켜졌으리라는 것도 짐작할 수 있었고요. 그러니 이제 큰일난 겁니다. 나는 번개같이 복도를 뛰어갔으나 이미 때가 늦었지요. 후리후리하게 키가 크고 깡마른 사나이가 계단을 올라오고 있지 않겠습니까! 아슬아슬하게 어떤 방으로 피한 순간, 그 녀석이 2층에 발을 들여놓더군요. 그 녀석은 빗장이 질려 있는 방문 앞으로 가서 열쇠로 열고 들어갔습니다. 덕분에 나는 살짝 아래층으로 달려내려올 수 있었지요. 접수실 아가씨와 잘 사귄 덕분에 살아났지, 그렇지 않으면 큰일날 뻔 했답니다. 그 녀석들은 아주 냉혹하니까요. 그 아가씨에게 돈을 한 줌 쥐어주며 머리가 띵해져서 2층에 식히러 올라갔었다고 설명했더니 눈치빠른 여자는 사정을 알아차렸는지 모자와 외투를 얼른 꺼내주더군요. 그래서 나는 곧 도망쳐 왔지요."

"빗장이 질려 있는 방이 있다니 흥미가 있군요. 당신도 이제부터는 조심해야겠소." 페너가 말했다.

플라하티는 고개를 끄덕였다.

"네, 단단히 조심하겠습니다. 내일부터는 이 일에서 풀려나게 될 겁니다. 주임께서 그런 식으로 일한다면 급료를 줄 수 없다고 말씀

하시더군요. 그 말씀이 옳습니다. 두 달 동안이나 그녀의 뒤를 쫓아다녔지만 아무 단서도 잡지 못했으니까요."
페너는 일어났다.
"그 여자를 한 번 봤으면 좋겠는데, 어디로 가면 만날 수 있을까요?"
"변두리에 있는 어떤 산뜻한 아파트를 빌려쓰고 있습니다. 조심해야 합니다. 슐트가 늘 옆에 붙어 있고, 그놈은 만만치 않으니까요."
페너가 웃으며 말했다.
"만만치 않은 편이 더 다루기 좋습니다. 상대가 억세면 억셀수록 꺾기가 쉽거든요."
플라하티는 아파트의 번지를 종이쪽지에 적어주었다. 페너는 종이를 받아들고 그곳을 나왔다. 한길에서 시계를 보니 11시가 조금 지나 있었다. 햇빛이 밝게 내리쬐어 그는 술을 좀 마시기를 잘했다고 생각했다. 안나의 아파트를 찾아내는 것은 그리 어렵지 않았다. 눈에 잘 띄는 한길 모퉁이에 우뚝 솟은 큰 아파트였다. 나란히 줄지어 있는 우편함을 보고 그녀가 4층에서 살고 있음을 알았다. 자동 엘리베이터로 올라갔다. 그녀의 집은 이 건물 안에서도 넓은 아파트인 듯 4층을 온통 점령하고 있는 것 같았다. 그는 현관으로 가서 초인종을 눌렀다. 흑인 하녀가 문을 열고 업신여기는 듯한 태도로 페너를 훑어보았다.
"보그 양 계시오?"
"지금 안 계십니다."
페너는 손을 뻗어 하녀를 복도로 밀어냈다.
"거기서 기다려요."
그리고 페너는 안으로 들어가 문을 닫았다. 하녀는 어이가 없는지 아무 말도 못했다. 그는 거실로 들어갔으나 아무도 없었다. 다시 현관으로 돌아와 귀를 곤두세웠다. 복도 구석에서 말소리가 들렸다. 권총을 빼들고 그는 발소리를 죽이며 복도를 걸어갔다. 그리고 다시 한 번 문 앞에서 귀기울인 다음 와락 문을 열고 안으로 들어갔다.

안나는 앉아서 에디와 이야기하고 있었다. 페너가 들어가자 두 사람은 깜짝 놀라 뒤돌아보았다. 그들은 권총을 보고 움찔했다.

"안녕하슈!" 페너가 문가에 기대서며 말했다. "사랑의 보금자리에 침입한다는 것이 얼마나 멋없는 짓인지는 나도 잘 알고 있지만, 그런 멋보다는 일이 더 중요하니 할 수 없군."

에디는 재빨리 방 안을 둘러보았다. 그의 눈길이 창가의 의자 위에 놓인 모자와 윗옷에 멎었다. 단숨에 집어들기에는 조금 멀다.

페너는 그의 시선을 쫓다가 빙그레 웃으며 말했다.

"나는 싸움하러 온 것은 아니지만 굳이 싸움을 하겠다면 할 수도 있지."

"당신은 대체 누구예요?" 안나가 물었다.

페너는 그녀에게 총부리를 대고 말했다.

"당신에게 할 이야기가 있어서 왔는데, 앉아서 이야기하는 것이 좋겠군."

페너는 창가의 의자로 가서 거기에 있는 윗옷 주머니를 뒤져 에디의 권총을 꺼냈다. 탄창을 빼고 총을 윗옷 위로 던졌다. 그는 탄창을 자기 주머니에 넣고 의자에 앉았다.

"무슨 볼일이지?" 하고 에디가 몸을 앞으로 내밀며 물었다.

"언젠가는 자네 같은 조무래기의 얼굴을 싫도록 봐야겠지만, 지금은 눈감아 주지." 페너는 권총을 권총집에 넣으며 말했다. "이봐요, 당신 애인에게 나가서 망이라도 보고 오라는 게 어떨까? 단둘이 해야 할 이야기가 있으니까."

에디는 고양이처럼 페너에게 달려들었다. 페너는 그러기를 기다리고 있었다. 에디의 손이 닿기 전에 그는 의자에서 일어나 에디가 내리친 오른쪽 주먹을 살짝 피하며 주먹으로 에디의 얼굴을 내리쳤다. 페너의 온 힘이 이 주먹에 실려 있었으니 당해낼 재간이 없었다. 에디는 앞으로 고꾸라지며 그대로 정신을 잃고 말았다. 페너는 주먹을 혹하고 불었다.

"이런 자들은 생각보다 무르단 말이야."

안나는 무시무시하리만큼 크게 눈을 뜨고 꼿꼿이 앉았다. 그녀의 손에는 22구경 권총이 쥐어져 있었다. 그녀는 날카로운 목소리로 소리쳤다.

"손들어요!"

페너는 그녀에게 웃어보였으나 손은 움직이지 않았다. 그는 조용히 말했다.

"이 집에는 날아다니는 무기가 꽤 많은 모양이로군."

안나는 긴장하며 일어섰다. 눈길을 페너에게서 떼지 않은 채 권총을 똑바로 겨냥하고 있었다. 주머니에 검은 선을 두른 빨간 잠옷이 그녀 몸의 곡선을 뚜렷하게 드러내주었다.

"그럼, 어서 이야기해 봐요." 그녀는 권총으로 팔걸이의자를 가리키며 말했다. "거기 앉아서."

페너는 움직이지 않았다. 그는 조용히 말했다.

"나는 당신과 잠깐 이야기하고 싶었을 뿐이오. 당신 애인을 때린 것은 미안하지만, 싸움을 먼저 걸어오니 별수없었지."

"앉으라니까요."

그녀의 목소리는 엄격했다. 페너는 어깨를 으쓱하곤 의자에 앉아 다리를 포갰다.

안나는 그의 등 뒤로 돌아가 어깨 너머로 그의 윗옷 안쪽에 손을 넣어 권총을 빼내 바닥에 내던졌다. 그녀의 권총은 페너의 목덜미에 바싹 대어져 있었다. 싸늘한 금속이 피부를 쿡 찌르자 페너는 다리 언저리에 아픔이 느껴지는 듯했다. 권총이 목덜미에서 멀어지자 그는 마음을 놓았다. 페너는 그녀가 에디 옆으로 가서 발로 그를 반듯하게 눕히는 것을 바라보았다. 에디는 아직도 정신을 잃고 있었다. 페너가 말했다.

"호되게 때렸으니 한참 동안 정신을 못 차릴 거요."

안나는 눈을 가늘게 뜨고 페너를 뚫어지게 쳐다보았다. 이 여자는 지금 꽤 흥분해 있다고 페너는 생각했다.

"어서 털어놓아보세요. 당신은 누구죠?"

페너는 팔짱을 꼈다.

"당신의 전 애인에게 흥미를 가지고 있는 사람이오. 나는 라일리를 찾고 있소."

"그럼, 형사로군?" 하고 안나는 코웃음쳤다.

"그렇진 않소." 페너는 씁쓰레한 얼굴로 말했다. "신문기자요. 그 라일리라는 악당을 찾아내고 싶소. 당신에게 물으면 단서가 잡힐 듯해서 이렇게 찾아왔는데, 도와주지 않겠소?"

안나는 자세를 고치며 말했다.

"나에게는 형사보다 더 싫은 것이 하나 있는데, 바로 신문기자라는 자들이에요. 어서 썩 나가서 두 번 다시 나타나지 말아요!"

페너는 온 매력을 다하여 미소지었다.

"그런 말 하지 말고 한 번만 도와주시오."

"지금 당장 나가요! 두 번 다시 이런 짓 하면 당신 가족들이 눈물을 흘려야 할 테니, 그리 알아요."

페너는 천천히 일어섰다. 그는 방문 앞에서 조금 머뭇거리며 말했다.

"알았소, 돌아가겠소, 라일리에게 버림을 받아 안됐군. 놀랐는데! 이런 미인을 버리다니, 그 녀석도 머리가 조금 돈 모양이지."

안나의 목덜미에서 얼굴에 걸쳐 붉은 핏기가 솟아올랐다. 두 눈이 노여움으로 불탔다.

"쓸데없는 말 그만하고 썩 나가라니까!"

"암, 나가고말고, 하지만 당신이 여기서 녀석이 돌아올 날을 기다리고 있는데, 녀석은 시시한 여자와 놀아나고 있다고 생각하니 나까지 화가 나는군."

안나가 방을 쏜살같이 가로질러 와 새되게 외치며 페너의 눈 앞에서 권총을 휘둘렀다.

"그런 이야기를 어디서 들었지? 썩 나가! 내가 그런 조무래기가 돌아오기를 기다리고 있다고 생각해?"

페너는 모자를 뒤로 젖혔다.

"너무 화내지 말아요, 나는 그저 거리에 나돌고 있는 소문을 말했을 뿐이니까."

"그건 모두 엉터리야!" 안나는 소리질렀다. "그런 배신자 따위는 연방 교도소에나 처박혀 있어야 해! 누가 그런 녀석을 기다린담."

페너는 느닷없이 그녀의 손에서 권총을 낚아챘다. 안나가 화가 나서 마구 휘두르고 있는 틈을 노렸던 것이다. 그러자 그녀는 바닥에 내던져진 권총으로 달려들었다. 페너가 그 뒤를 쫓아가 여자의 가는 허리를 뒤에서 두 무릎을 꿇으며 붙잡았다. 그녀의 얼굴을 바닥에 힘껏 누르고 권총을 집었다. 그리고 여자를 젖혀놓고 그 위에 앉아 두 팔을 무릎으로 눌렀다.

"이렇게 하고 이야기 좀 하실까."

안나는 노여움으로 말도 못한 채 큰 눈을 세모꼴로 뜨고 이를 드러내보였다. 이윽고 페너에게 마구 욕을 퍼붓기 시작했다. 페너는 잠깐 그대로 내버려두었다가 그녀의 입을 가볍게 두드리며 화난 얼굴로 말했다.

"정말 놀라운 여자로군. 언제까지나 이런 모양으로 앉아 있고 싶지는 않지만, 당신 쪽에서 그렇게 거칠게 나오니 하는 수 없지…… 한 가지 물어볼 것이 있어서 그러는데, 그것만 알아내면 가겠소. 꼭 한 가지요. 라일리에게서 마지막 연락이 왔을 때, 그가 어디 있다고 했소? 그것만 대답해 주면 금방 돌아가겠소."

"지옥으로나 돌아가시지!" 안나는 무서운 기세로 노려보며 말했다. "내가 그런 것을 가르쳐줄 것 같아? 직접 알아보시지."

"물론 알아보아야지. 당신 같은 여자를 다루는 방법을 나는 얼마든지 알고 있소." 여자의 팔이 움직일 수 있도록 페너는 무릎을 떼었다. 안나가 두 손을 올리자 그는 손목을 붙잡았다. "이제부터 날뛰지 못하게 해주지."

발딱 일어나려는 안나의 몸에서 떨어져 두 손목을 한 손으로 붙잡고 그녀의 잠옷 바지끈을 풀어 그 끈을 잡아빼어 주머니에 넣었다. 안나는 다급하게 잠옷 바지를 붙잡았다.

"이제는 날뛰지 못할걸." 페너는 이죽거렸다. "클럽에서는 그 몸을 구경거리로 내놓고 있겠지만, 여기서 스트립 쇼를 하기에는 역시 당신은 숙녀일 테니까."

안나는 노여움으로 얼굴이 창백해지며 그 자리에 주저앉았다.

"틀림없이 나는 보복하고 말겠어요."

페너는 껄껄 웃었다.

"어린아이 같은 소리 마오. 그런 꼴을 당하는 것은 처음이겠지?"

그는 방구석에 있는 작은 전기난로 옆으로 가서 스위치를 넣었다.

"전기난로가 있으니 편리하군. 끝내 말하지 않겠다면, 이것을 달구어 당신의 저 친구 얼굴에 내동댕이쳐주겠소."

두 사람은 난로의 코일이 빨갛게 달아오르는 것을 뚫어지게 보고 있었다. 페너가 그것을 집어들었다.

"어떻게 하겠소? 이것을 저 얼굴에 내동댕이칠 수도 있지만, 이야기에 따라서는 그러지 않을 수도 있지."

안나는 새파랗게 질려 겁먹은 목소리로 나직이 대답했다.

"조니네 집에 있다고 했어요."

"술주정뱅이 조니 말이오?" 난로를 제자리에 놓고 발로 스위치를 껐다. 페너도 조니를 알고 있었다. 그는 일이 잘되어간다고 생각했다.

"아가씨, 이런 식으로 몰아붙여서 미안하오."

페너는 내뱉듯이 말하고 문을 열었다.

안나는 그대로 앉아 있었다. 페너는 돌아서서 잠옷 끈을 그녀의 무릎 위로 던져주며 엷은 미소를 띠고 말했다.

"소중히 간직하시오. 거칠게 굴어서 정말 미안하오."

여자가 울화통을 터뜨리기 전에 그는 밖으로 나와 문을 닫았다.

아래로 내려오자 페너는 전화부스를 찾아내어 폴라에게 전화를 걸었다. 한참 만에 겨우 그녀가 전화를 받았다. 그는 고함질렀다.

"어서 일어나요, 이 잠꾸러기. 일이 생겼소."

"나가기 전에 어째서 깨워주지 않았지요? 몸단장을 하고 아침 일찍 당신 방에 가보았더니 벌써 비어 있더군요." 폴라가 대답했다.

"그 입 좀 다물고 들어요. 나는 이제부터 조니네 집으로 갈 텐데, 어디인지 알고 있겠지? 알고 있다고? 좋아. 그럼, 블레넌에게 연락해서 빨리 조니네 집으로 오라고 전해줘요. 글리슨 갱단이 이제 곧 내 뒤를 쫓아올 테니 그리 알고. 그럼, 나중에 만나요."

그는 전화를 끊었다.

슬림은 에디와 안나를 쏘아보고 있었다. 음침한 눈이 싸늘한 노여움으로 불타고 있었다.

그는 에디에게 고함질렀다.

"신문기자 녀석이 나타나 자네를 죄었단 말이지? 이 바보! 그런 것 하나 당해내지 못했어!"

에디는 멋적은 듯이 턱을 어루만졌다.

"여보게, 슬림. 그놈이 얼마나 억센 녀석이었는지 안나에게 물어봐. 그런 펀치는 처음 맞아보았네."

슬림은 안나에게로 눈길을 옮겼다.

"그놈이 어떻게 했지? 에디가 기절한 다음 어떻게 했느냐 말이야!"

"아주 혼났어요." 안나는 눈을 세모꼴로 하며 말했다. "라일리가 맨 마지막으로 나에게 전화한 곳이 어디였느냐고 물었어요."

슬림과 에디가 갑자기 긴장했다. 에디는 슬림에게 눈짓했다. 슬림이 물었다.

"그래서?"

"그놈이 전기난로로 에디를 지지려고 했기 때문에 실토하고 말았어요."

무거운 침묵. 두 사나이는 재빨리 이리저리 궁리했다. 안나는 이상하다는 얼굴로 두 사람을 바라보았다. 자기들과는 별로 관계가 없는 일일 텐데 하고 그녀는 생각했다. 그리고 라일리가 궁지에 몰린다 해도 그녀는 알 바가 아니므로 자기 입장을 밝히기 위해 에디에게 참을성있게 말했다.

"그 사람이 난로를 당신 얼굴에 들이대려고 했어요. 그저 단순한 공갈이 아니어서 나도 입을 다물고 있을 수가 없었어요. 아시지요? 그 사람은 빨갛게 달구어진 난로를 사람 얼굴에 거침없이 던저 화상을 입히는 일쯤 거뜬히 해치울 만한 남자였어요. 나로서는 라일리 따위는 어떻게되든 상관없거든요. 그래서 실토하고 말았어요."
"그 아가리 좀 닥쳐!"
슬림이 무섭게 안나를 노려보며 고함질렀다.
그러자 안나는 다시 발끈 화가 나서 에디에게 새된 소리를 질렀다.
"저 말투를 들었지요? 참을 수 없어요! 모르겠어요? 나는 당신들을 팔아먹은 것이 아니란 말이예요! 라일리가 당신들과 무슨 관계가 있다고 그래요?"
"그만해 둬!" 에디가 달랬다. "슬림은 악의가 있어서 그러는 것이 아니니까. 마음을 가라앉혀요."
"이런 바보 같은 인간에게 욕을 먹고 가만히 있을 줄 알아요!" 안나가 외쳤다. "이 바보 같은 새끼, 나는……"
슬림이 그녀 옆으로 다가갔으나 에디가 비집고 들어갔다. 그는 안나를 의자에 앉혔다.
"제발 그만둬…… 자, 안나, 잊어버려. 나는 해야 할 일이 있어. 내가 이대로 가만 있을 줄 알아? 슬림, 어서 가보세."
슬림은 화난 얼굴로 입을 다물고 안나를 보며 코웃음쳤다. 그가 조금 머뭇거리며 입구로 가자 에디가 그의 뒤를 따라나갔다. 아래층으로 내려오자 에디가 말했다.
"그 신문기자라는 녀석을 어떻게든 처리해야겠네. 안나가 사실을 알게 되면 몹시 다루기 힘들어지거든."
슬림은 어깨를 으쓱했다.
"이러면 어떤가. 성가시게 굴면 없애버리면 그만이지."
에디는 멈추어서서 슬림을 돌려세우고 날카롭게 말했다.
"똑똑히 말해 두지만 자네는 자네 여자를 얻었고, 나는 내 여자를 내 마음대로 하는 거야. 안나는 좋은 여자야. 나는 그녀를 내놓을 생각이 없어. 그녀가 이번 일에 대해 아무것도 모른다는 점을 명심해야 해."

"알았네. 어쨌든 어머니에게 말해 두어야겠어."

슬림은 초조하게 말했다.

글리슨 노파는 가만히 앉아서 에디의 이야기를 끝까지 듣고 있었다. 책상 앞에서 여송연을 피우며 살찐 얼굴의 근육을 까딱도 하지 않았다. 에디의 이야기가 끝나자 그녀는 생각에 잠겼다. 슬림은 문 옆 의자에 앉아 물끄러미 어머니를 바라보고 있었다. 윌리엄스와 플린은 안절부절못하는 것 같았다. 그녀는 모두를 둘러보았다. 싸늘하고 날카로운 눈초리로 그녀가 노려보자 모두들 주춤거리며 고쳐앉았다.

노파는 거칠게 말했다.

"그 신문기자는 조니네로 달려가서 미주알고주알 캐물을 거다."

에디가 머리를 긁적였다.

"조니는 염려 마십시오. 절대로 입을 열지 않을 테니까요."

"그 신문기자란 녀석은 억센 놈이고, 조니는 술주정뱅이야. 그런 주정뱅이는 쥐어짜면 꼼짝 못하고 불어버리고 말아. 조니에게 난로를 들이대면 잠자코 있을 것 같은가? 금방 불어버리고 말지. 온 몸의 술기운이 모두 보일 정도로 입을 크게 벌리고 말이야."

슬림은 윗옷 속에 손을 넣어 권총을 꺼내더니 탄창을 빼어 들여다보고는 다시 집어넣었다. 노파가 그를 바라보고 고개를 끄덕이며 말했다.

"그렇지. 조니도 없애야 해. 어서 가거라. 그는 벌써 출발했을 테니까. 슬림, 너는 플린과 윌리엄스를 데리고 부리나케 자동차를 몰고 가거라. 내일 아침까지면 일이 끝나겠지. 만일 그 녀석이 먼저

와 있거든 녀석도 처치해 버려. 이것은 장난이 아니니 실수 없도록 해야 한다. 발각돼서 기사로 실리기라도 하면 우리는 도망쳐야 하니까. 납치사건이 드러나고 만단 말이야. 틀림이 없도록 조심해서 해치워."

세 사나이는 우르르 방에서 나가 골목으로 빠지는 계단을 뛰어내려 갔다. 그들이 세단에 몸을 싣기 바쁘게 요란한 타이어 소리를 내면서 자동차는 쏜살같이 앞으로 달려나갔다.

골목의 벽에 기대 서 있던 로코는 세 사람이 출발하는 것을 흥미있게 지켜보고 있었다. 조그만 나무 이쑤시개로 이를 쑤시며 그는 그 양지바른 곳에 서서 생각에 잠겼다. 몸에 꼭 맞는 양복을 단정하게 입었으며 조금 짧은 듯한 바짓자락 밑에서 하얀 양말이 보였다. 중절모가 머리에 살짝 얹혀 있었다.

갱 단원 세 사람이 저토록 급하게 어디로 가는 것일까 하고 그는 천천히 생각했다. 누군가가 틀림없이 혼이 날 거라는 점만은 상상할 수 있었다. 바로 이때 에디가 클럽에서 나왔다. 로코를 보자 고개를 까딱했으나 걸음을 멈추지는 않았다. 에디는 그대로 한 길을 향해 걸어갔다. 로코는 여전히 이를 쑤시며 그의 뒷모습을 바라보았다. 그의 턱에 멍이 들어 있는 것을 로코는 보았다. 일이 재미있게 되어가는 모양이라고 그는 생각했다. 로코는 한길 저쪽의 시계를 보았다. 1시가 조금 지나 있었다. 그는 천천히 걸어서 레스토랑 '타이야드 도그'로 들어갔다. 모자를 맡기기 전에 재빨리 홀 안을 둘러보았다. 구석에 파라다이스 클럽의 접수실 여자가 앉아 있는 것이 눈에 띄었다. 게 샐러드를 열심히 먹고 있는 참이었다. 로코는 어슬렁어슬렁 탁자 옆으로 다가가 미소지으며 말했다.

"좋은 데서 만났군."

여자는 샐러드를 얹은 포크를 허공에서 멈추며 쌀쌀하게 말했다.

"그렇군요."

"아가씨, 내가 늘 당신에게 식사 대접을 하고 싶어한다는 것은 알고 있겠지?"

여자는 기쁜 듯이 웃었다.

"어머나, 그래요? 별로 사양하고 싶지는 않군요."

로코는 의자를 잡아당겨 그녀와 마주앉았다. 여자는 보기보다 왕성한 식욕으로 식사를 계속했다. 로코는 메뉴를 보고 냉동닭과 디저트를 주문했다. 그는 음식을 먹으며 유혹하는 말을 섞어 줄곧 지껄였다. 여자는 말은 별로 하지 않았으나 기분나빠하는 것 같이 보이지는 않았다.

"이봐요, 예쁜 아가씨." 로코는 탁자에 팔꿈치를 세우며 말했다. "우리는 좀더 오래 전에 서로 알았더라면 좋았을 텐데, 여태까지 어디에 숨어 있었지?"

여자는 웃었다.

"2백 달러가 있는데, 어디 쓸 데 없을까?" 로코가 물었다.

여자의 파란 눈이 반짝였다. 그녀는 소리내어 웃으며 말했다.

"2백 달러? 내가 써도 좋은 돈인가요? 돈이 그만큼 있으면 여러 가지를 할 수 있지요."

"내 아파트에 가지 않겠소? 2백 달러 줄 테니."

"어머나, 그런 대사는 어디서 써먹던 거지요? 나는 그런 여자가 아니에요."

로코는 당황하여 손을 저으며 말했다.

"오해하지 말아요. 그런 천한 이야기가 아니라 그저 내 아파트에 가서 이야기를 하자는 것뿐이오. 그 이야기 값을 지불하겠단 말이지."

"무슨 이야기지요?" 하고 여자는 의아한 표정을 지었다.

"그것은 나중에 밝히지. 함께 가겠소?" 로코는 끈질기게 말했다.

여자는 일어섰다. 레스토랑에서 나오며 여자는 그에게 다짐했다.

"이상한 짓 하면 안돼요."

그들은 택시를 잡아탔다. 로코는 아파트에 도착할 때까지 두서없는 말을 지껄이고 있었다. 보잘것없는 조그만 아파트였으나, 로코는 살림도구를 좋은 것으로 갖추어놓고 있었다. 탁자며 의자는 가벼운 재질의 것이었고, 바닥도 반들반들했다. 방 한가운데에 커다란 소파 베드가 있는데, 화려한 빛깔의 솔이 씌워져 있었다.

"상당히 멋진 방이네요."

여자는 모자를 벗고 머리카락을 쓸어올리며 말했다.

그녀는 등이 낮은 팔걸이의자에 깊숙히 앉아 무릎을 포개었다. 로코는 벽장에서 술을 꺼내 두 잔 따랐다. 약제사같이 정확한 솜씨로 라이 위스키에 진저 에일(생강맛을 곁들인 비알/교올성 탄산 청량음료)을 섞었다. 그는 여자 옆으로 가서 술잔을 건네주며 조심스럽게 말했다.

"당신은 글리슨 일당 속에 파고들어가 있소. 그 패들이 이 고장에 온 다음부터 나의 장사는 끝장이 나고 말았지. 머리좋은 여자가 나에게 도움이 될 만한 정보를 제공해 준다면 결탁해도 좋다고 생각하는데, 어떨까? 나의 이 생각이 당신 마음에 든다면 이 제안을 받아주고, 그렇지 않다면 이 이야기는 물로 씻어버려요. 이따금 여분의 용돈이 필요하다면 줄 뜻은 있으니까……."

메이시라는 이름의 그 여자는 술을 다 마셨다. 로코는 또 한 잔 따랐다. 그녀에게 술기운이 돌고 있다는 것을 로코는 알았다.

"대체 무엇을 알고 싶어서 그러지요?" 여자가 물었다.

로코는 회심의 미소를 지으며 '문제없군' 하고 마음 속으로 중얼거렸다.

"클럽에서 어떤 일이 일어나고 있지?"

메이시는 연지바른 볼을 부풀렸다. 술 때문에 기분이 도취되어 있는 듯했다.

"별다른 일은 없어요. 돈은 확실히 많이 벌고 있지만요."

로코는 참을성있게 여자의 얼굴을 지켜보고 있었다. 이 여자는 입이 무거우니까 성급하게 굴어서는 안되겠다고 생각했다.

"수상한 일은 없소?"

"여느 나이트클럽이나 마찬가지예요." 메이시가 말했다.

갑자기 그녀는 방 안이 무겁게 느껴지기 시작한 모양이었다.

"오늘 오후 녀석들이 어디로 갔지? 슬림이 또 다른 두 녀석과 함께 급히 클럽에서 나가는 것을 보았는데."

메이시는 어깨를 으쓱했다. 그녀는 그런 이야기는 지긋지긋한 듯 술을 마시며 대답했다. "그런 건 몰라요."

로코는 참을 수 없었다.

"2백 달러를 받으려면 좀더 나은 대답을 해주어야 할 텐데."

메이시는 멍청한 눈으로 그를 보았다.

"그야 그렇겠지요. 그런 점에서는 나는 쓸모가 없겠군요? 이 술은 너무 독해요. 나는 취해버렸나 봐요."

로코는 소리내어 웃으며 힘을 북돋아주듯 말했다.

"염려 말아요, 그저 기분이 좋아질 정도이니까."

메이시도 웃었다.

"당신은 슬림의 여자에 대해 흥미가 없으세요?"

로코는 고개를 저었다.

"슬림에게 여자는 없소. 이것은 누구나 다 아는 사실이지."

"맞아요." 그녀는 또 한 잔의 술을 받아들었다. "슬림에게는 여자가 없어요. 하지만 내가 좋은 것을 가르쳐드리지요. 슬림은 2층에 어떤 여자를 가두어놓고 하루 종일 그 방에 들락거린답니다."

로코는 눈을 가늘게 뜨고 생각에 잠기며 말했다.
"한 잔만 더 마시지."
여자는 술잔을 그에게 흔들어보이며 바닥에 술을 흘렸다.
"얌전한 여자에게 술을 먹이고 어떻게 할 속셈이지요?"
"이 정도 가지고 뭘 그래."
로코는 여자에게 담배를 물리고 불을 붙여주며 말했다.
"네, 이 정도는 문제없어요." 여자는 고개를 끄덕이며 말했다.
"어떤 여자를 가두어두고 있다니, 무슨 말이지?"
"어떤 여자인지는 모르지만, 슬림은 그 여자에게 열을 올리고 있나 봐요. 2층에서 살고 있어요. 한밤중에 슬림이 데리고 나와 산책시키지요. 얼굴을 완전히 가리고 말이에요. 어떤 여자인지는 자세히 보지 못했어요. 새벽 3시쯤부터 한 시간 가량 산책해요. 거의 매일 밤 그런답니다. 클럽 문을 닫을 때 본 적이 있어요. 슬림과 나란히 걸어갈 뿐 한 번도 돌아다보지 않더군요. 그 여자를 보고 있으면 그야말로 몸이 오싹해져요. 마치 시체가 걷고 있는 것 같았어요."
로코는 흥미를 느꼈다. 이것을 조사해 보면 무언가 캐낼 수 있을 것 같았다. 그는 일어나 방 안을 걸어다니며 생각했다. 이윽고 그는 메이시 앞에 있는 의자로 가서 팔걸이에 걸터앉으며 조용히 말했다.
"그 여자를 한 번 볼 수 있게 해주면 사례를 듬뿍 하겠는데."
메이시는 아주 마음이 너그러워져 있었다.
"좋아요, 새벽 3시에 오면 그녀가 산책하는 것을 볼 수 있을 거예요."
로코는 지갑을 꺼내 잔돈으로 2백 달러를 빼내어 그것을 맨틀피스 위에 놓았다. 메이시는 흥미있는 듯이 그의 동작을 지켜보았다. 로코는 그녀를 바라보며 입은 무겁지만 상당히 미인이라고 생각했다. 그 날 그는 메이시에게 손을 대지 않았다.

"그렇게 하면 너무 지나치지." 하고 그는 자기 자신을 타일렀다.

페너는 주의깊게 자동차를 숨겨야만 했다. 울창한 풀숲 속에 자동차를 몰고 들어가 세워놓고 걸어나와 도로에서 보이는지 어떤지 확인했다. 완전하게 숨겨두기 위해서는 풀숲을 조금 손질해야만 했다. 글리슨 일당이 곧 뒤쫓아올 것이므로 일을 하기 위한 시간은 그리 많지 않았다. 스프링필드를 떠나기 전에 플라하티에게 들러서 그를 데리고 왔더라면 좋았을 걸 하고 그는 생각했다. 페너가 전화했을 때 플라하티는 호텔에 없었다. 폴라가 손을 써서 블레넌을 출발하게 했으리라.

페너는 조니의 은신처 옆에까지 갔으나 너무 바짝 다가가지는 않았다. 그는 그 오두막으로 가는 꾸불꾸불한 오솔길을 올라가기 시작했다. 권총을 손에 들고 있었다. 조니가 거칠게 나오리라고는 생각되지 않았으나 들키고 싶지 않았다.

오두막으로 다가감에 따라 그는 더욱 조심하며 걸음을 옮겼다. 글리슨 일당이 먼저 와 있을 것 같지는 않았지만 궁지에 몰리지 않도록 경계했다. 산꼭대기에 태양이 떠올랐다. 오늘도 무더운 날씨가 될 것 같았고 골짜기에는 아직 아침 안개가 자욱했다. 덕분에 몸을 숨길 수 있어 그로서는 다행이었다. 오두막 앞 빈터에 이르러 그는 걸음을 멈추고 굵은 나무 기둥 뒤에 서서 집 안의 사정을 살폈다. 오두막의 문은 열려 있었으나 조니가 있는 기척은 없었다. 총을 들고 아침식사거리를 찾으러 나간 모양이라고 페너는 생각했다. 그는 재빨리 빈터를 가로질러 그림자처럼 오두막으로 들어갔다.

조니는 난로 위로 몸을 굽히고 프라이팬에 베이컨을 굽고 있었다. 문에 등을 돌리고 있었으므로 페너가 들어온 것을 알지 못했다. 페너는 엽총이 방 한구석에 세워져 있는 것을 보았으나 조니가 한달음에 뛰어가 집기에는 너무 멀기 때문에 그다지 마음쓰지 않았다. 권총을 들이대고 페너가 조용히 말을 걸었다. 조니는 천천히 몸을 돌렸다. 공포로 얼굴이 일그러졌다. 페너를 보자 안색이 노랗게 질렸다. 페너는 가엾은 생각이 들어 말했다.

"걱정할 것 없네. 별다른 짓은 하지 않을 테니 염려 말게."

"무슨 볼일이오?"

조니는 너무나 놀라 멍청히 서서 중얼거렸다.

페너가 의자를 가리키며 "앉지." 하고 말했다.

조니는 앉으라는 말이 고마운 모양이었다. 다리가 후들후들 떨리는지 의자에 털썩 엉덩방아를 찧었다. 떨리는 손이 무릎 위에서 꿈틀거렸다.

"알겠나, 조니, 자네에게 물어볼 말이 있어서 왔네." 페너는 엄격한 어조로 말했다. "거짓말하면 가만두지 않겠다. 갈기갈기 찢길 줄 알아. 시간도 별로 없고, 이제 곧 큰 법석이 벌어질 테니까."

조니는 바보처럼 눈을 껌벅거렸다. 문 앞으로 필사적인 시선을 던지더니 다시 페너를 쳐다보았다. 이윽고 페너가 도화선에 불을 댕겼다.

"라일리 일당이 블랜디시의 딸을 이리로 데리고 왔었지?"

조니는 엉겁결에 고개를 끄덕였다. 너무나도 당황해 하며 끄덕였으므로 페너의 마음에 들지 않았다. 조니는 중얼거리듯이 말했다.

"그렇습니다. 네, 맞아요."

"그 다음 어떻게 됐지?"

조니는 눈길을 돌렸다.

"여기 있게 할 수는 없었지요. 위험하니까요. 안 그렇습니까? 위험하다는 것을 뻔히 알면서 그런 짓을 할 수는 없어서 거절했습니다. 다른 데로 가보라고 했지요. 그랬더니 가더군요."

"그들은 얼마 동안이나 여기에 있었나?" 페너가 물었다.

"식사를 끝마치자마자 커다란 자동차를 타고 달아나버렸습니다."

페너는 머리를 긁적였다.

말은 맞는 듯하지만 새로운 사실이 하나도 없다고 그는 마음 속으로 중얼거렸다. 조니에게 그 이상의 정보는 없으리라고 생각했으나 그래도 그는 물고늘어졌다.

"이 술주정뱅이야, 자넨 뭔가 또 알고 있을 거야. 어서 말해! 그들은 어디로 갔지?"

조니는 굽실거렸다.

"내가 알고 있는 것은 정말 그것뿐입니다."

페너는 심하게 다루고 싶지 않으나 어떻게 해서든 이 사건의 단서를 잡아야만 했으므로 조니의 흐느적거리는 얼굴 한가운데를 힘껏 때렸다. 조니는 의자째 뒤로 나동그라졌다. 그는 엉금엉금 기어서 일어나며 울상을 지었다. 일어나려고 허위적거릴 때 페너가 힘껏 걷어찼으므로 조니는 다시 또 앞으로 고꾸라지고 말았다. 그는 째지는 듯한 비명을 지르기 시작했다. 페너는 그의 옆으로 다가갔다.

"끝까지 모른다고 시치미떼면 이 정도로 그치지 않겠다. 어서 실토해 봐!"

조니는 원한이 서린 눈으로 노려보았다. 얼굴이 피투성이가 되어 있었다. 그는 외쳤다.

"모른다고 하지 않았소, 나에게 손대지 마시오."

페너는 프라이팬을 집어들고 조니 위로 덮치듯이 섰다.

"실토하든지 아니면 이 기름을 얼굴에 뒤집어쓰든지 마음대로 해!"

기름이 프라이팬 속에서 지글지글 끓고 있었다. 조니는 덜덜 떨면서 울상을 짓고 말했다.

"나에게 너무 심하게 굴지 마시오! 글리슨에게 물어보시오, 글리슨이 여기에 왔었으니까……"
 페너는 육감이라는 것을 믿고 있었다. 지금까지 그는 그 나름으로 느끼는 본능적인 육감에 따라 일해 왔다. 지금 조니 앞에 우뚝 서 있다가 그는 갑자기 엎드리고 싶은 충동을 느꼈다. 뒤도 돌아보지 않고 그는 바닥에 몸을 내던지며 그대로 힘껏 딩굴어 조니 곁에서 떠났다. 창유리가 깨지는 날카로운 소리가 나더니 톰슨식 기관총의 시커먼 총부리가 불쑥 창문으로 들어왔다. 페너의 머리는 눈부시게 돌아갔다. 자기는 독 안에 든 쥐다. 빨리 몸을 숨기지 않으면 끝장이다. 글리슨이 뒤쫓아온 것이다. 결국 일이 성가시게 되었다. 바로 옆에 조니가 말먹이를 만들 때 쓰는 구유가 있었다. 페너는 재빨리 그 뒤에 숨으면서 그와 동시에 조니를 보았다.
 조니는 마룻바닥에 주저앉아 얼이 빠져 톰슨식 기관총을 바라보고 있었다. 최면술에 걸린 듯 꼼짝도 하지 않았다. 갑자기 귀청이 터져 나갈 듯한 총소리가 방 안에 울려퍼졌다. 페너에게는 조니의 가슴으로 파고들어가는 총알이 보이는 것 같았다. 그는 톰슨식 기관총의 총부리가 자기 쪽으로 향하는 것을 보고 구유 뒤에 납작 엎드렸다. 다시 한 번 날카로운 총소리가 울렸다. 총알이 구유 모서리에 맞았다. 페너는 구유 뒤에서 식은땀을 흘리고 있었다. 반격을 하려고 해도 얼굴을 내밀 수가 없었다. 뒤는 벽이고, 구유는 옆으로부터 오는 공격도 막아주고 있었다. 그들이 들어오지 않는 이상 붙잡히지는 않을 것이다. 그는 납작 엎드려서 기다리고 있었다. 요란한 총소리가 일고 난 뒤여서 조용함이 한층 더 크게 느껴졌다. 바짝 엎드려 있을 수는 있었으나, 구유 옆으로 얼굴을 내밀 수가 없었다. 그는 오두막의 문을 열어놓은 채 들어온 것을 후회하며 혀를 찼다. 그러나 아슬아슬한 찰나에 몸을 숨긴 것만은 확실했다. 바닥에 귀를 대고 들어보았으나 아무 소리도 들리지 않았다. 이제라도 곧 톰슨식 기관총이 옆으로 돌아와 총알을 비처럼 퍼부을지도 모른다. 그는 마음을 가다듬고 벽에 몸을 갖다댔다. 갑자기 밖에서 중얼거리는 소리가 들려왔다. 그 가운데 누군가가 소리질렀다.

"나와라! 거기 있는 것을 우리는 다 알고 있다! 두 손 들고 나와!"

페너는 쓴웃음을 지었다.

"그렇게 해놓고 나의 배창자에 총알을 쑤셔넣겠다, 그 말이지?"

페너는 꼼짝 않고 기다렸다. 슬림이나 다른 녀석들도 안으로 들어올 용기는 없으리라고 생각했다. 그렇게 생각하니 약간 기분이 나아졌다. 어쨌든 마음만 단단히 먹고 있으면 아직 살아날 가능성은 있다. 등 뒤를 살펴보았더니 손에 도끼자루가 잡혔다. 그는 모자를 벗어 도끼자루 끝에 씌워 천천히 구유 뒤에서 내밀었다. 모자가 뜨거운 총알을 맞아 갈기갈기 찢기었다. 페너는 빙그레 웃었다.

"모자 속에 내 머리통을 넣지 않고 내보내길 잘했군."

"야 이놈아, 빨리 나와! 그렇지 않으면 쏘아죽이겠다!"

누군가가 외쳤다.

페너는 시체처럼 입을 꼭 다물고 누워 있었다. 갑자기 바깥에서 누군가 웃는 소리가 들렸다. 페너는 움찔했다. 이제부터 무슨 일이 일어날 모양이라고 생각했다. 그는 구유 모서리를 붙잡고 벽 쪽으로 끌어당겨 자기의 몸이 그 사이에 꼭 끼도록 했다. 무언가가 바닥에 떨어지는 소리가 들렸다. 조니의 바로 옆 바닥에 작고 동그란 것이 떨어졌다. 한눈에 수류탄임을 알았는데, 그와 동시에 그것이 폭발했다. 폭파음으로 그는 머리가 두 조각이 나는 듯했다. 폭풍이 그를 인형처럼 벽에 내동댕이쳤다. 한순간 그의 머릿속이 환해지며 모든 것이 뚜렷이 보였다. 먼저 머리 위의 지붕과 더러운 벽이 보이더니 다음 순간 모든 것이 눈 앞에서 산산이 부서졌다. 그리고 지붕이 그의 머리 위로 무너져내려왔다.
 어두운 구멍에서 기어나오는 것은 쉬운 일이 아니었다. 담요를 뒤집어쓴 듯이 주위가 캄캄했다. 누구인지 그의 머리를 때린 녀석을 한 대만 때려주고 싶다고 생각했다. 눈을 번쩍 떠보니 눈부신 태양빛이 보였다. 역광선 때문에 그림자처럼 시커먼 사나이가 그의 위에 몸을 굽히고 있었다. 아득한 곳에서 정신차리라고 말하는 소리가 들려왔다. 페너는 머리를 흔들었는데, 곧 흔들지 않았던 게 더 좋았을 거라고 생각했다. 눈 앞에서 불꽃이 튀며 머릿속에 구멍이 뚫린 듯한 느낌이 들었던 것이다. 자신의 신음 소리가 들리고 몸이 축 늘어지는 듯했다. 페너는 기억을 되찾으려고 애썼다. 누군가가 그의 몸을 세차게 흔들었다. 그는 머리속을 정리하려고 애쓰며 중얼거렸다.
 "제발······."
 "왜 이렇게 됐소?" 누군가가 그에게 말했다.
 페너는 간신히 눈을 떴다. 작업복을 입은 키 큰 농부가 그 옆에 무릎을 꿇고 있었다. 그 뒤에는 늙수그레한 농부가 물고기 같은 입을 뻐끔히 벌리고 서성거리고 있었다. 페너는 조심스럽게 손발을 움직여보고 그것들이 제대로 붙어 있음을 알자 가냘픈 한숨을 내쉬었다. 그는 다급하게 말했다.
 "나 좀 일으켜주시오."
 늙은이가 옆으로 다가왔다. 그들은 함께 페너를 안아일으켰다. 페너는 일어서서 조금 비틀거렸으나 곧 다시 똑바로 설 수 있었다.
 "다른 사람들은 못 보았소?" 페너는 생각난 듯이 물었다.
 "세 사람이 탄 자동차가 지금 떠났소." 하고 키 큰 사나이가 말했다. "쾅 하는 소리가 나기에 부리나케 달려와 말을 걸었더니 그들은 달아나버렸지요."
 페너는 지끈거리는 머리를 어루만져보았다.

"나는 경찰이오. 지금 달아난 녀석들은 사람을 하나 죽였소. 나를 좀 도와주시오."

경찰관이라는 한 마디가 효력을 나타냈다. 두 농부는 갑자기 긴장하며 열심히 페너의 말을 기다렸다.

페너는 비틀거리며 폐허가 되어버린 오두막으로 걸어갔다. 한 바퀴 둘러보고 마침내 어깨를 움찔하며 혼잣말을 중얼거렸다.

"지독하군……."

조니는 죽어 있었다.

"당신들의 집은 어디지요?" 페너는 두 농부에게 물었다.

늙은이가 막연하게 동쪽을 가리켰다.

"2마일 가량 떨어진 곳에 있소."

"이 부근에 가장 가까운 전화는?"

키 큰 사나이가 가슴을 쭉 펴며 말했다.

"우리 집에 있습니다."

"좋소, 그리로 갑시다. 저기에 자동차가 있군요."

페너는 천천히 걸어가며 말했다.

머리가 욱씬욱씬 아팠다. 희미하게 경찰차의 사이렌 소리가 들려왔으므로 페너는 고개를 번쩍 들었다. 무서운 속도로 흙투성이 자동차가 좁은 길을 달려오고 있다. 페너 옆에 급정거하자 블레넌이 뛰어내렸다. 제복을 입은 경찰관이 몇 사람 그의 뒤를 따라내렸다. 맨 마지막으로 자동차에서 내린 사람은 존 블랜디시였다. 페너는 모두에게 찌푸린 얼굴로 손을 흔들었다.

"한껏 서둘러 왔겠지만 한 발 늦었소."

"당신 사무실의 아가씨에게서 전화를 받고 곧장 차를 몰고 왔지요." 블레넌이 말했다.

페너는 블랜디시 쪽으로 몸을 돌렸다.

"내 생각이 맞다면 머지않아 납치범을 잡을 수 있을 겁니다."
블랜디시는 날카롭게 페너의 얼굴을 보며 물었다.
"크게 당한 모양인데, 괜찮소?"
페너는 쓴웃음을 지었다.
"수류탄을 맞아 보시다시피 이런 꼴이 되었습니다."
"여기서 대체 무슨 일이 일어났습니까?"
블레넌이 엉망이 되어버린 오두막을 바라보며 물었다.
"블레넌 씨, 그 이야기는 나중으로 미루고, 당장 급한 일이 있어서 그러는데, 당신 부하를 잠깐 빌려주시겠소?"
페너의 팔팔한 어조에 블레넌은 어떤 단서가 잡혔음을 알아차리고 곧 승낙했다.
"좋고말고요, 얼마든지 쓰십시오."
페너는 블레넌 옆으로 다가가 작은 목소리로 뭐라고 말했다. 블레넌은 한 발 뒤로 물러서서 눈을 동그랗게 뜨고 서 있는 두 농부를 바라보았다. 블레넌이 그들에게로 가서 무언가 간단히 일렀다. 두 사람은 조금 머뭇거렸으나 마침내 그 자리를 떠났다. 모두들 그 두 사람의 모습이 나무숲 모퉁이로 사라져가는 것을 바라보고 있었다.
이윽고 페너가 말했다.
"여러분은 이 일대를 살펴주십시오. 무덤을 찾아야 합니다——아시겠지요? 새로 파낸 흙이 보이거든 알려주시오. 이 일은 그리 시간이 걸리지 않을 겁니다."
주 경찰관들은 풀숲 속으로 흩어져 열심히 수색하기 시작했다. 블레넌과 블랜디시는 경찰차의 발판에 주저앉아버린 페너 옆으로 걸어갔다.
"대체 어떻게 된 겁니까?" 블레넌이 물었다.
"잠깐만 기다려보시오." 페너가 대답했다.

"틀릴는지도 모르겠지만, 육감이라는 것을 믿어볼 작정입니다. 무엇이든 증거가 잡힐 때까지는 말할 수 없군요."

블레넌은 어깨를 흠칫하며 부하의 뒤를 쫓아갔다. 페너는 얼굴을 들어 블랜디시의 눈을 보았다.

"어쨌든 당신은 일을 시작한 모양이군요." 블랜디시가 말했다.

페너는 고개를 끄덕였다.

"그럼요, 활동하라고 하셨으니 말씀대로 하고 있는 겁니다."

"일이 어떻게 돌아가고 있는지 몹시 알고 싶지만, 상황이 구체화될 때까지 말하고 싶지 않다는 당신의 기분을 이해하겠소. 어쨌든 내가 걱정하고 있다는 것만은 잊지 말아주시오."

페너는 존 블래디시의 조용한 말투 속에 담겨진 깊은 뜻을 알고 있었다. 그는 일어서며 말했다.

"물론 당신의 기분을 알고 있습니다. 이것만 말씀드리지요. 만일 찾고 있는 시체가 나타나면 사건의 뚜껑은 열렸다고 할 수 있습니다."

블랜디시는 여송연 케이스를 꺼내어 페너에게도 권했다. 두 사람은 말없이 담배를 피웠다. 부스럭거리며 풀숲을 헤치고 있는 경찰관들의 목소리가 차츰 멀어져갔다. 페너는 그들이 나아가는 것을 열심히 지켜보고 있었다. 그들이 발견하는 것에 사건 해결이 거의 달려 있다고 할 수 있다. 갑자기 외침 소리가 들렸으므로 두 사람은 언뜻 그쪽으로 얼굴을 돌렸다. 페너가 빠른 어조로 말했다.

"무언가 찾아낸 모양입니다."

두 사람은 풀숲을 헤치며 소리가 나는 쪽으로 달려갔다. 경찰관들이 모여 있는 곳은 그리 멀지 않았다. 거기는 작은 빈터였다. 블레넌이 손가락으로 가리키는 곳에 뚜렷이 땅을 파헤친 흔적이 있었다. 나뭇잎이며 마른 가지들로 덮여 있었겠지만, 지금은 그런 것들도 걷혀 있었다.

"삽이 필요하겠군." 페너가 말했다.

"부하가 가지러 갔소, 저기 오는군." 블레넌이 대답했다.

경관 한 사람이 윗옷을 벗고 삽을 들었다. 다른 사람들은 주위에 둘러서서 뚫어지게 지켜보고 있었다. 힘든 일이어서 경관 모두가 교대로 삽질을 해야만 했다. 흙을 파고 있던 경관이 갑자기 삽을 내동댕이치고 얕게 판 구덩이 옆에 무릎을 꿇었다. 페너가 옆으로 다가가 들여다보았다. 경관은 흙을 손으로 긁어 헤쳤다. 구멍에서 희미한 냄새가 올라왔다. 페너는 구역질을 느꼈다. 흙투성이가 된 머리카락이 한움큼 비어져나왔다. 페너는 뒷걸음질쳤다.

"틀림없이 시체일 겁니다." 페너는 블랜디시를 돌아다보았다.

"저쪽으로 가십시다. 시체 파내는 것을 들여다볼 틈이 없습니다. 그 시체는 블레넌 씨가 스프링필드 시체수용소로 보내도록 조치하겠지요, 우리는 의논해야 할 일이 잔뜩 있습니다."

블레넌이 모든 조치를 취했다. 페너와 블랜디시는 자동차 쪽으로 걸어갔다. 블레넌이 그들 뒤를 급히 쫓아왔다. 세 사람은 부리나케 자동차를 몰았다. 페너가 핸들을 잡고 있었는데, 깊은 생각으로 이마에 주름이 잡혔다. 블레넌이 몸을 앞으로 내밀며 물었다.

"대체 일이 어떻게 되어가는 겁니까?"

페너가 대답했다.

"의미심장합니다. 스프링필드로 빨리 돌아가야 합니다. 돌아가서 의논합시다. 지금은 생각해야 할 일이 있으니 가만히 계시오."

블랜디시는 말없이 담배를 피우고 있었다. 페너는 그의 침착성에 탄복하며 작은 목소리로 말해 주었다.

"염려 마십시오."

블랜디시는 체념한 듯 그의 얼굴을 보았다. 페너는 그가 이미 체념했다는 걸 알았다.

　세 시간 뒤 그들은 각각 술을 앞에 놓고 탁자에 둘러앉아 있었다. 플라하티도 끼어 있었다. 페너는 모두들의 얼굴을 둘러보고 나서 블랜디시를 향해 이야기하기 시작했다.

　"일은 이렇게 된 겁니다. 따님은 맥그완 씨를 죽인 라일리 일당에게 납치당했습니다. 그들은 몸을 숨기기 위해 조니네 집으로 갔지요. 조니는 전부터 도망쳐 오는 불량배들을 숨겨주고 돈을 듬뿍 받아왔던 모양입니다. 그런데 무슨 이유인지는 모르겠으나, 그리고 그 점은 아무래도 상관없습니다만, 글리슨 일당이 이 납치사건에 손을 대었습니다. 느닷없이 습격하여 라일리와 그 한패를 죽였습니다. 당신이 몸값을 지불한 상대는 라일리가 아니라 글리슨이었던 것입니다. 모든 일이 맞아들어가지 않습니까? 몸값을 치른 다음 어떻게 되었습니까? 글리슨 일당의 돈 씀씀이가 좋아졌지요. 몸값으로 받은 위험한 돈을 안전한 돈으로 바꾸었습니다. 몸값으로 건네준 돈이 아직 아무 데도 나돌고 있지 않은 이유를 이제 아셨겠지요? 그들은 그곳을 떠나 이곳에 와서 나이트클럽을 차렸습니다. 그 자본을 당신이 대준 셈이지요. 경찰이 라일리를 찾고 있는 동안 글리슨 일당은 넉살좋게 그 돈을 쓰고 있었던 것입니다."

　블레넌이 으르렁거렸다. 전화기를 붙잡으려고 하자 페너가 곧 물었다.

　"무엇을 하려는 거지요?"

　블레넌이 떠들어댔다.

　"뻔한 일 아니오. 어째서 자동차 안에서 이야기해 주지 않았소? 그랬더라면 지금쯤은 그놈들을 모두 붙잡았을 텐데."

　페너가 일어나서 거칠게 수화기를 낚아챘다.

　"차분히 앉아 이야기를 끝까지 들어요. 참으로 당신들 경찰은 머리가 형편없단 말이야."
블레넌은 그를 노려보았으나 다시 의자에 앉았다.
"우선 첫째, 아직 확증은 없지만 틀림이 없다고 생각합니다. 하지만 빈틈없는 변호사 손에 걸리면 붙잡아봐야 무슨 소용이 있겠소? 증거가 있어야 하오. 그리고 놈들은 아직 미스 블랜디시를 가두어 두고 있는 것 같소."
블랜디시가 벌떡 일어났다. 한순간 쥐죽은 듯 조용했다. 페너가 그의 얼굴을 찬찬히 바라보며 말했다.
"플라하티 씨의 말에 의하면, 글리슨의 클럽에 빗장이 질려 있는 방이 있다고 합니다. 슬림이 그 방으로 들어가는 것을 플라하티가 보았다더군요. 빗나간 짐작인지는 모르지만, 당신 따님은 그 방에 갇혀 있다고 생각할 수 있습니다."
블랜디시가 이성을 잃고 고함쳤다.
"왜들 이러고 있나! 빨리 사람을 모아 그곳을 습격하지 않고!"
페너는 침착하게 앉아서 기세등등한 다른 세 사람의 얼굴을 바라보며 태연히 설명을 계속했다.
"플라하티에게 물어보면 아시겠지만, 파라다이스 클럽은 강철의 요새 같은 곳입니다. 그러니 비록 그 안으로 쳐들어갈 수 있다 해도 따님은 그때 이미 시체가 되어 있을지도 모릅니다. 아시겠습니까, 블랜디시 씨? 지금까지 나는 내 방식대로 일해 왔으니 앞으로도 그 방식을 따를 작정입니다. 이런 일은 나 같은 사람은 잘 알지만 전문가가 아닌 당신으로서는 알 수 없을 테니 차분히 앉아서 내 말을 들어주십시오."
블랜디시는 열띤 눈으로 탁자 주위를 둘러보며 조금 머뭇거리다가 다시 앉았다. 페너는 그 모습을 보며 어깨를 움찔하고는 블레넌에게 물었다.

"당신이라면 아시겠지요?"

블레넌은 플라하티를 보았다.

플라하티가 말했다.

"부장님, 그 말이 맞습니다."

블레넌은 페너에게 고개를 끄덕여보이며 "그래서요?" 하고 이야기를 재촉했다.

페너는 깊이 숨을 들이마셨다.

"우선 그 클럽을 완전히 포위해 주십시오. 빈틈없이 경찰관을 배치시켜서 말입니다. 맞은편 빌딩에도, 옥상에도, 한길에도, 처마 밑에도——글자 그대로 경찰관으로 가득 메우란 말입니다. 녀석들은 미스 블랜디시를 다른 곳으로 데려갈지도 모르니까요."

블레넌이 수화기를 들고 조금 기다리자 경찰본부와 연결되었다. 그는 빠른 어조로 명령을 내렸다.

"그리고 안나 보그라는 여자를 붙잡아 본서로 연행해 주십시오. 에디 슐트도 함께 붙잡을 수 있다면 더욱 좋겠습니다만……."

페너는 잠시 말을 끊고 블레넌이 전화를 다 걸 때까지 기다렸다. 그리고 나서 이윽고 다시 이야기를 계속했다.

"이 보그라는 여자가 모든 열쇠를 쥐고 있습니다. 라일리가 미스 블랜디시를 납치한 것을 글리슨 일당이 알고 있었다는 사실을 밝힐 수 있는 증인은 오직 그녀 한 사람뿐입니다. 라일리가 조니네 은신처에서 그녀에게 전화를 했다는데, 그때 라일리가 그녀에게 어떤 말을 했는지 알고 싶습니다. 글리슨이 라일리를 죽였다는 사실을 그녀가 알고 있는지, 아니면 그들이 그녀를 감쪽같이 속이고 있는지가 문제입니다. 내 생각으로는 그들이 그녀를 속이고 있는 것 같은데, 그렇다면 그녀가 진상을 알게 되었을 때 아마도 그들을 배신할 겁니다. 미스 블랜디시에 대한 것을 우리에게 가르쳐줄는지도 모릅니다. 어쨌든 그녀는 중요한 증인입니다. 모든 일을 신중하게 진행시키지 않으면 그녀는 살해당하고 말 겁니다."

블랜디시는 천천히 일어섰다. 지치고 병든 사람처럼 페너에게 손을 내밀며 그는 조용히 말했다.

"바보 같은 소리를 해서 미안하오. 당신은 훌륭하게 해주었소. 그것을 나는 몰랐구료."

모두의 귀에 전화벨 소리가 날카롭게 울렸다. 페너가 수화기를 들고 귀를 기울였다.

"알았소." 그는 수화기를 놓고 눈을 반짝이며 세 사람을 바라보았다. "그곳에서 세 구의 시체가 나왔으며, 지문이 라일리의 것과 일치한답니다. 이것으로 우리가 하고 있는 방식에 틀림이 없음을 알았습니다. 갑시다!"

페너는 힘차게 외치며 벌떡 일어나 문을 향해 뛰어갔다.

제5장

 로코는 하얀 색깔의 작은 빗으로 머리를 빗었다. 몸에 꼭 끼는 양복 깃을 매만지고 중산모를 단정하게 머리에 얹었다. 나가기 전에 그는 만족스러운 듯이 방 안을 둘러보았다.
 메이시가 돌아가자 그는 긴의자에 앉아서 담배를 피우고 있었다. 여러 대를 피우며 생각한 끝에 하나의 생각이 무르익었다. 슬림은 지금 없다. 물론 오늘 밤에 돌아올지도 모른다. 이렇게 되면 흥하든 망하든 맞부딪쳐보는 것이다. 로코는 슬림이 숨기고 있다는 그 수수께끼의 여자를 보고 싶었다. 복도에 나가 엘리베이터를 기다렸다. 엘리베이터 소년이 문을 열고 챙 없는 모자에 손을 얹고서 정중하게 인사했다. 로코는 이처럼 자상한 인사치레를 받으면 기분이 좋았다.
 한길에서 택시를 세워타고 파라다이스 클럽까지 달리게 했다. 몇몇 다른 손님들 속에 섞여 계단을 올라갔다. 모자를 메이시에게 건네주며 꽤 장사가 잘되고 있다고 생각했다. 뒤를 돌아다보고 아무도 없음을 확인하자 그는 낮은 목소리로 메이시에게 말했다.
 "그 여자가 있는 방이 어디지?"

메이시는 눈을 크게 뜨며 겁먹은 표정을 지었다.

"당신과 무슨 관계가 있다고 그래요?"

로코는 눈을 가늘게 뜨고 메이시를 보며 조용히 말했다.

"관계가 없는 건 당신이지. 대답에 따라서는 1백 달러를 더 줄 수도 있소."

"위험해요. 이상한 짓은 하지 말아요."

메이시가 고개를 저으며 말했다.

로코는 반짝이는 검은 머리를 끄덕였다.

"그럼, 좋소. 나는 잠깐 2층에 올라가볼 테니, 당신은 아무것도 보지 못했고 아무것도 모르는 것으로 해요."

메이시가 군말을 하기 전에 로코는 그녀 앞을 떠나 부리나케 2층으로 올라갔다. 맨 꼭대기에 올라가 난간 너머로 그녀를 돌아다보니 메이시는 두려움에 가득찬 창백한 얼굴로 올려다보고 있었다. 그는 손을 흔들어보인 다음 그대로 복도 끝을 향해 걸어갔다. 맨 끝방의 방문 앞에 가서 빗장을 돌려보았다. 잠겨 있었다. 로코는 엷은 강철 조각을 열쇠구멍에 넣어 힘껏 돌려보았다. 열쇠가 열리자 그는 문을 밀었다. 아무도 없는 복도를 한번 돌아다본 다음 안으로 들어가 가만히 문을 닫았다. 미스 블랜디시는 완전히 무관심하게 그를 쳐다보았다. 그녀는 침대에 누워 담배를 피우고 있었다. 길다란 초록빛 가운이 탁상용 램프의 불빛을 받아 빛났다. 로코는 장승처럼 서서 숨을 죽이고 그녀를 뚫어지게 쳐다보았다. 그로서는 너무도 놀라지 않을 수 없었다. 굉장한 미인이라고 그는 마음 속으로 중얼거렸다. 그는 문 앞에 서서 말을 걸어보았다.

"방을 잘못 들어온 모양입니다."

미스 블랜디시는 손을 뻗어 담배를 재떨이에 비벼서 껐다. 그녀는 눈을 감으며 말했다.

"그럼, 나가시지요."

로코는 이 얼굴을 어디서 본 적이 있다고 생각하며 서 있었다. 생각하면 할수록 마치 자기가 좋아하는 여배우의 얼굴처럼 어디선가 많이 본 것 같은 느낌이 들었다.

"당신은 누구지요?"

로코는 말투를 조심하며 물어보았다.

미스 블랜디시는 무거운 눈꺼풀을 나른한 듯이 치켜올리고 쓸쓸하게 어깨를 움츠리며 힘없이 대답했다.

"모르겠어요. 하지만 아무래도 좋아요."

로코는 침대 옆으로 다가갔다. 여자의 동공이 작아지고 있음을 그는 알 수 있었다. 이것은 매우 의미가 깊다. 갑자기 그는 생각이 났다. 이 얼굴이라면 크게 확대한 사진이 신문에 실린 것을 본 적이 있다. 그제야 비로소 뚜렷이 생각났다. 그는 더욱 가까이 다가가 찬찬히 그녀를 내려다보며 큰소리로 말했다.

"맞아, 나는 당신이 누구인지 알고 있소."

여자는 놀란 듯이 눈을 크게 떴다.

"이런 데서 꾸물거리고 있으면 그 사람이 와서 화를 낼 거예요."

로코는 침대 위로 몸을 굽혔다.

"그 녀석 걱정은 하지 말아요. 지금 거리에 나가고 없으니까."

"빨리 돌아가세요." 로코의 말 따위는 들리지도 않는 듯이 그녀는 계속했다. "당신이 여기 있는 것을 그 노파가 알면 또 나를 못살게 굴 거예요."

로코는 그녀의 어깨에 손을 얹고 가만히 흔들었다.

"걱정 말고 내 말을 들어봐요. 당신은 마약으로 몸을 망치고 있소. 무슨 마약인지는 모르지만, 놈들이 당신을 망가뜨렸소. 그래서 자신이 누구인지, 어째서 여기에 와 있는지도 모르고 있는 거요."

"제발 나에게 손대지 말고 어서 돌아가요. 나는 졸려요······."

"당신의 이름은 블랜디시요." 로코는 소리를 죽여 그녀의 귓가에 대고 말했다. "아버지는 존 블랜디시이며, 당신은 넉 달 전에 납치당했소. 그동안 경찰과 아버지가 당신을 몹시 찾고 있었단 말이오. 어떻소, 맞지요? 당신의 이름은 블랜디시지요?"

그녀는 멍청한 눈으로 로코를 올려다보며 중얼거렸다.

"블랜디시? 아니에요, 내 이름이 아니에요."

로코는 뒤로 물러나며 머리를 긁적였다. 이 여자가 블랜디시의 딸이라는 확신은 있었으나 이 공허한 장벽을 어떻게 뚫고 나갈수 있을까? 그의 머리는 재빨리 돌아갔다. 이 여자를 여기서 빼내 그 아버지 손에 넘겨주면 굉장한 돈이 들어올 것이다. 그리고 글리슨 일당에게는 보기좋게 보복한 셈이 될 것이다. 위험하긴 해도 운을 하늘에 맡기고 해봐야겠다고 그는 재빨리 결심했다. 위험한 모험을 하기로 결심한 것이다.

침대에 걸터앉아 로코는 미스 블랜디시의 몸을 안아일으켰다. 그의 눈 앞에 멍하니 앉아 있는 그녀의 눈은 마치 가면에 뚫어놓은 커다란 구멍 같았다.

"당신의 이름은 블랜디시요." 날카로우나 나직한 목소리로 그는 되풀이 말했다.

"당신은 납치당했단 말이오. 안 그렇소?"

그녀는 눈을 감고 생각해 내려고 했으나 머릿속에 드리워진 답답한 구름이 걷히지 않는 모양이었다. 그는 낙심한 듯이 '흥' 하며 단념했다.

"별수 없군. 그만 자요. 다시 오겠소."

그는 그녀를 베개 쪽으로 밀어주고, 문을 향해 걸어가 방을 나왔다.

모자를 받으러 가자 메이시는 히스테리를 일으키기 직전이었다.
"참으로 어처구니없는 사람이군요! 대체 그런 짓은 해서 무엇하겠단 말이에요?"
로코는 천천히 모자를 쓰고 윗옷의 매무새를 고치며 엷은 미소를 띠었다.
"심심해서 그러지. 그리고 돈을 낭비하고 싶기도 하고."
메이시에게 살짝 지폐를 건네주자 그녀는 떨리는 손으로 그것을 받아들며 마음을 놓은 듯 미소지었다.
"어쨌든 당신은 인색하진 않군요."
글리슨 노파가 레스토랑에서 나오다가 로코를 보고 걸음을 멈추었다. 로코는 모자를 높이 쳐들어보였다. 예절이 바르다는 것을 보인 셈이다.
"안녕하십니까? 지금 메이시에게 몸매가 멋있다고 칭찬하고 있던 참입니다."
노파는 두 사람을 번갈아보았다. 커다란 얼굴에 아무 표정도 떠올라 있지 않았다.
"그 아이에게 치근거리지 말아요."
노파는 천천히 2층으로 올라갔다. 로코는 비단 손수건으로 얼굴을 닦으며 드디어 때가 다가오고 있다고 생각했다.
메이시는 겁먹은 눈으로 노파의 모습을 바라보고 있었다. 로코가 말했다.
"정신을 가다듬어요. 조금도 무서울 건 없으니까."
메이시는 다급하게 계단에서 눈길을 떼며 애원했다.
"더이상 이상한 짓은 하지 말아요."
로코는 클럽에서 나왔다.

글리슨 노파는 침대에 누워 있는 미스 블랜디시를 물끄러미 내려다보고 있었다. 잠들어 있는 그녀를 깨우려고 하지도 않았다. 노파는 거기에 우뚝 선 채 바싹 마른 슬림이 깊은 잠에 빠진 이 여자를 어떻게 여기고 있을까 생각해 보았으나, 헛일이었다. 이 여자를 감추어두는 것이 얼마나 위험한 일인지 글리슨 노파는 잘 알고 있었으며, 동시에 이 여자가 슬림에게 얼마나 귀중한 존재인지도 알고 있었다. 이런 상태가 언제까지 계속될 것인지 불안했다. 슬림이 이 여자 때문에 언제까지 자신을 망칠 것인가 하는 문제뿐만 아니라 그녀가 여기에 있다는 것을 누군가가 알아낼지도 모른다는 걱정 때문이었다.

그녀는 살이 두툼한 어깨를 움츠렸다. 아들이 싫증내는 그 즉시 이 여자를 처치해야겠다고, 빨리 그렇게 되었으면 좋겠다고 생각했다. 문득 손목시계를 들여다보았다. 굵은 팔에 어울리지 않는 몹시 작은 시계였다. 이제 곧 3시가 된다. 그녀는 문을 열고 나가 아래층으로 내려갔다. 클럽에는 아무도 없었다. 메이시가 기운없이 하품을 하며 모자를 쓰고 코트를 입고 있었다. 그녀는 메이시 옆으로 가서 걸음을 멈추었다.

"그 녀석을 조심해야 해. 그 녀석은 우리에게 호의를 갖고 있지 않아. 무슨 일이 일어나기를 노리고 있는 녀석이야."

메이시는 머뭇거리며 말했다.

"알고 있어요. 그런 남자에게는 상냥하게 해줄 필요가 없지요."

노파는 작고 반짝이는 눈으로 메이시를 날카롭게 쏘아보았다.

"맞아. 전에도 말했지만, 그 녀석은 여자에게 해로운 녀석이야."

메이시는 코트 소매에 팔을 넣으며 작별인사를 했다. 이 노파 곁에서 달아날 수 있다는 것이 그녀로서는 다행스러웠다. 얼굴을 보기만 해도 몸이 오싹해지는 것이었다. 노파는 그녀가 돌아가자 레스토랑 쪽으로 들어갔다. 로키가 혼자 텅 빈 의자에 앉아 졸고 있었다. 그녀는 거칠게 로키를 흔들었다.

"블랜디시의 딸을 산책시켜 주어라. 준비는 다 되었으니 빨리 갔다 와."

로키는 몹시 투덜거렸다.

"난 졸려요. 오늘 밤에는 산책을 그만두는 게 어때요. 내일이면 슬림이 돌아올 텐데."

글리슨 노파는 고개를 저었다.

"어서 갔다와. 슬림이 산책시키라고 했어. 불만이 있거든 슬림에게 해."

로키는 혀를 차며 일어났다.

"한길을 피해서 빨리빨리 걸리도록 해. 누구를 만나더라도 멈추어 서거나 하면 안돼. 권총을 가지고 가되 쓸데없는 말썽은 일으키지 않도록 조심해."

"에디가 하면 좋을 텐데……." 로키가 투덜거렸다.

"에디는 안나와 함께 돌아갔어. 쓸데없는 군소리 말고 빨리 갔다와."

노파는 다시 2층으로 가서 미스 블랜디시를 거칠게 흔들어깨웠다.

"어서 일어나 산책하고 오너라."

깜짝 놀라서 눈을 뜬 미스 블랜디시는 불안으로 얼굴이 일그러졌다. 그녀는 비틀거리며 침대에서 나와 가운을 벗고 노파가 지켜보는 앞에서 기계적으로 옷을 갈아입었다. 마약의 효력은 그다지 깊은 것이 아니어서 노파가 조금만 움직여도 미스 블랜디시의 몸이 오므라들었다. 몸을 긴장시키려고 했으나 결국은 움찔하여 겁을 내고 마는 것이었다. 노파가 내미는 드레스를 받아들고도 그저 머뭇거리기만 했다. 드레스를 머리로부터 뒤집어쓰기가 무서웠다. 그 잠깐 동안에도 노파의 움직임을 보지 않는 것이 불안했기 때문이다.

노파는 엄한 목소리로 말했다.

"빨리 갈아입어!"

미스 블랜디시는 드레스를 작은 동그라미처럼 말아서 그것을 재빨리 머리에 꿰고 두 팔을 빼냈다. 몹시 허둥대며 드레스를 입고 있는 그녀를 보고 노파는 아무 말도 하지 않았다. 이번에는 모자——모자에는 물방울 무늬가 잔뜩 있는 발이 고운 베일이 달려 있었다.

노파는 한 마디 한 마디 내뱉듯이 천천히 말했다.

"로키가 데려다줄 거야. 얌전히 굴어야 해. 이상한 짓을 하면 내가 뒤에서 보고 있으니 나중에 혼날 줄 알아."

미스 블랜디시는 고개를 끄덕였다. 그녀에게는 이미 저항할 기력이 조금도 남아 있지 않았다. 노파의 커다란 손이 그녀의 팔을 붙잡고 아래층으로 내려갔다. 로키는 내려오는 두 사람을 보고 얼굴을 찌푸렸다.

노파는 미스 블랜디시를 그에게 데려다주고 거칠게 그녀의 팔을 흔들었다.

"한눈팔지 말고 빨리빨리 걸어야 해. 로키에게 성가시게 굴면 가만 두지 않을 거야."

로키가 그녀의 팔꿈치를 움켜쥐었다.

"갑시다."

두 사람은 한길로 나갔다. 로키는 앞뒤를 두리번거렸으나 어둠침침한 가로등이 비칠 뿐 길에는 아무도 없었다. 두 사람은 빠른 걸음으로 걷기 시작했다. 로키는 겁을 내고 있었다. 게다가 그는 몹시 졸렸다.

어두운 골목에서 한길 저쪽을 지나는 두 사람의 모습을 로코가 지켜보고 있었다. 손에 짤막한 쇠몽둥이가 쥐어져 있었다. 그는 로키의 모습을 보고 슬림이 아직 돌아오지 않았음을 기뻐했다. 두 사람을 멀

제5장 185

찍이 보내놓고 나서 로코는 살짝 한길로 나가 그 뒤를 따라 갔다. 로키는 가끔 돌아다보았으나, 한길에는 사람의 기척이 없었다. 한길 끝의 가로등 밑에 경찰관이 서 있는 것을 보고 로키는 미스 블랜디시의 팔을 붙잡고 골목으로 들어갔다.

로코는 이 순간을 놓치지 않았다. 그 골목이 적당했다. 그는 재빨리 발소리를 죽이며 따라갔다. 로키가 발소리를 듣고 돌아다보았을 때는 이미 늦었다. 쇠몽둥이가 로키의 머리 위에서 튀었다. 로키는 무릎을 꺾으며 앞으로 고꾸라졌다. 검은 모자가 머릿속으로 틀어박히는 듯했다. 로코가 그 자리를 다시 때렸다. 로키는 소리도 지르지 못했다. 쇠몽둥이가 머리 위에서 다시 튀었고, 로코의 손도 아팠다. 다시 한 번 때릴 필요는 없었다. 검은 모자가 피투성이가 되어 있었던 것이다.

미스 블랜디시는 어두운 벽에 기대서서 꼼짝도 하지 않았다. 입을 크게 벌리고 있었으나 소리는 지르지 않았다. 로코는 쇠몽둥이를 집어던졌다. 조심스럽게 로키의 몸을 넘어가 그녀의 팔을 붙잡으며 그는 작은 목소리로 말했다.

"나를 기억하고 있지요?"

여자는 그를 기억하고 있지 못했다.

"아버지에게 데려다주겠소." 로코는 계속 지껄였으나 그녀는 얼어붙은 듯 그대로 서 있었다. 그는 그녀의 팔을 붙잡고 앞으로 끌어내며 날카롭게 말했다.

"저 앞에 자동차가 있으니 빨리 갑시다."

그녀는 여전히 뒷걸음질쳤다.

"빨리 가자니까!" 로코는 화를 내며 말했다.

그녀는 그 손에서 팔을 빼려고 힘없이 반항하기 시작했다. 로코는 손에 힘을 주었다.

"내가 살려주겠다는데 왜 그러지?"

"내버려두어요. 돌아가야 해요. 그 노파에게 혼나요."

"그런 할망구 따위는 잊어버려요. 달아나면 그만이니까."

로코는 억지로 잡아끌고 걸어갔다. 그녀는 조금 반항했으나 마침내 단념했다. 한길로 나갔다. 자동차가 어두운 곳에 세워져 있었다. 경관이 자동차 번호판을 보고 있는 것이 눈에 띄었다. 그는 혀를 차지 않을 수 없었다. 이번 일에 경찰을 개입시키고 싶지 않았던 것이다. 어설프게 여자를 경찰에 넘겼다가는 자신이 납치범으로 몰릴지도 모른다. 그는 다시 미스 블랜디시를 골목 안으로 잡아끌었다. 경관은 자동차 발판에 다리를 얹고 모자를 벗어들었다. 로코는 그늘에 몸을 숨기고 지켜보았다. 미스 블랜디시가 그 뒤에서 떨고 있었다. 경관은 앞뒤를 살펴보고 다시 모자를 썼다. 로코는 경관이 저쪽으로 사라져 가는 것을 보았다. 이윽고 경관이 모퉁이를 돌자 그는 미스 블랜디시를 자동차에 태웠다. 그녀를 앞좌석에 밀어넣고 자기는 운전석에 탔다.

그녀가 반항하기 시작했으나 로코는 모르는 척했다. 자동차를 아파트 지하 차고까지 몰고 가자 그는 안도의 숨을 쉬었다. 차고에는 아무도 없었다. 천장에 작은 전등이 켜져 있었으며, 차고지기는 집으로 돌아가고 없었다.

미스 블랜디시는 울기 시작했다. 그녀를 자동차에서 끌어내리며 로코는 쉬운 일이 아님을 깨달았다. 자동 엘리베이터 앞까지 데리고 가서 엘리베이터문을 열었다.

자기 아파트의 문을 닫고서야 비로소 로코는 조금 마음을 놓았다. 그녀를 방 안에 들이고 전등을 켰다. 여자는 기운없이 서서 몸을 떨고 있었다. 그는 날카롭게 말했다.

"모자와 코트를 벗어요."

여자는 그가 이끄는 대로 침대 겸용 소파 앞으로 갔다. 그는 다시 문으로 돌아가 열쇠를 잠그고, 주방으로 가서 커피를 짙게 끓였다. 커피 잔을 큰 것으로 골라가지고 방으로 돌아와보니 여자는 소파에 앉아 두 손을 무릎에 얹고 훌쩍훌쩍 울고 있었다. 로코는 커다란 찻잔에 블랙 커피를 따라주고 억지로 마시게 했다. 한 잔을 다 마시자 또 한 잔을 주었다. 어떻게 해서든 이 여자의 머리를 맑게 해야만 했던 것이다.

한참 만에 여자가 울음을 그쳤으므로 로코는 그 옆에 앉으며 힘주어 말했다.

"정신차려요."

"나는 어떡하면 좋지요?"

"머리를 맑게 해야지. 당신은 마약을 먹었소. 알겠소? 어떻게 해서든 그 약 기운을 없애버려야 하오."

그녀는 다소곳이 앉아 로코의 이야기를 듣고 있었다. 로코는 계속 지껄였다. 머릿속의 자욱한 안개를 뚫고 이야기가 통했는지 어떤지 그 조짐이 나타나기를 참을성있게 기다렸다. 그녀는 그의 이야기를 이해하려고 애쓰고 있었다. 머릿속의 안개가 걷혀감을 느꼈고 막연하나마 지금까지의 악몽 같은 여러 가지 일들이 눈 앞에 떠오르는 것이었다. 로코는 이야기를 계속했다. 여러 가지 추측을 섞어가며 그녀의 이름도 여러 번 되풀이해 가르쳐주었다. 그녀가 차츰 나아지고 있음을 로코는 알 수 있었다. 그는 일어나 서랍을 뒤졌다. 지금까지 모아두었던 낡은 신문 몇 장을 그녀에게 보여주었다. 큰 글씨의 제목으로 납치사건 기사가 실린 신문이었다. 그녀는 눈을 크게 뜨고 열심히 그 신문을 들여다보았다.

마침내 그녀가 자기 집의 전화번호를 말했을 때 로코는 너무나 흥분하여 온 몸의 힘이 빠지는 것을 느꼈다. 그녀가 공포에 질린 멍청한 목소리로 자기 집 번호를 대자, 로코는 부리나케 수화기를 들었다.

 세단이 직 하고 파라다이스 클럽 앞에 멎었다. 검은 차체는 온통 하얀 먼지로 뒤덮이고 흙받이에는 흙이 더덕더덕 붙어 있었다. 슬림이 어기적거리며 자동차에서 내리자 플린이 그 뒤를 따랐다.
 시계는 8시를 막 지나 태양이 떠올라 있었으나, 아직 덥지는 않았다. 슬림은 양복 소맷자락으로 얼굴을 문질렀다. 밤새도록 차를 모는 것도 쉬운 일이 아니라고 생각하며 그는 문을 두드렸다. 문지기가 졸린 얼굴로 아침 햇살에 눈을 깜박이며 얼굴을 내밀었다. 슬림은 그 사나이를 밀어젖히고 계단을 올라갔다.
 슬림의 어머니는 계단 위에 서 있었다. 그 얼굴에는 슬림이 여태까지 본 적이 없는 긴장의 빛이 떠올라 있었다. 어머니의 얼굴을 보고 슬림은 걸음을 멈추었다. 윗단에 한쪽 발을 걸친 채, 가늘고 긴 손이 난간을 붙잡고 있었다. 그는 우뚝 서서 얼굴을 들어올리고 어머니를 보았다. 난간을 붙잡은 손에 손등이 하얗게 될 정도로 힘이 주어져 있었다.
 "여자가 달아나고 말았다." 노파가 말했다.
 슬림은 뒤쪽발을 올리지 않고 위로 내디뎠던 발을 도로 끌어 계단 한가운데에 꼿꼿이 섰다. 난간에서 손을 천천히 떼어 권총으로 가져갔다. 어머니는 볼품없는 거대한 동상처럼 서 있었다. 슬림이 외쳤다.
 "그래서 어떻게 되었지요?"
 "로키가 산책하러 데리고 나갔는데 여태까지 돌아오지 않아."
 플린이 홀 입구에서 두 사람을 바라보고 서 있었다. 슬림은 한 걸음 앞으로 내디딘 다음 다시 멈추어섰다. 입가에 하얀 힘줄이 떠오르고 콧구멍이 크게 벌어졌다. 그는 조용히 물었다.

"그래서 어떻게 했지?"

손이 천천히 권총집에서 권총을 빼냈다. 그의 눈이 험악하게 번쩍번쩍 빛나고 있었다.

"내가 어떻게 하겠니? 지금쯤 경찰에 붙잡혀 있을 거다."

그녀는 몸을 조금도 움직이지 않고 입만 움직였다.

"빌어먹을! 당신이 꾸몄겠지……죽였소?"

"로키가 산책하러 데리고 나갔다가 돌아오지 않았다니까 그러는구나." 어머니는 다시 한번 말했다. "생각해 봐라……내가 그런 짓을 했겠냐."

아들의 생각을 다른 방향으로 돌리지 않으면 그가 자기를 쏘아버리리라는 것을 그녀는 잘 알고 있었다. 그 시선이 흔들리고 있었.

플린이 겁에 질린 소리를 질러 그 긴장을 깨뜨렸다.

"윌리엄스를 불러 오겠어."

슬림이 권총을 내렸다.

"없어진 지 네 시간이 되었다고요?"

어머니가 고개를 끄덕였다.

"경관에게 붙잡혔다면 지금쯤 그들이 이리로 몰려왔겠지." 슬림은 비틀거리며 계단을 올라가 벽에 기대섰다. "빌어먹을! 조금 더 머리를 써야 해. 경찰이 아니란 말이야!"

"어젯밤에 로코가 여기에 왔는데, 녀석이 메이시에게 돈을 주는 것을 보았다."

슬림이 움찔했다.

"로코가? 그 녀석이라면 우리에게 해를 끼칠 수 있겠지."

윌리엄스와 플린이 서둘러 들어왔다. 윌리엄스가 온몸을 떨며 말했다.

"여자가 없어졌다고요? 큰일났군."

슬림이 그 쪽으로 눈길을 돌렸다.

"로코가 어젯밤 여기에 와서 메이시에게 돈을 주었다는데, 그 여자에게 물어봐야겠어."

노파는 좀 마음을 놓은 듯했다. 슬림이 조금 더 심하게 야단법석을 떨리라고 생각하고 있었던 것이다.

"슬림, 너하고 플린은 메이시를 붙잡아오너라." 그녀가 위엄을 되찾아 지시했다. "그리고 윌리엄스는 거리에 나가 소문이 어떻게 돌아가고 있는지 알아보고 와."

슬림은 계단을 뛰어내려갔다. 플린이 그 뒤를 따랐다. 윌리엄스는 처량한 듯이 노파를 보며 빠른 어조로 말했다.

"일이 크게 벌어지기 전에 달아납시다. 감당하기 어려워질 겁니다."

노파는 윌리엄스의 윗옷 가슴자락을 붙잡고 흔들었다.

"빨리 가봐! 우리는 모두 함께 뭉쳐 있어. 바보 같은 소리 하지 마! 아직 경찰은 오지 않았고, 이번 일은 아무래도 로코의 짓인 것 같으니까……."

윌리엄스는 부리나케 몸을 돌려 밖으로 나갔다.

슬림은 단숨에 메이시의 아파트로 달려갔다. 플린은 밖에서 기다렸다. 그는 권총 손잡이를 손이 아프도록 꼭 쥐고 있었다. 자기 그림자에도 놀라 쏠 정도로 긴장해 있었다.

메이시는 깊이 잠들어 있었다. 작은 입을 조금 벌리고 가볍게 코를 골며 자고 있었다. 슬림은 발걸음을 죽여 안으로 들어가 그 옆에 서서 내려다보았다. 어두컴컴한 방에서 그의 눈이 번뜩였다. 그는 차가운 손으로 여자의 목을 누르고 힘껏 죄었다. 메이시가 눈을 크게 떴다. 비명이 목구멍까지 나와 있었다. 슬림이 낮은 목소리로 말했다.

"너에게 물어볼 말이 있으니 똑똑히 대답해!"

메이시는 반듯이 누운 채 일그러진 슬림의 얼굴을 올려다보고 있었다. 마치 뱀에게 눈독들이는 개구리 같았다.

"어젯밤 로코가 무엇 때문에 너에게 돈을 주었지?"

메이시는 고개를 저었다. 슬림은 손의 힘을 조금 뺐다.

"로코에게 아무것도 받지 않았어요."

메이시는 울상을 지었다.

슬림은 손바닥으로 여자의 얼굴을 때리며 질문을 되풀이했다.

"로코가 무엇 때문에 너에게 돈을 주었느냔 말이야!"

메이시는 목을 눌린 채 몸부림쳤다. 두 손으로 목에 감긴 손을 잡아떼려고 했다. 그러나 슬림에게 눌리어 그녀는 다리를 버둥거릴 뿐이었다. 슬림은 여자를 다시 때렸다. 여자의 코에서 피가 흘러나오고, 슬림의 손에 피가 묻었다. 메이시는 숨을 할딱거렸다.

"말할게요. 그 사람은 내가 좋아서 주었을 뿐이에요."

슬림은 흰 이를 드러냈다. 증오로 얼굴을 일그러뜨리며 그는 여자에게 고함질렀다.

"그런 말에 넘어갈 줄 알아! 네가 어떤 계집인지 나는 잘 알고 있어. 어서 털어놓아!"

"정말이에요, 거짓말이 아니에요!"

여자는 울기 시작했다.

슬림은 침대 난간에 걸쳐 있는 여자의 양말을 집었다. 한짝을 여자의 입에 쑤셔넣고 또 한짝을 여자의 얼굴에 감아 재갈을 물렸다. 민첩한 솜씨였다. 자기 손수건으로 여자의 두손을 묶고 나자 그는 침대에서 떨어지며 말했다.

"실토하면 용서해 주지."

밖에서는 플린이 왔다갔다하고 있었다. 모자 속에 땀이 흥건이 괴었다. 슬림은 왜 이토록 시간을 끌고 있을까? 그는 문 밖에서 귀를 기울였다. 문의 판자에 귀를 대보았으나 아무 소리도 들리지 않았다. 손잡이를 돌려 문을 열고 방 안을 흘끗 들여다보고는 재빨리 머리를 빼냈다. 혼자 욕설을 지껄이고 있는데, 슬림이 불쑥 문을 열고 나왔다.

"틀림없이 로코가 채갔어! 나는 지금 그놈에게 가야겠다. 이봐, 플린, 저 계집은 너무 많이 알고 있고, 너무 많이 지껄였어. 어느 시골로 데리고 가서 버리고 와! 경찰에서 클럽을 수색할지도 모르니까. 빨리 가봐."

플린은 계단을 뛰어내려가는 슬림을 바라보고 있다가 이윽고 메이시의 방으로 들어갔다. 여자는 침대에 누워 있었다. 플린이 그녀를 잡아일으켰다.

"일어나. 슬림이 너를 용서해 주라고 했어."

그는 여자의 손목을 풀어 주고 재갈도 풀어 주었다.

메이시는 침대에서 두 팔로 가슴을 감싸안은 채 떨고 있었다.

"어서 가자. 옷을 입어. 두목에게 데리고 가야 하니까."

"싫어요, 혼날 거예요." 메이시가 울며 말했다.

플린은 싱긋 웃었다.

"그렇지 않아. 그 여자를 다시 데려오고 싶어서 그러는 거니까. 만일 형사들이 그 여자를 찾아내면 우리는 모두 도망쳐야 해. 두목은 너를 남겨놓으면 위험하다고 생각하여 데려오라고 한 거야."

메이시는 수상쩍은 듯 그의 얼굴을 보며 간신히 말했다.

"그래도 가고 싶지 않아요."

플린은 권총을 빼며 조용히 말했다.

"끝내 말을 듣지 않겠다면 이것을 쏠 수밖에 없지."

메이시는 재빨리 일어나며 불안한 듯이 말했다.

"좋아요, 가겠어요!"

메이시는 서둘러 옷을 입었다. 왜 그런지 두 번 다시 이 방으로 돌아올 수 없을 것 같은 생각이 들었다. 모자를 쓰고 나자 그녀는 그 자리에 쓰러질 것만 같았다. 계단을 내려갈 때도 플린이 부축해 주어야만 했다. 남의 눈을 끌지 않도록 플린은 빠른 걸음으로 거리를 가로질러 자동차 있는 곳으로 갔다. 여자는 그 옆에 앉아 떨고 있었다. 그는 앞의 한길을 바라본 다음 고개를 뒤로 돌려 뒷창으로도 내다보았다. 그는 여자를 보면서 손가락으로 자동차 천장을 가리키며 물었다.

"아니, 저게 무엇이지?"

여자가 얼굴을 들자 플린은 그 턱을 때렸다. 앞으로 엎어지는 여자를 자동차 바닥에 밀어넣었다. 한무리의 남자들이 옆의 인도를 지나갔으므로 플린은 세단의 엔진을 걸고 방향을 크게 돌려 교외를 향해 달려갔다.

로코는 수화기를 내동댕이치듯 놓았다. 존 블랜디시의 행방을 찾기 위해 거의 한 시간이나 허비하고 말았다. 그런 일은 없으리라고 믿으면서도 역시 그는 성가시게 될는지 모른다는 생각이 들었다. 긴의자에 앉아 있는 미스 블랜디시를 보았다. 이 여자는 조금도 협력하려고 하지 않았다. 그녀는 여전히 신문을 뒤적거리면서 사회면의 낡은 기사를 읽고 있었다. 그 손이 몹시 떨려 신문을 카펫 위에 펴놓고 두 손을 발 밑에 넣어 눌러야만 할 정도였다. 끊임없이 고개를 꿈틀거리고 있는 그녀의 모습을 보고 있노라니 로코는 초조해지기 시작했다. 그는 장황하게 말했다.

"이봐요, 아가씨. 나는 당신을 도와주려는 거란 말이오, 모르겠소? 대체 어떻게 하면 좋지? 당신 아버지는 이 부근 어딘가에 와

계실 텐데, 알 만한 곳에 모두 전화를 걸어 보아도 찾을 수가 없어. 어디 짚이는 데는 없소?"

미스 블랜디시는 그의 말이 귀에 들어오지 않는 모양이었다. 로코가 그녀 옆으로 다가가 그 팔을 두드리며 말했다.

"제발 어떻게 좀 해보라니까……"

그녀는 로코가 말을 끝맺기 전에 깜짝 놀라 뒤로 물러나며 심한 어조로 말했다.

"만지지 말아요."

"알았소!" 로코는 달랬다. "너무 겁내지 말아요. 나는 당신 아버지를 찾아주려고 하는데 생각을 좀 해봐요!"

그녀는 로코의 얼굴을 쳐다보더니 주먹으로 자기 무릎을 때리며 큰소리로 말했다.

"안돼요, 그만두세요!"

로코는 어찌할 바를 몰랐다.

"이런 곳에서 달아나고 싶지 않소? 아버지를 만나고 싶지 않느냔 말이오!"

미스 블랜디시는 울기 시작했다. 그녀는 처량하게 고개를 저으며 마치 아픔으로 몸부림치듯 몸을 좌우로 흔들었다.

"나를 가만히 내버려두세요, 제발!"

로코는 머리카락을 쥐어뜯으며 소리질렀다.

"어떻게든 해야 한단 말이오! 이대로 있으면 이제 곧 그 갱들이 몰려올지도 모르오."

그녀는 벌떡 일어나 출입문으로 달려가더니 손잡이를 붙잡고 째지는 듯한 목소리로 외쳤다.

"열어줘요! 나를 놓아줘요!"

주먹으로 문을 쾅쾅 두드리기 시작했으므로 로코는 그녀를 잡아끌었다.

"침착해요!" 로코는 필사적으로 말렸으나 그녀는 그의 손에서 빠져나가 다시 출입문으로 달려갔다. 로코는 혀를 차며 다시 한 번 그녀를 긴의자로 끌어다 앉혔다. 그녀가 또 비명을 지르려고 입을 벌리자 로코는 그 입을 때렸다. 그녀가 그의 손을 물었다.

"그만둬! 그만두라니까!"

여자는 힘을 빼고 축 늘어져 긴의자에 누워버렸다.

"당신이 날뛰기 때문에 이러는 거요. 대체 어떻게 하려고 이러지?"

그녀는 떨면서 누워 있었다. 그 눈이 방 안을 휘둘러보고 있었다.

"경찰을 불러야겠군. 시간을 허비할 수 없으니까."

로코가 불쑥 말했다.

"안돼요! 그만두세요!" 그녀는 다시 날뛰기 시작했다.

"닥쳐!"

로코는 윽박지르며 그녀를 거칠게 떠밀고 일어섰다. 그는 여자를 내려다보며 다시 수화기를 들었다. 다이얼을 돌리려는데 그녀가 홱 달려들었다. 로코가 몸으로 그녀를 밀치자 그녀는 균형을 잃고 바닥에 쓰러졌다. 그녀의 손이 전화줄을 움켜쥐었다. 로코가 소리쳤다.

"놓아! 그 손을 놓으라니까……빌어먹을! 두들겨패기 전에 빨리 놓아!"

그녀는 온 몸의 무게를 걸고 전화줄을 잡아당겼다. 전화의 상대가 나오는 순간 전화줄이 끊어졌다. 로코는 그녀를 노려보며 쓸모없게 된 수화기를 바닥에 내동댕이치고 외쳤다.

"바보!"

그녀는 겁에 질린 창백한 얼굴로 그 곁에서 달아났다. 로코가 소리질렀다.

"빌어먹을! 머리가 돌아버렸군. 난 여기서 달아나야겠어. 너 따위는 어떻게 되든 이제 모르겠으니 그리 알아. 곧 슬림이 올 텐데 틀림없이 넌 또 혼날 거야!"
"그 사람이 올 때까지 여기 있어줘요!" 그녀가 말했다.
"뭐라고? 그럼……." 로코는 그 이상 말을 할 수가 없었다. 그는 투덜거리며 문으로 갔다. "빨리 가. 늦기 전에 말이야." 그는 문 앞에서 걸음을 멈추었다.
"그놈에게 들켜서 끌려가기는 싫겠지?"
그녀는 힘없이 고개를 끄덕였다.
"하지만 별수 없어요. 틀림없이 그 사람은 올 거예요……. 당신은 몰라요. 나는 이제 아버지를 만날 수 없어요……이렇게 되어버렸으니까. 이젠 아무도 만날 수 없어요."
그녀는 앞뒤로 몸을 흔들며 울기 시작했다.
로코는 다시 그녀 옆으로 다가갔다. 올리브 빛 얼굴에 땀이 배어나왔다.
"그런 말 말아요." 로코는 무뚝뚝하게 말했다. "대체 그게 무슨 뜻이오? 어째서 아버지를 만날 수 없다는 거지? 바보 같은 소리 말아요." 그는 지겨운 듯이 혀를 찼다. "마음대로 해봐. 나는 그만 손을 뗄 테니! 정말 진땀나는군. 이제 나는 그만 가봐야겠소."
그녀는 출입문으로 달려가 기대섰다. 그 눈이 미친 듯이 로코를 쏘아보고 있었다.
"가지 말아요! 그 사람을 만나야만 해요."
"천만에!"
로코는 그녀를 거칠게 떠밀고 문 앞으로 가서 열쇠구멍에 열쇠를 꽂았다.
미스 블랜디시가 갑자기 가벼운 의자를 들어올려 로코의 뒤통수를 내리쳤다. 로코는 한대 맞고 비틀거렸다. 그녀는 다시 의자를 내리치려고 했으나, 이번에는 로코가 문 앞에서 얼른 물러났다. 로코는 머리를 두 손으로 움켜쥐고 눈에서 튀는 불꽃을 없애려고 애썼다. 열쇠는 지금 그녀의 손에 쥐어져 있었다. 로코는 흐릿해진 눈으로 비틀거리며 그녀 쪽을 향해 다가갔다. 여자는 날렵하게 그의 손에서 빠져나갔다. 열려 있는 창문으로 그녀가 열쇠를 내던지는 것이 로코의 눈에 보였다. 갑자기 그는 두 손으로 머리를 만져보았다. 여자는 지금 그에게서 한껏 떨어져 벽에 기대선 채 뭐라고 중얼거리고 있었다.
"그런 짓을 하다니, 죽여버리겠어!" 로코가 나직이 말했다.
맨틀피스 위의 시계가 8시를 쳤다. 로코는 온몸에서 땀이 배어나오고 있음을 느꼈다. 권총을 꺼내 탄창을 열어보았다. 그는 미스 블랜디시를 노려보고는 어깨를 움찔했다. 이 여자는 머리가 돌아버린 것이다. 일어나 창 밖을 내다보았다. 저 밑에서 자동차 오가는 것이 보였다. 갑자기 로코는 움찔하며 돌아섰다. 확실히 궁지에 몰리고 만 것이다.
만일 누군가가 문을 뚫고 들어오면 이 여자는 로코를 배반하고 그가 납치범이라고 주장할지도 모른다. 그리고 만일 이대로 있으면 틀림없이 슬림이 올 것이다. 슬림은 가차없이 총을 쏘아대며 들어올 것이다. 그는 문으로 가서 찬찬히 자물쇠를 살펴보았다. 그는 달리 어떻게 할 방법이 없음을 알았다. 그 자물쇠는 로코 자신이 장치한 것으로 까다롭기 짝이 없는 물건이었다. 그는 긴의자 쪽을 돌아다보았다.
"정말 한심하게 됐군. 어떻게든 해야겠는데, 큰일이군. 지금 이 자물쇠를 부수면 사람들이 많이 몰려들겠지. 여기는 조그만 소리만 나도 구경꾼들이 우르르 몰려드는 곳이니까. 그런데 사람들이 모여들면 뭐라고 말할 생각이지?"

"아무와도 만나고 싶지 않아요." 그녀가 말했다.

"이봐, 그레타 가르보 같은 연극은 그만하고, 눈을 좀 크게 뜨고 사태를 보란 말이야." 로코가 초조하게 말했다. "나는 여기서 빨리 나가야겠어. 슬림이 오지 않으면 평생 여기 있을 작정인가?"

"슬림은 틀림없이 와요."

로코가 일어서서 그녀 곁으로 가자 그녀는 움찔하며 달아났다. 그는 애써 침착한 목소리로 말했다.

"당신의 머리가 어느 정도 돌았는지 모르지만 자신이 누구인지는 알고 있겠지? 글리슨에게 납치당한 것도 알고 있겠지? 마약에 중독된 것도 알고 있겠지?"

그녀는 계속 고개를 끄덕이며 풀죽은 표정으로 로코를 바라보고 있다가 얼굴을 찡그리며 울기 시작했다.

"울지 말아요, 울어도 소용이 없으니까." 로코가 초조하게 말했다. "당신은 마약 때문에 머리가 조금 돌아버렸어. 그래서 자기가 어떻게 하면 좋을지도 모르고 있는 거요. 내가 글리슨의 손아귀에서 구출해 주었어. 이제부터 아버지에게 데려다주고 싶은데, 좋지 않아? 아버지는 당신이 돌아가면 아주 기뻐할 거야. 모든 일이 잘되어 아버지를 만나게 되면 내가 어떻게 구출해 주었는지 이야기해 달란 말이야. 알았지?"

주방문이 조용히 열리는 것이 로코의 어깨 너머로 그녀의 눈에 띄었다. 그녀는 눈을 동그랗게 떴다. 문이 차츰 열리고 있었다. 슬림은 땀에 흠뻑 젖어 있었다. 그는 주방용 수동 엘리베이터로 1인치씩 천천히 올라왔던 것이다.

"알겠지?" 로코가 되풀이했다.

그도 이번에는 여자의 대답에 주의를 기울이지 않았다. 슬림이 등 뒤에 나타났음을 알았으나 돌아다볼 수가 없었다. 이런 일에 손대지 않았더라면 자기의 운명은 어떻게 되었을까 하고 로코는 생각해 보았다. 무엇 때문에 이런 여자에게 손을 대었담? 로코는 아직 죽고 싶지 않았다. 어쨌든 슬림이 하는 방식으로 살해당하고 싶지는 않았다. 그는 전에 슬림의 나이프를 본 적이 있었던 것이다. 그는 갑자기 몸속의 근육에서 힘이 빠져나감을 느꼈다. 강철의 날이 모든 것을 앗아가 버리고 있었던 것이다.

에디는 의자에 앉았다. 입에 담배를 축 늘어지게 물고 방 안을 무서운 기세로 걸어다니며 안나의 말에 귀를 기울이고 있었다. 금방이라도 울화통이 터질 것 같았다.

빨간 잠옷을 입고 머리를 흩뜨린 안나가 우뚝 서서 에디에게 소리를 지르고 있었다. 에디는 입을 굳게 다물고 눈을 반쯤 감은 채 그녀를 노려보고 있었다.

"그리고 그뿐이 아니에요. 이젠 이 거리에서 떠나야 할 때가 왔어요. 이런 거리에 더 있다간 나는 돌아버리고 말 것 같아요. 대체 내가 어떻게 되겠어요? 평생 이런 고장에서 매일 밤 시시한 스트립이나 추며 살고 싶은 줄 아세요? 나도 한 번쯤은 꽃을 피워 보고 싶단 말이에요. 듣고 있어요? 그리고 말해 두지만, 당신의 그 고약한 패거리에게 시시한 소리나 들어가며 사는 것은 이젠 참을 수가 없어요······."

에디는 얼굴을 찌푸리며 닥치라고 윽박질렀다.

"그만 해! 내가 여기서 조금 쉬면 안 된단 말인가? 그야 당신도 언젠가는 햇빛을 볼 날이 있겠지. 캉캉 춤을 추는 여자들은 모두 그런 생각을 하고 있으니까."

안나는 탁자를 주먹으로 두드렸다.

"좋아요. 당신 마음대로 생각하세요. 제법 큰소리를 치는군요. 이래봬도 나는 혼자 힘으로 살아갈 수 있단 말이에요! 당신은 그런 시시한 여자들이나 차례로 상대하고 살아요. 나는 이제 질색이니까요. 오늘이 마지막이에요."
에디는 벌떡 일어서더니 태연하게 말했다.
"너는 요즘 너무 우쭐대고 있어. 아무래도 머리를 좀 식혀줘야 할 때가 온 것 같군."
안나가 소리쳤다.
"그런 말 하지 말아요. 내가 당신을 무서워할 줄 알아요? 하찮은 조무래기 주제에! 당신 패거리들도 모두 다 같아요! 라일리는 당신보다 훨씬 거물이었어요!"
에디는 웃었다. 웃음을 참을 수가 없었다. 그는 안나 앞에 막아서며 말했다.
"그 말이 맞아. 그 녀석은 지금 어디 있지?"
안나가 무서운 기세로 말했다.
"큰돈을 벌어가지고 느긋하게 쓰고 있겠지요. 당신 따위는 어림도 없는 그런 생활을 하고 있을 거예요."
에디는 다시 껄껄 웃었다. 라일리가 어떻게 묻혀 있는지 알면 안나도 우습다고 생각할 수는 없으리라.
"안나, 그런 일은 잊어버려요. 우리는 요즈음 너무 다투기만 하고 있어."
안나는 불같이 화가 나서 얼굴을 돌리며 내뱉듯이 말했다.
"당신은 아무 일도 하지 않고 그대로 가만 있을 작정이에요? 나는 이제 당신이 싫단 말이에요."
에디는 어깨를 으쓱하며 냉정하게 말했다.
"싫으면 다른 데로 가지그래. 지금 당신이 하고 있는 일 따위를 하고 싶어하는 닳고닳은 여자는 얼마든지 있으니까. 당신이 간다고 해도 눈 하나 깜짝하지 않아."

안나는 살쾡이 같은 기세로 몸을 돌리며 새된 소리로 울부짖었다.

"내가 닳고닳은 여자라고?"

안나는 에디의 얼굴을 내리쳤다. 그의 입술에서 피가 배어나왔.

에디의 눈이 번쩍 빛났다. 그는 그녀를 안다시피하여 곧장 욕실로 들어가 안나를 빈 욕조 속에 집어던졌다. 엉겁결에 그녀가 손으로 머리를 감싸쥐었으므로 부딪치지 않은 것은 머리뿐이었다.

에디는 샤워 코드를 잡아당기고 한 걸음 뒤로 물러섰다. 차가운 물이 줄기차게 그녀에게 쏟아졌다.

"머리가 조금은 식을 거야."

거칠게 숨을 쉬며 에디는 욕조에서 날뛰는 안나를 남겨둔 채 나왔다.

문을 잠가버리고 그는 안나의 비명 소리에 냉정하게 귀를 기울이며 서둘러 모자를 쓰고 코트를 입었다. 안나는 문을 두드리며 그에게 욕을 퍼붓고 있었다. 나갈 준비를 마치자 그는 열쇠구멍에서 열쇠를 빼내 문 밑으로 그녀에게 밀어주었다. 그리고 아파트에서 나가버렸다.

안나가 욕실에서 뛰어나와보니 이미 에디는 없었다. 노여움으로 온몸을 부르르 떨고 바닥에 물방울을 떨어뜨리며 그녀는 한참 동안 그 자리에 서 있다가 마침내 잠옷을 벗고 타월을 가지러 욕실로 돌아갔다. 그리고 급히 옷을 입었다. 이것으로 에디와는 끝이라고 마음 속으로 다짐했다. 서랍마다 열고 자기 물건을 마구 집어내어 침대 밑에서 두 개의 슈트케이스를 꺼내 그 속에 챙겨넣었다. 핸드백을 열어 안을 들여다보았다. 지폐뭉치를 보자 기분이 그다지 나쁘지 않았다.

피트에게 가면 잘 돌아와주었다고 환영할 것이다. 슈트케이스의 뚜껑을 닫고 무릎으로 누르며 자물쇠를 잠갔다.

이때 느닷없이 초인종이 울려 그녀는 깜짝 놀라 일어났다. 한순간 열어줄까말까 망설였으나 어깨를 움찔하고는 문 앞으로 가서 문을 잡아당겼다.
 블레넌과 두 사나이가 거기에 서 있었다. 안나는 섬뜩했다. 세 사나이가 경찰관이라는 것을 한눈에 알아볼 수 있었던 것이다.
 블레넌이 미소지으며 말했다.
 "안나, 할 말이 있어서 왔소."
 그녀는 얼른 문을 닫으려고 했으나 블레넌은 이미 밀고 들어왔고, 나머지 두 사람도 이어서 들어왔다.
 "무슨 용건이지요? 나는 아무 잘못도 하지 않았을 텐데요?"
 안나가 퉁명스레 물었다.
 "그야 그렇지." 블레넌이 말했다. "본서에 가서 두세 가지 당신에게 물어보고 싶은 것이 있소. 형식적인 질문에 불과하니까, 염려 말아요."
 안나는 두 손을 허리에 댔다.
 "시시한 농담은 그만하시지. 나는 바빠요."
 "안나, 그렇게 애먹이지 말고……."
 블레넌이 사정하듯 말했다.
 "밖에 차를 세워놓았으니까 시간은 그리 걸리지 않을 거요."
 "못 간다고 하지 않았어요!"
 안나는 쌀쌀맞게 말했다.
 블레넌은 다른 두 사람을 보며 침실 쪽을 향해 턱짓했다. 한 사람이 권총을 빼들고 침실로 들어갔다. 에디가 침실에 있으리라고 생각하는 모양이었다. 그 사나이가 돌아와 불쑥 말했다.
 "옮길 참이었나 봅니다."
 블레넌은 모자를 들어올렸다가 깊숙이 쓰며 조용히 물었다.
 "여행을 떠나려고 했나?"

"일주일에 한 번씩 하는 세탁물이에요."

블레넌은 굵은 손으로 팔짱을 꼈다.

"어서 가지, 거칠게 다루기 전에."

안나는 조금 뒷걸음질쳤으나 이윽고 어깨를 으쓱하더니 투덜거렸다.

"좋아요, 가겠어요, 하지만 빨리 끝내 주세요."

네 사람은 한덩어리가 되어 엘리베이터를 탔다.

자동차 안에서 안나는 잔뜩 화가 나 있었다. 블레넌이 명랑하게 요즈음의 야구시합에 대한 이야기를 했으나 그녀는 대답도 하지 않았다. 경찰서 앞에 이르자 블레넌은 겨우 마음을 놓았.

모두들은 큰 방으로 들어갔다. 페너가 거기에 앉아 담배를 피우고 있었다. 그는 안나에게 손을 흔들어보였다. 안나는 방 한가운데 우뚝 섰다. 그녀의 눈초리는 무시무시했다.

"왜 그러시오, 미인 아가씨? 다시 만나자고 했잖소?"

페너가 가볍게 말을 걸었다.

안나는 블레넌 쪽으로 몸을 홱 돌렸다.

"어떻게 된 거지요? 저 남자는 누구예요?"

"어서 편히 앉기나 하시지." 블레넌이 웃으며 말했다.

안나는 앉았다. 두 손으로 핸드백을 꼭 쥐고 있었다.

페너가 말했다.

"잘 오셨소. 길게 끌지는 않겠소. 당신이 들으면 기뻐할 만한 이야기가 있소."

"왜들 이러세요?"

안나는 경관들에게 물었으나 그들 역시 재미있는 듯한 얼굴로 앉아 있을 뿐이었다.

페너가 말했다.

"간단히 이야기하겠소. 우리는 미스 블랜디시 납치사건을 수사하고 있소. 처음에 그녀를 납치한 것은 당신의 애인 라일리였지. 여기까지는 당신도 알고 있으니 길게 말하지 않겠소. 당신이 모르고 있는 사실은 글리슨이 그것을 알고 놓치기 아까운 일이라고 생각한 끝에 라일리의 눈 앞에서 그 여자를 빼앗았다는 것이오.

당신의 지금 애인 에디도, 그 일당의 다른 녀석들도 모두 이 일에 가담했지. 라일리는 어떻게 되었는지 아오 ? 라일리가 행방을 감춘 다음부터 당신은 그 점을 이상하게 생각했을 거요. 라일리가 블랜디시의 딸에게 반해서 당신으로부터 달아났다고 생각하고 당신은 화가 나서 글리슨 일당과 손을 잡았겠지만, 그동안 그들은 그 여자를 감쪽같이 감추고 당신을 봉으로 삼고 있었단 말이오. 에디로서는 무척 재미있었을 거요."

안나는 꼼짝 않고 앉아 있었다. 머릿속이 빙빙 돌아갔다. 마침내 그녀가 말했다.

"그것이 어떻단 말이에요 ? 그것이 정말이라 하더라도 어떻다는 거지요 ?"

페너는 블레넌의 얼굴을 쳐다보았다. 그가 방의 오른쪽에 있는 작은 문을 보며 고개를 흔들어보이자 블레넌은 머리를 끄덕이며 문 옆에 서 있는 경관에게 말했다.

"보그 양에게 증거를 보여주게."

"이쪽으로 오시지." 경관이 이죽거리며 말했다.

안나가 수상쩍은 듯이 말했다.

"왜 이러세요 ? 나는 아무것도 보고 싶지 않아요. 무엇을 보여주겠다는 거지요 ?"

그러나 갑자기 그녀는 짚이는 것이 있는지 파랗게 질렸다.

페너는 의자 위에서 몸을 젖혔다.

"가봐요. 당신이 보고 싶어하는 것이 있을 테니. 어서……기다리겠소."

"무엇을 찾아냈단 말이지요?"

안나의 숨결이 빨라졌다.

페너가 미소지으며 말했다.

"두려워할 건 없소. 가서 보고 와요."

안나는 다리를 끌다시피하며 경관과 함께 천천히 갔다. 페너가 블레넌에게 말했다.

"잘될 겁니다."

갑자기 안나의 비명 소리가 들려왔다. 페너도 블레넌도 꼼짝하지 않았다. 페너는 연필을 만지작거리고 있었다. 드디어 이제부터가 신중히 해야 할 단계인 것이다.

안나는 비틀거리며 돌아왔다. 공포로 얼굴이 일그러져 있었다. 페너가 그 옆으로 다가가 마음을 가라앉히라고 말하며 안나를 의자에 데리고 가서 앉혔다.

그녀는 그대로 앉아 한참 동안 떨고 있다가 이윽고 얼굴을 들며 소리쳤다.

"몹쓸 인간!"

페너는 그녀의 얼굴을 찬찬히 바라보았다.

"물론 안됐다고는 생각하오. 보아서 확실히 기분좋은 것은 아니니까."

안나는 두 손으로 얼굴을 가렸다. 페너는 그녀의 속이 언짢아졌나 하고 염려했으나, 그녀는 괜찮았다. 페너는 열심히 말하기 시작했다.

"일이 그렇게 되었던 거요. 그 여자를 빼앗기 위해 슬림이 나이프로 라일리를 죽였단 말이오. 그리고 조니네 은신처에 묻었소. 50만 달러와 여자를 손에 넣고 죄는 죽은 사람에게 뒤집어씌운 셈이지.

슬림으로서는 정말 멋들어진 일이었을 거요. 더구나 당신이 에디와 손을 잡았으니 이렇게 좋은 일이 또 어디 있었겠소! 에디는 자못 배를 움켜쥐고 웃었을 거요. 그들은 여자를 가로채고 몸값도 받았으며, 또한 에디는 당신을 손에 넣었으니까. 당신은 그런 돈이 있다는 것도 몰랐겠지. 에디가 자기 몫으로 10만 달러나 받았다는 사실을 말이오. 당신은 매일 밤 에디와 만나 웃고 떠들었겠지만.

그건 그렇고, 지금 당신이 그 생쥐 같은 녀석들에게 보복할 수 있는 좋은 기회가 왔소. 우리는 그들의 그 강철 요새 같은 클럽으로 쳐들어가고 싶은데, 당신이라면 우리를 안내할 수 있으리라고 생각하오. 우리는 블랜디시의 딸이 거기에 있는지 어떤지 아직 모르므로 당신이 그 점을 확인해 주었으면 좋겠소. 만일 거기에 있다면 살려서 구출해 내고 싶소. 우리는 그들이 총을 쏠 틈이 없을 정도로 불시에 습격하고 싶단 말이오. 그리고 우리는 당신에게 사례도 하겠소. 그들과 손을 잡은 것은 눈감아 주기로 하고 천 달러를 줄 테니, 어디든 갈 수 있지 않겠소?"

안나는 창백한 얼굴로 눈만 반짝이며 앉아 있었다. 똑같은 혼잣말을 몇 번이나 중얼거리고 있었다. 페너는 그녀의 노여움이 타오르는 것을 가만히 지켜보고 있었다.

불쑥 그녀가 말했다.

"그놈들에게 복수해야겠어요. 하지만 당신들을 위해서가 아니에요. 나는 이래봬도 사람을 경찰에 팔아넘긴 적도 없고, 새삼스럽게 그런 짓을 하고 싶지도 않아요."

페너는 그녀 옆으로 다가가서 책상 위에 걸터앉았다.

"혼자 그런 짓을 하면 자칫하다가는 위험하게 되오. 무엇 때문에 그런 위험한 짓을 하려는 거요? 천 달러를 받기도 하고, 우리가 그 녀석들을 처벌하는 것을 느긋하게 앉아 볼 수도 있을 텐데. 생각 좀 해보오. 그놈들은 지금 거기에 한 여자를 가둬두고 있는데, 당신이 그런 처지에 놓인다면 어떻겠소?"

안나는 씁쓰레한 얼굴로 모두들을 바라보았으나 아무 말도 하지 않았다.

페너는 한 번 더 설득해 보았다.

"머리를 써야 하오. 이것은 당신으로서 매우 이로운 이야기가 아니오? 우리가 알고 싶은 것은 이런 것이오. 어떻게 하면 그 건물 안으로 무사하게 들어갈 수 있을까? 어디로 들어가면 되는가? 이 점만 가르쳐주면 당신은 자유의 몸이 된단 말이오."

"경찰관 따위야 어떻게 되든 나는 상관없어요."

안나의 대답은 그 뿐이었다. 페너는 블레넌의 얼굴을 흘끗 보았다. 시간만 헛되이 보낼 뿐 아무 성과가 없다. 페너는 블레넌 옆으로 가서 그의 팔을 붙잡아 안나에게 들리지 않는 곳으로 데리고 가서 나직한 목소리로 말했다.

"저 여자의 입을 열게 해야겠으니 부하를 데리고 잠깐 자리를 비켜주시오."

블레넌은 의아한 표정을 지었다.

"어떻게 할 생각이지요?"

페너는 블레넌의 가슴을 가볍게 두드렸다.

"부하를 데리고 여기서 나가주시오. 모든 걸 나에게 맡기고."

블레넌은 고개를 끄덕이며 문 쪽으로 갔다. 부하들에게 턱짓을 해 보이자 그들도 곧 방에서 나갔다. 페너는 선 채 안나의 얼굴을 보았다. 뾰로통하니 쌀쌀맞은 얼굴을 하고 있었으나, 페너는 마음먹은 대로 되리라 확신하고 있었으므로 여유있게 웃을 수가 있었다.

그는 낮은 목소리로 말했다.

"라일리는 넉 달 전에 죽었소. 날짜도 정확히 알고 있지. 그런데 그 바로 뒤에 팔레스 호텔에서 살인사건이 있었소. 헤이니가 총에 맞아죽은 것을 당신도 기억하고 있을 거요. 범인은 라일리라고 생각되고 있지만 죽은 사람이 총을 쏘았을 리 없지. 총알은 소구경 권총에서 쏘아진 것으로, 여자가 흔히 쓰는 거였소. 당신은 그때 헤이니와 같은 호텔의 같은 층에 묵고 있었소. 그리고 당신은 그무렵 라일리에게 깊이 빠져 있었소. 당신의 소중한 애인을 경찰에 밀고한 것은 틀림없이 헤이니였겠지요? 어떻소. 이러한 사실을 바탕으로 대답 좀 해보시지."
안나는 눈을 긴장시키고 있더니 이윽고 그 눈을 내리뜨며 말했다.
"공연히 사람 잡지 말아요."
"경찰에서는 아직 거기까지 짐작하지 못하는 듯하오. 하지만 나는 알고 있소. 당신이 나에게 협조하느냐 어떠냐에 따라 나도 헤이니 살해사건을 블레넌에게 알릴 수도 있고 덮어둘 수도 있소. 당신이 협조만 해준다면 이 점에 대해서는 입을 다물고 있을 수 있소. 헤이니 따위는 아무래도 상관없으니까. 내가 찾고 있는 것은 미스 블랜디시뿐이오. 내가 알고 싶은 것을 이야기해 주기만 하면 나는 그 사건에 대해 아무 말 하지 않겠소. 블레넌도 바쁜 사람이니만큼 당분간은 그 사건을 들먹거리지 않을 거요. 아무튼 블랜디시가 주는 천 달러를 가지고 달아날 수 있는 좋은 기회란 말이오. 어떻소?"
안나는 조금 생각한 다음 물었다.
"대체 나더러 어떻게 하란 말이지요?"
페너는 작게 한숨을 쉬었다. 겨우 이야기가 궤도에 오른 것이다.
"지금 곧 클럽으로 가서 미스 블랜디시가 있는지 없는지 알아봐주시오. 나도 함께 가서 밖에서 기다리겠소. 그녀가 있는지 없는지 우리로서는 꼭 알아야 하오. 그녀가 어디 있는지도 모르고 그 집에 폭탄을 던질 수는 없으니까. 해주겠소?"

"내가 어떻게 그런 일을 하지요? 그들은 지금 그 여자를 철저하게 숨기고 있을 텐데 내가 찾아다니면 그들이 가만 있을 것 같아요?" 하고 안나가 물었다.

페너는 일어섰다.

"아무튼 해봐야 하오. 시간이 없으니 빨리 갑시다."

그는 거칠게 그녀를 데리고 방에서 나갔다.

한길로 나가자 페너는 안나를 혼자 앞세워 걸어가게 했다. 헤어지기 전에 그는 말했다.

"알겠소? 서둘러야 하오. 들어가거든 곧 알아보고 빨리 나와 모퉁이에서 기다리고 있을 테니 나에게 알려주시오."

여러 번 노크하자 겨우 문지기가 내다보는 작은 창을 열었다. 문을 열어주기 전에 조금 주저하다가 하는 수 없이 열었다. 안나는 곧장 계단을 올라갔다. 그녀는 거기서 텅 빈 식당에서 나오는 글리슨 노파와 마주치고 말았다. 노파는 안나의 모습을 보자 얼굴을 긴장시키고 멈추어서며 쌀쌀하게 물었다.

"대체 이런 시간에 뭣하러 왔지?"

안나는 섬뜩했다. 노파가 이처럼 무서운 얼굴을 짓는 것은 처음 보았기 때문이다. 그녀는 태연하게 말했다.

"에디와 다투었는데, 여기 오지 않았나 해서요. 안 왔나요?"

노파는 고개를 저었다.

"안 왔어. 나는 지금 바빠."

노파는 그대로 사무실 쪽으로 가버렸다. 바로 이때 윌리엄스가 다급하게 계단을 올라왔다. 창백한 얼굴로 땀을 뻘뻘 흘리고 있었다. 안나는 눈이 휘둥그레지며 그를 보았으나, 그는 안나를 거들떠보지도 않고 노파의 뒤를 따라 곧장 사무실로 들어가버렸다. 사무실 문이 닫했다. 안나는 우뚝 서버렸다. 대체 무슨 일이 생겨서 모두들 저럴까.
 몹시 긴장된 분위기였다. 안나는 어떻게 하면 좋을지 몰라 조금 주춤거렸다. 먼저 마음을 가라앉혀야만 할 것 같았다. 그녀는 몸을 돌려 계단을 뛰어올라갔다. 계단 꼭대기에 이르자 숨결이 가빠졌다. 걸음을 멈추고 난간 너머로 아래의 접수실을 내려다보았다. 노파와 윌리엄스는 아직 사무실 안에 있었다. 안나는 그대로 복도를 걸어 맨 끝방으로 갔다. 빗장이 걸려 있는 이 방에 대해 그녀는 여태껏 한 번도 관심을 가져본 적이 없었다. 에디가 창고라고 했으므로 그 말을 그대로 믿고 있었던 것이다. 문이 반쯤 열려 있었다. 그 안을 들여다보고 그녀는 바짝 긴장했다.
 틀림없이 이 방은 그 여자가 갇혀 있던 곳인 듯했다. 어떤 방법에 의해서인지는 모르지만, 그들은 그녀를 클럽 밖으로 끌어낸 것 같았다. 안나는 눈을 가늘게 뜨고 생각했다. 페너에게 알려야겠다. 페너의 제안을 받아들여 빨리 달아나는 것이 상책이다. 비열한 녀석들. 한 입 가지고 두말하는 생쥐 같은 녀석들! 안나는 몸을 돌려 복도를 뛰어갔다. 계단 위에서 잠깐 멈추어섰다. 노파가 아래 홀에 서서 올려다보고 있었던 것이다. 안나의 몸은 얼어붙는 듯했다. 노파의 얼굴에는 아무 표정도 없었으나 작은 눈이 무섭게 반짝이고 있었다.
 "돌아가라고 했을 텐데?"
 "에디를 찾고 있었어요." 안나는 중얼거렸다.
 정신을 가다듬어야 한다고 생각했다. 노파의 얼굴에서 눈길을 떼지 않은 채 그녀는 계단을 내려가기 시작했다. 중간쯤에 이르자 그녀는 용기가 없어져 멈추어선 채 떨리는 목소리로 말했다.
 "정말 에디를 찾고 있었어요."
 윌리엄스가 사무실에서 나와 노파와 나란히 서서 안나를 뚫어지게 쳐다보았다.

"어디에 가려고 하지?" 노파가 물었다.

윌리엄스가 갑자기 노파의 팔에 손을 얹으며 낮은 목소리로 말했다.

"이 여자는 알고 있어요."

안나는 그 말을 듣고 얼굴에서 핏기가 싹 가셨다. 그녀는 더듬거리며 말했다.

"나는 아무것도 몰라요. 그게 무슨 뜻이지요?"

"너는 아무 데도 가지 말고 여기 있어야 해!"

"알았어요, 여기 있겠어요." 하고 안나는 고개를 끄덕였다.

밖에서는 페너가 초조하게 기다리고 있었다. 1분 1분 시간이 지나감에 따라 흥분이 더해졌다. 실수한 모양이라고 그는 생각했다. 안나가 배신했거나, 아니면 실수했거나 둘 중의 하나일 것이다. 그도 글리슨 일당이 만만치 않은 상대라는 것은 잘 알고 있었다. 오랫동안 서서 기다리다가 그는 직접 행동해야겠다고 생각했다. 살짝 자동차 있는 데로 돌아가 그는 안나의 아파트로 차를 몰았다.

미스 블랜디시는 로코가 바닥에 쓰러지는 것을 물끄러미 바라보고 있었다. 두 주먹을 집어넣을 수 있을 만큼 크게 입을 벌리고 있었다. 로코는 반들반들한 바닥에 털썩 무릎을 꿇고 두 손을 벌린 채 잠깐 동안 그 자세로 있다가 마치 헤엄치듯 두 손을 벌리며 앞으로 고꾸라졌다. 바닥에 코를 박아 살가죽이 벗겨지며 길게 몸을 뻗었던 것이다.

슬림은 그 옆에 우뚝 서서 냉정하게 내려다보았다. 피투성이가 된 나이프를 손 끝에 축 늘어뜨리고 있었다. 한참 동안 그렇게 서 있더니 이윽고 미스 블랜디시에게로 눈길을 돌렸다. 그녀는 겁에 질려 몸을 움찔했다. 슬림이 말했다.

"함께 돌아가자."

그녀는 쓰러진 로코를 보지 않으려고 얼굴을 돌렸다. 피는 조금도 흐르지 않았다. 어째서 피가 흐르지 않는지 알 수 없었다. 그녀는 로코에게 일어나라고 말하고 싶었다. 그런 곳에 쓰러져 있는 것이 몹시 바보스럽게 여겨졌던 것이다. 슬림은 나이프에 묻은 피를 로코의 윗옷에 닦았다. 연한 회색 윗옷이었다. 슬림은 창가로 가서 한길을 내려다보았다.

한길은 혼잡했으며, 지나가는 사람들이 차츰 많아지고 있었다. 슬림은 조금 생각한 다음 로코를 보았다. 로코는 몸집이 작았다. 슬림은 옷장 앞으로 가서 수수한 빛깔의 양복을 꺼내 침대 위에 던졌다. 서랍을 뒤져 셔츠 한 장을 꺼내 미스 블랜디시에게 주었다.

"이것을 입어!"

미스 블랜디시는 고개를 저었다.

"제발……."

슬림이 옆으로 다가가 "어서 입어!" 하고 말했다.

에디는 굉장한 아침식사를 주문했다. 먹으면서도 그는 안나의 생각만 하고 있었다. 그 따위 여자는 어떻게 되든 상관없다고 생각했으나, 마음 속 깊이 그녀가 있어주기를 바랐다. 안나와의 생활에 익숙해졌기 때문이었다. 접시를 짜증스럽게 옆으로 밀어내고 담배를 물었다. 패거리들이 돌아왔는지 알아봐야겠다고 생각했다. 그는 슬림이 미스 블랜디시를 빨리 처치해 주었으면 좋겠다고 생각했다.

생각에 잠기면서 그는 이쑤시개로 이를 쑤시고 있었다. 일이 잘되어가고 있을 때 미리 달아나는 편이 안전할는지도 모른다. 에디는 여자의 직감이라는 것을 믿고 있었다. 안나는 직감적으로 무엇을 느꼈을지도 모른다. 발로 의자를 뒤로 밀어내며 그는 천천히 일어났다.

카운터에서 돈을 치르고 한길로 나갔다. 안나에게로 돌아갈까, 아니면 클럽에 얼굴을 내밀까, 그는 아직 결정 내리지 못하고 있었다. 다시 한 번 안나의 얼굴을 보기로 마음먹고 택시를 불렀다.

그는 맨 위층에서 내려오는 엘리베이터를 기다리고 있었다. 엘리베이터 소년이 문을 열고 그가 다시 돌아온 것을 보자 깜짝 놀라며 말했다.

"올라가셔도 소용없어요. 그분은 경찰에 연행되었거든요."

에디는 대체 무슨 말이냐고 물었다. 엘리베이터 소년은 흥분하여 손을 흔들며 말했다.

"당신이 나가고 10분 뒤 경찰들이 왔었어요. 그 여자분을 차에 태워 데리고 갔지요."

에디는 그 자리에 우뚝 섰다. 입이 꿈틀꿈틀 경련을 일으켰다. 예감이 들어맞은 것이다.

"이것을 받고 내가 돌아왔었다는 이야기는 하지 마. 알겠지?"

에디는 빠른 어조로 말하고 지폐 몇 장을 소년에게 주었다.

"알았어요. 돌아왔다는 이야기를 하지 않겠어요."

소년이 웃으며 대답했다.

에디는 출입문으로 돌아가 한길을 살폈다. 이상한 기척은 없었다. 글리슨에게 어서 알려야 한다. 안나는 이젠 믿을 수 없다. 그는 전화부스로 달려가 급히 다이얼을 돌렸다.

"전화를 끊어. 꼼짝하지 말아!" 페너가 등 뒤에서 말했다.

에디는 수화기를 놓고 돌아다보았다. 페너가 바로 등 뒤에서 권총을 들고 서 있었다. 그는 목소리를 낮추어 말했다.

"볼일이 있는데……."

엘리베이터 소년이 엘리베이터 안에서 몸을 내밀고 눈을 동그랗게 뜬 채 보고 있었다. 그에게 오늘은 축제와도 같은 날이었다. 에디가 두 손을 허리께까지 올린 채 전화부스에서 나오며 말했다.
"나는 아무것도 모르오."
"나는 천리안이야. 지금은 쓸모가 없어도 이제 곧 쓸모가 있게 돼." 페너가 말했다.
경관 두 사람이 전화부스 뒤에서 나왔다. 그들은 에디를 세워놓은 자동차 옆으로 데려 갔다. 에디는 떨며 자동차에 올라탔다. 어찌된 일일까 하고 그는 곰곰이 생각했다.
경찰서에 도착하자 그들은 에디를 블레넌의 방으로 끌고 갔다. 에디는 방 한가운데 서서 방 안에 있는 사람들을 차례로 둘러보았다. 그의 두 손이 모자를 만지작거리고 있었다.
책상 저쪽 의자에 앉아 있던 블레넌이 험악하게 말했다.
"슐트, 너에게 물어볼 말이 있으니 솔직히 털어놓아라."
에디는 어깨를 움찔했다. 무릎이 덜덜 떨리기 시작했다.
"나는 아무 나쁜 짓도 하지 않았는데 왜들 이러시오?"
"존 블랜디시의 딸을 납치한 죄로 검거한다! 그리고 라일리와 베일리, 샘, 세 사람을 죽였지?"
블레넌이 물었다.
에디는 떨림을 가라앉히려고 애썼다. 마침내 들통이 난 모양이다.
"천만에요, 그런 말씀 마시오."
페너가 천천히 그의 옆으로 다가갔다.
"블랜디시의 딸을 빼앗으려고 라일리를 죽이지 않았나?"
"당신들 돌았군!" 하고 에디는 미친 듯이 주위를 노려보며 외쳤다.
페너가 에디의 코를 때렸다. 쿡 쑤시는 아픔에 에디는 뒤로 비틀거리며 소리쳤다.
"왜 때려! 변호사를 불러와! 변호사를 부를 권리는 있겠지? 난 그 권리를 쓰겠다!"
"거짓말 마! 변호사를 부르기 전에 네가 알고 있는 사실을 모두 털어놓아! 너 같은 조무래기는 얼마든지 다룰 수 있고, 너희들의 그 악덕 변호사를 부를 필요가 없게 만들 테니까!"
블레넌이 담배 연기를 뿜어올리며 그 연기 그늘에서 말했다.
에디가 페너 쪽으로 몸을 돌리며 외쳤다.
"너는 누구지?"
페너는 빙그레 웃었다.
"나도 함께 신문하고 있는 셈이지."
블레넌이 엄지손가락으로 초인종을 눌렀다. 경관 세 사람이 문을 열고 들어왔다. 불그레하고 커다란 얼굴에 목이 굵은 거인들뿐이었다. 세 사람은 에디를 에워쌌다.
블레넌이 책상에 팔꿈치를 짚은 채 말했다.
"이 녀석이 제법 고집을 부리는데 데리고 가서 손 좀 보아주게."
순간 에디는 주먹을 불끈 쥐어 휘두르려고 했다. 그러나 세 경관이 자기가 날뛰기를 기다리고 있음을 알고 곧 주먹을 내리며 말했다.
"나는 아무것도 몰라!"
"데리고 나가게."
블레넌이 짜증스럽게 말했다.
세 사람은 에디를 문 쪽으로 밀고 갔다. 페너도 그 뒤를 따라갔다. 페너는 걱정이 되었던 것이다. 시간은 자꾸만 지나가고 할 일은 아직 산더미처럼 있었다.
그들은 에디를 방음장치가 되어 있는 작은 방으로 데리고 갔다. 나사못으로 바닥에 고정시킨 든든한 의자가 방 한가운데에 있었다. 마치 전기의자 같았다. 의자의 팔걸이와 다리에서 가죽끈이 늘어져 있었다.

"앉아!" 페너가 벽에 기대서며 말했다.
"빌어먹을! 어째서 나에게 이런 짓을 하지?"
에디가 뒷걸음질치며 말했다.
경관 한 사람이 곤봉으로 그의 무릎을 내리치자 에디는 앞으로 고꾸라졌다. 또 한 사람이 뒤에서 한 번 걷어찼다. 아픔을 이기지 못하고 있는 사이에 세 사람이 달라붙어 팔과 다리를 의자에 묶어놓았다. 이윽고 세 사람이 뒤로 물러서자 에디는 마구 고함을 질렀다. 페너가 그 앞에 우뚝 서서 물었다.
"라일리를 죽인 것은 누구지?"
"나를 이런 꼴로 만들어 놓다니……."
에디는 그에게 침을 뱉으며 소리질렀다.
경관 한 사람이 윗옷을 벗었다. 에디는 공포에 질린 눈으로 그 사나이를 보았다. 결국은 털어놓지 않을 수 없다는 것을 에디는 깨달았다. 이런 고문을 당할 수는 없다. 그는 끈을 풀어보려는 듯이 손을 마구 비틀며 울부짖었다.
"어째서 나에게 이런 짓을 하지? 나에게 올가미를 씌우지 마!"
경관 한 사람이 곤봉을 휘두르며 다가오는 것이 보였다. 에디는 목을 움츠리며 피하려고 했으나 눈 앞에서 불꽃이 튀었다.
페너는 그들이 에디를 고문하는 광경을 지켜보고 있었다. 이윽고 에디는 의자 위에 축 늘어지고 말았다. 경찰관 한 사람이 양동이에 물을 담아가지고 와서 에디의 얼굴에 끼얹었다. 물을 끼얹자 에디는 다시 정신을 차렸다. 페너는 모두에게 뒤로 물러서라고 손짓하며 덜덜 떨고 있는 에디 위로 몸을 굽히고 물었다.
"라일리를 죽인 것은 누구지?"
"슬림이 죽였다……슬림이 셋 다 죽였어."
에디가 신음하듯 말했다.

"여자는 어디 있지?"

"슬림이 클럽에 가두어두었다……고문은 이제 그만해 다오……쉬고 싶다."

페너가 급히 몸을 돌렸다.

"이 녀석을 가두어 놓으시오. 나는 곧 가봐야겠소."

페너는 블레넌의 방으로 뛰어들어갔다. 그가 들어오자 블레넌이 얼굴을 들었다. 페너가 빠른 어조로 말했다.

"슬림이 그 여자를 클럽에 가두어뒀답니다. 한시도 지체할 수 없소. 부하를 데리고 곧 출동합시다!"

블레넌은 서랍을 열고 권총을 꺼내어 재빨리 살펴보고 나서 바지 뒷주머니에 넣었다. 그는 방에서 뛰어나갔다. 그가 대기실에서 큰 소리로 명령하는 소리가 페너의 귀에도 들려왔다. 페너도 그의 뒤를 쫓아 뛰어나갔다.

슬림은 미스 블랜디시를 짐싣는 수동 엘리베이터로 한길 높이까지 끌어내렸다. 위험한 일이었으나 그는 필사적이었다. 자기도 그녀의 뒤를 따라 내리자 좁은 곳에서 그녀를 거칠게 밀어냈다. 로코의 양복은 커서 그녀의 몸을 거의 감싸고 있었다. 짙은 빛깔의 머리카락은 걷어올려 슬림이 깊숙이 씌워준 검은 소프트 모자 밑에 감추었다. 그녀는 조금 취한 듯한 걸음걸이로 걸었다. 슬림이 술을 듬뿍 따라서 마시게 했던 것이다. 슬림은 권총을 쥐고 있었다. 자동차에 태우면 안전하겠지만, 그녀의 이러한 모습을 지나가는 사람들이 보면 좋을 게 없다. 세단은 골목 끝에 세워져 있었다. 슬림은 그녀의 팔을 붙잡았다.

"문을 열 때까지 기다려."

그녀는 아무 말도 하지 않았다.

"문을 열면 빨리 와서 자동차에 타야 해."

슬림은 혼자서 인도 저쪽으로 갔다. 자동차에 올라타자 시동을 걸었다. 몸을 밖으로 내밀다시피하며 핸들과 반대되는 쪽의 문을 열었다. 미스 블랜디시가 머리를 숙이고 달려왔다. 그녀가 닿기 전에 슬림은 이미 기어를 넣었고, 올라타자마자 자동차는 달리기 시작했다. 백미러로 보았으나 한길에서는 아무 일도 일어나지 않았다. 노파 한 사람이 그들의 자동차를 보고 있었으나 별일 아니었다. 슬림은 미스 블랜디시에게 깊숙이 앉으라고 일렀다.

세단은 클럽을 향해 달려갔다. 갑자기 슬림이 브레이크를 걸어 자동차의 속도를 떨어뜨렸다. 귀청을 뚫을 듯한 경찰차의 사이렌 소리가 나더니 경관을 잔뜩 실은 자동차가 다섯 대나 그의 자동차를 쫓아오고 있는 것이 눈에 띄었다. 슬림은 자동차의 속도를 시속 20마일로 떨어뜨리며 길가에 세웠다. 경찰차는 쏜살같이 지나갔다. 경찰차는 파라다이스 클럽으로 가고 있는 것이었다.

'저들은 나를 뒤쫓아오고 있었던 게 아니었군' 하고 생각하며 그는 그들 뒤를 조심스럽게 따라갔다. 클럽 가까이에 이르자 그 앞에 경찰 자동차가 멎어 있는 것을 보고 슬림은 세단을 급히 골목으로 돌렸다. 갑자기 외침 소리가 들리더니 오토바이를 탄 경관이 따라 오는 것이 보였다. 한길은 복잡했다. 슬림은 하는 수없이 자동차를 길가에 세웠다. 차창에 몸을 기대듯하여 권총을 감추었다. 경관은 급히 따라왔다. 아일랜드 계통인 듯한 붉은 얼굴을 자동차 안으로 들이밀고 경관이 물었다.

"어째서 달아났소?"

슬림은 미스 블랜디시를 몸으로 감추며 말했다.

"달아나다니요! 당신들을 방해하지 않도록 비켜섰을 뿐입니다……무슨 일이 일어났습니까?"

"잠깐 내리시오!" 하고 경관이 말했다.

슬림은 클러치를 밟았다. 경관이 자동차문을 홱 열었다.

"내리라니까!"

슬림은 정체를 드러냈다. 권총이 요란한 소리를 내며 불을 뿜었다. 경관이 장갑을 낀 두 손으로 배를 움켜쥐며 주저앉았다. 장갑이 새빨갛게 물들었다. 슬림은 세단을 앞으로 내몰았다. 한길의 군중들이 소리를 질렀으나 누구 하나 나서려고 하지는 않았다. 한길에서 총격전을 본 일이 있는 사람들뿐이었으므로 가만히 있는 편이 무난하다는 것을 잘 알고 있었던 것이다.

경관이 총에 맞았을 때, 페너는 마침 자동차에서 내리던 참이었다. 소란스러운 소리에 그는 움찔하며 돌아다보았다. 세단이 다른 자동차와 부딪치듯하며 달아나는 것이 보였다. 그는 조금 주춤했으나 자기가 할 일은 이 클럽에서 그 여자를 무사히 구출해 내는 것이라고 생각하며 쓰러진 경관 옆으로 달려가보았으나 이미 숨이 끊어져 있었다. 블레넌이 옆으로 다가오며 말했다.

"저 놈은 누구일까요?"

오토바이를 탄 세 경관이 세단의 뒤를 쫓았다. 페너의 귀에서 요란한 오토바이의 배기음이 멀어져갔다.

페너는 어깨를 움찔하며 불안한 마음으로 대답했다.

"그 갱단들 가운데 한 녀석이겠지요. 놓치지 말고 잡아오기를 빕니다."

블레넌은 근심스러운 표정을 지었다.

"우리들만으로는 이 클럽을 공격할 수 없겠는데요."

페너는 혀를 찼다.

"정말 큰일이군요. 그 여자의 운명도 별로 가망이 없는 것 같소."

"할 수없지요. 어쨌든 공격해 볼 수밖에."

경관들이 잇달아 몰려들었다. 소방차 한 대가 종을 울리며 달려왔다. 한길은 눈이 휘둥그레진 군중들로 들끓었다. 경관이 군중을 밀어헤쳐 클럽의 정면을 넓혀놓았다.

공격의 첫단계에 들어가려는 순간 클럽의 무거운 강철 셔터가 재빨리 내려지고 말았다. 성급한 경관이 가스탄을 던졌으나 셔터가 이미 내려졌으므로 가스탄이 한길에 튀어 더욱 혼란을 빚어냈을 뿐이었다.

페너가 블레넌 옆으로 달려왔다.

"부하를 몇 명만 빌려주시오. 지붕을 뚫고 들어가야 할지도 모르니까요."

블레넌이 고개를 끄덕였다.

"좋은 생각이오. 옆 빌딩의 지붕에서 옮겨갈 수 있겠군요. 그렇게 하는 동안 우리는 여기서 정면으로 공격하겠소."

블레넌이 뱃고동 같은 목소리로 명령을 내리자 몇 명의 경관이 골목으로 달려가 곤봉으로 강철문을 쾅쾅 두드리기 시작했다. 그러나 소리만 요란할 뿐 아무런 효과도 없었다. 페너는 그러한 광경을 잠깐 보고 있다가 마침내 네 명의 경관을 데리고 달려갔다. 그들이 클럽 앞의 아무도 없는 빈터로 달려갈 때 안에서 누군가가 토미건을 내밀었다. 총알이 그들의 발밑에 비오듯 쏟아졌다. 경관 한 사람이 쓰러졌다. 페너는 총알이 미치지 못하는 곳까지 달려갔다. 기관총이 다시 불을 뿜으며 쓰러진 경관에게 총알을 퍼부었다. 경찰차 뒤에서 경찰도 마주 쏘기 시작했다. 토미건의 날카로운 울림과 철판에 총알 부딪치는 요란한 소리가 흥분한 군중의 외침 소리며 더욱 늘어나는 경찰차의 사이렌 소리와 한데 얽혀 울려퍼졌다.

파라다이스 클럽 옆은 길다란 렉덤 호텔 건물이었다. 클럽보다 두 층쯤 높았다. 페너는 호텔의 계단을 달려 올라갔다. 홀에는 권총을 겨눈 경관들이 삼엄하게 경계하고 있었다. 페너는 지붕 밑까지 단숨에 달려 올라갔다. 경관들도 숨을 헐떡이며 따라왔다. 천창을 열고 그는 옥상으로 나갔다. 눈 밑에 파라다이스 클럽의 지붕이 내려다보였다. 페너는 옥상의 난간을 넘어 굴뚝에 붙어 있는 사다리를 붙잡았다. 손껍질이 벗겨지고 바짓자락을 찢기며 그는 굴뚝을 따라서 지붕으로 내려갔다. 다른 사람들도 뒤따라 내려왔다. 정면에서 쾅쾅 두드리는 소리가 들려오고 이따금 경련을 일으키듯 총알을 내뿜는 기관총 소리도 귀에 들려왔다.

지붕으로 내려온 경관들은 지렛대로 지붕을 뚫고 기왓장을 걷어냈다. 천장의 회벽에 구멍을 뚫는 일은 그리 시간이 걸리지 않았다. 한 사람씩 작고 어두운 방으로 내려갔다.

페너는 권총을 꺼내며 경관 한 사람에게 일렀다.

"지금 온 길을 돌아가서 다른 사람들에게 우리가 안에 들어갔다는 것을 알리시오. 그리고 더 많은 사람을 이리로 데리고 오시오, 빨리!"

페너는 그 경관의 모습이 지붕의 구멍으로 빠져나가기를 기다렸다가 조용히 문 손잡이를 돌려 열고 복도로 나갔다. 복도에 서서 귀를 기울였다. 아래층에서 누군가가 심하게 욕설을 퍼붓는 소리가 들렸다. 그는 조금 머뭇거렸으나 권총을 다시 고쳐잡았다. 뒤따라 온 두 경관은 소형 기관총을 가슴에 꼭 끌어안고 있었고, 또 한 사람은 가스총을 들고 있었다.

페너는 발소리를 죽이며 복도 끝까지 가서 계단을 내려가기 시작했다. 겨드랑이 밑에서 땀이 배어나오고 있음을 느꼈다. 느닷없이 계단 모퉁이에서 플린이 나타났다. 그가 페너의 모습을 본 순간 페너의 권총이 그를 쏘았다. 플린은 두 손을 머리 위로 올리며 뒤로 나자빠졌다. 페너는 다시 한 발 쏘고 계단의 나머지를 한달음에 뛰어내려갔다. 그곳 복도의 문에서 윌리엄스가 얼굴을 내밀었을 때 페너의 자세는 흩어져 있었으므로, 그가 총을 쏘았을 때는 바닥에 엎드리는 것이 고작이었다. 계단 위의 두 경관이 기관총으로 윌리엄스에게 연달아 두 발을 쏘았다. 윌리엄스는 위기일발로 그늘에 숨고, 총알은 바닥을 뚫었다.

페너가 엎드린 채 헐떡이며 말했다.

"무리하지 마시오. 녀석은 필사적으로 날뛰고 있으니까."

윌리엄스는 문을 닫고 판자 너머로 총알을 마구 쏘아댔으므로 옆으로 다가갈 수가 없었다. 경관은 무서운 총소리를 내며 문의 꼭대기에서 아래까지 두르르 쏘았다. 윌리엄스의 비명이 들리자 페너는 발로 문을 박차 열었다. 윌리엄스가 구석에 웅크리고 있는 것이 눈에 띄었다. 흐릿한 눈으로 그들을 쳐다보며 권총을 들어올리려고 했으나 그럴 만한 힘도 남아 있지 않은 모양이었다. 권총이 손에서 작은 소리를 내며 바닥에 떨어졌다. 그의 눈이 갑자기 빙그르 돌며 위로 올라갔다.

페너가 말했다.

"두 사람째로군."

페너는 방 밖으로 나가 복도에서 조금 주춤거렸다.

"방을 하나씩 둘러봅시다. 그 아가씨를 찾아내야겠으니까."

모두들 천천히 문 앞에 서서 들여다보며 복도를 걸어갔다. 복도 끝방이 미스 블랜디시의 방임에 틀림없다고 생각하며 들여다보았으나 텅 비어 있었다.

"이 방에 갇혀 있었을 텐데, 여자가 없군!"

모두들 다시 계단을 향해 갔다. 경관 한 사람이 불안한 듯 말했다.

"드디어 나머지 악당들과 맞서야 할 때가 왔나 보군. 그 노파와 악수하고 싶은 생각은 없는데."

페너는 히죽 웃었다. 그리고 신중하게 계단을 내려가며 말했다.

"그러기 전에 먼저 총알을 먹이면 되지요."

글리슨 노파는 그들이 오는 것을 접수실의 카운터 뒤에서 지켜보고 있었다. 커다란 손에는 토미건이 쥐어져 있었고, 작은 눈은 유리알처럼 반짝이고 있었다. 되도록 많이 처치해야겠다고 생각하고 있었던 것이다.

계단 중간쯤에 이르렀을 때 페너는 카운터 쪽에서 희미하게 움직이는 기척을 느꼈다. 그의 눈은 날카로웠으므로 볼 수 있었다. 토미건의 가는 총부리가 살짝 카운터 위에 나타났던 것이다. 페너는 큰 소리를 지르며 계단 위에 날쌔게 엎드렸다. 토미건의 총소리가 울려퍼졌다. 경관들은 한순간 페너의 외침 소리에 깜짝 놀랐으나 정통으로 총을 맞고 말았다.

페너는 카운터 쪽으로 굴러가며 세 경찰관이 총을 맞고 쓰러지는 것을 보았다. 그중 한 사람은 계단을 기어서 다시 올라가려다가 총알을 맞았다. 페너는 벽에 손을 대자 차가운 강철의 촉감을 느꼈다. 노파는 그 강철벽 한쪽 끝에 있었고, 페너는 반대쪽 끝에 서 있었다. 그는 누군가가 와서 도와줄 때까지 여기에 누워 있어야 한다고 생각했다. 페너는 소리질렀다.

"잘 들어둬! 나는 권총을 가지고 있고 쏘는 방법도 잘 알고 있다. 그러므로 무리하지 않는 편이 좋을 것이다. 나의 총알을 맞지 않고서 나를 쏠 수는 없을 테니까. 하긴 그 점은 나도 마찬가지지만 말이다. 어떻소? 얌전히 총을 버리고 순순히 붙잡힐 생각은 없소?"

노파는 마구 욕설을 퍼부었다. 페너는 장벽이 되어 있는 카운터 위를 뚫어지게 보며 누워서 권총을 겨누고 노파를 설득했다.

"나와라, 운을 하늘에 맡기고 나와라!"

카운터 위의 총부리가 조용히 움직였다. 노파는 천천히 거대한 몸집을 일으키며 일어섰다. 페너는 장벽에 몸을 꼭 붙이고 상대방에게 자기의 모습이 보이지 않도록 하고 있었다. 노파는 벽에 기대섰다. 페너는 반대쪽에 걸린 거울 속에서 그녀의 모습을 보았다. 노파도 역시 페너의 모습을 보았다. 두 사람은 거울에 비친 상대방을 서로 노려보고 있었다. 어느 쪽도 쏘지 못하고 거울 속에 비치는 상대의 다음 움직임을 지켜볼 뿐이었다.

블레넌이 계단 위에서 이것을 보고 있었다. 그는 지금 거기에서 노파의 모습을 완전히 볼 수 있었는데, 그녀의 눈은 페너에게 못박혀 있었다. 블레넌이 권총을 들어올리자 그 움직임이 노파의 주의를 끌었다. 노파는 토미건을 그쪽으로 홱 돌려 잇달아 쏘아댔다. 빗발치는 총알이 의자 다리를 산산조각으로 날렸다. 아슬아슬한 찰나에 블레넌은 몸을 숨겼다.

페너는 잠시 동안 그를 잊고 있는 틈을 타 노파에게서 눈길을 떼지 않은 채 바닥에 재빨리 기어갔다. 기어서 레스토랑 안으로 들어가 모퉁이를 돌자 급히 일어섰다. 그곳은 캄캄했다. 슬림이 숨어 있지 않을까 하는 생각이 들었다. 블레넌이 노파와 번갈아가며 서로 쏘고 있는 소리가 들려왔다. 페너는 그쪽은 내버려두기로 했다.

손으로 더듬어 스위치를 찾아 불을 켰다. 방에는 아무도 없었다. 신경을 곤두세우고 사무실 쪽으로 다가갔다. 문가에 서서 이 수사도 이제 곧 끝을 맺겠군 하고 잠깐 생각했다. 바닥에 여자가 한 사람 쓰러져 있었는데 머리가 책상 뒤에 가려져 보이지 않았다. 이윽고 그 여자가 안나임을 알았다. 죽은 지 꽤 오래된 것 같았다. 누군가 아주 가까운 곳에서 쏜 듯했다. 사무실 안을 둘러보고 페너는 혀를 찼다. 슬림과 미스 블랜디시는 어디로 가버리고 없었던 것이다.

갑자기 홀에서 무서운 총소리가 잇달아 울려오더니 마침내 조용해졌다. 페너는 조심스럽게 입구로 돌아가 모퉁이에서 내다보았다. 블레넌이 계단을 뛰어내려오며 외쳤다.

"해치웠소. 총알이 다 떨어졌을 때를 노려 해치웠지요!"

페너는 힘없이 두 손을 들어올리며 풀죽은 목소리로 말했다.

"그러나 미스 블랜디시는 아무 데도 없소, 슬림도 보이지 않고."

블레넌이 큰 소리로 부하들에게 집 안을 수색하라고 명령했으나 페너는 그것이 헛수고임을 알고 있었다. 그는 초조하게 말했다.

"없소. 2층의 방도 모두 보았고 여기도 살펴보았소. 그밖에 그녀가 숨어 있을 만한 곳은 없단 말이오."

블레넌이 말했다.

"그럼, 놈들은 지금쯤 다른 곳으로 달아나고 있겠군. 경찰서로 돌아가 수배 명령을 내려야겠소. 그런 쥐새끼들은 구멍에서 나가면 문제없이 붙잡을 수 있소."

페너는 블레넌과 함께 밖으로 나갔다. 구경꾼들이 여전히 흥분하여 떠들고 있었다. 블레넌은 밖으로 나가자마자 신문기자들에게 에워싸이고 말았다. 그는 짜증스럽게 말했다.

"여러분, 방해하지 말아주십시오. 경찰서에 돌아가면 말씀드리겠습니다. 미스 블랜디시도 슬림도 없습니다."

말하면서도 블레넌은 걸음을 멈추지 않고 사람들을 헤치며 자동차로 갔다. 페너도 바로 그 뒤를 따라갔다.

경찰서에서 그들은 당직 경위의 보고를 들었다. 그는 힘차게 말했다.

"슬림의 행방을 알아낸 듯합니다. 그는 캔자스 시티로 향하고 있답니다. 도로에 모두 비상선을 쳐놓았습니다만 아직 붙잡지는 못했습니다."

오토바이 순찰 경관이 아픈 팔을 끌어안고 기다리고 있었다. 얼굴에도 상처를 입었고 제복도 너덜너덜 찢겨 있었다. 블레넌을 보자 그는 일어서서 보고했다.

"슬림은 우리가 쳐들어가기 직전에 마피를 죽였습니다. 몇 마일쯤 그 뒤를 쫓아갔습니다만 저쪽 자동차가 빨랐습니다. 내 차는 타이어가 펑크나서 뒤집어졌습니다. 그래서 보고를 드리러 돌아왔습니다."

블레넌은 가볍게 고개를 끄덕였다. 그는 페너의 팔을 붙잡고 자기 방으로 가려고 했다.

"그는 혼자던가요?" 하고 페너는 그 경관에게 물었다.

경관은 고개를 저었다.

"아닙니다. 몸집이 작은 남자가 하나 더 있었습니다."

"여자가 아니던가요?"

"남장을 했다면 그럴지도 모르겠습니다. 그러나 가까이에서 보지 못했기 때문에……."

블레넌은 입구에서 초조하게 기다리고 있었다.

"아무래도 끝맺음은 홈그라운드에서 하는 게 도리일 것 같군요."

"이제부터 대체 어떻게 하면 좋겠소?"

페너가 거친 어조로 물었다.

스프링필드를 벗어날 때까지 미친 듯이 달아나고 있는 동안 미스 블랜디시는 좌석에 웅크리고 앉아 앞을 바라보고 있었으나 아무것도 눈에 들어오지 않았다.

슬림은 두 손으로 핸들을 꼭 쥐고 다른 자동차들을 길가로 몰아젖히며 차를 달렸다. 뒤에서 순찰차의 사이렌 소리가 들려왔으나 한 번도 백미러를 들여다보지 않았다. 넓은 교외가 바로 눈 앞에 펼쳐졌다. 교외로 나가기만 하면 자동차의 속도에 따라 얼마든지 도망칠 수가 있다. 그는 느닷없이 핸들을 꺾어 모퉁이를 돌았다. 뒤에서 따라오던 순찰차가 공중으로 떠올랐다가 한길로 곤두박질치는 것을 느낌으로 알 수 있었다.

 슬림은 백미러를 들여다보았다. 오토바이 두 대가 따라오고 있었다. 두 사람 모두 핸들 위로 몸을 굽히고 있었다. 한 사람은 총을 쏘아대며 따라오고 있었다. 슬림은 가속 페달을 한껏 밟았다. 이 정도의 속도라면 붙잡힐 염려가 없다. 갑자기 날카로운 소리가 들려왔으므로 슬림은 히죽 웃었다. 순찰차 한 대가 펑크났던 것이다. 다시 백미러를 들여다보았다. 오토바이 한 대가 비틀비틀 속도를 떨어뜨리다가 멎어버리는 모습이 굉장한 속도로 멀어져가고 있었다. 그러나 또 한 대가 끈질기게 쫓아오고 있었다. 슬림은 세단의 속도를 떨어뜨렸다. 오토바이가 바짝 따라왔다. 경찰관은 슬림을 향해 두 발 쏘았다. 총알은 자동차의 방탄 유리창에 거미줄 같은 금을 내었을 뿐이었다. 슬림은 이를 드러내고 욕설을 퍼부으며 핸들을 좌우로 돌리기 시작했다.

 자동차 옆구리에 오토바이가 부딪쳐 슬림의 차도 하마터면 옆으로 쓰러질 뻔했다. 심한 욕지거리를 내뱉으면서 핸들에 달라붙어 세단을 똑바로 세운 다음 그는 다시 가속 페달을 밟았다. 오토바이는 도랑에 빠져 모습조차 보이지 않았다. 도로는 다시 조용해졌다. 슬림은 오직 속력을 낼 뿐이었다.

 거추장스러운 추적자가 없어졌으므로 슬림도 생각할 여유가 생겼다. 미스 블랜디시를 흘끗 바라보았다. 그녀는 흉상처럼 꼼짝 않고 앉아 있었다. 드디어 도망가는 것이다. 훤히 트인 시골길에서 쫓기고 있다는 것은 그리 편한 일이 아니다. 앞으로 어떻게 될 것인지 슬림은 잘 알고 있었다. 이제부터 이 여자는 귀찮은 존재가 될 뿐이다. 그러나 그녀를 버리고 갈 생각은 조금도 들지 않았다. 마지막까지 밀고 나갈 작정이었다.

 몇 마일 가량 계속 달린 다음 슬림은 자동차의 속력을 떨어뜨려 브레이크를 밟았다. 천천히 자동차에서 내려 휘발유를 살펴보았다. 아직 충분하다. 첫째로 해야 할 일은 자동차를 바꾸는 것이라고 생각했다. 이 세단은 곧 눈에 띄고 만다. 그는 자동차의 반대쪽으로 돌아가 열려 있는 창문으로 머리를 들이밀고 미스 블랜디시에게 말했다.

"함께 있을 날도 그리 길 것 같지 않아. 하지만 붙잡힐 때까지 한껏 재미있는 일을 당하게 해줄 것 같군."

그녀는 꼿꼿이 앉아 있을 뿐이었다. 무슨 말을 걸어도 그녀에게는 아무 뜻도 없었다. 그녀는 자기 나름대로 악몽에 시달리고 있었다. 그는 반대쪽으로 돌아가 다시 자동차에 올라탔다. 그리고 시속 60마일이라는 착실한 속도로 자동차를 달렸다.

한참 달리다 이윽고 그는 바라던 것을 찾아냈다. 저 멀리 길에 세워놓은 자동차가 눈에 띄었던 것이다. 두 여자가 흙받이에 걸터앉아 종이봉지에서 무언가 꺼내먹고 있었다. 슬림은 브레이크를 밟아 자동차를 세웠다. 그는 날카롭게 저쪽 자동차를 훑어보았다. 소형 오픈카였다. 슬림이 세단에서 내리자 두 여자는 의아한 얼굴로 그를 쳐다보았다. 길게 뻗친 외길에는 자동차의 그림자조차 없이 쓸쓸했다. 슬림은 헛된 시간을 보내지 않았다. 세단을 한 바퀴 돌아 후드를 올렸다. 흙받이 위의 연장상자를 열어 헝겊과 스패너를 꺼냈다. 조금 애를 먹으며 점화전을 빼어 헝겊에 싸서 주머니에 넣었다. 여자들은 여전히 그를 보고 있었다. 슬림은 가만히 후드를 내리고 권총에 손을 댔다. 그가 여자들 쪽으로 몸을 홱 돌리자 그녀들은 깜짝 놀랐다. 슬림이 세단의 뒷문을 열며 말했다.

"이 자동차에 타, 빨리! 나는 노상강도다!"

여자들은 겁에 걸려 세단에 올라탔다. 슬림은 미스 블랜디시에게 자동차에서 내리라고 말했다. 잡아끌지 않고는 그녀를 내리게 할 수가 없었다. 그는 여기서도 역시 로코의 양복을 입은 그녀의 모습이 몹시 우습게 느껴졌다. 그는 두 여자 가운데 하나에게 눈길을 주며 말했다.

"옷을 벗어서 이리 내놔! 꾸물거리지 말고 빨리 벗어!"

자동차 안에서 여자는 공포로 파랗게 질린 채 옷을 벗었다. 슬림은 옷을 받아들어 미스 블랜디시에게 던져주었다. 슬림은 세단 안으로 머리를 들이밀고 말했다.

"쓸데없는 짓은 하지 마, 신고하면 가만두지 않을 테니까."

슬림은 자동차를 바꾸어타자 곧 떠났다. 미스 블랜디시는 옷을 무릎에 얹어놓은 채 그대로 있었다.

"자동차를 세울 테니 그 옷을 입어."

그녀는 아무 말도 하지 않았다.

1마일 가량 가서 슬림은 자동차를 세웠다.

"빨리 그 옷을 입어!"

그녀는 로코의 옷을 벗고 드레스를 머리 위로 뒤집어써 입었다. 꼭 맞았다. 슬림은 벗어놓은 옷을 뭉쳐 뒷좌석 밑에 쑤셔넣었다. 다시 자동차를 바꿔야 한다고 그는 생각했다.

그는 자동차를 거리로 몰고 들어가 우체국 앞에서 세우며 미스 블랜디시에게 말했다.

"전화 좀 걸고 올 테니 여기에 있어. 알겠지? 이상한 짓 하면 안 돼. 이제 와서 그런 짓을 해봐야 소용없으니까."

그는 전화부스로 들어갔다. 거리의 사람들은 아무도 그를 쳐다보지 않았다. 슬림은 피트에게 전화를 걸어보았다. 피트는 몹시 두려워하며 흥분해서 말했다.

"나는 어떻게도 해줄 수가 없네. 야단법석이 벌어졌다네. 경찰이 왔었지. 그들은 자네를 찾고 있어. 슬림, 이번에는 너무 지나쳤어. 되도록 도와주고 싶지만, 어떻게 해줄 수가 없으니 캔자스에서 빨리 달아나는 게 좋겠네. 경찰은 만반의 준비를 갖추고 기다리고 있으니까."

슬림은 전화를 끊고 혀를 차며 수화기 앞에 그대로 서 있었다. 그는 어디로 가야 할지 몰랐던 것이다. 그는 갑자기 함정에 빠진 듯한 느낌이 들었다.

한길에 나오자 그는 우뚝 서버렸다. 어떤 나이든 사나이가 자동차에 기대서서 미스 블랜디시에게 말을 걸고 있었다. 슬림은 손을 윗옷 속에 가만히 집어넣고 권총을 꺼내려고 했다. 사나이는 슬림이 노려보는 것을 알고 자동차에서 물러섰다. 그 사나이가 슬림 쪽으로 몸을 돌렸을 때, 보안관 휘장을 달고 있는 것이 슬림의 눈에 띄었다. 바보 같은 얼굴의 사나이였으나 슬림의 신경이 날카로워졌다. 그는 손을 윗옷 안쪽에 넣은 채 물었다.

"왜 그러시지요?"

보안관은 의아한 듯 그의 얼굴을 보며 말했다.

"여기에 차를 세워놓으면 안 된다고 말했소."

슬림은 그런 것은 몰랐다고 말했다. 천천히 자동차에 올라타며 그는 덧붙였다.

"이제 곧 가겠소."

보안관은 조금 어리둥절한 얼굴을 하고 있었다. 그는 조그맣게 목소리를 죽여 슬림에게 물었다.

"이 여자는 어떻게 된 겁니까? 머리가 조금 이상하지 않소?"

"네, 맞아요. 어머니를 잃고 난 다음부터 이렇게 되어버렸답니다."

슬림이 한숨을 쉬며 말했다.

미스 블랜디시는 두 손으로 얼굴을 가렸다. 보안관은 살찐 두 볼을 부풀렸다.

"대체 어디로 가시오?"

슬림은 캔자스로 간다고 말하며 자동차를 몰기 시작했다. 보안관은 한참 동안 그 자동차를 바라보고 서 있었다. 슬림은 안전한 속도로 거리를 빠져나갔다. 거리에서 벗어나자 속력을 냈다. 그는 자동차를 바꾸었다는 뉴스가 이미 퍼졌으리라고 생각했다. 경찰은 지금까지 세단을 찾고 있었지만, 이제는 이 소형 오픈카를 혈안이 되어 찾고 있을 것이다. 이제 잡히는 것은 시간 문제이다. 슬림은 그런 점에 대해서는 헛된 희망을 품지 않았다. 그는 다만 경찰보다 한 걸음 앞서 있으니 달릴 수 있는 데까지 달려야 한다고 생각하고 있었다. 지금쯤 경찰이 뒤쫓아오고 있을 것이다. 그의 머리에는 아무 생각도 떠오르지 않았다. 한참 만에 어떤 생각이 떠올라 그는 자동차의 속도를 늦추더니 이윽고 세우며 말했다.

"내려서 걸어가지."

슬림은 미스 블랜디시 위로 몸을 굽혀 반대쪽 문을 열고 그녀의 옆구리에 손을 넣어 한길로 밀어냈다. 자동차를 길 한가운데 세워놓은 채 그도 내렸다.

거기에서 조금 앞으로 걸어가자 한길은 급하게 구부러져 있어 앞이 보이지 않았다. 그는 그녀를 세워놓고 모퉁이를 돌아 그 앞이 보이는 데까지 갔다가 다시 돌아왔다. 한길에는 아무도 없었다. 가파른 낭떠러지 끝에 서서 그는 저 먼 골짜기 밑까지 내려다보았다. 오르막으로 되어 있는 길이 뱀처럼 구불구불 한 줄로 뻗어 있었다. 그는 자동차로 돌아가 핸드 브레이크를 늦추었다. 자동차가 뒤로 물러나기 시작했다. 슬림은 자동차에서 훌쩍 물러나며 하얀 먼지가 이는 도로에 납작 엎드렸다. 그 다음 한길에 무릎을 꿇은 채 그는 자동차가 속도를 더해가며 달려가는 것을 지켜보았다. 미스 블랜디시도 그것을 지켜보고 있었다. 자동차가 모퉁이에 이르자 타이어가 도로에서 벗어나며 모퉁이에 나란히 세워진 하얀 나무 말뚝에 부딪쳤다. 말뚝이 휘며 자동차가 공중으로 튀어올랐다가 골짜기 밑으로 떨어지고 말았다. 슬림은 도로에 무릎을 꿇은 채 멀리서 나는 요란한 소리에 귀를 기울이고 있었다. 이윽고 그는 몸을 일으켜 미스 블랜디시에게로 다가가며 말했다.

"자, 이제부터 걸어야 해."

두 사람은 뜨거운 햇살 밑의 먼지 이는 길을 걷기 시작했다. 천천히 말없이 걸었다. 슬림은 그녀를 자기 옆에 바짝 끌어안듯하고 걸어갔다. 꼭대기 가까이에 이르자 그들은 멈추어서서 뒤돌아보았다. 눈 밑의 골짜기는 기묘한 무늬가 수놓인 초록빛 카펫 같았다.

슬림은 비탈에 앉아 미스 블랜디시를 그 옆에 앉혔다.

"여기를 빠져나가야 해. 이제부터 트럭이라도 잡아타야 할 텐데, 말을 하면 큰일 나. 잠자코 있기만 하면 돼. 무슨 말을 하면 결국 총을 쏘아야 할 테고, 그러면 끝장이란 말이야. 무슨 수를 써서든 우리는 여기를 빠져나가야 해."

슬림은 모자를 손톱으로 퉁기고 있었다.

미스 블랜디시가 슬림 쪽으로 얼굴을 돌리며 다그쳤다.

"어째서 나를 죽이지 않지요?"

그녀의 격렬한 눈빛을 보고 슬림은 깜짝 놀랐다.

"이런 식으로 해서 달아날 수 있다고 생각하세요? 어째서 거추장스러운 나를 처치하지 않지요? 내가 살고 싶어하는 줄 아세요? 나는 조금도 살고 싶지 않단 말이에요."

슬림은 기분이 언짢아 입 닥치라고 윽박지르며 두 손으로 그녀의 목을 죄었다.

"이제 곧 죽여주지."

그녀는 그가 하는 대로 가만히 있었다. 두 손을 양 옆의 풀 위에 늘어뜨린 채.

슬림은 손을 놓고 일어섰다. 그녀를 일으켜세우며 말했다.
"빨리 일어나."
두 사람은 걷기 시작했다. 도로는 꾸불꾸불 내리막길이 되어 있어 걷기 쉬웠다. 다리가 나가는 대로 걸어가면 체중이 그들을 달리듯이 운반해 주었다. 언덕 밑에 이르자 한 대의 트럭이 그들의 뒤에서 달려왔다. 엔진 브레이크로 달려내려오고 있는 트럭 소리가 들리자 슬림이 손을 흔들어 길 한가운데에 세웠다. 트럭을 세우고 운전사가 웃는 얼굴을 내밀었다. 그는 비쩍 마른 작은 사나이로, 건방진 참새 같은 얼굴이 햇빛과 바람에 벽돌색으로 그을어 있었다.
슬림은 트럭이 어디로 가는지를 물었다.
"제퍼슨 시티로 갑니다. 타시겠소?"
슬림은 고개를 끄덕이며 간단히 말했다.
"2달러 내지요. 이 사람이 지쳐 있어서요."
운전사는 문을 열었다.
"좋소, 타시오. 어디로 가시지요?"
슬림은 제퍼슨 시티도 좋다고 대답했다. 자기가 먼저 운전사 옆에 앉고 미스 블랜디시는 자기 옆에 앉혔다. 슬림은 운전사가 그녀를 보지 못하도록 몸으로 가렸다.
운전사는 브레이크에서 발을 떼며 말했다.
"나는 짐 카이크라고 합니다. 화물을 실어다주고 돌아오는 길이지요. 경기가 나빠서 빈 차로 돌아오고 있는 겁니다. 이번이 두 번째지요."
가벼운 트럭이어서 조금 흔들렸다. 슬림은 앞을 내다보며 카이크가 혼자 지껄이도록 내버려두었다. 그는 계속 지껄여대다가 마침내 슬림이 아무 말도 하지 않고 있음을 알아차렸다. 그는 슬림에게 물었다.
"부인이신가요?"

"그래서 어쨌단 말이오?"

그는 이 사나이의 수다에 진절머리가 나 있었다. 카이크는 놀란 듯했으나 곧 입을 다물고 잠자코 차를 몰았다. 그러나 카이크는 언제까지나 입을 다물고 있지는 못했다. 그는 손을 뻗어 라디오 스위치를 넣으며 자랑스럽게 말했다.

"이것은 내가 장착했답니다. 긴 여행에는 필요한 물건이지요. 무언가 귀에 들려오는 것이 없으면 졸려서 견딜 수 없을 때가 있거든요."

라디오에서 지직 소리가 나더니 마침내 가냘픈 목소리가 들려왔다. 누군가가 아코디온을 연주하고 있었다. 구슬픈 곡이었다.

"좋지요?"

카이크가 물었으나 슬림은 아무 대답도 하지 않았다. 그는 시계를 꺼내 들여다보았다.

"제퍼슨에는 몇 시에 닿지요?"

"여덟 시간 걸립니다."

카이크가 대답하자 슬림은 흥 하고 코웃음을 하더니 입을 다물고 말았다.

갑자기 라디오가 지직거리더니 말소리가 들려왔다.

"임시 뉴스를 전해드리겠습니다. 경찰에서는 캔자스 시티로 가고 있을 것으로 여겨지는 슬림 글리슨을 쫓고 있습니다. 그리고 몸집이 작은 남자, 또는 소년이 한 사람 동행하고 있을 것으로 여겨진다고 합니다. 글리슨은 존 블랜디시 씨의 딸을 납치한 범인이며 다른 갱단 세 명을 살해한 범인으로 수배중인 남자입니다. 마지막으로 그가 모습을 나타냈을 때는 ×××42번의 포드 오픈카를 타고 있었습니다. 인상 착의는 다음과 같습니다." 라디오는 슬림의 인상을 자세히 설명했다. "경찰에서는 글리슨과 동행하고 있는 사람이 납치당한 미스 블랜디시가 남장한 것으로 추측하고 있습니다. 글리슨은 위험인물이니 경계하십시오. 절대로 대항하지 말고 보는 즉시 경찰에 연락해 주십시오. 이상과 같은 인상과 들어맞는 인물에 조심하시기 바랍니다."

슬림은 손을 뻗어 라디오를 껐다. 카이크는 아무 말도 하지 않았으나 갑자기 붉은 얼굴에서 핏기가 가셨다. 슬림은 모자의 챙 밑에서 운전사를 뚫어지게 지켜보고 있었다.

한밤중인 1시 반. 블레넌은 아직도 사무실 의자에 버티고 앉아 있었다. 그 앞의 책상 위에는 커다란 지도가 펼쳐져 있었다. 모자를 뒤로 젖혀쓴 그의 노란 잇새에는 꾸깃꾸깃한 여송연이 잊혀진 채 물려 있었다. 페너가 바로 옆에 앉아 수화기를 귀에 대고 있었다.

블레넌이 말했다.

"그놈이 미쳐버린 모양이군."

경관 한 사람이 문을 열고 얼굴을 내밀었다.

"블랜디시 씨가 잠깐 이야기하고 싶으시답니다."

블레넌이 씁쓰레한 얼굴을 지었으나 페너는 고개를 끄덕였다.

블레넌이 말했다.

"좋아, 들어오시라고 해."

존 블랜디시가 들어왔다. 몹시 지친 표정이었다. 그는 짤막하게 물었다.

"무슨 소식이 있습니까?"

"내일까지는 붙잡힐 겁니다."

페너가 수화기를 놓고 말했다.

"그 녀석은 발자취를 남겨놓으며 달아나고 있습니다."

블레넌은 투박한 손가락으로 지도를 가리켰다.

블랜디시는 그의 어깨 너머로 근시인 눈을 가까이 갖다댔다.

"이 부근에서 그는 추적하고 있던 경찰 두 사람을 따돌렸습니다. 한 사람의 오토바이는 펑크가 났고, 또 한 사람의 오토바이는 그놈의 자동차에 부딪쳐 도랑에 굴러떨어졌습니다. 그는 거기서 이 작은 시골 거리로 들어갔습니다. 이 거리에서 전화를 걸고 나오는 그에게 보안관이 말을 걸었습니다만, 시골 보안관이란 별수 없지요. 수상하다는 생각이 들었으나 위험한 총질을 하고 싶지 않기 때문에 그냥 보냈답니다. 그 전에 그는 두 여자의 검은 오픈카를 빼앗았고, 더욱 중요한 것은 그중 한 여자의 옷을 벗겼다는 사실입니다. 보안관의 보고에 의하면 그 녀석과 함께 여자가 있었다고 하니, 아마도 당신 따님인 듯합니다. 그들은 이 산길을 올라가 빼앗은 자동차를 골짜기에 떨어뜨리고 걸어갔습니다. 한 트럭 운전사가 그 녀석을 제퍼슨 시티까지 데려다주었다고 신고해 왔습니다. 두 사람을 제퍼슨 시티에 내려주었는데, 운전사의 목숨을 앗아가지 않은 것이 희한한 일입니다. 슬림은 아마도 살인에 싫증이 난 모양입니다. 제퍼슨 시티에서 나가는 길은 모두 경계하고 있으니 파리 한 마리 빠져나가지 못하게 되어 있습니다. 그 녀석은 머지않아 붙잡힐 운명에 놓여 있는 셈이지요."

블랜디시는 의자에 앉아 손으로 기운없이 눈을 비비며 말했다.

"수고 많이 하셨소."

블레넌은 살찐 어깨를 으쓱해보였다.

"밖으로 내몰면 문제없습니다. 이제 곧 우리도 제퍼슨 시티로 가겠습니다."

"나도 가겠소." 블랜디시가 일어서며 말했다.

페너가 그의 옆으로 다가갔다.

"여기 계시는 것이 좋습니다. 총격전이 벌어질 테니까요. 슬림은 순순히 잡히려고 하지 않을 겁니다. 당신은 이곳 호텔에 방을 잡고 따님을 데려올 때까지 기다리십시오."

블랜디시는 머뭇거리다가 "내 딸을 꼭 데려다주시면 좋겠소." 하고 겨우 말했다.

페너는 알았다는 듯이 고개를 끄덕였다.

"그야 물론이지요. 하지만 내 말대로 하시는 것이 좋을 겁니다. 따님은 여러 가지 일을 당했을 테니 당신보다는 우리가 조용히 데리고 오는 편이 좋겠지요. 그리고 따님으로서도 집안식구와 얼굴을 대하기 전에 얼마 동안은 혼자 있고 싶을 겁니다."

페너는 바닥을 내려다보며 그 정도로 말을 그쳤다.

블랜디시는 날카로운 눈길로 그를 응시했다.

"당신이 하는 말의 뜻을 모르겠군요."

페너는 어깨를 으쓱하며 간단히 대답했다.

"나 자신도 잘 모르겠습니다. 다만 그러는 게 좋을 듯한 기분이 들었을 뿐입니다."

블랜디시는 잠깐 생각한 다음 말했다.

"좋소. 되도록 빨리 데려다주셨으면 고맙겠소."

페너는 고개를 끄덕였다.

"틀림없이 그렇게 하겠습니다."

블랜디시는 뭔가 할 말이 있는 듯 우물거리다가 이윽고 문 쪽으로 걸어가며 말했다.

"당신들이 최선을 다하고 계신 것은 나도 잘 알고 있습니다."

"슬림은 이미 독 안에 든 쥐입니다." 블레넌이 말했다.

블랜디시가 나가자 블레넌은 무언가 묻고 싶은 듯 페너의 얼굴을 보았다.

"무슨 생각을 하고 있소?"

페너는 책상 모서리에 걸터앉아 다리를 흔들거리며 천천히 말했다.

"그 아가씨가 그럭저럭 넉 달 동안이나 그 갱들에게 붙잡혀 있었잖습니까. 당신도 사진을 보셨겠지요? 그렇다면 지금 그녀가 어떻게 되어 있을지 내 입으로 말하게 할 것까지도 없지 않겠소. 굉장한 미인인데다 모든 것이 갖추어진 아가씨이니만큼 그동안 갱들이 그녀에게 어떤 짓을 했을지는 경험 많은 당신이 더 잘 알겠지요. 다시 데려온다 해도 그녀는 행복해지기 어려울 겁니다. 슬림의 기록을 읽은 적이 있소? 물론 읽었겠지요. 그렇다면 그런 갱들이 어떤 짓을 했을지 짐작이 가시겠지요? 틀림없이 미스 블랜디시는 몹쓸 짓을 당했을 겁니다."

"제퍼슨 시티로 갑시다. 정말 괘씸한 사건이로군."

블래넌은 작은 소리로 욕을 퍼부었다. 문이 요란하게 열리더니 경관이 뛰어들어왔다. 몹시 흥분한 얼굴이었다.

"지금 전화 연락이 왔습니다. 슬림과 여자가 제퍼슨 시티 어귀의 어떤 농가에 있다고 합니다. 지금 그 농가 주인이 슬림이 헛간으로 들어가는 것을 보고 전화를 해왔습니다. 슬림임에 틀림없습니다."

블레넌이 명령을 내리기 시작했고, 페너는 수화기를 들었다. 그는 폴라를 불렀다.

"폴라, 미스 블랜디시가 제퍼슨 시티 어귀에 있다는 연락을 받았소. 이것으로 사건도 결말이 날 모양이오. 당신도 빨리 그쪽으로 가도록 하오. 보넘 호텔에 가서 맨 위층에 방을 잡아 놓아요. 서비스가 필요하지만, 비밀을 지켜달라고 일러두오. 요리와 마실 것과 꽃도 듬뿍 마련하고. 내가 미스 블랜디시를 그리로 데리고 갈 테니 당신은 지금 비행기를 타고 출발해요."

수화기를 놓자 그는 지도를 그러모았다. 작은 방 안을 둘러보았지만 그의 눈에는 아무것도 들어오지 않았다. 어떤 생각이 머릿속에 가득 차 있었던 것이다.

'그녀는 차라리 죽는 편이 행복할 텐데' 하고 그는 생각하고 있었다.

블레넌은 떠날 차비를 마치고 있었다. 페너는 그의 뒤를 쫓아갔다.

슬림은 깜짝 놀라며 잠에서 깨어났다. 곧 머릿속이 맑아졌다. 윗옷 속의 권총을 재빨리 빼냈다. 어둠 속에서 그는 꼼짝하지 않고 누워 있었다.

헛간 냄새는 그에게 신기한 것이었다. 어둠 속에서 그는 잠깐 자기가 어디 있는 것일까 하고 생각했다. 서걱서걱하는 지푸라기 소리가 들려왔다. 그는 그쪽으로 신중하게 권총을 돌렸다. 옆으로 비스듬히 누운 채 꼼짝하지 않고 그는 캄캄한 어둠 속을 뚫어지게 노려보았다. 쥐의 가냘픈 울음 소리에 그는 마음을 놓으며 다시 한 번 헛간 바닥에 몸을 쭉 뻗었다. 그는 비로소 시장기를 느꼈다. 몹시 무언가 먹고 싶었다. 작은 손전등을 켜서 지붕밑을 한 바퀴 비춰보았다. 미스 블랜디시는 그에게서 조금 떨어진 곳에서 꾸부린 채 깊이 잠들어 있었다. 눈물에 젖은 창백한 얼굴을 하고.

딱딱한 바닥에 누워 있었으므로 뼈 마디마디가 쑤셨다. 그는 다락방에서 헛간으로 내려가는, 들어올리는 문 바로 위에서 자고 있었던 것이다. 다락방에는 창문이 하나도 없었다. 그가 거기서 자고 있는 한 아무도 다락방에 올라올 수 없고, 그녀도 그를 깨우지 않고 달아날 수 없게 되어 있었다. 그는 천천히 일어나서 구석의 짚더미에서 한 다발을 집어가지고 들어올리는 문 위에 폈다. 그리고는 편안한 자세로 고쳐누웠다. 무더위에 숨이 막힐 듯했으며, 머릿속이 다시 흐릿해졌다. 그는 다시 한 번 미스 블랜디시를 보고는 반듯이 누웠다.

언제까지나 이렇게 하고 있을 수 없다는 것은 그도 알고 있었다. 끊임없이 이는 먹을 것에 대한 욕망과 좋은 은신처가 필요하다는 다급한 사실이 그의 마음을 더욱 초조하게 만들었다. 트럭 운전사가 틀림없이 경찰에 신고했을 것이다. 그렇다면 경찰은 이미 알고 있다는 이야기가 된다. 그는 미스 블랜디시를 데리고 뒷길을 통해 제퍼슨 시티 어귀까지 왔다. 지칠 대로 지쳐 그들은 이 헛간에서 하룻밤 쉬기로 했다. 캄캄한 밤하늘 밑의 넓은 헛간이 있는 이 집에 전화가 있을까 하고 그는 어렴풋이 생각해 보았다. 이 집 식구들이 신고할 때까지 얼마나 먼 곳으로 달아날 수 있을까?

새벽녘. 헛간의 문틈으로 새어들어오는 밝은 빛이 그를 잠에서 깨어나게 했다. 그는 벌떡 일어나 귀를 기울였다. 목이 바싹 마르고 배가 고팠다. 슬림이 움직이는 기척에 미스 블랜디시가 잠을 깼다. 그녀는 옷의 주름을 펴며 머뭇머뭇 그 옆에서 뒷걸음질쳤다.

"이 집 주인과 담판짓고 와야겠어. 어떻게든 먹을 것을 가지고 올 테니 여기서 기다려."

슬림은 들어올리는 문을 열고 아래의 헛간을 내려다보다가 흔들거리는 나무 사다리를 타고 내려가 문 쪽으로 다가갔다. 두 짝 문 가운데 한쪽 문을 가만히 열고 바깥을 내다보았다. 아무도 눈에 띄지 않았다.

조금 떨어져 있는 그 농가의 안채에서는 인기척이 없었다. 현관문이 굳게 닫혀 있었다. 슬림은 얼마 동안 그 문을 바라보았으나 차츰 불안해지기 시작했다. 시계를 꺼내 보니 9시가 조금 넘었다. 다시 한 번 굳게 닫힌 문을 보았다. 농부가 일찍 일어난다는 이야기는 자주 들었다. 아무래도 이상하다. 갑자기 그는 서글퍼지며 두려움을 느꼈다. 헛간 입구에서 그는 잠깐 주춤거렸다. 어느 쪽이든 결정지어야겠다고 생각했던 것이다.

갑자기 그는 정신이 번쩍 들었다. 두 대의 자동차가 사람을 가득 싣고 한길을 달려오고 있었던 것이다. 납작한 감색 제모와 총이 아침

해에 반짝이는 것이 눈에 띄었다. 그는 재빨리 뛰어들어가 문을 닫았다. 그리고 문득 권총을 움켜쥐고 부르르 몸을 떨었다. 문틈으로 차에서 우르르 내리는 사람들을 지켜보았다. 그는 아무 망설임 없이 권총을 쏘았다. 맨 앞에 서 있던 경관이 무릎을 꺾었다. 다른 사람들은 침착하고 자신만만하게 여러 가지 물체 뒤에 숨었다. 어질러져 있는 농가의 뜰에는 몸을 숨기기에 안성맞춤인 기구들이 잔뜩 있었다.

블레넌과 페너는 두 대째의 경관들을 지휘하여 헛간 뒤로 돌아갔다. 블레넌이 말했다.

"남자 하나만 쏠 수 있는 경우가 아니면 총을 쏘아선 안돼! 여자를 다치게 할 위험성은 피하고 싶으니까."

페너는 엎드린 채 헛간 옆을 지나갔다. 그는 슬림의 눈과 권총에 날카로운 주의를 기울이며 총알이 미치지 않는 곳까지 가서 일어나 소맷부리로 얼굴을 닦았다. 바야흐로 사건도 결말이 나려 하고 있음을 그는 알았다. 이제 시간 문제였다. 헛간은 완전히 포위되었다. 경관들은 안전한 그늘에 숨어 총을 겨누며 방아쇠를 당기고 싶어서 좀이 쑤셨다. 페너는 더 이상 사람의 목숨을 해치고 싶지 않았으나, 동시에 만일 슬림이 밤중까지 버틸 수 있다면 자기의 바람과는 전혀 다른 결과가 될는지도 모른다는 것을 알고 있었다. 어두워지면 슬림은 이 포위망을 빠져나갈 수 있을지도 모른다. 어쨌든 시간은 아직 충분하다. 아직 이른 아침이고, 이제 곧 무슨 일이 일어날 것이다. 블레넌이 거대한 몸집으로 울퉁불퉁한 땅을 기어오는 것을 보고 페너는 조금 웃음이 나왔다. 그는 기는 것을 아주 싫어했다. 페너 옆으로 왔을 때 블레넌은 욕지거리를 하며 일어섰다.

"일단은 항복할 기회를 주어야겠소. 그래도 항복하지 않으면 해치워야지."

블레넌은 두 손을 입에 대고 슬림에게 외쳤다.

"슬림, 두 손 들고 나와라!"

상쾌한 새벽 공기 속에 그의 목소리가 메아리쳐 돌아왔다. 슬림은 대답하지 않았다.

"저놈은 대항할 겁니다. 여자를 방패로 삼아서 말이오."

페너가 말했다.

블레넌이 불안한 듯이 말했다.

"아직 여자를 죽이지 않았다면 일이 그리 간단히 끝날 것 같지 않군요. 여기까지는 문제없이 왔는데……."

헛간에서는 슬림이 문틈으로 밖을 내다보고 있었다. 손에는 권총이 힘껏 쥐어져 있었다. 총알은 조금밖에 없었다. 탄창에 가득 들어 있었으나 그것이 모두였다. 거기에 우뚝선 채 슬림은 토미건이 있으면 좋겠다고 생각했다. 이런 함정에 빠져버린 자기 자신을 저주했으나, 달리 좋은 방법이 머리에 떠오르지 않았다. 블레넌의 목소리를 들었으나 그는 소리내지 않고 으르렁거릴 뿐이었다. 거리에 흔한 조무래기들처럼 그리 쉽게 항복하지는 않는다고 그는 거칠게 내뱉었다. 전기의자에서 타죽을 생각은 없다. 총알에 맞아 깨끗이 죽는 편이 낫다. 그리고 상대방 몇 사람을 길동무로 데리고 가야겠다.

헛간 2층에서는 미스 블랜디시가 덜덜 떨며 웅크리고 있었다. 그녀는 이것이 악몽의 마지막임을 알고 있었으나, 또 다른 악몽의 시작인 것이다. 지금까지 넉 달 동안의 생활은 이것으로 막이 내리리라. 흐리멍덩한 그녀의 머릿속은 그 넉 달 동안을 회상하려고 하지도 않았다. 그녀의 몸은 짓눌렸고, 마약이 가져다주는 달콤한 수면만을 원하여 지금은 이미 그녀의 몸이라고 할 수도 없었다. 그녀는 오랫동안 큰 병을 치르고 난 사람처럼 핼쑥했다. 그녀는 들어올리는 문 곁으로 간신히 기어가 헛간을 내려다보았다.

들어올리는 문에서 내려다보니 슬림이 이쪽으로 등을 돌리고 서 있는 것이 보였다. 그는 후리후리한 몸을 꼿꼿이 세우고 서 있었으며, 앞으로 내민 손에서는 권총이 번쩍번쩍 빛났다. 그 권총이 불쑥 위로 올라가더니 갑자기 불을 뿜는 것이 보였다. 요란한 총소리에 그녀는 엉겁결에 뒤로 물러났다. 다시 한 번 내려다보니 그는 뭐라고 혼잣말을 중얼거리며 서 있었다. 헛간 밖은 쥐죽은 듯 고요했다. 그녀가 뚫어지게 슬림의 등을 바라보고 있는 것이 그에게 느껴진 모양이었다. 슬림이 천천히 몸을 돌리자 두 사람은 얼굴을 마주보았다. 문 옆에 선 채 슬림은 올려다보고 있었고, 그녀는 들어올리는 문에 엎드려 머리와 어깨를 내밀고 그를 내려다보았다. 잠시 동안 두 사람은 얼굴을 마주보고 있었다. 슬림의 얼굴은 공포의 식은땀으로 뒤범벅이 되어 있었다. 입술이 말려올라가며 흰 이를 드러내더니 그는 그녀에게 욕설을 퍼붓기 시작했다. 증오에 가득찬 말을 그녀에게 퍼붓는 것이었다. 그녀는 들은 척도 하지 않고 그대로 엎드려, 그가 자기를 쏘아 죽여주었으면 좋겠다고 생각했다. 그가 손을 들어 자기에게 총을 쏘아주기를 온 정성을 다해 빌었다. 그러나 슬림은 아무 짓도 하지 않고 열병에 걸린 듯한 험악한 눈초리로 그녀를 노려볼 뿐이었다.

 슬림이 갑자기 그녀에게서 눈길을 떼어 다시 한 번 바깥을 내다보았다. 무언가가 움직이는 듯한 기척을 느꼈으므로 그는 권총을 쏘았다. 정적 속에서 총소리가 메아리쳤다. 흙먼지가 일어나며 그 움직이는 기척이 있던 짐수레에서 하얀 나무토막이 날아오르는 것이 보였다.

 바깥 사람들이 나오라고 외치는 소리가 다시 한 번 들렸다. 슬림은 무릎이 덜덜 떨리기 시작했다. 그는 갑자기 다리에서 힘이 빠져나가는 것을 느꼈다. 그리고 무언가 먹고 싶다는 필사적인 욕망을 느꼈다.

 그는 무릎을 꿇었다. 두 손이 꺼칠꺼칠한 문의 판자를 쓸어내리며 동시에 권총이 바닥에 떨어졌다. 미스 블랜디시는 여전히 엎드린 채 그를 바라보고 있었다. 그가 주저앉을 때 그녀는 한순간 총에 맞았구나 하고 생각했는데, 그가 무섭게 으르렁거렸으므로 부리나케 몸을 뒤로 뺐다.

블레넌은 빨리 결판을 내려고 낮은 목소리로 명령을 내리고 있었다. 몇 명의 경관이 무거운 짐수레를 헛간 쪽으로 밀고 가기 시작했다. 짐수레의 두터운 옆판자가 몸을 잘 가려주었으나 다리가 온통 드러나 보였으므로 기분이 좋지 않았다. 수레는 거침없이 앞으로 나아갔다.

슬림은 짐수레가 다가오는 것을 보고 일어섰다. 급히 돌아다보았더니 들어올리는 문에서 내려다보고 있던 얼굴이 보이지 않았다. 이때 그의 머리는 완전히 돌아버리고 말았다. 헛간문을 확 열고 뛰어나갔다. 권총을 앞으로 들이대고 있었으나, 그의 유령 같은 얼굴은 절망으로 미친사람 같았다.

밖으로 나가 미처 세 발자국도 걷기 전에 사방에서 요란한 기관총 소리가 울려퍼졌다. 갑자기 슬림이 우뚝 섰다. 마치 눈에 보이지 않는 벽에 부딪친 듯한 모습이었다. 윗옷에서 피가 뿜어나오고 권총이 손에서 떨어졌다. 총소리가 쏘기 시작했을 때와 마찬가지로 갑자기 사라졌다.

페너는 밝은 햇빛 아래에서 어쩔 줄 몰라하고 서 있는 슬림을 뚫어지게 지켜보았다. 휘청하더니 그가 앞으로 쓰러졌다. 옆으로 다가가지 않아도 슬림이 이미 죽었음을 알 수 있었다. 발 끝으로 가만히 그의 몸을 들어올리자 음침한 눈동자가 멍하니 위를 올려보았다. 창백하고 갸름한 얼굴이 위를 향하여 가엾은 턱을 불쑥 내밀고 있었다. 축 늘어진 두터운 입술은 빠끔히 열려 있었다.

"끝이 났군." 블레넌이 다가와 말했다.

페너는 깊이 숨을 들이마시고 천천히 헛간을 향해 걸어갔다.

페너는 미스 블랜디시를 옆에 태우고 자동차를 달리며 그녀가 겪었을 온갖 쓰라린 일들을 곰곰이 생각하고 있었다. 그녀가 부호의 외동딸로 자라나 돈으로 살 수 있는 것은 무엇이든지 손에 넣으며 즐겨왔다는 사실은 별개의 문제라고 생각했다. 그녀가 너무도 가엾어 위로의 말조차 나오지 않아 자꾸만 침묵 속으로 빠져들었다.

그는 경관들과 블레넌을 농가에 남겨놓은 채 미스 블랜디시를 태우고 떠났던 것이다. 어색한 첫 만남 이후 그녀는 말도 하지 않았고, 페너의 얼굴을 보려고 하지도 않았다. 위에 웅크리고 있는 그녀를 그가 맨 처음 찾아내었던 것이다. 들어올리는 문으로 그의 얼굴과 어깨가 나타나자 그녀는 얼굴을 가리고 말았다. 페너는 이제 모든 일이 끝났으니 집으로 데려다주겠다고 다정하게 말했다. 그녀는 그를 처음 보았고, 그 때문에 오히려 다행스럽게 생각하고 있음을 그도 알 수 있었다. 그녀는 함께 사다리를 내려왔다. 빌려입은 드레스는 더럽고 꾸깃꾸깃했다. 그녀의 얼굴은 하얀 가면 같았고 눈은 멍했다.

블레넌은 부하들이 그녀를 흘끗흘끗 보지 않도록 헛간 근처에 얼씬거리지 못하게 했다. 블레넌으로서는 놀랄 만한 인간미를 보인 셈이다. 그 자신도 헛간에서 떨어져 있었다. 자동차는 헛간 바로 옆에 갖다대어졌고 아무도 타지 않은 채 시동만 걸려 있었다. 페너는 경찰들이 이 사건을 지나치게 비극적으로 다루고 있다고 생각했다. 모두들 여느 사람처럼 맞이해주는 것이 더 낫지 않을까 생각했으나, 그녀의 얼굴을 보자 역시 이렇게 하는 편이 좋겠다고 느꼈다. 페너는 그녀가 자동차에 올라탈 때에도 손을 잡아주지 않았다. 한걸음 뒤에 물러서서 자기 스스로 앉을 수 있도록 해주었다. 그는 반대쪽으로 돌아가 핸들 앞에 올라타자 속력을 내어 자동차를 몰았다.

농가에서 여러 마일 떨어진 곳에 이르자 페너는 매우 자연스러운 어조로 말을 걸었다.

"조용한 호텔에 데려다 드리겠습니다. 아버지께서는 캔자스에서 기다리고 계시지만, 아버지를 만나기 전에 잠시 쉬면서 옷도 새것으로 갈아입는 편이 좋을 겁니다."

그녀는 아무 말도 하지 않았으나, 긴장했던 그녀가 조금 마음을 놓는 듯하여 그도 흐뭇했다. 페너는 말없이 자동차를 달렸다. 앞유리에 그녀가 울고 있는 것이 비쳤다. 그녀는 이제 곧 기운을 되찾을 것이라고 그는 생각했다.

호텔은 과연 조용했다. 폴라가 손을 잘 써주었던 것이다. 페너는 그녀를 아무와도 얼굴을 마주치게 하지 않고 맨 위층 방으로 데려갈 수 있었다. 방에는 꽃이 가득 꽂혀 있었다. 조용한 공기 속에 꽃냄새가 감돌았다. 방은 깨끗하여 기분이 좋았다.

미스 블랜디시는 창가로 다가가 푸른 하늘에 떠 있는 하얀 구름을 바라보았다. 한쪽 손으로 꽃을 어루만지고 있었으나, 마치 꽃은 보이지 않는 듯한 손의 움직임이었다.

페너는 조용히 문 앞에 서 있었다.

"이제 곧 음식이 올 것입니다. 그리고 욕실은 오른쪽에 있습니다. 갈아입을 옷은 벽장 속에 있을 겁니다. 그밖에 필요한 것은 없습니까?"

"술을 주시겠어요?" 그녀는 나직한 목소리로 말했다.

"네, 무슨 술이 좋겠습니까?"

그녀는 아무 말도 하지 않았다.

페너는 그녀가 열띤 손짓으로 꽃을 따고 있음을 알았다. 꽃잎이 발밑 카펫 위에 흩어져 있었다.

페너는 벽 가에 있는, 요리를 운반하는 엘리베이터 옆으로 다가가

서 스카치 위스키를 한 병 골라 술잔에 따랐다. 병과 술잔을 탁자 위에 놓고 그는 다시 문 옆으로 물러섰다.

"저쪽으로 나가 계시지 않겠어요?"

등을 돌린 채 그녀는 말했다. 그녀의 어깨가 떨리고 있는 것을 페너는 보았다.

그는 방 밖으로 나와 조용히 문을 닫았다. 밖으로 나오자 그는 벽에 기대서서 담배를 물었다. 모자를 깊숙이 쓰고 그는 참을성있게 기다렸다. 한참 동안 그는 그 자리에 서서 귀를 기울이며 담배를 피우고 있었다. 미스 블랜디시의 일을 생각하면 아무래도 마음이 편하지 않았다. 이제부터 어떻게 하면 좋을까 하고 곰곰이 생각했다. 한참만에 다시 한 번 방 안을 들여다보았더니 그녀는 아직도 창 밖을 내다보고 있었다. 손에 술이 가득 담긴 술잔을 들고 있었다. 술병이 거의 비어 있음을 보고 페너는 깜짝 놀랐다.

방 안에 들어가 문을 닫고 기대서며 페너가 물었다.

"어째서 음식은 먹지 않소?"

"아무것도 먹고 싶지 않아요."

미스 블랜디시가 커다란 목소리로 갑자기 외쳤다.

"아버지에게 전화할까요? 당신이 무사한지 몹시 걱정하고 계실 겁니다."

"싫어요!"

"그럴 줄 알았습니다."

그녀는 머뭇거리며 서 있다가 이윽고 돌아다보며 말했다.

"어째서 그런 말씀을 하시지요?"

페너는 말투에 조심하며 말했다.

"당신이 어떤 일을 당했는지 짐작이 가기 때문입니다. 모든 것을 예전대로 돌이킨 다음에 만나고 싶겠지요?"

미스 블랜디시는 천천히 몸을 돌려 페너를 보았다. 얼굴이 조금 붉어져 있었다. 그 눈을 보자 페너는 불안해졌다.
"당신이 누구신지는 모르지만, 무척 친절히 해주셨어요. 지금 나는 혼자 있고 싶어요. 생각해야 할 일이 많아요."

THE BROKEN MEN
망가진 사람들
마셔 뮬러

망가진 사람들

1

먼동이 틀 무렵, 나는 디아블로밸리 공연장에 돌아왔다. 원형극장을 둘러싼 유연한 곡선의 언덕들은 연분홍색을 띤 황금빛으로 그 윤곽을 드러내고 있다. 그러나 그 경사면은 여전히 어둡고 가파르게 보였다. 언덕들은 아침 햇살의 온기를 기다리며 몸을 웅크리고 떼지어 있는 동물의 우리를 연상시켰다. 나는 마침내 햇살이 그들을 어루만져 기지개를 키게 하여 안도의 한숨을 내쉬는 동물들을 상상할 수 있었다.

날이 새면서 내게도 그런 안도의 감정이 일어날 마음의 여유가 있어야 했겠지만 나는 그런 일이 일어나리라고 믿지 않았다. 12시간 전 처음 이곳에 도착한 이후 줄곧 길고 근심스러운 밤을 보냈던 것이다. 되돌아가는 것이 최후의 방책이었으며 운명을 건 일대 도박이었다.

나는 아스팔트 위로 운전해 가다 줄지어 서 있는 기둥들에 의해 봉쇄된 도로에 이르러 차에서 내렸다. 바깥 공기는 차가워서 내 입김을 볼 수 있었다. 어디선가 먼 곳에서는 외로운 새 한 마리가 울고 있었고 쇠사슬로 연결된 담장 위에 일정한 간격으로 켜져 있는 보안등과 분명히 관련이 있을 법한 구슬픈 소리가 계속 희미하게 들려왔다. 그러나 정적은 무겁고 숨막힐 듯했다. 나는 가벼운 스웨이드 재킷 호주머니에 손을 찔러넣고 매표소 옆의 출입구를 향해 걷기 시작했다.

내가 그 담장에 다다랐을 때 검은 머리의 땅딸막한 사내가 인접한 경비초소에서 걸어 나와 대문의 자물쇠를 열기 시작했다. 그는 공연장의 관리인 로이 캔필드였다. 45분 전에 샌프란시스코에서 전화했을 때 그는 나의 제안에 대해 미심쩍어했지만 내가 다시 이곳으로 온다면 쾌히 협조하겠다고 말했었다. 캔필드는 문을 활짝 열고, 지난밤 디아블로밸리 광대 축제를 구경하려는 수많은 사람들이 지나간 회전문의 하나를 통과하라고 내게 손짓했다.

"시내에서 여기까지 빨리 오셨군요." 그가 말했다.

"새벽 5시라 거리가 한산해 최대한 빨리 올 수 있었어요."

나를 감정이라도 하듯이 훑어보는 경비원의 눈은 내 모습이 얼마나 헝클어지고 피곤하게 보이는가를 일깨워주었다. 캔필드 그자는 지난밤의 음악공연 전에 만났을 때와 마찬가지로 건강하고 민첩해 보였다. 그런데 그때는 밤새도록 사라진 의뢰인을 찾느라 만 일대의 반 이상을 뒤지고 있지는 않았다.

나는 덧붙여 말했다.

"물론, 나는 이곳에 와서 건물 어느 곳엔가 게리 피츠제럴드가 아직 있는지 알아보고 싶었어요. 우리 함께 둘러보지 않겠어요?"

캔필드는 전화상으로도 그렇게 들렸듯이 나를 여전히 미심쩍어하는 것처럼 보였다. 그는 어깨를 으쓱하며 얘기했다. "물론 우리가 수색할 수는 있지만 당신이 그를 발견하게 되리라고 생각지 않습니다. 사람들이 돌아간 뒤에 우리가 샅샅이 조사해 보았고 또 일단 자물쇠를 잠근 다음에는 아무도 안으로 들어갈 수 없었거든요."

마치 내가 그의 임무수행 능력을 의심하고 있다고 생각하는 것처럼 그의 말 속에는 나에 대한 질책의 뜻이 담겨 있었다. 나는 재빨리 대꾸했다. "내가 당신을 믿지 못해서가 아니에요, 캔필드 씨. 단지 더 이상 살펴볼 만한 장소가 남아 있지 않아서 그럽니다."

캔필드는 퉁명스럽게 넓은 콘크리트 계단으로 올라가라는 몸짓을 했다. 그 계단은 입구에서 산책로에 이르는 비탈길로 이어져 있었다. 산책로의 갈랫길은 원형극장 주위를 반대 방향으로 에워싸고 있었다. 지난밤을 돌이켜보건대, 잔디는 산책로로부터 황량한 현대식 연주회장까지 완만하게 경사져 있었다. 연주회장의 무대는 넓었으며——약 90° 각도의 부채꼴——양쪽에 출입구가 있었고 무대 뒤의 분장실은 건물 뒤편의 언덕을 파서 만든 것이었다. 2개의 거대한 기둥으로 하늘 높이 받쳐져 있는 콘크리트 지붕은 휘어진 화살촉 같은 형태의 석판으로 되어 있었고 지붕끝은 중심에서 약간 비껴나 남동쪽을 가리키고 있었다. 관객석은 무대앞 반원 내에 12열 정도로 제한되어 있었다. 공연장이 잔디 위에 담요를 깔고 드러눕기를 더 좋아하는 평상복 차림의 콘서트 입장객을 주대상으로 설계되었기 때문이었다.

나는 계단의 맨끝에 이르러 산책로를 가로질러 극장의 가장자리에 갔을 때 놀라서 멈추어 섰다.

어제는 자연 그대로였던 잔디가 지금은 쓰레기더미가 되어버린 것이었다. 종이봉지, 컵, 접시들과 맥주깡통, 포도주병, 그리고 포장지들, 구겨진 프로그램 안내장과 무언지 모를 다른 부스러기들이 어지럽게 흩어져 있었다. 산책로를 따라 적당한 간격으로 비치되어 있는 쓰레기통은 이미 넘쳐 내용물이 바닥에 쌓여 있었고 관객석과 잔디 사이의 낮은 벽에는 버드와이저 깡통들로 어마어마한 피라미드를 이루고 있었다. 어떤 장소에는 쓰레기가 드문드문 흩어져 있었지만 다른 곳에는 마치 더러운 눈이 바람에 날려 쌓이듯이 두껍게 쌓여 있었다.

캔필드는 산책로를 올라오느라 힘겹게 숨을 몰아쉬며 내 뒤에 서더니 말했다. "엉망이군요, 그렇죠?"

"그렇군요, 공연 뒤에는 항상 이렇습니까?"

"때에 따라 다르죠. 어젯밤처럼 쇼가 있을 땐 젊은이들, 특히 가족과 소풍객들이 많이 오는데 그런 다음에는 더 심하고, 교향악 연주가 있을 땐 상황이 달라집니다."

"그런데 당신네 보존반원은 아침까지도 나타나지 않는군요." 나는 비난하는 말투로 들리지 않게 하려고 애썼다. 하지만 잠자리에 들기 전에 저녁 먹은 접시를 닦지 않는 것은 7대 죄악에 속한다고 믿으며 자라난 나같은 사람에게 밤새 저런 쓰레기들이 널려 있도록 한다는 것은 다소 수치스러운 일이었다.

"좀더 비용을 적게 들이기 위해서지요…… 아니면 초과 근무수당을 지급해야 하니까요. 게다가 그 일은 어차피 날이 밝을 때 해야 더 능률이 오르니까요."

마치 캔필드의 말에 대꾸라도 하듯, 햇빛——지금은 핑크빛이라기보다 황금빛에 더 가까운——이 저 멀리 언덕을 넘어 무대 왼편으로 다가왔다. 햇빛은 우리 아래 잔디 위에 그려진 그림자들을 일그러뜨려 다르게 보이도록 했다. 어둠은 잿빛으로 변하고 잿빛은 백색으로 변해갔다. 짧았던 그림자는 길어지고 길었던 다른 그림자들은 짧게 되어갔다. 흐릿했던 윤곽은 선명하게 초점이 맞추어져 갔다. 또한 햇빛과 함께 싸늘한 바람이 산책로 저편에서 거세게 불어왔다.

나는 떨면서 재킷을 여몄다. 바람은 산책로를 따라 심어져 있는 묘목이나 다름없는 어린 포플러의 마른 낙엽들을 몰아내고 있었으며, 쓰레기를 휘저어 잔디 위로 휩쓸어 가서 그 자리에 쓰레기들을 흩어놓았다. 비닐 봉지들과 종이뭉치들이 기분 나쁜 춤을 추며 날아올랐다가 바람이 지나가면 다시 내려앉았다. 나는 동쪽의 삼나무 방풍림 쪽으로 굽이치는 종이 바다의 파도를 지켜보았다.

나는 잔디와 관객석 사이의 벽 옆에서 휘저어지고 있는 쓰레기더미 속 어딘가에서 노란색이 두드러져 보이는 것을 알아차렸다. 나는 그것을 응시하며 몸을 앞으로 굽혔다. 다시 노란색, 다음엔 푸른색 얼룩, 그 다음엔 흰색이 흔들리는 것을 보았다. 그 색깔들은 그곳에 있었지만 쓰레기가 몰려들면 사라져버렸다.

어스름 속에서 내 눈이 나에게 장난을 치고 있는 걸까? 나는 그렇게 생각지 않았다. 왜냐하면 그 색깔을 확신할 수는 없더라도 바람이 지나면서 노출시켰던 그 형태——길고, 모가 나고, 단단하게 보이는 ——를 분명히 알아차렸기 때문이었다. 쓰레기들이 그것을 완전히 감추지는 못했다.

밤새 억눌렸던 두려움이 엄습해 왔다. 잠시 멈칫한 뒤에, 나는 내가 주시했던 그 지점을 향해 비탈길을 서둘러 내려갔다. 뒤에서 캔필드가 큰소리로 불렀지만 나는 그를 무시했다.

쓰레기는 벽 근처에 거의 무릎 높이까지 쌓여 있었다. 나는 엄청난 양의 쓰레기를 발로 밀치고 손으로 치워 길을 내면서 병, 깡통, 그리고 종이들을 헤치며 나아갔다. 계속 치우자 드디어 손끝에 더욱 단단한 무엇인가가 닿았다……

나는 무릎을 꿇고 쓰레기를 어깨 너머로 던지면서 마지막 층을 파냈다.

그는 반듯이 누워 있었다. 엷은 노랑색 망토와 헐렁한 푸른색 격자무늬 바지를 입고 있었고 바지 아래로는 검정색 가죽구두가 보였다. 그의 검은빛 베레모는 하얀 광대 얼굴에 반쯤 내려와 눈을 가리고 있었다. 망토가 가리고 있어서 그의 의상의 나머지 부분인 빨간 조끼는 볼 수 없었지만 그의 가슴에 드리워져 있는 천에 빨간색 얼룩이 흐리게 보였다.

나는 망토를 옆으로 홱 잡아당기고 조끼를 만져보았다. 끈쩍거리는 느낌에 손을 떼었지만 내 손도 붉은빛이었다. 나는 그것을 얼른 신문지로 문질러 닦아버렸다. 나는 그것이 얼마나 부질없는 일인지 알면서도 그의 동맥에서 맥박을 더듬었다.

"원, 세상에." 잠시 동안 눈앞이 흐려지고 귀에서는 희미하게 윙윙거리는 소리가 들려왔다.

로이 캔필드는 헐떡이면서 내 뒤로 달려왔다.

"무슨…… 오, 저런!"

나는 계속 그 광대를 내려다보았다.

그는 다 쓰고 나서 쓰레기더미에 버려진 물건처럼 보였다. 잠시 뒤, 나는 엄지손가락을 그의 차가워진 뺨에 대고 하얗게 칠한 분장을 닦아냈다.

그의 베레모를 밀어제치고 극적으로 어두워진 눈을 보고는 담황색의 가발을 잡아당겨 벗겼다. 마지막으로 그의 볼록한 모조코를 잡아뺐다.

"게리 피츠제럴드요?" 캔필드가 물었다.

나는 그를 쳐다보았다. 그의 둥근 얼굴은 근심으로 주름졌다. 내가 받은 충격과 당혹감이 확실히 보였을 것이다.

나는 대답했다. "캔필드 씨, 이자는 게리의 의상을 입고 있지만 그가 아닙니다. 내 생전에 한번도 본 적이 없는 사람이라구요."

2

내가 찾고 있던 사람은 '피츠제럴드와 틸비'라는 국제적으로 유명한 어릿광대극의 두 단원 중 하나였다. 광대들의 세계는 다른 예술 분야와 마찬가지로 그 수준이 천차만별이다. 황소를 타고 있는 사람이 밟히지 않도록 하는 것이 주역할인 보잘것없는 로데오 광대가 있는가 하면 에메트 켈리 같은 서커스 광대, 그리고 마르셀 마르소같이 어디서나 갈채받는 무언극 배우도 있다. 피츠제럴드와 틸비는 그런 부류에서 켈리나 마르소에 비해 그리 낮은 수준이 아니었고, 하루하루 그들을 따라잡고 있었다. 그 두 명의 영국인들은 전형적인 광대의 말없는 몸짓 언어만을 사용하는 대신에 그것에다 섬세하고 세련된 언어를 쓰는 코미디 형식을 결합시켰다. 그들이 일본의 한 자동차 제조회사의 예술적이고 재미있는 텔레비전 광고에 출연하게 되자 그들의 명성은 70년대 후반의 광대극에 대한 열정 이상으로 대단해졌다. 이어서 그들은 미국의 주요 항공사와 큰 보험회사 중의 한곳, 그리고 컴퓨터회사 등의 광고물에 출연함으로써 유머를 사랑하는 미국인들의 가슴속에 자리잡게 되었다.

피츠제럴드와 틸비가 콘트라코스타 군 상공회의소와 내 친구인 돈 델보치오가 디스크자키로 일하고 있는 라디오 방송국 KSUN이 공동 후원하는 자선공연인 디아블로밸리 광대축제에서 연기하기로 했을 무렵, 나는 그들의 일을 거들게 되었다. 그 광대팀의 매니저, 웨인 카발카는 무상으로 공연하는 대신 단 두 가지의 조건을 제시했다. 출연 스타의 광고를 해줄 것, 그리고 경호원을 제공해줄 것이 그것이었다. 돈이 그 쇼의 사회를 맡았기 때문에 모든 계획에 관여했고, 그래서 카발카의 두번째 조건을 들은 뒤 나에게 그 일을 권했다.

나는 지난 봄, 샌프란시스코의 글렌파크 지역 근처에 집을 산 뒤로 계속 그랬듯이 그 당시에도 돈이 부족했다. 또한 내가 조사요원으로 있는 만인법적협동체도 협동체의 사건들에 방해되지만 않는다면 내가 부업을 갖는 것을 꺼리지 않았고 9월은 일이 별로 없는 시기였으므로 부담없이 그 제안을 받아들였다. 경호하는 일이 해볼 만한 매력적인 일이라고 생각지는 않았지만 나는 항상 피츠제럴드와 틸비의 광대극을 즐겨봤고 또한 그들을 만난다는 사실에 흥미를 가지게 되었다. 더욱이 나는 돈이 내게 약속한 무료통행증보다는 그 축제의 일원이 되어 보낸 내 시간에 대한 대가를 받으려 했다.

그래서 9월말의 그 무더웠던 금요일 오후에 나는 KSUN의 샌프란시스코 스튜디오의 휴게실에서 웨인 카발카를 만났다. 라디오방송국이 대개 그렇듯이 KSUN은 불안정한 운영을 하고 있었고, 휴게실은 이러한 사정에 딱 들어맞는 인상을 주었다. 구세군이 내버린 어울리지도 않는 가구로 채워져 있었고 벽에 붙어 있는 포스터들은 찢겨져 나달나달했으며 커다란 탁자에는 언제나 구겨진 신문지, 빈 콜라 깡통과 커피잔, 그리고 담배꽁초가 수북한 재떨이 등으로 어질러져 있었다. 이런 어수선한 상황에서는 누군가가 반쯤 먹다 남긴 맥도널드 햄버거도 장식 효과가 있었을 것이다.

돈과 내가 그곳에 들어섰을 때, 웨인 카발카는 우툴두툴한 의자 끝에 걸터앉아 있었는데 그 모습은 마치 의자에 벼룩이라도 있지 않나 염려하는 것처럼 보였다. 그는 우리를 보자 방금 벼룩에 물린 듯이 벌떡 일어났다. 그의 차림새는 꽤 격식을 차린 듯했다. 더위에도 불구하고 그는 길고 숱이 많은 황갈색 머리털에 잘 어울리는 황갈색 조끼 있는 정장 차림으로 조끼의 V자형 깃 위로 갈색 줄무늬 넥타이가 보였다. 카발카와 그의 고객들은 로스앤젤레스에 근거지를 두고 있었지만, 그 흔한 할리우드식 복장, 즉 금목걸이, 다이아몬드 반지, 또는 아디다스 운동화 등 그 어느 것도 뽐내지 않았다. 그의 무척 단정한 모습은 아마도 귀족 집안일 것이라는 소문이 있는 그의 영국인 고객들과 비슷하게 보이려는 의도인 듯했다.

돈이 우리를 소개했고 모두 자리에 앉았다. 카발카는 다시 의자 끝에서 몸의 균형을 잡는 몸짓을 했다. 나를 무시한 채, 그는 돈에게 말했다.

"당신이 약속했던 경호원이 여자일 것이라고는 생각지 않았소."

돈은 나를 흘끗 쳐다보며 텁수룩한 검은 눈썹을 약간 치켜올렸다. 내가 말했다.

"제가 여자라고 실망하지 마세요, 카발카 씨. 저는 지금까지 9년째 비밀 조사요원으로 일하고 있으며 그전에는 경비회사에서 일했어요. 전 그 일을 할 만한 충분한 자격이 있답니다."

카발카가 돈에게 몸을 돌리고 물었다.

"하지만 저 여자가 전에 이런 일도 해봤단 말이오?"

또다시 돈은 나를 쳐다보았다.

"경호하는 일은 제가 수행했던 많은 유형의 임무들 가운데 하나에 불과합니다. 그것도 가장 일상적인 일에 속하죠."

내가 대답했다.

카발카는 계속 돈을 바라보며 말했다.

"저 여자는 총기 소지 면허를 가지고 있소?"

돈은 터져나오는 웃음을 참느라고 손가락을 얼른 텁수룩한 검은 콧수염으로 가져가며 말했다.

"내 생각엔 당신들 둘이서만 얘기해보는 게 좋을 것 같소."

카발카는 돈이 떠나는 것을 막으려는 듯 손을 내밀었지만, 돈은 일어섰다. "내가 필요할 때를 대비해서 편집실에 가 있겠소."

나는 통로를 따라 걸어내려가는 그를 지켜보며 그처럼 크고 건장한 체구에 비해 걸음걸이가 단정한 데 놀랐다. 곧 나는 카발카 쪽을 돌아보며 말했다.

"당신 질문에 대답하자면, 예, 저는 총기를 사용할 자격이 있습니다."

그는 목소리를 가다듬는 소리인지, 투덜거리는 소리인지 모를 어중간한 소리를 냈다.

"음…… 그러면 당신은 이 임무를 위해 총을 소지하는데 반대하지 않겠군요."
"꼭 필요하다면 반대하지는 않겠어요. 하지만 그 일에 동의하기 전에 먼저 당신 의뢰인들에게 무장한 경호원이 필요하다고 생각하는 이유를 알아야겠어요."
"유감이군요."
"경호원이 무장을 해야만 한다는 암시를 주는 어떤 위협이라도 있습니까?"
"위협이라, 아…… 아닙니다."
"그러면 특별한 상황입니까?"
"특별한 상황이지요. 글쎄, 당신도 알다시피 그들은 꽤 유명하오. 그 TV 광고들…… 그것을 본 적이 있소?"
나는 고개를 끄덕였다.
"그럼 당신도 우리가 이곳에 금광을 하나 가지고 있다는 것을 알겠군요. 우리는 한달 내에 세 군데 이상 계약에 서명할 예정이오. 아메리카은행은 문제 없고, 제너럴 식품회사도 한몫 끼려 하고 있어요. 모빌 정유회사는 태도가 모호하지만 결국 서명할 거요. 피츠제럴드와 틸비는 우리의 중요한 재산이오. 그들은 보호되어야만 합니다."
나는 생각했다. 사람이 아니고 재산이구나…….
"그런데도 아직 내가 알고자 하는 것을 가르쳐 주지는 않는군요."
카발카는 잘 손질된 손가락들을 깍지끼고는 경쾌하게 관절을 꺾었다. 그의 이마에 땀방울이 맺혔다. 이상한 일도 아니지. 이렇게 더운 날에 저런 옷을 입었으니……. 드디어 그가 입을 열었다.
"지난 2년 동안, 그 젊은이들이 여행할 때 팬들로 인해 어려움을 꽤 겪었지요. 간혹 군중들이 다소 거칠어지기도 하니까요."

"그럼 왜 경호원을 계속 고용하지 않았죠? 스텝 중의 하나처럼 일하게 하면 되지 않겠어요?"

"그 젊은이들이 반대했소. 귀족 출신이라는 설에도 불구하고 그들은 평민이었고, 또한 필요 이상으로 그들과 대중들간의 거리가 멀어지는 것을 원치 않았어요."

카발카의 말은 거짓말처럼 들렸다. 사실은 카발카가 너무 인색해서 상주 경호원을 고용할 수 없었던 것이 아니었나 하는 의심이 들었다.

"디아블로밸리 공연장 같은 장소에서의 경비는 최상입니다. 당신도 그 정보를 들었으리라 믿어요. 무장한 경호원을 고용하는 일은 불필요한 일로 보이는데요. 공연장의 전직원이……."

카발카는 참을 수 없다는 몸짓을 했다.

"그들의 경비 능력은 수십 명의 연기자들을 보호할 것이오. 쇼가 진행되는 동안 관중들 사이를 배회할 사람들을 포함해서 말이오. 내 의뢰인들은 특별한 보호가 필요하단 말입니다."

나는 말없이 카발카를 바라보았다. 그는 내 시선을 피해 벽의 찢어진 포스터들에 어색한 관심을 보이면서 두리번거리고 있었다. 마침내 내가 입을 열었다.

"카발카 선생, 지금 선생은 나를 솔직하게 대하지 않는군요. 만일 선생이 솔직하게 나오지 않으면 유감스럽지만 이 임무를 맡지 않겠습니다."

카발카가 나를 돌아다보았다. 그의 담청색 눈은 지쳐 있었다. 잠시 뒤 그가 말했다.

"이 방송국 사람들이 당신을 매우 높이 평가하더군요."

"그럴 겁니다. 그들은——특히 델 보치오 씨는——절 잘 알지요. 돈은 특별히 더 잘 알아요. 우리는 서로 사랑한 지 6개월 이상 되었으니까요."

"그들이 경호원을 확보했다고 했을 때 내가 들은 설명은 당신이 일급 취조관이라는 말이 전부였소. 만일 내가 당신이 여자라는 사실에 놀라 무례함을 보였다면 사과하겠소."
"사과를 받아들이겠어요."
"일급이라는 말이 의미하는 것 중에는 당신의 언행이 신중하다는 뜻도 들어 있을 것이라 생각하고 있소."
"선생께서 알고 싶어하는 것이라 해도 전 제 일에 대해 얘기하지 않겠어요."
카발카는 고개를 끄덕였다. 그리고 나를 약올리기 시작했다.
"좋소, 어떤 정보를 당신에게 주려고 하는데, 그건 알려지지 않은 사실이니까 당신도 그 내용에 관한 소문을 친구들에게 퍼뜨리지 않아야……."
"정보에 대한 얘기를 계속하든지 아니면 다른 경호원을 찾아보시죠."
연기자들이 약 3시간 안에 공연장에 도착해야 하는 그 시점에서 그건 쉽지 않은 일이었다.

카발카는 얼굴이 붉어지면서 반격할 기세였지만 말을 삼키고 침묵했다. 그때까지도 깍지끼고 있던 손가락들을 초조한 듯 반복하여 하나씩 누르면서 내려다보고 있었다.
"좋소, 다시 한번 사과합니다. 내 생각에 당신은 머리를 절레절레 흔들 정도의 쓰레기 같은 인간들을 다루는 데 익숙해질 거요."
"선생께서 제게 말하려 했던 것은?"
그는 나를 쳐다보며 마치 적의 요원에게 국가 기밀을 넘기려는 것처럼 말하며 어깨를 폈다.
"그래요. 내 의뢰인들이 디아블로밸리 공연장에서 특별한 경비 대책을 요구하는 데는 이유가 있습니다. 게리 피츠제럴드와 존 틸비,

그들은 원래 콘트라코스타 군 출신이죠."

"뭐라구요? 저는 영국인인 줄 알았는데요."

"예, 물론 당신도 그랬을 거요. 거의 모든 사람들이 그렇게 생각하고 있고 또 그것이 신비로운 분위기의 일부를 이루면서 상품 가치가 되죠."

"이해가 안 되는데요."

"나는 70년대 초에 로스앤젤레스 동쪽 계곡의 샌버나디노에 있는 한 싸구려 클럽에서 일하고 있던 그 젊은이들을 발견했소. 그들은 사촌간이었고 농장——그들 경우에는 목장——을 막 떠나온 풋내기였소. 틸비의 아버지는 클레이턴 근처의 콘트라코스타 언덕에서 낙농업을 하고 있었다고 합니다. 그가 두 소년을 함께 길렀지요…… 게리의 부모는 이미 세상을 떠난 뒤였고…… 아버지가 죽자 소년들은 목장을 팔고 부와 명성을 찾아 그곳을 떠난 겁니다. 옛날 얘기지요. 하지만 고향을 떠난 뒤 그들은 출세한다는 것이 쉬운 일이 아니라는 걸 깨달았어요. 또다른 옛날 얘깁니다. 내가 클럽에서 그들을 찾아냈을 때 난 그들이 훌륭하다는 걸 알아볼 수 있었어요. 굉장히 훌륭했죠. 그래서 그들을 데려와서 스타로 만들게 된거요."

"꽤 진부한 얘기로군요."

"그럴지도 모르지요. 하지만 때로는 그런 일이 실현됩니다."

"그럼 영국이 배경이 된 이유는 뭐죠?"

"그때는 70년대 초반이었고, 롤링 스톤스나 비틀즈 같은 노래하는 그룹들은 그때까지도 신비감에 싸여 있었어요. 귀족 태생의 영국인 광대보다 더 나은 게 있을 수 있겠소? 게다가 그들은 내가 발견하기 이전부터 이미 연극 공연에서 영국인 역할을 했고 또 잘되어 가고 있었소."

나는 흥행사업의 음모를 즐기면서 고개를 끄덕였다.

"그럼 당신은 그들이 누군지를 잘 알고 있는 사람들이 오늘 밤에 공연장에서 그들에게 너무 가까이 다가가서 그들을 알아볼까봐 두려워하는 겁니까?"

"그렇소."

"이렇게 여러 해가 지난 뒤에 그건 어려운 일이라고 생각지 않으세요?"

"그들은 69년도에 그곳을 떠났어요. 사람들은 16년 동안 그렇게 많이 변하지 않습니다."

그건 상황 나름이겠지만 나는 그와 그 점에 대해 논쟁하려 하지 않았다.

"분장은 어떤가요? 그것이 그들의 신원을 감추어 주지 않을까요?"

피츠제럴드와 틸비는 광대의 전통적인 하얀 얼굴로 분장을 하고 있었다.

"그들은 무대에 나가기 직전에 분장을 합니다. 다른 상황이라면 미리 분장을 하고 있을 수도 있겠지만 이렇게 더운 날에는 그럴 수 없습니다."

나는 머리를 끄덕였다. 모두 이치에 맞는 말들이었다. 하지만 카발카가 무장한 경호원의 필요성에 관해 나에게 말하지 않은 어떤 것이 있다는 느낌이 든 것은 무엇 때문이었을까? 아마도 그것은 그의 시선이 또한번 내 시선을 피해 벽에 붙어 있는 포스터로 옮겨갔고 그가 깍지낀 손가락들을 초조하게 누르고 있었기 때문이었을 것이다. 아니면 가끔씩 내게 도움을 주는 육감일 수도 있었다. 그 육감을 나는 탐정의 직관이라고 하는 반면 이들 특히 대부분의 남자들은 여자의 직관이라고 한다.

"좋습니다, 카발카 선생. 그 일을 맡겠어요." 내가 말했다.

3

 나는 스튜디오로 언제 돌아와야 하는가를 돈과 합의하여 결정한 다음, 옷을 갈아입으러 집으로 갔다. 우리는 4시쯤에 공연장에 도착해야 했는데 그 쇼는 어린이들에게 인기가 있었기 때문에 이른 시간, 즉 6시에 시작할 예정이었다. 디아블로밸리에서는 38°C까지 올라가는 높은 기온이 어두워진 뒤에도 오랫동안 내려가지 않으리라는 것을 알고 있었기 때문에, 샴브레이 바지와 간편한 탱크 톱, 그리고 밤늦게 쌀쌀해질 때 걸쳐 입을 스웨이드 재킷이 내게 필요한 전부였다. 또한 그것, 특제 38구경도 가죽으로 된 어깨에 메는 가방의 바깥 부분에 쑤셔넣었다.

 나는 3시까지 KSUN 스튜디오로 돌아와 로비에서 돈을 만났다. 그는 나를 카발카, 게리 피츠제럴드 그리고 존 틸비가 기다리고 있는 휴게실로 안내했다. 그 두 명의 광대는 내 나이——서른을 갓 넘었다——정도로 보였다. 그들의 영국식 말투는 한때 가장된 것이었겠지만 지금은 마치 런던에서 태어나 자란 사람처럼 자연스럽게 들렸다. 게리 피츠제럴드는 키가 크고 여윈 편이었으며 곱슬거리지 않는 검은 머리에다, 친근한 표정이 갑자기 사라지고 상대방을 직시하는 경직된 용모를 가지고 있었다. 존 틸비는 키가 작고 엷은 갈색 머리의, 고등학교 시절에 우리가 흔히 '귀엽다'고 하던 그런 타입이었다. 그의 수줍어하는 태도는 자기 사촌의 당돌한 인사법 및 악수법과 뚜렷한 대조를 이루었다. 그들은 정말로 사촌간인 것처럼 보이지 않았다.

 사실 내 경우에도 네 명의 형제들과 많은 사촌들을 비교해 보면 역시 마찬가지였다. 그들 모두는 한 가지 서로 닮은 데가 있기는 했지만——전형적인 스코틀랜드 계 아일랜드 인의 황갈색 머리——나는 인디언 쇼쇼네 족 혈통의 모든 특징을 물려받았다. 그리고 우리들은 서로 따뜻이 감싸주고 이해하며 마음을 써준다는 사실만 빼놓고는 아무도 성격이나 외모가 닮지 않았다.

우리가 서로 인사를 나누는 동안, 웨인 카발카는 뒤에서 서성대고 있었다. 그가 나에게 얘기한 첫마디는 "총은 가져왔소?"였다.

"네, 가져왔어요. 완벽하게 잘 손질되었구요."

카발카는 그것이 사실이기를 바랄 뿐이라는 듯이 두 손을 움켜쥐더니 내게 물었다.

"차는 있나요?"

"네."

"그럼 내 차와 당신 차를 가지고 가기로 합시다. 난 호텔로 방향을 돌려 내 아내와 틸비의 여자친구를 태워야 하오."

"좋아요. 내 차에 한 명은 더 태울 수 있으니까. 돈, 당신은 어때요? 그곳까지 어떻게 갈 거죠?"

"난 원더버스를 타겠어."

난 눈동자를 굴리면서 생각했다. 원더버스는 KSUN의 선전용으로 쓰였다. 원래는 스쿨버스였던 것에 무지개색을 칠하고 방송국의 전화번호로 장식한 그 버스는 경영자측의 판단으로 그걸 보내는 것이 이익이 될 것으로 생각되는 장소들을 포함해서 KSUN이 후원하는 모든 행사에 동원되었다. 나로서는, 그것은 자체 선전을 위한 방송국의 뻔뻔스러운 시도 중에서 가장 참을 수 없는 것이었다. 또한 나는 기회가 있을 때마다 돈에게 이러한 견해를 누차 설명했다. 놀랍게도 돈은——로큰롤을 싫어하는 점잖은 고전음악가이며 DJ와 함께 다닌다는 악평을 듣기 싫어하는 그가——결코 원더버스 타는 것에 싫증을 내지 않았다. 오히려 그 괴상한 자동차를 즐겨 타는 악취미가 있는 편이었다. 비밀이지만, 부끄럽게도 나도 원더버스를 한번 타봤으면 하는 욕망을 가지고 있었다.

웨인 카발카는 돈의 말에 다소 놀란 듯이 보였다. "원더버스?" 하고 중얼거리더니 말했다. "자, 모두 준비됐으면 떠납시다."

나는 돈에게 오만하게 미소 지었다. "즐겁게 타고 오세요."

우리는 줄지어 주차장으로 나갔다. 콘크리트 도로 위에서 열기가 확 올라왔다. 카발카는 주머니에서 손수건을 꺼내 이마를 닦았다.

"이곳은 9월에도 항상 이렇게 덥습니까?"

"이 도시에서는 이달이 전형적인 여름날씨를 보이죠. 하지만 이런 날은 흔하지 않아요." 나는 가방을 점검해 본 뒤 내 MG컨버터블 자동차의 운전석 뒤편에다 조심스럽게 놓았다.

존 틸비는 내 차를 보더니 눈을 반짝였다. 그는 내 차로 걸어와서 오래되어 흠집이 있는 차 옆구리 한쪽을 마치 그것이 포르셰 신형이나 되는 것처럼 손으로 쓰다듬었다.

"나도 이 차종을 가지고 있었지요."

"분명히 그 차가 이것보다는 훨씬 멋진 모습이었을 거예요."

"그렇지 않았어요."

그의 얼굴에는 어떤 그림자가 스쳐 지나갔다. 그 쇠붙이는 만지면 델 정도로 뜨거웠을 텐데도 그는 내 차를 계속 어루만졌다.

"이봐요, 만일 공연장까지 이 차를 몰고 싶다면 기꺼이 당신과 자리를 바꿔 앉아 승객이 되어줄 용의가 있는데요."

그는 잠시 생각하고 나서 말했다. "감사합니다만 그럴 수는 없어요…… 난 운전하지 않아요. 하지만 타고 달리고 싶은……."

"존." 우리 뒤에서 카발카의 조급한 목소리가 들려왔다. "이봐, 지금 코린과 니콜이 우리를 기다리고 있다구."

틸비는 내 차에 동경하는 듯한 시선을 보내고 나서 어깨를 으쓱했다. "내 생각에는 웨인과 여자들을 잘 참아내는 게 좋겠어요." 틸비는 돌아서서 주차장 반대편에 서 있는 카발카의 새 차로 보이는 세빌을 향해 걸어갔다.

게리 피츠제럴드가 한손에 작은 캔버스 가방을, 또 한손에는 옷가방을 들고 내 옆으로 다가와 소탈하게 웃으면서 말했다.

"당신과 내가 짝을 이루게 된 것 같은데요."

"그리 나쁜 거래는 아니군요."

게리 피츠제럴드는 캐딜락에 오르고 있는 틸비와 카발카 쪽으로 시선을 돌렸다. "존과 함께 가는 건 웨인이 옳아요. 아마 그가 다른 여자와 드라이브하는 것을 보면 니콜이 질투할 테니까." 그의 말투는 다소 원망이 섞여 있었다. 니콜을? 놀라웠다. 아마도 그 여자친구가 사촌간의 불화의 씨앗이었던 것 같았다.

"코린이 웨인의 아내예요?" 우리가 MG에 탔을 때 내가 물었다.

"그래요. 공연장에서 그들을 다 만나게 될 거요. 그들은 결코 멀리 떨어져 있질 않죠."

나는 또한번 괴로움이 깊이 배어 있는 그의 나지막한 저음의 말소리를 들었다.

우리는 고속도로를 타고 바닷가의 큰 물굽이 위에 설치된 다리를 건넜다. 교외 통근자들로 교통은 이미 혼잡하였다. 사람들은 9월의 무더운 금요일이라 일찌감치 사무실을 떠났던 것이다. 나는 내 작은 차를 몰고 차선을 요리조리 바꿔가면서 트럭들과 공항버스들을 지나쳐 갔다. 피츠제럴드는 말이 없었다. 나의 운전이 그를 당혹하게 하지나 않을까 하는 염려에서 몇 번이나 그를 쳐다보았지만 그는 생각에 잠겨 매우 편안한 모습으로 차문에 기대어 구부정하게 앉아 있었다. 아마도 공연 전의 침착함이었을 것이다.

다리에서부터 월넛크리크 동쪽 24번 고속도로를 타고서 스모그로 인해 뿌옇게 보이는 바닷가 지역의 미운 오리새끼인 오클랜드 주변을 빠져나갔다. 샌프란시스코의 세련된 신사들은 사람들의 입에 너무나

자주 오르내리는 거트루드 스타인의 문구를 되풀이하면서 오클랜드를 비웃었다. "거기엔 그곳이 없다." 하지만 최근에는 그들의 조소에도 심기가 불편한 경향이 있어 왔다. 오클랜드의 번성하는 항구는 바다 건너편에 있는 자매도시에게서 많은 선박사업을 빼앗았다. 그 도시의 정책은 활기차고 맹렬했다. 이전의 빈민가 자리에 미끈한 새 건물들이 세워졌다. 마침내 오클랜드는 솜털을 다 벗고 우리 샌프란시스코 시민들을 초조하게 만들었던 것이다.

그곳에서부터 우리는 버클리 언덕을 지나 칼데콧 터널에 이르는 긴 오르막길로 접어들었다. 짐을 가득 실은 트럭이나 천천히 움직이는 차들을 지나가느라 MG의 오래된 엔진에 무리가 갔다. 그리고 터널에 도착했을 때──세 개의 터널이 있는데 현재는 두 개의 터널이 개통돼 동쪽으로 향하는 수많은 시의 통근 차량들을 수용하고 있다──나는 길 가장자리 차선으로 쏜살같이 통과했다. 터널 중간의 경사길 꼭대기에서 나는 엔진을 쉬게 하려고 기어를 중립으로 바꿨다. 터널을 나오자마자 건조한 열기가 우리에게 밀려왔다. 이에 비하면 샌프란시스코의 기온은 아무것도 아니었다.

고속도로는 참나무와 유칼립투스로 뒤덮이고 햇볕이 내리쬐는 갈색 언덕들을 지나 내리막길로 이어졌다. 집들이 나타났다가 나무들 사이로 사라져 갔고, 대기에선 마른 나뭇잎과 풀과 먼지 냄새가 났다. 내 생각에는 화재의 위험이 있었다. 불티 하나만 있으면 그 집들은 모두 성냥갑 신세였다.

오린다의 시가지가 오른편에 보였고 왼편으로는 BART 기차가 역을 떠나고 있었다. 나는 속력을 높여 그 기차를 추월하려 했지만 내 차의 속도계가 80km/h를 가리키자 단념해버리고, 기차 안에서 우리를 지켜보고 있던 몇 명의 학생들에게 손을 흔들었다. 다시 속력을 60km/h로 줄이고 나서 나의 어린애 같은 행동에 당황하고 있던 피츠제럴드를 쳐다보았다. 그는 꼿꼿하게 앉아서 씩 웃고 있었다.
내가 말했다.
"사람의 마음을 끄는 힘이 가히 압도적이군요."
"그 느낌을 알겠소."
그가 얘기하고 싶어하는 것 같다는 느낌에, 한결 마음이 편해진 나는 덧붙여 말했다.
"내가 당신의 출신지에 관해 알고 있다는 사실을 카발카 씨가 얘기하지 않던가요?"
그는 잠시 동안 깜짝 놀란 듯하더니 고개를 끄덕였다.
"콘트라코스타 군에는 지금 처음 돌아온 겁니까?"
"네."
"변했다는 걸 알게 될 거예요."
"내 생각에도 그렇소."
"우선 사람이 무척 많아졌죠. 월넛크리크나 콩코드 같은 곳은 지난 10년 동안에 비약적으로 성장했구요."
콘트라코스타 군은 우리가 방금 지나온 언덕들로부터 동쪽으로 디아블로 산까지 뻗어 있었다. 디아블로 산은 6,075헥타르의 주립공원으로 개발되었고 약 1,200미터 높이의 봉우리가 있었다. 그 군의 북쪽에는 정유소가 있는 카퀴네즈 해협과 수이선 만, 그리고 콘트라코스타를 새크라멘토 군과 델타로부터 분리시키는 산조아퀸 강이 있었다. 서쪽으로는 리치먼드 시와 그 도시 주변지역 또한 콘트라코스타 군의 일부였다. 나는 항상 그곳이 군에 포함된다는 사실이 이상하게 여겨졌다. 그 도시는 지리적으로는 넓은 틸든 지방공원과 샌파블로 저수지에 의해 분리되어 있을 뿐만 아니라 도시 대부분이 검은 산업도시로서 도시 주변지역보다 수년을 앞서서 그 군의 지위를 향상시켰다. 피츠버그나 안티오크와 같은 소수의 도시들을 제외하고, 이곳은 발전 속도가 빠른 풍요로운 땅이었다.

나는 언젠가 이들 군의 정체된 북쪽 지역도 주거지역의 지가 상승과 부유층들이 들락거리는 고급 옷가게로 가득찬 쇼핑센터 등으로 발전하게 될 것이라는 생각을 했다.

피츠제럴드가 말이 없어 내가 물었다.

"이곳이 다르게 보여요?"

"그렇지 않은데요."

"월넛크리크에 갈 때까지 기다려 보세요. 발트 역의 주변 지역은 현재 모두 고층 건물들뿐이에요. 사람들은 그곳이 결국은 샌프란시스코에 필적할 만한 도심이 될 것이라고 예견하지요."

그는 불만스럽게 투덜거렸다.

"이곳에서 보존하려고 애쓰는 곳은 디아블로 산 주변지역뿐이죠. 당신도 어렸을 때 그 산을 알고 있었을 텐데요."

"그래요."

"나는 지난봄 야생화들이 만발할 때 그 공원으로 하이킹을 갔었어요. 정말로 아름다운 때였죠. 어느 정도 올라가면 산위에서 35개의 군을 볼 수 있다고들 하지요."

"이 공연장은 주립공원의 일부인가요?" 피츠제럴드가 물었다.

잠시 나는 놀랐으나 곧 그가 고향을 떠났던 1969년에는 공연장이 존재하지 않았다는 사실을 깨달았다.

"공원 근처에 있긴 하지만 일부는 아니에요. 공연장 주변의 땅은 비교적 손상되지 않았지요. 말이나 소의 방목장들도 대부분 그대로구요. 이 공연장은 약 8년 전 콩코드 공연장이 성공을 거둔 뒤에 세워졌어요. 내 생각에는 두 개의 콘서트 공연장을 유지할 수 있다는 사실이 바닷가 지역인 이곳이 얼마나 발전했는가를 보여주는 증거인 것 같아요."

피츠제럴드는 고개를 끄덕였다.

"동시에 두 장소에서 콘서트를 열었던 적이 있나요?"

"물론이죠."

"분명히 그 소리는 이 언덕들 너머까지 울려퍼졌을 거요."

"아마 당신이 시카고 항구로 가는 도중 내내 들을 수 있을 거예요."

시카고 항구는 해군병기소가 있는 수이선 만의 가장자리에 있었다.

"그렇지만 시카고로 가는 도중 내내 들리지는 않겠군요."

나는 피츠제럴드가 유머 감각이 별로 풍부하지 않다고 생각하면서 그의 무기력한 농담에 미소를 보냈다. 그후 곧 그가 침울한 침묵 속으로 다시 빠져들도록 내버려두었다.

4

우리가 공연장에 도착했을 때 주차장은 이미 꽉차 있었고 출입문을 일찍 개방해 사람들이 쇼가 시작되기 전부터 피크닉을 즐기고 있었다. 오렌지색 재킷을 입은 안내원이 우리에게 연기자 전용 출입문 근처의 공용이란 선이 둘러쳐진 주차장 한구석으로 가도록 했다. 우리는 늦은 오후의 태양이 내리쬐고 있는 차 안에서 웨인 카발카의 세빌 승용차가 나란히 멈춰설 때까지 15분 정도 기다렸다. 매니저와 틸비는 두 여자와 함께 있었다. 세련되고 붉은 머리를 한 40살 정도의 여자와 20대의 검은 머리의 작은 여자였다. 피츠제럴드와 나는 차에서 내려 그들에게 인사했다.

붉은 머리의 여자는 코린 카발카였다. 그녀의 힘찬 악수와 차분한 시선에 나는 금방 그녀를 좋아하게 되었다. 니콜 르랜드에 대해선 잘 알지 못했다. 그 젊은 여자는 머리에 착 달라붙는 조각한 듯한 짧은 머리칼에 이국적인 이목구비를 갖춘 아름다운 모습이었다. 하지만 태도는 매우 차가웠다. 나와 인사를 나눌 때 그녀는 가볍게 고개만 까딱하더니 틸비의 팔을 잡고 연기자 전용 출입문으로 걸어갔다. 남은 우리들도 그녀 뒤를 따라갔다.

출입문에서의 경비는 철저했다. 그곳에서 우리는 로이 캔필드를 만났는데 그는 자신이 직접 출입증을 관리하고 있었다. 우리는 각각 출입증을 발급받았다. 캔필드는 그 출입증을 보이지 않으면 아무도 무대 뒤로 가거나 출입문을 통과하지 못할 거라고 말했다. 경비요원은 쇼단의 일원으로 잔디 위에서 공연하게 될 광대들을 보호하기 위해 관객석에도 자리잡고 있었다.

우리는 긴 의자와 접혀져 있는 카드 테이블, 의자들이 갖춰져 있는 넓은 분장실로 안내되었다. 그곳에서 모두들 자리를 잡고 앉자, 나는 카발카를 구석으로 데리고 가서 내가 공연장 시설을 점검하는 동안 15분간만 그 사람들을 책임질 수 있겠느냐고 물었다. 그는 마음이 심란한 듯이 고개를 끄덕였고 나는 무대 앞쪽으로 나갔다.

무대 요원들은 음향장치를 설치하고 조명을 확인하느라 동분서주하고 있었다. 돈은 미리 도착해 있었지만 KSUN의 DJ들 중 한 사람과 의논중이어서 방해하면 안될 것처럼 보였다.

관객석은 비어 있었지만 잔디밭 위는 만원이었다. 사람들은 자리를 펴놓고 앉아 음식, 음료수 등을 나누고 있었다. 꽤 정성들인 피크닉의 경우에는——고급 도자기 크리스탈 포도주잔과 얼음통들이 보였고 어떤 곳에는 불이 켜진 은촛대 세트도 있었다. 나머지는 평범하게 종이접시와 플라스틱 컵들을 사용했다. 켄터키프라이드 치킨과 잭인더박스 따위의 눈에 익은 상표들이 여기저기 눈에 띄었다.

사람들은 친구들을 부르거나 화장실이나 음식물 편의점 등을 찾아 언덕을 오르내리기도 하고 사야 할 것들이 있는가 알아보려고 다른 사람들의 자리를 기웃거리기도 했다. 아이들이 많은 사람들이 모여 있는 데로 뛰어다니며 프리스비(원반던지기 도구의 상품명)를 공중으로 던지는 모습이 보이기도 했다. 나는 공중을 떠다니는 무지개색 비눗방울을 발견하고 그것을 불고 있는 빨간색 홀터탑을 입은 젊은 여자에게 시선이 머물렀다. 그녀의 얼굴은 어린애 같은 즐거움에 붉게 빛나고 있었다.

잠시동안 나는 부러움에 마음이 아파오는 것을 느끼며, 만일 내가 이 일을 맡지 않았다면 돈이 약속한 무료 입장권의 우대를 받으며 저 무대 앞으로 나갈 수 있었을 텐데 하고 생각했다. 그러면 나는 피크닉 준비를 해서 아마도 여자친구 한 명과 함께 왔을 테고 돈이 시간이 나면 우리와 함께 하려고 잠깐 들러줄 수 있을 것이었다. 하지만 그때 나는 공연장의 특별 보안조치를 받고 있어 나를 필요로 하지 않을지도 모르는 두 명의 광대를 경호하고 있었다. 피츠제럴드와 틸비 말고도 연기자 전원을 내가 추가 책임져야 할 것 같았다. 카발카가 그의 의뢰인들 곁을 충실히 지키려는 이유는 알 수 있었지만 그의 아내와 틸비의 여자친구는 왜 그렇게 숨막히게 답답하고 더운 분장실로 들어가야만 했을까? 왜 그들은 무대 밖으로 나가 공연을 즐길 수 없는 것일까? 그런 생각이 주위환경과 싸워야 하는 내 임무를 복잡하게 만들었으며 그런 복잡성을 생각하자 불쾌해졌다.

그런 불쾌감은 아마도 더위 때문일 것이라고 생각하기로 했다. 그런 기분을 떨쳐버리고 무대의 시설과 누군가가 쉽게 접근할 수 있는 지점들을 눈여겨보았다. 공연장의 보안이 그곳에서 발생할지도 모를 문제점들을 모두 처리할 수 있을 것이라 충족해하면서 나는 관중 속을 걸어——맥주 두 캔, 포도주 한 잔과 비스켓을 거절하면서——산책로로 올라갔다. 그곳에서 다시 한번 무대를 관찰하고 동쪽의 뜨거운 햇볕으로 말라버린 언덕들을 올려다보았다.

그 경사면들은 바위와 떡갈나무들이 군데군데 드러나 보이는 것 외에는 메말라 있었는데, 그 위에 기수가 타고 있는 많은 말들이 서 있었다. 그들은 둘이나 넷 또는 여섯으로 떼를 지어 모여 있었고 먼 거리였지만 내가 느끼기에 그들도 잔디 위의 사람들과 똑같이 친목을 도모하고 있는 듯했다. 그들은 서로 기대어 손짓을 했으며 때로 앞뒤로 물건을 넘기기도 했다. 그들도 역시 피크닉 중인 것 같았다.

무료로 콘서트를 즐기는 것은 얼마나 멋진 일인가! 이러한 자연의 울림이 있는 공간에서는 공연 소리가 그 구경꾼들이 서 있는 곳까지 쉽게 도달할 것이다. 언덕 위에서의 관람은 혼잡하지 않고 보안조치도 없는 참으로 평화롭기 그지없는 모습이었다. 시야가 그리 분명하지는 않겠지만······.

그러고 나서 나는 붉은 빛이 번쩍이는 것을 보았고 그곳에는 떡갈나무 가지들로 가려진 그늘 밑에 말을 탄 한 사내가 서 있는 것이 보였다. 그 빛이 다시 한번 번쩍였는데, 그 사내가 쌍안경을 들고 있어서 지고 있던 태양빛을 반사시킨 것이었다. 물론 쌍안경이나 오페라 안경을 이용하면 시야가 그리 나쁘진 않을 것이다. 사실 그런 유리한 높은 장소에서라면 잔디 위의 어떤 장소에서보다 훨씬 잘 보일 수도 있었다. 불쾌감이 되살아났다. 나는 말을 타고 그 언덕을 올라가는 걸 좋아했다.

나는 업무상 이곳에 있고, 그 일을 해야 목욕탕의 새 타일 값을 일부나마 지불할 수 있다는 사실을 상기하면서 무대로 되돌아왔다. 그때 나는 피츠제럴드를 보았고 가슴이 철렁했다. 그는 내게서 2미터도 안 되는 거리의 잔디 위에 서 있었다. 한손으로 눈 위를 가린 채 두리번거리면서. 그도 나를 보자 움찔하더니 손을 흔들었다.

나는 그에게로 뛰어가서 팔을 움켜잡았다.

"이런 바깥에 나와서 뭘하는 거예요? 당신은 무대 뒤에 있기로 되어 있잖아요?"

"나는 단지 이곳이 어떻게 변했는지 알고 싶을 뿐이오."

"정신 나갔어요? 당신의 매니저는 사람들이 당신과 떨어져 있는지 잘 살피라는 조건으로 나에게 상당한 돈을 지불하고 있단 말이에요. 그런데 당신은 여기 있군요, 군중들 사이를 거닐면서."

그는 우리들 옆의 담요 위에 있는 가족들 쪽으로 눈길을 돌렸다. 아빠가 막내아이의 손에 묻은 케첩을 닦아주고 있었다.

"아무도 나를 귀찮게 하지 않아요."

"그게 중요한 게 아니에요." 그때까지도 나는 그의 팔을 붙들고 있었다. 그를 무대 쪽으로 가게 하면서 말했다. "누군가가 당신을 알아볼 수 있어요. 바로 그점을 염려해서 카발카가 나를 고용한 거죠."

"오, 웨인은 괜한 걱정을 하고 있군. 이만큼 세월이 흘렀으니 아무도 내가 누구인지 알아보지 못할거요. 게다가 우리는 우리가 분장하고 있는 인물이 아니라는 것은 직업적인 상식이에요."

"직업적으로는 그렇죠. 하지만 당신 매니저는 대중을 걱정했어요."

우리는 무대로 가서 경비원에게 출입증을 보여주고 분장실로 돌아왔다.

피츠제럴드는 문에서 걸음을 멈추더니 말했다.

"샤론, 내가 그곳으로 나갔던 일을 웨인에게는 말하지 마세요."

"왜 그래야 하죠?"

"그를 실망시킬 뿐이니까요. 그는 공연 전에는 흥분을 잘 하죠. 내가 판단을 잘못했다는 것 말고는 아무 일도 없지 않았소?"

그의 웃음에는 내 마음을 누그러뜨리려는 의도가 깔려 있었다. 난 그 말을 사과하는 의미로 받아들였다.

"좋아요. 하지만 당신은 곧 의상을 입는 게 좋겠어요. 대행진이 시작되기까지 30분의 여유밖에 없어요."

5

그 뒤 몇 시간은 평온하게 지나갔다. 대행진——모든 연기자들이 참가하여 관중 속을 통과하는 것——은 순조롭게 진행되었다. 모두 분장실로 돌아온 뒤에 피츠제럴드와 틸비는 분장——무더위 속에서 이미 땀이 흘러 지워지고 있었다——을 지웠고 카발카 부부는 차에서 저녁식사——그들이 머물고 있던 호텔에서 광주리에 담은 조제식품——를 가지고 왔다. 그 음식에 대한 불만이 이만저만한 게 아니었다. 세인트프란시스 호텔에 대한 기대에 못 미친다는 것이었다. 또한 피츠제럴드는 그가 머물고 있는 하이트-애시베리에서 주는 침실에 날라다주는 간단한 아침식사가 가격은 그것의 절반인데도 질이 더 좋다면서 계속 다른 사람들을 귀찮게 했다.

니콜이 말했다.

"그렇겠죠. 하지만 그 호텔엔 아마 빈대가 있을걸요?"

피츠제럴드는 그녀를 노려보았다. 그 순간 나는 그가 처음 그녀에 대해 얘기할 때 목소리에 깔려 있던 비아냥거리는 말투가 생각났다.

"그렇게 그 호텔을 무시하지 말아요. 도시의 멋쟁이들도 하이트-애시베리에 머문다구."

"당신이 낭비한 젊음을 그곳에서 되찾기는 어려울 거예요, 틀림없이."

"니콜!" 카발카가 제지했다.

니콜이 덧붙여 말했다.

"그건 우리들과 따로 떨어져 있으려는 의도였어요. 그렇죠, 게리?"

피츠제럴드는 말이 없었다. "그렇죠?"

그는 나를 흘끗 보더니 말했다. "당신은 우리들이 적대감을 보여준 것에 대해 우리를 용서해야 할 거요."

니콜은 심술궂게 웃었다.

"네, 한 남자가 어느 나이가 되자 젊음을 되찾으려는 필사의 노력을……."

"그만해, 니콜." 카발카가 말렸다.

그녀는 놀란 눈으로 그를 쳐다보더니, 샌드위치를 집어들고 조금씩 먹기 시작했다. 나는 그녀가 왜 피츠제럴드를 괴롭히는 것을 그만두었는지 알 수 있었다. 더 이상 그녀를 참을 수 없다고 말하는 카발카의 말투에 그 무엇이 숨겨져 있었다.

먹고 남은 음식을 다 싸놓은 뒤에, 모두들 휴식을 취하고 있었고, 누구도 무대 앞으로 나가 쇼를 구경하려는 기색을 보이지 않았다. 카발카는 '세계 경제 위기 속에서도 당신은 재정적인 큰 성공을 거둘 수 있다'라고 주장하는 얇은 책 한 권을 읽고 있었고, 코린은 할머니 같은 모습으로 뜨개질을 하고 있었다. 피츠제럴드는 생각에 잠겨 있었고, 틸비는 혼자서 카드놀이를 하고 있었으며, 니콜은 안절부절못했다. 그리고 그들은 그런 행동을 하고 있는 동안에도 서로를 지켜보고 있는 것 같았다. 은밀하게 서로를 감시하는 듯한 분위기가 날 혼란시켰다. 잠시 뒤, 나는 아마도 그들이 모두 함께 있으려는 이유가 다른 사람들을 홀로 내버려두는 것을 염려해서일 거라는 결론을 내렸다. 하지만 그건 또 왜 그럴까?

시간은 더디게 지나갔다. 밖에서는 쇼가 진행중이었다. 음악과 웃음소리, 그리고 연극들을 소개하는 돈의 열광적인 목소리가 가끔씩 들려왔다. 나는 다시 한번 이 일을 맡은 것을 후회하기 시작했다.

잠시 뒤 틸비가 카드를 다시 섞어 테이블 위에 내려놓더니 말했다.

"샤론, 진 러미(카드놀이의 일종) 하겠어요?"

"그러죠."

"좋아요, 몇 사람 더 붙입시다."

니콜은 얼굴을 찡그리면서 작은 소리로 거절했다.

틸비가 그녀에게 말했다.

"내가 당신한테 가르쳐 주겠다고 했었잖아? 당신이 거절했던 건 내 잘못이 아니야."

나는 테이블로 의자를 옮겨가서 얼마동안 조용히 카드놀이를 했다. 틸비도 잘했지만 나는 더 잘했다. 한 30분쯤 지났을 때 관중석에서 함성이 터져나오자 틸비가 고개를 들었다.

"틀림없이 케이시 오코넬일 거요."

"누구요?" 내가 물었다.

"잘 알려진 서커스 광대들 중의 한 사람이죠."

"당신 직업의 연기자들은 실제로 꽤 다양하군요, 그렇죠?"

"네, 그 역사도 마찬가지죠. 광대는 오래되고 명예로운 예술이에요. 고대 그리스 시대로 거슬러 올라가면 그때도 광대가 있었어요. 부유한 집에 가서 한 끼의 식사 값으로 농담을 하거나 곡예를 하고 또는 마술을 보여주기도 하는, 실제로 방랑하는 예능인이었죠. 그 후 중세시대에 무언 광대극이 무대에 등장했어요."

"그렇게 오래 전에?"

"네, 무언극은 그 당시에 가장 재미있는 것이었죠. 중세시대의 유머는 대부분 비슷한 유형이었어요. 익살꾼, 어릿광대, 그리고 얼간이 같은 그런 종류를 좋아했지요. 하지만 그런 것들은 사람들이 얼마나 어리석은가를 알도록 하는 목적을 만족시켰어요."

나는 그가 막 버린 2의 패를 가졌고, 진을 가지고 있다는 것을 보이기 위해 패를 내려놓았다. 틸비는 얼굴을 찌푸리다가 들고 있던 카드를 내려놓았지만 내 패와 겨룰 만한 것은 없었다. 그는 히죽 웃더니 말했다.

"나 좀 봐요. 이런 게임을 이렇게 심각하게 하고 있다니…… 어리석게도 말이에요."

나는 카드들을 쓸어모아 뒤섞기 시작했다.

"당신은 광대의 역사에 대해서 전문가답게 많이 알고 있는 것 같군요."

"글쎄요, 전체적인 내용을 조금 읽었죠. '코메디아 델라르테'라는 말을 들어 본 적 있어요?"

"네."

"그것은 1500년대 후반에 출현했던 이탈리아의 순회 코미디단이었어요. 코미디언들은 항상 같은 역을——할리퀸이나 풀치넬라, 또는 판탈로네 등——연기했어요. 관중들이 알아보기 쉽도록 말이죠."

"할리퀸이 무엇인지는 알겠는데, 다른 두 가지는 어떤 것이에요?"

"판탈로네는 전형적인 거만한 아버지상, 즉 완고하고 변덕스러운 늙은이죠. 풀치넬라는 대체로 바보 모자를 쓰고, 완전히 하얀 의상을 입었어요. 그는 코미디에서 다양한 역들——법관, 의사, 하인 등 어떤 것이나——을 떠맡았고 대체로 탐욕스럽고 거칠었지요. 가장 즐겨하는 속임수 중의 하나로는 무대 위에서 소변보는 것이었어요."

"어머나."

"다행히 우리는 그때보다 많이 세련됐어요. 영국인들이 할리퀸을 발전시켜 펀치 주디 쇼를 제작하는 등 공헌을 많이 했어요. 물론 프랑스 인들은 피가로를, 인디언들은 비두샤카——왕실의 어릿광대의 일종——를 창조했죠. 중국 왕실의 예능인들은 왕조의 이름을 따라 초우스로 알려졌고 일본에서는 교겐극——노(能)의 해학적인 대응물——에 출연하는 희극적인 인물들을 많이 가지고 있었어요."

"당신은 정말 많이 아는군요."
"글쎄요, 광대 노릇은 내 직업이니까요. 당신은 당신 일의 역사에 대해서 알고 있나요?"
"내가 알고 있는 것은 주로 가상적인 것이죠. 비밀조사란 유감스럽게도 실생활에서보다 책 속에서 더 흥미롭거든요."
"진." 틸비는 들고 있던 카드를 테이블 위에 펼쳐 보였다. "당신이 패를 나누세요. 아까 하던 얘기를 계속하죠. 나는 우리 시대의 광대들에게 더 흥미를 가지고 있어요. 그리고 난 '광대'란 단어를 아무렇게나 사용하죠."
"어떻게요?"
"윌 로저스를 광대로 생각하나요?"
"아뇨."
"나는 그렇게 생각해요. 그리고 로렐과 하디, 우디 앨런, 루실 볼, 에메트 켈리, 찰리 채플린과 마르세유 같은 보다 전통적인 인물들은 물론이구요. 그런 사람들에겐 모두 공통적인 탁월함이 있죠. 그들은 재미있고, 무엇보다 중요한 것은 관중들에게 인간성의 약점을 보여준다는 거예요. 그런 점에서, 그들은 얼굴을 하얗게 칠하고 서커스에서 연기하는 자들이나 마찬가지로 앞서 얘기한 역사적인 광대들의 뒤를 잇고 있다고 할 수 있습니다."
"하얀 얼굴이 전형적인 서커스 광대의 모습이죠? 그렇지 않아요?"
"글쎄요, 세 가지의 기본 유형이 있어요. 하얀 얼굴은 당신이 알고 있는 흔한 바보 같은 자예요. 어거스테──독일과 프랑스에서 거의 동시에 만들어진──는 대체로 핑크나 검은색의 얼굴을 했고 무대에서는 때로 물을 몇 통씩 뒤집어써서 함빡 젖어버리는 식의 극단적인 행동을 서슴지 않아요. 그로테스크는 보통 꼬마나 난쟁이, 또는 그 외의 다른 일그러진 형상을 하고 있어요. 또한 특이한 어떤 것을 만들어내기 때문에 분류할 수 없는 연기자들도 있어요. 예를 들면, 켈리의 웨어리 윌리나 러시아의 포포프는 분장이 필요치 않은 무대인이죠."

"대단히 흥미롭군요. 그런 다양성 즉 예술적 효과가 있는지 미처 몰랐어요."

"대부분의 사람들은 그래요. 광대 행위가 쉽다고 생각들 하지만 분명히 많은 시간이 걸리는 힘든 작업이지요. 특히 특별한 재미를 느끼지 않는 상태에서 계속해야 할 때는 더하죠."

틸비가 얘기할 때 그의 입은 축 처져 있었고 나는 오늘밤에 그런 경우가 발생하는 것은 아닌가 염려스러웠다.

나는 3의 패를 집어들고 "진"이라 말하면서 테이블 위에 손을 내려놓은 뒤 그가 카드를 뒤섞어 나누는 것을 지켜보았다. 우리는 다시금 침묵 속에 빠져들었다. 쇼가 진행되는 소리는 계속되었지만 분장실에서 나는 소리는 테이블 위에서 카드를 치는 소리뿐이었다. 그때까지도 불쾌할 정도로 더웠고 분장 테이블 위의 눈부신 백열등 주위에는 나방들이 날고 있었다. 한 10시 30분쯤 되었을 때 피츠제럴드가 일어섰다.

"어딜 가려는 거야?" 카발카가 물었다. "화장실요. 안 되나요?"

"같이 가겠어요." 내가 말했다.

피츠제럴드는 힘없이 웃었다.

"샤론, 그건 실제로 당신 임무의 한계를 넘어서는 일 아니오?"

"내 말은 문앞까지만 가겠다는 거예요."

그는 항의하려 하더니 어깨를 으쓱하고는 캔버스 가방을 집어들었다. 카발카가 말했다.

"왜 그걸 가져가는 거지?"

"필요한 게 이 안에 있어요."

"뭐가?"

"제발, 웨인." 그는 망토를 움켜잡고 어깨 위로 휙 돌려 걸쳤다. 카발카는 주저하더니 말했다. "가도록 해. 하지만 샤론과 함께 가."

피츠제럴드는 홀로 나갔고 내가 뒤따랐다. 내 뒤에서 니콜이 말했다.

"아마 마록스나 뭐 그런 것이 그를 메스껍게 했겠죠. 게리는 늘 공연 전에 최소한 한번은 토하잖아요?"

카발카가 말했다. "입 닥쳐, 니콜."

피츠제럴드는 중얼거리면서 나갔다.

"그래, 우리는 행복한 대가족이지."

나는 그를 따라가서 남자 화장실 문 옆에 자리를 잡았다. 10분 정도 지나서야 나는 시간이 너무 오래 걸린다는 것을 깨달았고 경비원한 명을 불러 따라 들어갔다. 피츠제럴드는 사라지고 없었다. 높은 창문이 열려 있는 것으로 보아 그곳으로 달아난 것 같았다. 창문으로 올라가기 쉽도록 그 밑으로 쓰레기통이 옮겨져 있었다. 창문은 담장 바깥으로가 아니라 공연장 마당으로 통해 있었지만, 그곳에서부터 그는 연기자 전용문을 포함해 어느 방향으로든지 갈 수 있었다.

그때부터 모든 게 혼란스러웠다. 나는 카발카에게 피츠제럴드에게 일어난 일을 얘기하고 나머지 사람들에게 그를 부탁한 뒤 경비원들의 도움을 받아 무대 뒤를 샅샅이 찾았다. 그리고 연기자들과 무대요원, 돈 그리고 KSUN의 다른 사람들을 심문하였다. 아무도 피츠제럴드를 본 사람이 없었다. 관중석의 경호원들도 경계태세를 취했으나 헐렁한 격자무늬 바지와 빨간 조끼, 그리고 노란색 망토를 입은 사람은 아무데도 보이지 않았다. 연기자 전용문에 있는 경비원은 아무것도 모르고 있었다.

그는 불과 몇 분 전에 와 있었고 교대한 자는 휴식시간이어서 이미 떠난 뒤였다.

피츠제럴드와 틸비는 가장 볼 만한 쇼의 주역으로서 자정에 있을 마지막 장을 장식할 예정이었다. 그 시간이 점점 다가오자, 일행의 나머지 사람들은 더욱 필사적이었고 돈과 KSUN 사람들은 기분나빠 하는 기색이 완연했다. 나는 체계적으로 조사를 끝내고 연기자 전용 문으로 되돌아왔다. 경비원이 휴식을 끝내고 돌아와 있었고 카발카가 그를 붙잡고 이야기를 늘어놓고 있었다. 나는 이어서 경비원을 심문했다. 그렇다. 그는 게리 피츠제럴드를 기억하고 있었다. 게리는 10시 30분쯤에 노란색 망토를 걸친 채 작은 캔버스 가방을 들고 떠났다고 했다. 하지만 카발카가 와서 질문을 시작하기 몇 분 전에 그가 되돌아왔다니! 게다가 무엇인가 다른 점이 있어 같은 사람이 아닌 것 같다니······.

카발카는 히스테리성 허탈상태에 빠져 경비원에게 소리를 지르는 바람에 더욱 혼란스러워할 뿐이었다. 방금 들어간 그 사람이 붉은 색 망토를 걸치고 있었던가? 푸른 색이 아니라 초록색 바지를 입고 있었던가? 아니, 같은 사람이 아닌 것 같은데······.

카발카는 더 크게 소리를 질러 마침내 무대요원 한 명이 무대 앞까지 목소리가 들리니 입 다물라고 얘기했다. 코린이 나타나서 곧 자기 남편을 조용히 있게 했고, 나는 그녀에게 카발카를 맡겨두고 분장실로 되돌아갔다. 틸비가 니콜과 함께 그곳에 있었는데 그의 얼굴은 입 주위가 창백한 채 일그러져 있었고, 니콜은 이상스러울 정도로 파리하게 질려 울고 있었다. 나는 그들에게 경비원이 얘기한 내용을 말해주고는 분장실을 떠나지 말라고 경고했다.

내가 돌아서 가려고 했을 때, 틸비가 말했다.

"샤론. 웨인한테 이리로 좀 와달라고 해주시겠어요?"

"그가 지금 어떤 상태인지 모르겠는데……."

"제발, 중요한 일이에요."

"좋아요, 그런데 왜죠?"

틸비는 니콜을 쳐다보았고 그녀는 눈물로 얼룩진 얼굴을 벽 쪽으로 돌렸다.

그가 말했다. "우리는 공연에 대해 결단을 내려야 해요."

"나는 그렇게 생각지 않아요. 그건 아주 분명하고도 간단해요. 만일 게리가 나타나지 않으면 중단하면 돼요."

그는 나를 차갑게 응시했다.

"웨인에게 이곳으로 오라고 전하기만 하시오."

물론 그 공연은 계속되지 못했다. 관중은 실망했고 KSUN 사람들은 분노했으며 틸비 일행은 섬뜩했다. 그 섬뜩함엔 억제된 당혹감이 엷게 깔려 있었다. 아무도 피츠제럴드가 어디로 또는 왜 사라졌는지를 밝힐 수 없었다. 여하튼, 누가 알아냈다 하더라도 비밀로 하고 있었다. 모든 사람이 인정하는 한 가지 사실은 그의 실종이 내 잘못이 아니라는 것이었다. 동료들간의 배신행위를 막으라고 나를 고용한 것은 아니었으니까. 하지만 나 자신은 문책받아야 할 일이 없다고 생각지 않았다.

그래서 나는 게리를 찾느라 이곳저곳을 다니며 밤을 지새웠다. 샌프란시스코의 피츠제럴드가 묵었던 하이트-애시베리 호텔에도 갔었고 다른 사람들이 묵고 있던 세인트프란시스 호텔, 그리고 KSUN 스튜디오까지도 가보았다. 마지막으로 니콜이 언급했던 것처럼 게리가 자신의 젊음을 되찾으러 그곳에 갔을지도 모른다는 희망을 안고, 내가 알고 있던 많은 가게가 폐점한 뒤의 하이트로도 되돌아가보았다. 하지만 그가 있는 곳에 대한 한 가닥의 단서도 얻지 못했다.

지금까지도 나는 게리 피츠제럴드를 찾지 못했다. 그러나 그의 의상은 발견됐다. 다른 남자, 그것도 죽은 남자에게서.

6

 군 보안관의 부하들이 나에 대한 심문을 끝내고 가도 된다는 말을 했을 때, 나는 세인트프란시스로 돌아가서 내 의뢰인들과 다시 한번 얘기해야겠다고 작정했다. 또한 카발카가 내가 피츠제럴드를 계속 찾기를 원할지도 모르는 일이었다. 또 그를 포함한 나머지 사람들은 관계 당국이 그들을 접촉하기 전에 게리의 의상을 입고 죽은 자에 대한 얘기를 나에게서 들을 자격이 있었다.
 게다가 피츠제럴드의 실종에는 나를 어리둥절하게 하는 것들이 있었다. 그중 어떤 것은 명백했지만 어떤 것은 막연하기만 했다. 다시 한번 카발카 일행과 얘기함으로써 막연한 어떤 것에 좀더 분명한 초점이 맞춰질 수 있지 않을까 하는 희망을 가져보았다.
 내가 유니온스퀘어 지하에 차를 주차시키고 어두운 색으로 장식판자를 붙인 우아한 호텔 로비로 들어섰을 무렵, 시각은 막 7시를 넘기고 있었다. 카메라를 준비하고 그날의 모험을 시작할 것을 고대하고 있는, 여행객으로 보이는 몇몇 사람들이 일찍 일어나 그곳에 모여 있었다. 야회복 차림의 방탕하게 보이는 남녀 한 쌍이 엘리베이터를 기다리고 있었고 몇 미터 떨어진 곳의 고급 가게들의 첫번째 줄 앞에서 호텔 유니폼을 입은 여자가 시끄러운 굉음을 내면서 진공청소기를 밀고 있었다. 엘리베이터가 도착하자 그 남녀와 내가 묵묵히 올라탔으며 그들은 내가 내리는 층 바로 앞 층에서 내렸다.
 내가 스위트룸의 문을 두드리자마자 코린 카발카가 응답했다. 그녀의 눈은 길게 그늘져 있었고 전날 밤과 똑같은 흰색 린넨 바지와 상의를 입고 있었는데 심하게 구겨져 있었다. 그리고 손에는 뜨개질하던 것을 꽉 쥐고 있었다. 나를 보자 그녀의 얼굴에는 실망하는 표정이 나타났다.

그녀가 말했다.

"오, 내 생각엔······."

"게리였으면 하고 바랐죠?"

"네. 저, 사실은 그들 중 누구라도."

"그들? 당신 지금 혼자예요?"

그녀는 고개를 끄덕이더니 거실을 통해 무겁게 커튼이 내려진 창문 아래 있는 긴 소파로 가서 한숨을 쉬며 주저앉은 뒤 뜨개질감을 내려놓았다.

"다들 어디 갔어요?"

"웨인은 게리를 찾으러 나갔어요. 그는 게리가 사라졌다는 걸 믿으려하지 않아요. 존은 어디에 갔는지 모르겠지만 니콜을 찾고 있지 않나 생각돼요."

"그럼 니콜은요?"

그녀의 지친 눈에 분노가 스쳤다.

"누가 알겠어요?"

내가 틸비의 불쾌한 여자친구에 관해 더 물어보려 하는 순간에 덜커덕하는 열쇠소리가 났고 존과 니콜이 들어왔다. 그의 얼굴은 팽팽하게 굳어져 있어 코린이 발끈하는 것보다 더욱 오래갈 것 같은 분노를 보여주고 있었다. 니콜은 오만하게 입을 꼭 다문 채 다소 방어적으로 나왔다.

코린이 일어섰다.

"두 사람은 어디에 있었던 거예요?"

틸비가 말했다.

"나는 니콜을 찾고 있었죠. 이 행복한 일행 중에서 또 한명을 잃는다는 것은 우리 모두가 원치 않는 일이리라 생각했어요."

코린이 니콜을 돌아보았다.

"그럼 당신은?"

그 젊은 여자는 가늘고 긴 의자에 앉아 짙은 보라색 매니큐어를 칠한 손톱들을 유심히 바라보고 있었다.

"아침을 먹고 있었어요."

"아침요?"

"저는 어젯밤의 그 역겨운 저녁 식사를 한 이후 배가 고팠어요. 그래서 코너를 돌아 커피숍에 가서……."

"룸 서비스를 부를 수도 있었잖아요! 아니면 아래층에서 먹든가 그랬으면 존이 당신을 더 쉽게 찾을 수 있었을 텐데요."

"바람을 좀 쐬고 싶었어요."

그러자 코린은 몸을 곧추세우고 말했다.

"항상 자기 자신만을 생각하는군요, 니콜. 안 그래요?"

"그게 어쨌다는 거예요? 누구는 아무렇게 행동해도 괜찮고 누구는 분별있게 행동해야 해요?"

언쟁의 열기 때문에 그들은 모두 내가 그곳에 있다는 것을 잊은 듯했다. 나는 그 상황을 기회로 생각하면서 조용히 있었다. 남을 경계하지 않는 대화를 엿들음으로써 매우 도움이 되는 일을 알 수 있는 법이다.

틸비가 말했다.

"니콜이 옳아요. 어디서부터 시작해야 할지도 모르는 이때에, 우리가 모두 웨인처럼 게리를 찾아다닐 수는 없어요."

"그래요. 당신이라면 그렇게 얘기할 만하지. 당신은 게리나 어느 누구도 결코 개의치 않았어요. 봐요, 당신이 어떻게 당신 사촌에게서 니콜을 빼앗았는지……."

"맙소사, 코린! 누구도 다른 사람에게서 사람을 빼앗을 수는 없어요."

"당신은 그렇게 했어. 그녀를 뺏고는 그를 망하게……."

"이런 얘기는 하지 맙시다, 코린. 특히 외부인이 있는 데서는."
틸비가 나를 턱짓으로 가리키며 말했다.

코린은 내쪽을 흘끗 보더니 얼굴을 붉혔다.

"미안해요, 샤론. 이런 일은 분명 당신을 난처하게 만들겠군요."

그러나 오히려 나는 그들이 대화를 계속하기를 바랐다. 결국 존이 사촌에게서 니콜을 빼앗았다면 게리는 그들의 공연을 망치게 할 정도로 그를 원망할 만한 이유를 가지고 있는 셈이다.

나는 틸비에게 말했다.

"게리가 다른 호텔에 투숙한 이유가 바로 당신과 니콜 때문인가요?"

그는 깜짝 놀라는 듯했다.

"당신 둘은 함께한 지 얼마나 됐습니까?" 내가 물었다.

"꽤 오래됐죠." 그는 코린 쪽으로 몸을 돌렸다. "웨인은 돌아오지도 않았고 전화도 한 통 없었다고 생각되는데?"

"난 아무것도 듣지 못했어요. 그는 떠나면서 게리에 대해 대단히 걱정했어요."

니콜이 말했다. "그는 TV광고들에 대해 그리고 그것이 끊어질까봐 엄청나게 걱정하고 있겠죠."

"니콜." 코린은 그녀에게 황급히 다가갔다.

니콜은 아주 순진하고 섬세한 작은 얼굴을 들고 쳐다보았다.

"당신은 그것이 사실이라는 걸 알아요. 웨인이 관심 있는 건 오직 돈이에요. 그런데도 왜 그가 걱정을 하는지 모르겠네요. 그는 언제라도 게리를 다른 사람으로 대체할 수 있잖아요? 웨인은 그런 종류의 일에는 아주 능숙하게……."

코린은 앞으로 나아가 팔을 휘둘러 니콜의 얼굴을 찰싹하는 소리가 날 정도로 세게 때렸다. 니콜은 뺨의 붉어진 부분을 한 손으로 가린 채 눈이 휘둥그레졌다. 그러고 나서 그녀는 벌떡 일어나 방을 뛰쳐나가버렸다. 코린은 그녀가 나가는 것을 지켜보면서 얼굴에 만족감을 떠올렸다. 또한 내가 틸비에게 시선을 돌렸을 때 놀랍게도 그는 웃음을 머금고 있었다.

"1라운드는 코린에게." 그가 말했다.

"그녀에겐 당연한 대가였어."

그 나이든 여자는 소파로 돌아와 앉으면서 매무새를 매만졌다.

"자, 샤론, 다시 한번 우리를 너그럽게 용서해 주겠어요? 내 생각에 당신은 여기에 온 이유가 있을 텐데요?"

"네." 나는 니콜이 비워놓은 의자에 앉아 공연장에서 죽은 자에 관해 말했다. 내가 그 얘기를 하고 있을 때 그 두 사람은 처음엔 당황하는, 그 다음엔 걱정스러운, 그리고 마지막에는 겁에 질린 눈짓을 서로 주고받았다.

내가 얘기를 끝내자 코린이 말했다.

"하지만 도대체 누가 그 사람에게 게리의 의상을 입힐 수 있었을까요?"

그 말은 연극적인 위장으로 들렸다.

"보안관 사무실에서 그자의 신분을 알아내려 하고 있는 중이에요. 아마도 그의 지문이 서류 어딘가에 묻어 있겠죠. 그런데 그에게는 당신이나 존에게 어떤 의미를 줄지도 모르는 몇 가지 특이한 점이 있어요."

존은 코린 옆에 앉았다.

"어떤 것이죠?"

"검시관에 의하면 그자는 아마도 여러 해 전에 불구가 되었던 것 같아요. 한쪽 팔은 심하게 굽어져 있었고 짧아진 한쪽 다리 때문에 굽이 높은 구두를 신고 있었어요. 그는 절름거리면서 걸었을 거예요."

두 사람은 서로 바라보더니 재빨리 틸비가 말했다.

"난 그런 사람을 알지 못해요."

코린 또한 머리를 흔들었지만 내 눈을 똑바로 보지는 못했다.

"그걸 확신해요?" 내가 물었다.

"물론 우리는 확신해요."

틸비의 목소리에는 매우 곤혹스러워하는 면이 있었다.

나는 망설이다가 말을 계속했다.

"그자의 몸을 살펴본 보안관 조수의 얘기로는, 그의 신발에 너도밤나무와 떡갈나무의 나뭇잎 조각들이 붙어 있었고 그의 바지에는 강아지풀이 붙어 있었던 걸로 보아 죽은 자는 그 근처에 있는 농촌에서 온 것 같다는군요. 당신이 그 지역에 살 때 알았던 사람이 아닐까요?"

"아니에요. 난 그런 사람이 기억나지 않아요."

"그는 게리와 비슷한 키에 나이도 그 정도였지만 엷은 갈색머리를 가졌더군요. 한때는 분명히 잘생긴 얼굴이었겠지만 심하게 상처가 나 있었어요."

"그가 누군지 모른다고 말하지 않았소."

나는 그가 거짓말을 하고 있다는 것을 분명히 알았지만 그를 비난하는 것은 내겐 아무 쓸모없는 일이었다.

코린이 말했다.

"그 의상이 게리의 것이라고 확신하세요? 죽은 사람이 다른 광대 중의 한 사람이고 옷을 비슷하게 입었을 수도 있을 텐데요."

"나도 보안관의 조수에게 그렇게 말했죠. 하지만 죽은 자는 조끼

호주머니에 게리의 통행증을 가지고 있었어요. 우린 모두 우리의 통행증에 사인했죠. 기억나요?"

오랜 침묵이 흐른 뒤, 마침내 틸비가 무겁게 입을 열었다.

"그럼 당신이 얘기하는 것은 게리가 통행증과 의상을 그자에게 주었을 거라는 말이군요."

"그런 것 같아요."

"하지만 왜?"

"나도 모르겠어요. 당신이 내게 어떤 암시를 주었으면 해요."

그들은 둘 다 나를 빤히 쳐다보았다. 코린의 얼굴은 완전히 멍해졌고, 틸비는 피츠제럴드가 사라진 직후에 내가 분장실에서 그와 니콜을 만났을 때와 같이 입술에 핏기가 없어졌다.

나는 틸비에게 말했다.

"당신들은 갈아입을 의상이 한벌 이상 있을걸로 생각되는데요."

코린이 대답했다.

"이번 여행엔 세 벌을 가져왔어요. 하지만 다른 두벌은 여기 샌프란시스코에 도착하자마자 세탁소에 보냈죠. 오!"

"무슨 일이에요?"

"방금 생각났어요. 게리가 어제 아침에 다른 의상에 대해 물었어요. 그가 머물고 있던 호텔에서 전화를 했죠. 내가 오늘 오후까지는 세탁소에서 가져오지 않을 거라고 얘기하자 무척 실망하는 눈치였어요."

"그러면 그는 처음부터 그걸 계획했군요. 아마 그는 그자에게 여분의 의상을 주려고 했는데 그럴 수 없게 됐다는 걸 알고 바꿔 입기로 작정한 거예요."

나는 우리가 공연장에 도착한 직후에 피츠제럴드가 보여줬던 이상한 행동을 기억했다. 무대 뒤에 있으라는 얘기를 들었는데도 그는 관중들 속으로 몰래 나왔었다. 그렇다면 그곳에 공모자가 있었을까? 누군가에게 물건들을 넘겨주었을까? 아니다. 옷은 아직 무대 뒤 분장실에 있었고 그는 분장실로 돌아가기 위해 통행증이 필요했기 때문이다. 그곳에서 다른 사람에게 의상이나 통행증을 넘길 수가 없었다.

틸비가 갑자기 일어섰다. "나쁜 자식! 결국 우리는……."
"존." 코린이 그의 팔꿈치를 붙잡았다.
"존, 당신 사촌은 왜 하이트-애시베리 호텔에 투숙했죠?"
내가 물었다.
그는 잠시동안 나를 멍하니 바라보았다.
"뭐라구요? 오, 모르겠어. 그는 예전에 그곳에서 살았는데, 그후 그곳이 얼마나 변했는지 보고 싶다고 했어요."
"당신들은 클레이턴 근처에 있는 당신 아버지의 목장에서 함께 자랐고 그후 로스앤젤레스로 갔던 것으로 알고 있는데요."
"그랬어요. 우리가 바닷가 큰물굽이 지역을 떠나기 전에 게리는 하이트에 살았지요."
"알겠어요. 그럼, 당신은 그가 그곳이 얼마나 변했는지 보고 싶다고 한 것이 이유라고 했는데, 다른 이유는 없었나요?"
틸비는 묵묵히 있더니 코린을 바라보았다. 그녀는 어깨를 으쓱했다.
"내 생각에 그는 언제든지 우리를 떠날 수 있었던 것 같아요. 당신도 알아차렸을 테지만, 우리는 최근에 서로가 마음에 꼭 맞는 그룹은 아니었어요."
틸비가 마침내 얘기했다.
"왜 그랬지요?"
"뭐가 왜 그랬어요?"
"그럼 모두들 사이가 나빴나요? 항상 이런 식은 아니었지요? 그렇죠?"

이번에는 틸비가 어깨를 으쓱했다. 코린은 꼭 움켜쥐고 있는 자기 손을 내려다보며 아무 말도 하지 않았다.

나는 한숨을 쉬고는 조용히 이 사람들로부터 벗어나고 싶었던 피츠제럴드의 욕구에 초점을 맞췄다. 나는 그들의 언쟁, 거짓말, 험담, 그리고 발뺌 등이 지긋지긋했다. 또한 그들과 얘기해 보았자 지금 당장은 아무 소용없다는 것도 알고 있었다. 카발카와 얘기할 수 있을 때를 기다리는 것이 나을 듯했다. 나를 계속 고용할 의향이 있는지 알아보고, 그가 만일 그러겠다면 나는 다시 처음부터 시작할 수 있었다.

나는 일어서면서 말했다.

"콘트라코스타 당국에서 당신들을 만나려 할 거예요. 충고하겠는데, 될 수 있는 대로 그들에게 솔직하게 얘기하세요."

코린에게도 덧붙였다.

"웨인이 돌아오면 그분은 내가 직접 보고하기를 원할 거예요. 그분에게 나의 집으로 전화해달라고 전해주시겠어요?"

나는 내 직장과 집의 전화번호가 적힌 명함을 꺼내 커피 탁자 위에 올려놓고는 문밖으로 걸어나왔다.

내가 나오면서 그들을 돌아보니 틸비가 가슴 위로 팔짱을 끼고 코린을 내려다보며 서 있었다. 그들은 눈을 감고 쓸쓸하고 무기력하게 조각상처럼 꼼짝하지 않았다.

7

지붕이 갈색인 작은 내 집으로 돌아왔을 때 자고 싶은 마음이 싹 달아났다. 내가 명쾌한 답도 없는 문제들을 마음속에 품고 있을 때는 항상 그랬다. 잠자리에 들어가 억지로 휴식을 취하는 대신에 커피를 끓여 잔을 들고는 생각을 하기 위해 뒷쪽 문으로 나왔다.

이미 더워지기 시작한 맑고 화창한 아침이었다. 이웃들은 주말의 즐거움으로 떠들썩했다. 한쪽에서 이웃인 홀씨 네가 망치소리를 요란하게 내면서 뒷마당의 창고에서 무슨 일인가를 하고 있었다.

다른 한쪽의 컬리 씨네 집에서는 개가 맹렬하게 짖고 있었다. 나는 아마 우리집 고양이 와트가 그 개의 앞발이 닿지 않는 담장 위를 뛰어다니면서 개를 괴롭히고 있을 것이라 생각했다. 그것이 와트가 최근에 가장 좋아하는 놀이였다.

아니나 다를까, 몇 분 뒤에 와트가 담장에서 내가 화분으로 사용하려했던 뒤집어놓은 반원통 위로 쿵하고 뛰어내리는 소리가 들렸다. 희고 검은 점들이 있는 고양이의 털에는 강아지풀이 많이 붙어 있었다. 와트는 컬리 씨네 뒷마당의 잡초들 속에서 이리저리 뒹굴었음에 틀림없는 것 같았다.

"이리 온!" 나는 와트를 불렀다. 와트는 나를 보더니 꼬리를 앞뒤로 흔들어댔다. "이리 와!" 와트는 머뭇거리더니 재빨리 내 무릎 위로 뛰어올랐다. 나는 와트가 불룩한 배를 흔들며 뒤뚱뒤뚱 걸어가기 전에 목덜미 털에서 강아지풀 하나를 용케 떼냈다. 말 같은 녀석……

나는 강아지풀을 엄지와 집게손가락으로 쥐고 앉아 흔들면서 거기에 시선을 주고 있었지만 실제로는 보고 있지 않았다. 대신에, 나는 전날 밤에 보았던 공연장 주위의 언덕들을 마음속에 그렸다. 언덕에는 드문드문 참나무와 너도밤나무와 떡갈나무들이 있었고 말에 올라탄 사람들이 띄엄띄엄 있었다. 그늘진 곳에는 말 탄 남자가 혼자 서 있었고 황혼 속에서 마치 조명 신호탄같이 그의 쌍안경이 반짝거렸다.

나는 벌떡 일어나 전화기가 있는 집안으로 뛰어들어갔다. 먼저 공연장의 범죄현장을 담당하고 있던 콘트라코스타 보안관의 부하에게 전화했다. 죽은 자의 신원은 아직도 밝혀지지 않았고 그가 가지고 있던 유일한 개인 소지품은 어제 날짜로 발행된 버스표인데 그것은 샌프란시스코에서 콩코드까지 가는 표였고 신발 속에 쑤셔넣어져 있었다고 그는 말했다. 이것으로 그가 그 지역의 거주자가 아니라는 것은 알게 되었지만 그 외에는 아무것도 알아낼 수 없었다. 그들은 계속해서 지문으로 그자의 신분을 확인할 수밖에 없다고 생각하고 거기에 희망을 걸고 있었다.

두번째로 나는 공연장으로 전화해 짐 헤이스의 집 전화번호를 알아냈다. 그는 피츠제럴드가 사라졌을 때 연기자 전용문에 있었던 경호원이었다. 헤이스의 전화 목소리는 내 전화벨 소리를 듣고 깬 것 같았지만 그는 기꺼이 몇 가지 질문에 대답해 주었다.

"피츠제럴드가 떠날 때 그는 무대 의상을 입고 있었죠? 그렇죠?" 내가 물었다.

"네."

"분장은요?"

"안 했어요. 분장을 했다면 내가 그걸 알아차릴 수 있었을 거예요. 그가 온통 페인트를 칠하고 나갔다면 이상하게 여겼을 테니까요."

"그럼 어젯밤 휴식시간이 끝나고 당신이 돌아오고 나서 몇 분 뒤에 그가 돌아왔던 것으로 생각한다고 했는데, 그때 당신에게 통행증을 보여주던가요?"

"네, 누구든지 통행증을 보여야 되죠. 하지만……."

"통행증에 적혀 있는 이름을 보셨나요?"

"자세히 보지는 않았어요. 통행증이 그 날짜에 유효한가를 확인해 봤을 뿐이에요. 지금은 그가 피츠제럴드였다고 확신할 수 없기 때문에 살펴봐야 했다고 생각해요. 의상은 똑같은 것 같았지만 난 분간할 수 없었어요."

"왜요?"

"글쎄요. 들어오는 그자에게는 뭔가 다른 점이 있었어요. 걸음걸이가 이상했어요. 당신이 발견했던 살해된 그 남자, 그래요, 그는 다리를 절름거렸어요."

그의 관찰은 정확할 수도 있고 그렇지 않을 수도 있다. 그자가 '이상하게' 걸었다는 생각은 죽은 남자가 절름발이였다는 것을 알고 나서 헤이스의 기억에 심어진 것일 수도 있었다.

"그 밖에는요?"

헤이스는 머뭇거렸다. "내 생각에는…… 그래요. 당신이 게리가 떠날 때 분장을 했느냐고 물었죠. 하지 않았어요. 하지만 들어오던 그자는 분장을 하고 있었어요. 그것이 바로 내가 그를 피츠제럴드로 생각하지 않은 이유예요."

"고맙습니다, 헤이스 씨. 그것이 내가 알고 싶었던 전부예요."

나는 전화를 끊고 얼른 핸드백과 자동차 열쇠를 움켜쥐고는 최단 시간 내에 공연장으로 다시 돌아갔다.

열기가 아른거리는 주차장이 오늘은 보존반원의 것으로 보이는 두 대의 트럭만 있을 뿐 텅 비어 있었다. 문은 잠겨 있었고 매표소의 창문은 내려져 있었으며 아무도 보이지 않았다. 하지만 그런 건 상관없었다. 내가 관심을 둔 것은 철망 울타리 바깥에 있었으니까. 나는 MG자동차를 트럭 옆에 세우고 원형극장 주변을 돌아 연기자 전용 출입구로 가서는 동쪽 언덕을 쳐다보았다. 풀이 높이 자란 초지를 지나 불에 타버린 곳이 있었다. 나는 그곳으로 올라가기 시작했다.

언덕을 반쯤 올라가서 이마에 흐르는 땀을 닦으며 멈춰 서서 공연장을 내려다보았다. 그곳에서는 모든 것이 아주 잘 보였다. 한바퀴 돌면서 그 주변을 내려다보았다. 서쪽으로는 단조로운 격자 모양의 구역과 쇼핑센터들이 있었고 여기저기에 언덕들과 월넛크리크의 높아진 스카이라인이 보였다. 북쪽으로는 안티오크의 제지공장 굴뚝으로부터 연기가 소용돌이치고 있었고 새크라멘토 델타로 흐르는 강에 걸쳐져 있는 다리를 볼 수 있었다. 동쪽 저편으로 거대하고 장엄한 디아블로 산이 솟아 있었고 그 산과 내가 서 있는 언덕 사이에는 더 많은 언덕들과 골짜기들이 널따란 목장지대를 이루고 있었다.

나는 한 남자가 쌍안경을 들고 말을 탄 채 외로이 서 있었던 언덕에 올랐는데 거기엔 나무가 많지 않았다. 나무로부터 남쪽으로 곧장 약 100미터 떨어진 곳에 너도밤나무와 떡갈나무로 둘러싸인 바위 하나가 노출되어 있었다. 나는 불에 탄 곳을 비교적 쉽게 지나 건조한 초지를 헤치며 그곳으로 향했다.

나뭇가지들 아래는 짙게 그늘져 있었고 시원했으며 공기는 메마르고 풀냄새가 향기롭게 풍겼다. 나는 잠시동안 멈춰서서 다시 한번 땀을 닦아내고는 주위를 둘러보기 시작했다. 내가 찾고 있던 것은 탁자 모양의 나지막한 바위 뒤편에 쑤셔 박혀 있었다. 화장품이 묻은 몇 장의 휴지들이 있었다. 거기엔 광대들의 분장용인 검은 색, 붉은 색, 그리고 흰색의 유성분(油性粉)이 묻어 있었다.

죽은 자는 피츠제럴드가 캔버스 가방에 넣어온 화장품을 받아서 이 바위를 분장 테이블로 사용한 것 같았다. 나는 게리가 그 백을 화장실까지 굳이 가져가려 했던 것을 기억했다. 물론 그는 그것이 필요했겠지. 화장품은 그들 계획에 필수적인 소도구였을 테니까. 피츠제럴드는 화장품을 바르지 않아도 공연장을 나올 수 있었지만 다른 남자는 분장하지 않고는 들어갈 수 없었다. 경비원이 그의 얼굴이 의상 또는 통행증에 쓰여 있는 이름과 맞지 않는다는 것을 알아차릴지도 모르는 큰 위험을 안고 있었기 때문이다.

나는 내 발밑의 마른 나뭇잎들을 내려다보았다. 참나무, 너도밤나무, 떡갈나무의 부서지기 쉬운 잎사귀들을. 언덕 밑에서 이곳까지 높이 자란 풀들을 헤치고 올라오는 동안 강아지풀이 묻었을 것이다. 그것으로 나는 죽은 자가 거쳐간 길을 알 수 있었으나 피츠제럴드에게 무슨 일이 일어났는지는 알 수 없었다. 그것을 알아내기 위해 우선 말을 어디에서 빌릴 수 있는지를 알아보아야 했다.

나는 공연장 남동쪽의 수목이 우거진 골짜기에 있는 작은 마을의 사료가게 앞에 멈춰 섰다. 그곳은 목재 마루에 커다란 자루들과 사료 상자들이 있는, 사람들이 흔히 상상할 수 있는 그런 시골 상점이었다. 그 상점의 주인인 듯한 노인이 닦고 있던 말안장에서 눈을 돌려 나를 쳐다보았다. 작업복을 입고 햇볕에 검게 그을린 노인이 그 시골 풍경을 더할 나위 없이 훌륭하게 완성시켜 주었다.

그 노인이 말했다.

"어떤 일을 도와드릴까요?"

나는 말안장을 더 가까이서 살펴보고는 멀리 벽 위의 고리들에 걸려 있는 손으로 세공된 가죽 제품들로 눈길을 돌렸다.

"저건 아름다운 작품이군요. 직접 만드셨나요?"

"물론이죠."

"그런 안장은 요즘 얼마에 팔립니까?"

말에 대한 내 경험은 중학교 시절에 받았던 승마 교습이 전부였다.

"이런 주문품은 약 500달러 정도 받죠."

"500달러나! 내 차 값보다 더 비싸군요."

"글쎄요……"

그는 문을 통해 내 MG자동차를 보았다.

"알아요. 다른 말 하실 필요없어요."

"그래도 잘 달리죠? 그렇죠?"

"그럼요."

이렇게 해서 부드럽게 대화가 이루어져서 나는 중대한 용무로 들어갔다.
"몇 가지 정보가 필요한데요. 말을 빌려주는 마구간을 찾고 있습니다."
"당신은 파티 같은 것을 열고 싶은가 보군요."
"그럴 생각이에요."
"글쎄. 마을 남쪽에 맥밀런 마구간이 있어요. 하지만 그곳은 추천하고 싶지 않군요. 초라한 말이 몇 마리 있을 뿐이죠. 도시 사람들을 위해 빌리려는 것이죠?"
"그런 얘기는 한 것 같지 않은데요."
"전혀 그런 얘기 하지 않았어요? 하지만 나는 사람들을 알아보는 데 익숙하죠. 당신은 교외에 사는 여자 같아 보이지도 않고 시골 출신 같지도 않습니다."
그는 나에게 미소를 보냈다. 나도 고개를 끄덕이며 그의 추리력에 대한 찬사의 의미로 미소를 지었다. 그는 계속 얘기했다.
"안돼요. 당신이 말을 잘 타지 못할지도 모르는 사람들과 함께 한다면 맥밀런 마구간은 추천하지 않겠어요. 그곳의 어떤 말들은 사람을 이곳에서 새너제이까지 차버릴 정도로 형편없답니다. 휠러 마구간으로 가보세요. 거기엔 훌륭한 말들이 있어요."
"휠러 마구간은 어디죠?"
"맥밀런 마구간을 지나 남쪽으로 몇 킬로미터 더 가세요. 표지판을 보면 알 수 있을 겁니다."
그에게 감사의 말을 하고 가려고 하는데 그가 뒤에서 나를 불렀다.
"이봐요! 파티를 열면 도시 친구들을 데리고 들르세요. 훌륭한 각종 수공예 벨트와 지갑들이 있으니까요."
나는 그러겠다고 대답하고는 차를 타고 떠나면서 그에게 손을 흔들어주었다.

작은 마을의 남쪽으로 길을 따라 1킬로미터쯤 내려가니 말을 빌려준다는 문구를 적은 표지판이 있는, 다 허물어져 가는 마구간이 있었다. 의심할 나위 없이 그곳은 그 노인이 권할 만하지 못하다고 말했던 맥밀런 마구간이었다. 그곳에는 동물이라고는 전혀 보이지 않았다. 키가 크고 목이 축 처진 불독을 닮은 여자가 손에 쇠스랑을 들고 서 나에게 인사했다.

나는 그녀에게 즉흥적으로 다음과 같은 내용의 이야기를 꾸며서 들려주었다. '친구 한 명이 어젯밤에 말 한 마리를 빌려타고 언덕으로 올라가서 디아블로밸리 공연장에서 하는 쇼를 구경했는데 말과 말을 가져온 마구간의 모습은 기억에 남아 있지만 마구간의 이름을 기억할 수 없다. 혹시 당신이 빌려준 건 아닌가.' 내가 얘기를 하는 동안 그 여자는 얼굴을 찌푸리기 시작하더니 시간이 흐를수록 점차 호전적인 개처럼 변해갔다.

"그건 정직하지 못해요." 그녀가 말했다. "유감이군요."

"사람들이 말을 타고 그곳에 올라가 공짜로 구경하는 건 옳지 못해요. 당신이 어떤 명분을 갖다 붙인다 해도 도둑질은 도둑질이에요. 성경이 그걸 말해줄 겁니다."

"오." 나는 그 말에 대한 적당한 대답을 생각할 수 없었다. 어쩌면 그녀의 말이 옳을지도 모르지만.

그녀는 마치 나를 이교도로 의심하기라도 하는 것처럼 엄격한 시선으로 바라보았다.

"당신 질문에 대답하자면, 아니에요. 난 당신 친구에게 빌려주지 않았어요. 저기까지 올라가 구경하려는 사람에게는 내 말 곁에도 가지 못하게 합니다."

"글쎄요, 나는 내 친구가 계획했던 일을 인정하지 않으리라고 생각하는데요."

"품위 있는 사람은 누구라도 부끄러워 그런 일을 인정할 수 없을 거예요."

그녀는 쇠스랑을 꽉 쥐고 공격적으로 말했다.

나는 뒤로 한 발짝 물러나서 "하지만, 아주머니가 그 사실을 모르고 빌려 주었을지도……."

"당신도 똑같은 일을 하려고요?"

"뭐라구요?"

"오늘밤 콘서트를 보기 위해 저곳으로 올라가려 하느냐구요?"

"내가요? 아니에요, 아주머니. 나는 말을 별로 잘 타지 못해요. 단지 내 친구가 어디에서 말을 빌렸는지를 알고 싶을 뿐이에요."

"어쨌든 그는 이곳에서 말을 빌리지 않았어요. 우리는 밤에 문을 열지 않죠. 당신처럼 잘 못 타는 사람들이 우리 말을 타고 어둠 속으로 나가는 걸 원치 않아요. 게다가 미리 계획하진 않았더라도, 사람들이 콘서트를 보게 되면 그 강한 유혹에 넘어가기 마련이죠. 난 그런 종류의 일에는 찬성할 수 없어요. 난 신앙심이 깊은 그리스도교인이고 하느님의 말씀을 거역하려는 자를 절대로 돕지 않아요."

나는 재빨리 말했다.

"아시다시피 저도 아주머니 말씀에 동의해요. 그리고 제 친구와 그의 행동에 대해 얘기하려 합니다. 하지만 아직도 그 친구가 말을 어디서 빌렸는지 알고 싶은데요. 아주머니네 마구간 말고 이 근처에 다른 마구간이 있나요?"

그 여자는 다소 기분이 누그러지는 듯했다.

"휠러 마구간밖에 없어요. 그들은 큰 사업을 하죠…… 디아블로 산에서의 등반 여행이나 가을에 건초 실은 트럭을 타고 하는 여행 등이죠. 물론 공연장 위로 몰래 올라가려는 사람에게도 빌려주지요. 그들은 만일 돈만 많이 준다면 말을 타고서 은행을 털려는 자들에게도 빌려줄 거예요."

나는 웃음이 나오려는 것을 억지로 참으면서 내 차로 걸어갔다.

"알려주셔서 고맙습니다."

"천만에요. 하지만 당신 친구에게 꼭 얘기해서 그런 버릇은 고치도록 설득하세요."

나는 웃으면서 서둘러 그곳을 빠져나왔다.

맥밀런 마구간 옆에 있는 휠러 마구간은 번창하고 있었고 사람을 끄는 데가 있었다. 마구간은 붉은 색으로 새로 칠해져 있었고 24마리의 건강하고 반들반들한 말들이 흰색 가로대가 쳐진 울타리 안에서 풀을 뜯고 있었다. 가축을 모는 길로 차를 몰고 덜컥덜컥거리며 내려가 작은 도랑 위에 걸쳐 있는 다리를 건너 사무실이라고 표시된 문앞에 주차시켰다. 안에는 색이 바랜 리바이스 청바지와 티셔츠를 입고 있는 금발머리의 남자가 카운터 뒤의 캔버스 의자에 앉아 〈플레이보이〉지를 읽고 있었다. 내가 들어서자 그는 마지못해 그 잡지를 옆으로 치웠다.

나는 얘기를 꾸며내는 데 지쳐 있었고 이 남자는 솔직하게 얘기를 나눌 만한 사람으로 보였다. 그래서 나는 복사된 면허증 사진을 보여주면서 말했다.

"난 어젯밤에 디아블로밸리 공연장에서 발견된 변사체 사건을 맡은 군 보안관과 협력하고 있어요. 그 사건을 들어봤어요?"

"네, 아침뉴스에서 들었죠."

"난 어젯밤 쇼 시작 전에 죽은 남자가 말 한 마리를 빌렸을 거라는 믿을 만한 충분한 근거를 가지고 있어요."

그 남자는 햇볕에 바래 변색된 눈썹을 치켜올리며 맥밀런 마구간에 있던 여자와 대조적으로 말을 아끼면서 내 말을 기다렸다.
"어젯밤에 말들을 빌려줬습니까?"
"5마리요. 4마리는 어떤 일행에게, 다른 한 마리는 나중에 빌려주었지요."
"그 한 마리를 누가 빌려갔나요?"
"키가 크고 마른 남자였어요. 청바지와 격자무늬 셔츠를 입고 있었죠. 처음에 그를 보자 난 아는 사람이라고 생각했어요."
"왜죠?"
"그는 이 근처에 살았던 사람처럼 낯이 익어 보였어요. 하지만 곧 그럴 리가 없다는 것을 알았죠. 그의 얼굴은 보기 흉하게 상처가 나고 팔이 불구였으며 다리는 절고 있었지요. 말을 타는 데 어려움이 있을 것으로 생각했지만 그가 말 위에 오르자 곧 훌륭한 기수라는 것을 알 수 있었어요."

나는 사건 전모가 한꺼번에 드러나기 시작할 때 느끼는 그런 종류의 흥분을 느꼈다.
"그 남자가 바로 죽은 자예요."
"그렇군요. 그 일이 그걸 설명해 주는군요."
"무얼 설명하는데요?"
"말이 오늘 아침에 사람은 태우지 않은 채 돌아왔어요."
"몇 시에요?"
"음, 5시 아니, 5시 반쯤요."
그것은 내가 기대했던 것과 들어맞지 않았다.
"말을 빌린 사람들의 기록을 가지고 있습니까?"
"이름과 주소를 기록하지요. 그리고 우리는 보증금을 받는데 말을 도로 데리고 오면 되돌려줍니다."
"그 남자의 이름을 찾을 수 있으세요?"

그는 씩 웃더니 카운터 밑에서 루스리프식 노트를 꺼냈다.

"찾을 수는 있지만 당신이 그의 신분을 밝히는 데 도움이 될 것 같진 않군요. 내가 그때 톰 스미스라고 적었네요. 가짜 이름처럼 들렸어요."

"그런데도 당신은 그에게 말을 빌려줬나요?"

"그럼요. 난 2배의 보증금을 요구했어요. 그는 그리 부유해 보이지 않았고 그래서 나는 그가 꼭 돌아올 것이라고 생각했죠. 게다가 우리 말들은 누가 훔쳐가려고 할 정도로 그렇게 훌륭하지는 않거든요."

나는 카운터 위를 손가락으로 톡톡 두드리면서 잠깐 동안 그곳에 서 있었다.

"그를 당신이 알고 있던 어떤 사람인 줄로 생각했다고 말했죠?"

"처음엔 그랬어요. 그런데 내가 알고 있던 사람은 절름발이가 아니었어요. 분명 우연히 그와 닮은 사람이었나 봐요."

"그 사람은 누구였는데요?"

"60년대에 이 근처의 목장에서 살던 남자죠. 게리 피츠제럴드라는."

나는 그를 뚫어지게 바라보았다.

"하지만 아까 얘기했듯이 게리 피츠제럴드는 다리를 절지 않았어요."

"게리에겐 사촌이 있었나요?"

내가 물었다.

"네. 존 틸비라는. 틸비의 부친이 낙농장을 소유했었어요. 게리는 그들과 함께 살았죠."

"그럼, 게리는 언제 이곳을 떠났나요?"

"그 노인이 죽은 뒤에요. 목장은 빚을 청산하기 위해 팔렸고 게리와 존 둘 다 떠났어요. 캘리포니아 남부로요."
그는 다시 씩 웃었다.
"그들은 아마도 흥행사업에 뛰어들려는 어리석은 생각을 갖고 있었나봐요."
"그런데, 어젯밤 공연했던 프로그램의 주역이 누구였는지 아세요?"
"상기시키지 마세요. 몰라요. 어린이 쇼 같은 것 아니었나요?"
"광대 축제였어요."
"아!"
그는 어깨를 으쓱했다.
"광대에는 별 흥미 없어요. 왜 그런 걸 묻죠?"
"별 이유는 없어요."
사건은 분명히 내가 기대했던 방향과 들어맞지 않고 있었다.
"당신이 말하기를 그 사촌들은 존 틸비의 아버지가 세상을 뜬 뒤 함께 떠났다고 했지요?"
"네."
"그리고 캘리포니아 남부로 갔다고 했구요."
"그건 들은 얘기였어요."
"게리 피츠제럴드는 하이트—애시베리에 살았던 적이 있나요?"
그는 머뭇거렸다.
"그들이 로스앤젤레스 대신 그곳에 간 것이 아니라면 그러지 않았을 거예요. 그런데 특히 그가 돌아왔을 때에 내가 하이트에서 게리를 못봤을 수도 있어요. 당신이 내 말의 의미를 알지 모르겠지만 그는 정말 시골뜨기였어요. 그런데 이런 모든 얘기가 그와 존과 무슨 상관이 있는 거요? 내 생각에……."
"말 한 마리 빌리는 데는 얼마예요?"

그 남자의 호기심은 사업 애기가 나오자 그쪽으로 쉽게 돌려졌다.

"1시간에 10달러고 보증금은 20달러예요."

"유순한 말 있어요?"

"당신이 타려구요? 지금요?"

"그래요."

"유순한 말, 활기찬 말, 모든 종류의 말을 준비하고 있죠."

나는 지갑을 꺼내 대금을 치렀다. 다행히도 40달러 가까이 되는 돈이 있었다.

"가장 유순한 녀석을 고르겠어요."

그 남자는 루스리프식 노트를 내 앞으로 내밀었다. 그는 다소 놀란 듯이 나를 쳐다보면서 말했다.

"여기에 서명하시죠. 그럼 제가 '하얀 발'에 안장을 얹어드리겠습니다."

8

우리의 거래가 이루어졌을 때, 마구간의 그 남자는 공연장으로 가는 승마로를 알려주었고 내가 본 말들 중에 가장 유순한 말 위에 나를 올려놓고는 잘 타고 오라는 인사를 했다. '하얀 발'——정말로 한쪽 발굽 뒤쪽의 털이 하얀, 밤색과 흰색이 섞인 얼룩말——은 너무나 차분해서 이 녀석이 잠이 들지나 않을까 염려가 됐다. 10대 초반에 받은 짧은 기간 동안의 승마교습을 머리에 떠올리면서 나는 "이랴" 하고 그 말의 옆구리를 구두 뒤축으로 탁탁 쳤다. '하얀 발'은 머리를 수그리고 건초를 와작와작 먹기 시작했다.

"이봐, 덩치 큰 녀석아."

내가 말했지만 하얀 발은 계속해서 먹기만 했다. 나는 부드럽기는 하나 위엄 있게 말고삐를 뒤로 잡아당겼다.

그래도 반응이 없었다. 나는 긴 비탈길의 꼭대기에 앉아 있는 것 같은 느낌이 들게 하는, 그 말의 긴 목을 역겨운 마음으로 내려다보았다. 내가 "이랴" 소리를 계속 냈고 탁탁 두드리는 일을 반복했지만 말은 조금도 움직이지 않았다.

"이 게으른 놈아, 서둘러 가자." 나는 위협적인 말투로 말했다.

말은 머리를 들고 흔들더니 시무룩한 표정으로 나를 쳐다보았다. 그러고는 육중하게 흔들리는 걸음걸이로 승마로를 따라 내려가기 시작했다. 나는 자부심을 느끼며 여기수의 정확한 자세로 더욱 꼿꼿하게 앉았다.

그 길은 유칼립투스의 작은 숲을 지나 굽어져 있었고 곧 목초지를 따라 언덕 위로 올라가기 시작했다. 그곳 지형은 툭 튀어나온 많은 바위들과 골짜기가 형성되어 있어 기복이 심했다. 그래서 나는 잘 달릴 수 있도록 해놓은 길과 '하얀 발'의 어기적거리는 걸음걸이에 모두 감사하는 마음을 가졌다. 잠시 뒤, 나는 주위를 찬찬히 살펴볼 수 있을 정도로 안장 위에서 안정감을 갖게 되었고, 언덕의 꼭대기에 도달해서는 말을 세우고 두루 둘러보았다.

한쪽에는 갈색과 흰색의 소들이 흩어져 있는 방목지가 있었고 멀리 헛간과 말들이 있는 우리가 보였다. 다른 쪽에는 숲이 무성했는데, 철쭉과 상록 관목들, 너도밤나무과의 나무들, 월계수들로 메워진 골짜기까지 이어져 있었다. 이것이 바로 내가 찾고 있던 유형의 지형이었다. 쉽게 혼란을 일으켜 길을 잃게 되는 그런 종류의 지형이었다. 아직 그곳 주위 언덕들에는 그런 골짜기가 수십 개는 더 있을 것임에 틀림없었다. 그 모든 골짜기를 하나하나 찾아보는 데는 며칠이 걸릴지도 모르는 일이었다.

골짜기 가장자리에 돌출되어 있는 무성한 나뭇잎들 밑에서 무엇인가 움직이는 것을 보았을 때, 나는 더욱 험한 지역으로 들어가기 전까지 조금만 더 말을 타고 가기로 마음먹었다. 그 지점을 뚫어져라 바라보고 있으려니까 밝은 색 옷을 입은 키가 큰 사람이 눈에 들어왔다. 내가 남자인지 여자인지 확인하기도 전에, 그 사람은 그늘 속으로 얼른 들어가 시야에서 사라져 버렸다.

그 사람이 혹시 나를 보지 않았을까 염려하면서, 고삐로 조정하면서 말을 한쪽으로 향하게 하여 몇 미터쯤 떨어진 곳의 커다란 둥근 사암 뒤로 갔다. 그러고는 안장에서 내려 그 바위 주위에서 골짜기 쪽을 주시했다. 그곳에서는 아무 것도 움직이지 않았다. 나는 '하얀 발'을 흘끗 보고는 밧줄로 매지 않고 그 말이 있던 곳에 그대로 있게 해야겠다고 생각했다. 충실한 모습으로 '하얀 발'은 머리를 숙여 만족스럽게 풀을 뜯고 있었다. 말을 안심시키려고 한번 등을 두드려주고 나서 키가 높이 자란 초지를 지나 덤불로 살금살금 걸어갔다. 그곳의 공기는 차갑고 월계수의 냄새도 자극적이었다. 그 냄새는 부엌의 병에 담아놓은 월계수 잎보다는 카레 가루를 더 생각나게 했다. 나는 내 눈이 나무 그늘에 익숙해지는 동안 소용돌이처럼 뒤엉킨 연초록의 떡갈나무 덤불 뒤에 몸을 굽히고 있었다. 그때까지도 아무런 움직임이 없었다. 마치 조금 전의 사람 모습이 내 상상의 산물이었던 것처럼.

내 앞에는 골짜기가 높은 암벽들 사이로 좁아져 있었고, 암벽엔 이끼가 덮여 있었으며 갈라진 틈에서는 왜소한 나무들이 자라고 있었다. 나는 그늘 속에서 나와 비탈지고 울퉁불퉁한 길로 가기 시작했다. 오른쪽에서 졸졸 물 흐르는 소리가 들려왔다. 덤불을 헤치고 살펴보니 암석 위에서 떨어지고 있는 물이 모여 이뤄진 작은 개울이었다. 지금은 비록 규모가 작지만 우기에는 분명 폭포를 이룰 것이다.

지면은 더욱 거칠어져 때로 발 디딜 곳을 찾기가 어려웠다. 이끼가 가득한 암벽들이 거의 다 모여 있는 지점에서 나는 한 벽에 기댄 채 멈춰 서서 귀를 기울였다. 무성한 수풀 속에서 누군가가 뒹굴고 있는 듯한 소리가 그 좁은 공간의 다른 편으로부터 들려왔다. 나는 바위들 사이로 들어가 수풀이 무성한 지역을 보았다. 몇 미터 앞에 방금 전에 부러진 것으로 보이는 나뭇가지가 있었다.

나는 내 앞에서 나는 소리를 따라 수풀을 통과해 갔다. 소나무 가지들이 내 얼굴을 스쳤고 월계수 가시들이 밖으로 드러난 내 팔을 긁었다. 잠시 뒤 뒹구는 듯한 소리가 그쳤다. 지금 내가 뒤를 쫓고 있는 사람이 혹시 내가 내는 소리를 들은 건 아닐까 걱정하면서 가만히 서 있었다.

사방이 조용했다. 내 머리 위의 수풀 속에서도 새 한 마리 움직이지 않았다. 나는 내가 있는 곳이 공연장이나 마구간에서 어느 방향에 있는지도 알지 못했을 뿐더러 말을 놔두고 온 장소까지 돌아갈 길을 찾을 수 있을까도 확신할 수 없었다.

어리석게도 나는 내가 맡고 있는 일의 중요성을 그제서야 차츰 알게 되었다. 그런 조사는 말을 이용하는 것보다 헬리콥터로 하는 것이 훨씬 더 나을 일이었다.

그때 사람 목소리가 들려왔다.

그 목소리는 너도밤나무의 짙은 그늘을 지나 오른쪽으로부터 들려왔다. 그들은 남자였고 말의 억양으로 보아 꽤 화가 나 있다는 걸 알 수 있었다. 하지만 그들이 누군지 또는 무슨 말을 하고 있는지는 알 수 없었다. 나는 상록 관목 덤불 주위에서 가능한 한 소리를 내지 않으면서 서서히 그 수풀을 통과하기 시작했다.

그 수풀 반대편으로 약 6미터 앞쪽 부분이 가파르게 끊어져버린 편편한 바위가 있었다. 난 그곳으로 기어올라가 배를 대고 엎드려 더 앞쪽으로 가어갔다. 그들 목소리는 더 크게, 바로 앞의 아래에서 들려왔다. 그 목소리 중의 하나는 내가 게리 피츠제럴드로 알고 있던 남자의 것이었다.

"······그가 누구를 협박하려고 하는 건 몰랐어요. 난 단지 그가 존을 만나서 화해하기를 원하는 것으로만 생각했어요."

그 말은 괴롭게 들렸고 고통으로 뒤틀려 있었다.

"만일 그런 경우였더라도 그는 호텔로 올 수 있었잖나?"

두번째 목소리는 웨인 카발카였다.

"그는 공연장에 몰래 들어가려는 그런 주도면밀한 음모를 꾸밀 필요가 없었어."

"그는 화해하고 싶다고 말했어요. 어쨌든 그는 존의 친사촌이고······."

"이봐, 엘리엇, 그가 우리를 협박했다는 것을 알지 않나? 우리가 샌프란시스코에 와서 공연할 것이라는 걸 알고 난 뒤에, 지난 몇 주 동안 우리에게 가했던 압력에 대해 다 알고 있지 않은가?"

나는 실종된 남자가 실제 게리 피츠제럴드가 아니라는 것을 알고 있었지만 생소한 이름에 깜짝 놀라지 않을 수 없었다. 엘리엇, 엘리엇이 누구지?

엘리엇은 조용했다.

나는 계속 앞으로 기어갔다. 이끼투성이의 바위는 옷 위로도 무척 차가웠다. 나는 바위 가장자리에 이르러 카발카가 다시 얘기를 꺼낼 때까지 계속 머리를 숙이고 있었다.

"자네도 알다시피 우리는 모두 게리를 두려워했네. 그것이 바로 내가 맥콘이란 여자를 고용한 이유지. 그가 어떤 일을 저지를 경우를 대비해 그곳에 무장한 경호원을 둔 거야. 난 전혀 자네가 유다 역을 하리라곤 생각하지 않았네."

또다시 엘리엇은 말이 없었다. 나는 위험을 무릅쓰고 바위 너머로 내려다보았다.

그곳은 삐죽삐죽한 바위들이 많은 골짜기로 5미터 정도 아래의 가파른 함몰지였다. 내가 게리 피츠제럴드로 알고 있던 자는 오른쪽 다리가 비정상적인 각도로 뒤틀린 채 바닥에 누워 있다가 앉은 자세로 기댔다. 그는 격자무늬 셔츠와 청바지를 입고 있었다. 마구간의 남자가 설명했던 죽은 자가 입었던 옷과 같은 옷이었다. 카발카는 내가 엎드려 있는 곳에서부터 약 2미터쯤 되는 거리에서 내게 등을 보이고 엘리엇 앞에 서 있었다. 나는 잠시 동안 엘리엇이 내 머리를 봤을까 봐 조마조마했지만 곧 그의 눈은 고통으로 반쯤은 보이지 않는 상태라는 것을 알아차렸다.

"존과 게리 사이에 무슨 일이 있었나요?"

그가 물었다.

카발카는 서 있던 위치를 바꿔 한쪽 팔을 등뒤로 가져가 손을 벨트 안으로 밀어넣었다.

"웨인, 무슨 일이 있었냐구요?"

"게리가 오늘 아침에 공연장에서 죽은 채로 발견됐어. 칼에 찔려 죽었어. 만약 당신이 그와 옷을 바꿔 입고 그가 무대 뒤로 몰래 들어가 존을 위협하도록 하는 일을 꾸미지 않았다면 이런 일은 생기지 않았을 거야."

엘리엇은 마치 눈을 가리고 싶어하는 것처럼 손을 들어올리려 했지만, 너무 힘이 없어 손을 들 수가 없는 듯했다. "죽었다구요?" 그는 말을 중단했다.

"그가 내가 말과 함께 기다리고 있던 장소에 돌아오지 않았을 때 뭔가 무서운 일이 일어났구나 하는 두려움이 앞섰어요."

"물론 당신은 두려웠을 거야. 무슨 일이 일어날지 알고 있었을 테니까."

"아니에요······."

"당신은 몇 주에 걸쳐 이 일을 계획했어. 안 그런가? 하이트의 싸구려 호텔에 묵은 일도 그 계획의 하나였지. 그래야 당신 의상을 한벌 게리에게 넘겨 줄 수 있었을 테니까. 하지만 코린이 한 벌만 빼고 모두 세탁소로 보내버리는 바람에 그 일은 이뤄질 수 없었겠지. 언제 그렇게 몰래 빠져나가 자리를 바꾸는 계획을 생각해냈는가?"

엘리엇은 대답이 없었다.

"언제이든 상관없다고 생각하네. 하지만 엘리엇, 왜, 도대체 왜 그랬는지 말해주게."

그가 마침내 대답했다. 엘리엇의 목소리는 지쳐 있었다.

"난 당신이 그에게 한 일에 대해, 아니 우리 모두가 한 일에 대해 화가 났던 것 같아요. 그가 로스앤젤레스에서 전화했을 때 몹시 측은했어요. 그리고 그를 보자 난 이렇게 생각했죠. 존도 역시 그를 보면 당신을 설득해서 게리를 돕게 할지도 모른다고."

"그런데 그 대신에 그가 게리를 죽였구먼."

"아니에요. 난 그걸 믿을 수 없어요."

"그럼 왜 아니라는 건가?"

"존은 게리를 사랑했어요."

"존이 게리를 너무나 사랑한 나머지 그에게서 니콜을 빼앗았군 그래. 니콜을 그에게서 뺏어올 정도로 그를 사랑했지. 그러고는 술이 취해서 서로 싸우고 같이 타고 가던 차를 박살을 내서 그를 영원히 불구로 만들고?"

"그렇지만 존은 그 사고에 대해서 진실로 죄책감을 느꼈고 당신이 게리를 해고한 뒤 나로 대체한 것 때문에 당신을 미워하고 있었어요. 우리 모두가 쓴 속임수를……."

카발카의 몸은 긴장되었고 발끝으로 균형을 잡으며 점점 공격적이 되어 갔다.
 "그 속임수가 우리에게 많은 돈을 벌어다 주었지. 자네가 이 곡예를 하는 한 더 많은 돈을 벌 수 있어. 조만간에 게리의 신분이 밝혀질 테고 그러면 모든 게 드러나게 돼 있지. 존은 살인자로 재판에 회부될 것이고……"
 "난 아직도 존이 그를 죽였다고 믿을 수 없어요. 그에게 직접 물어보고 싶어요."
 카발카는 천천히 그의 벨트에서 손을 빼냈다. 난 그의 손에 들려 있는 칼을 보았다. 그는 칼을 꽉 쥔 손을 등 뒤로 하고 엘리엇을 향해 몸을 일으켰다. 그런 행동은 엘리엇의 시선을 끌었고 그는 깜짝 놀라 주위를 두리번거렸다. 칼을 들고 있는 카발카는 분명히 엘리엇을 목표로 삼고 그를 주시하는 것임에 틀림없었다.
 나는 망설이지 않고 바위 끝에서 뛰어내렸다. 아래의 울퉁불퉁한 바위들을 향해 떨어지는 시간이 한없이 길게 생각되었다. 이윽고 나는 바로 카발카 위에 내려앉았다.
 그가 땅바닥에 고꾸라질 때 뼈가 부러지는 소리가 나는 것을 나는 분명히 들었다. 그는 축 늘어졌고 나는 상처 하나 없이 그에게 내려앉은 것이다. 그의 몸이 내가 떨어질 때의 충격을 완화시켜 주었기 때문이었다. 카발카는 바위에 머리를 부딪혀 의식을 잃고 누워 있었고, 엘리엇 쪽을 보니 그는 고통과 충격으로 기절해 있었다.

9

 월넛크리크에 있는 존 뮈르 병원의 병실은 밝은 색조의 붉고 푸른 커튼을 두르고, 서랍장 위에는 화려한 가을꽃들이 진열돼 있어 더할 나위없이 희고 깨끗했다. 엘리엇 라슨――나는 그것이 그의 이름인 것을 알아냈다――은 오른쪽 다리가 땡기는 것을 느끼며 침대에 누워 있었다. 존 틸비는 손을 등 뒤로 꼭 쥔 채 부끄러워 방 안으로 더 이상 들어오기가 두려운 것처럼 문 옆에 서 있었다. 나는 침대 옆 의자에 앉아 몰래 가지고 들어온 포도주 한 병을 엘리엇과 나눠 마셨다.

나는 틸비와 거의 동시에 병원에 도착했는데 그는 꽃을 가져왔고, 환영의 인사에 대해 불안해하는 것 같았으며 엘리엇이 그를 보자 반가워했는데도 계속 거리를 두고 있었다. 하지만 잠시 동안의 거북한 시간이 흐른 뒤에, 그는 몇 가지 질문에 기꺼이 대답해 주었으며, 5년 전에 자신의 MG자동차를 공터에 처박고 사촌 게리 피츠제럴드를 불구로 만들었던 음주 운전 사고에 대해 얘기했다. 또한 웨인 카발카가 매니저로서 "충분한 보상"이라는 명분을 달아 게리를 해고했으며, 그런 보상에는 게리의 병원 비용은 제외되었으며, 그래서 결국 그는 저금을 다 써버리고 샌프란시스코의 싸구려 호텔에서 살아갈 수밖에 없게 되었다는 얘기도 들려주었다. 그뒤 카발카는 그 코미디팀이 그에게 보장해주었던 재정적으로 밝은 미래를 잃지 않아야겠다는 결심으로 게리를 대신할 사람을 사방으로 찾았고 초라한 하이트-애시베리 클럽에서 연기하고 있던 엘리엇을 발견했다. 그는 하얗게 분장한 두 명 중의 한 명이 본래 계약했던 광대가 아니라며 피츠제럴드와 틸비를 고용해 달라고 떠들어댈 광고주들에게는 한마디의 상의도 하지 않고 엘리엇을 연극에 투입시켰다. 그리고 그는 엘리엇에게 게리와 완전히 동일하게 위장하도록 강요해 왔다.

엘리엇이 말했다.

"처음에는 그리 나쁘지 않았어요. 웨인이 나를 발견했을 때 난 인기가 하락세에 있었어요. 마약에 깊이 빠져 있었고 하이트의 일자리에서는 쫓겨난 상태였으며 나를 받아주는 친구들에게 가서 묵곤 했어요. 처음에 그 일은 많은 돈을 벌게 해주었지만, 얼마 뒤에 난

한 버림받은 남자의 환영에 지나지 않는 존재라는 걸 느끼기 시작했어요."
"그런데 그때 게리가 다시 나타났군요." 내가 말했다.
"네. 그는 어떤 수술을 받을 필요가 있어서 로스앤젤레스에 있던 웨인과 연락을 취했어요. 몇 년에 걸쳐 웨인은 그에게 돈을 보내고 있었어요——당신은 그것을 입막음용 돈이라 부를 것으로 생각하는데——하지만 그 돈은 최소한의 경비를 가까스로 해결할 정도였죠. 게리는 텔레비전에서 모든 광고를 보고 우리가 얼마나 잘 나가고 있는지를 알았기 때문에 분노해서 그 광고의 중지를 요구했어요."
"그건 당연한 일이에요." 틸비가 덧붙였다. "나는 항상 게리가 제대로 보상받고 있는 걸로 생각했어요. 웨인은 내 수입의 일부를 가져가면서 그에게 보낸다고 말했거든요. 지금에서야 그 돈이 대부분 웨인의 호주머니로 들어갔다는 걸 알았어요."
"웨인은 게리가 수술받는 데 쓸 돈을 주지 않으려 했나요?" 내가 물었다.
틸비는 고개를 끄덕였다.
"게리는 웨인이 그를 버렸을 때 비위를 맞추려고 하기도 했죠. 하지만 그때에는 게리의 분노와 상처는 곪을 대로 곪아 있었고 보복이 될 만한 어떤 일을 하려고 했어요. 그는 웨인을 위협했는데, 계속해서 매일 전화를 걸어 협박했죠. 우리는 모두 조바심쳤으며 그가 저지를지도 모르는 일을 두려워했어요. 코린은 계속 그에게 돈을 주라고 웨인을 종용했죠. 특히 우리가 게리가 살고 있는 샌프란시스코의 광대 축제에 출연할 계약을 했기 때문에 더욱 그랬어요. 하지만 웨인은 고집이 세어서 응하지 않았어요."
난 코린을 떠올리며 말했다.

"여하튼, 그녀는 그 일을 어떻게 받아들이고 있나요?"
"안 좋아요. 하지만 그녀는 강한 여자예요. 극복해낼 겁니다."
틸비가 말했다.
"그럼 니콜은?"
"니콜은 사라졌어요. 웨인이 체포된 뒤 돌아와 보니 짐을 싸서 나가버렸더군요."

그는 무관심한 듯이 보였다. 지난 5년간 니콜과 지낸 것만으로 충분한 것 같았다.

내가 말했다.
"내가 보안관 사무실에 물어보니 웨인이 자백하지 않고 있다는군요."

그 골짜기에서 엘리엇을 구해낸 다음, 나는 그에게 내 총을 주고 말을 놔두었던 곳으로 되돌아갔다. 말을 달려——늙은 '하얀 발'의 일생중 가장 활기차게——마구간으로 가서 보안관 사무실 사람들을 불렀다. 우리가 그 골짜기에 도착했을 때 웨인은 의식을 되찾았고 엘리엇을 매수하고 있는 중이었다. 엘리엇은 웨인과의 협상을 즐기고 나서 그의 제안을 거절하는 듯했다.

나는 그들 머리 위에서 엿들었던 두 남자간의 대화를 상기하면서 엘리엇에게 물었다.

"당신이 게리에게 여분의 의상을 빌려주려 했다는 웨인의 추측이 옳아요?"
"네, 내가 그에게 줄 여분의 의상이 없다는 것을 알았을 때, 게리는 언덕에 올라가 말 위에서 내게 신호를 보내자는 계획을 제안했어요. 그는 그곳에 살 때부터 그 지역을 잘 알고 있었고 사람들이 콘서트를 구경하기 위해 언덕 위에서 말을 이용하는 방법에 관한 신문기사를 읽은 적이 있었죠. 당신은 그 신호를 짐작했었나요?"

"신호를 보내는 것을 봤죠. 게리의 옷에서 나뭇잎들과 가시들이 발견된 것에 생각이 미치기 전까지는 사건의 줄거리를 잡지 못했어요."

내가 사건을 해결하는 데 촉매제 역할을 한 것은 설명할 필요도 없이 말 같은 고양이 와트였다.

엘리엇이 말했다.

"여하튼 그렇게 계획대로 진행되었죠. 쌍안경으로 보내는 신호는 게리가 말을 탈 수 있었으며 그가 기다리고 있는 곳이 어디라는 것을 알려줬어요. 예정된 시간에 난 화장실에 가겠다는 구실을 대고 그곳에서 창문으로 빠져나와 공연장을 떠났어요. 게리는 옷을 바꿔 입고 수풀 속에서 손전등을 켜고 분장을 했죠. 난 그의 옷을 입고는 말에 올라 그를 기다렸지만 그는 돌아오지 않았어요. 마침내 군중들도 다 빠져나가고 불도 꺼지더군요. 나는 말을 타고 공연장으로 내려가려 했지만 말을 잘 타지 못해서 어둠 속에서 헤매기만 했지요. 그러다가 말이 무엇엔가 놀라 날 골짜기에다 내팽개치고는 도망가 버렸어요. 바위에 떨어지자마자 난 다리가 부러졌다는 걸 알았어요."

"그리고 밤새 그곳에 누워 있었군요."

"네, 거의 반쯤 몸이 얼었죠. 그런데 아침이 되자 웨인이 수풀 속으로 걸어오는 소리가 들렸어요. 나는 그가 처음부터 날 죽이려 했던 건지, 아니면 존이 게리를 죽였으니 우리가 그 사실을 덮어두어야 한다고 나를 납득시킬 계획이었는지를 모르겠군요."

"아마도 후자였을 거예요. 적어도 처음에는."

나는 틸비에게로 몸을 돌렸다.

"공연장에서는 게리와 무슨 일이 있었죠?"

"그가 분장실로 들어왔습니다. 그가 절룩거리는 것을 보고 바로 난 게리라는 걸 알았죠. 그는 화가 나 있었고 돈을 요구했어요. 난 '네가 원하는 건 무엇이든 기꺼이 줄 용의가 있다. 하지만 그것은 웨인이 결정해야 하는 일이다'라고 말했어요. 당신이 그곳에 들어왔을 때 게리는 분장실 옷장에 숨어 있었고 나는 당신에게 웨인을 불러달라고 부탁했었죠. 웨인은 게리를 관중들 속으로 데리고 나갔어요. 그리고 돌아와서는 말했어요. '모든 걸 다 정리했다'고요."
그는 말을 멈추고 비통하게 입술을 실룩거렸다.
"그가 게리를 죽인 게 분명해요."
우리는 한동안 모두 말이 없었다. 곧 엘리엇이 내게 물었다.
"내가 진짜 게리 피츠제럴드가 아니었다는 것을 알고 놀라지 않았어요?"
"놀랐다면 놀랐고 안 놀랐다면 안 놀랐지요. 난 계속 당신에 대해 이상하다는 느낌을 가지고 있었어요."
"왜죠?"
"글쎄요, 우선 당신과 존은 전혀 사촌처럼 보이지 않는다는 점과 우리가 콘트라코스타 군을 통과하고 있을 때 당신이 큰 흥미를 보이지 않았다는 점이에요. 그렇게 많은 세월이 흐른 뒤에 고향으로 돌아가고 있는 사람이 보여줄 수 있는 그런 종류의 관심이 보이지 않았어요. 그리고 또 한 가지가 있어요."
"그게 뭐죠?"
"내가 두 곳의 공연장에서 나는 소리는 시카고 항구까지 가는 도중 내내 들린다는 얘기를 했었죠. 시카고 항구는 해협의 상부에 위치한 해군병기소가 있는 장소예요. 그런데도 당신은 '시카고까지 내내 들리지는 않습니다' 하고 말했어요. 당신은 시카고 항구가 무엇인지도 몰랐고 난 당신이 그저 농담하는 것으로 받아들였죠. 광대치고는 유머 감각이 모자란다는 생각을 했던 것이 기억나네요."

"무척 고맙군요."

그래도 그는 속상해하지 않고 웃었다.

나는 일어섰다.

"이제 어떻게 하죠? 만일 웨인이 자백하지 않는다해도 분명히 그에게 불리한 사건이에요. 당신들은 매니저가 없으니 자신의 장래 계획을 스스로 세워야 할 거예요."

그들은 거의 동시에 어깨를 으쓱했다.

"당신들은 지독한 연극을 했어요. 다소 불리한 평판이 따를 테지만 이겨낼 수 있을 겁니다."

틸비가 말했다.

"몇몇 광고주들은 이미 계약을 취소하겠다는 전화를 했어요."

"다른 광고주들이 새로운 계약을 가지고 당신들을 찾게 될 거예요."

그는 내가 비워놓은 의자로 주춤거리면서 움직였다.

"어쩌면 그럴지도 모르죠."

"당신들은 그것을 믿어도 돼요. 깨끗한 명성이 항상 흥행업에서 자산이 되는 건 아니에요. 당신들의 악명이 어떤 면에서는 해를 주기도 하겠지만 다른 면에서는 도움이 될 수도 있어요."

나는 가방을 집어들고 엘리엇의 팔을 꽉 쥐었다. 그러고는 문으로 가서 잠시 틸비의 어깨를 어루만져주었다.

"적어도 연극을 계속하겠다는 생각은 버리지 마세요."

병실을 나오면서 나는 그들을 돌아보았다. 틸비는 의자에 앉아 있었다. 그의 자세는 마치 언제라도 달아날 것 같이 경직되고 편안해보이지 않았다. 엘리엇은 불안해하고 있지만 희망에 차 보였다.

나는 생각했다. 우리가 공연장의 분장실에서 진 러미 놀이를 하고 있을 때 존이 광대들에 관해 내게 말했던 것은 무엇인가? 그것은 그들이 매우 익살맞다는 것이지만 더 중요한 것은 관중들로 하여금 그들 자신의 약점들을 주목하게 하는 데 있다고 했다. 존 틸비와 엘리엇 라슨——게리 피츠제럴드가 그랬듯이 어느 의미에서는 둘 다 실의에 빠진——은 대부분의 사람들보다 그러한 약점에 대해 더 잘 알고 있었다. 아마도 그들이 그런 서글픈 인식을 웃음으로 변하게 하는 것을 계속할 수 있는 방법이 있을 것이다.

아스팔트 정글세계를
유리벽 너머로 바라보는 섬뜩함

 《미스 블랜디시》는 뛰어난 재능을 지닌 스릴러 작가가 왕성한 서비스 정신으로 독자에게 바친 훌륭한 엔터테인먼트다. 지은이는 여기서 정사선악(正邪善惡)의 모럴을 강요하는 대신 불운한 미녀 블랜디시에게 한 방울의 눈물도 요구하지 않는다. 잔학한 살인이며 고문 장면이 있을지라도 읽는이는 그것 때문에 악몽에 시달릴 필요는 없다. 손에 땀을 쥐게 하는 추적이며 이상한 에로티시즘의 세계에서도 읽는이가 느끼는 것은 재미뿐이며 감정이입을 결코 강요받지 않는다. 지은이는 읽는이로 하여금 인정에 이끌리고 동정심을 일으키게 하지 않는다. 그렇다 해서 이 소설이 결코 재미없다는 말은 아니다. 약육강식의 정글 세계를 유리벽 너머로 바라보는 즐거움——이것이 바로 체이스가 노리는 바이다.
 제임스 해들리 체이스(James Hadley Chase)는 18살에 서점 점원이 되어 출판사 및 서적 총판점의 출장 판매원으로 영업 분야에서 일하다가 미국 갱 소설의 수요가 많다는 것을 알고 갱 소설을 쓰게 되었다.

그는 미국 속어 사전과 암흑사회의 참고서를 빌려 일하는 틈틈이 주말 휴가를 여섯 번 활용한 것만으로 1938년에 《미스 블랜디시》를 써냈다.

《미스 블랜디시》는 대성공을 거두어 영화로 만들어지고, 연극 무대에도 올려졌다. 연극은 런던의 웨스트엔드에서 1년이 넘도록 공연되어 체이스는 출장 판매원으로서 남의 책을 팔러 돌아다니지 않아도 좋게 되었다. 체이스의 첫작품은 여러 의미에서 센세이션을 불러일으켰다. D. 스트리트필드가 이 작품의 심리학적 연구로 《Persephone》라는 350쪽에 이르는 책을 써 조지 오웰 및 그밖의 평론에 여러 차례 언급되었다.

두 번째 작품이 나오기 전에 제2차 세계대전이 일어나 그는 영국 공군에 들어갔다. 1년도 채 지나지 않아서 공군 대위로 임관된 그는 공군의 부외 기밀 문서인 영국 공군지(空軍誌)의 편집 책임자가 되었다.

바쁜 군무 속에서도 그는 날마다 아침 5시부터 8시까지 소설을 계속 써나가 전쟁이 끝날 즈음에는 어느새 스릴러 작가가 되어 있었다. 그의 작품이 프랑스에서 극찬을 받은 것은 전쟁이 끝난 뒤의 일이었다.

체이스는 버킹엄셔의 농장에서 오랫동안 살았는데, 1956년 햇빛을 찾아 남프랑스로 옮겨가 종려나무와 태양과 바다에 둘러싸여 다섯 작품을 써내고 여덟 작품을 프랑스에서 영화화했으나, 단조로운 해변 생활에 싫증이 나자 센 강을 굽어보는 고급 아파트 맨 꼭대기에 진을 쳤다.

1938년 이래 1958년 작품인 《세계를 내 품에》까지 그는 서스펜스 소설을 마흔일곱 편이나 써내어 그 가운데 두 작품은 런던에서, 세 작품은 파리에서 무대에 올려졌다.

체이스의 아내는 러시아 지휘자인 알베르 코테스의 비서로 일한 적이 있는 실비아라는 아마추어 첼리스트로 연주 솜씨가 아주 뛰어났다. 하나뿐인 아들은 광고대리업자로 활약했다.

체이스의 취미는 사진과 음악감상으로, 최고급 스테레오 장치를 갖춰 놓고 오페라를 즐겨 들었다. 좋아하는 오페라 가수는 마리아 칼라스, 그밖에 프랜체스 카티, 클리포드 커즌, 카라얀 등이 있다.

작가로서 체이스가 좋아하는 이는 헤밍웨이와 그레엄 그린과 뒤마. 그가 귀찮아하는 것은 우는 아이와 짖는 개와 텔레비전과 성가신 팬들이라고 한다.

이 작품의 초판본에는 슬림이 성불능자(性不能者)로 어릴 때부터 동물을 가위로 토막토막 자르는 잔학성을 보이고, 라일리는 마조히즘으로 나이프에 찔리는 순간 오르가슴에 도달하고, 더욱이 존 블랜디시가 당국에 뇌물을 바치기도 하고, 불능자인 슬림이 미스 블랜디시에게 폭행을 하는 등의 강렬한 묘사가 있으며, 마지막 부분도 미스 블랜디시가 호텔의 창문에서 뛰어내려 죽어버리는 것으로 되어 있었다. 너무 잔혹하다고 문제가 되어 다시 고쳐 쓰게 되었는데, 초판본은 오래 전에 절판이 되어 영국에서도 구해 보기 어려운 것이 되었다.

마셔 뮬러의 범죄소설에 나오는, 샌프란시스코를 기반으로 활동하는 샤론 맥콘은 믿음직한 여성 사설 탐정이다. 맥콘은 《철구두의 에드윈(1977)》에 처음 등장했고, 그 이후 5편의 다른 소설에 나왔다. 《카드에게 물어보라(1982)》《무서울 것이 없다(1985)》 등에도 그녀가 나온다. 맥콘은 또한 3편의 단편에도 나온다. 그중에서 여기 실은 〈망가진 사람들〉이 가장 길고, 잘되었다. 뮬러는 2편의 소설 《죽음의 나무(1983)》《살해된 군인의 전설(1985)》을 직접 출판하기도 했다. 이들 소설에서 그녀는 또다른 개척적인 인물을 만들어냈다. 산타바바라 박물관장이며 탐정인 엘레나 올리버레즈가 그 인물이다. 마셔 뮬러는 미스터리소설 개론 및 첩보물도 썼다.